최인호

타인의 방

Published by MINUMSA

A Stranger's Room
Copyright © 1983 by Choi In-ho
All rights reserved.
Printed in Seoul, Korea.

For information address Minumsa Publishing Co.
506 Shinsa-dong, Gangnam-gu, 135-887.
www.minumsa.com

Third Edition, 2005

ISBN 89-374-2009-0(04810)

오늘의 작가총서 9

최인호

타인의 방

민음사

차례

영가(靈歌) · 7

술꾼 · 23

방생 · 40

타인의 방 · 62

미개인 · 79

황진이(1) · 121

황진이(2) · 139

다시 만날 때까지 · 164

무서운 복수(複數) · 213

가면무도회 · 316

작품 해설 도피와 긍정 / 이동하 · 409
작가 연보 · 425

영가(靈歌)

1

 내가 아직 어린 나이였을 때 잠깐 시골에 머물러 있었던 적이 있었다.
 바다와 산이 맞붙어 있는 어촌이었다. 언덕 위에 올라서면 산 아래로 남색의 바다가 펼쳐져 있었고 송진가루가 바람에 흩날리고 있었다.
 그러나 바다는 너무나 멀리 떨어져 있어서 나는 한 번도 바닷가에 나가 보지는 못하였다. 그저 바다를 보고 싶으면 언덕 위에 올라서 소나무숲 사이로 새파란 바다를 쳐다보기만 했을 뿐이었다.
 어머니가 나를 이 고장으로 데리고 왔을 때는 추운 겨울날이었다. 간간이 눈이 흩날리고 있었고 언덕길을 걸어 올라오니까 산 아래 바다로 흰 눈이 매화꽃잎처럼 떨어지고 있었다. 바다를 처음 봤던 내가 어머니에게 저것이 무엇이냐고 묻자 어머니는 그저 큰

강이라고 말해 주었다.

그 큰 강 위로 눈이 떨어지고 있었다. 바다와 얼굴을 맞댄 산중턱에 묘지들이 드문드문 누워 있었는데 어머니는 그것이 우리 집안 식구들의 묘지라고 말해 주었다.

묘지. 죽은 사람들이 편안하게 누워 있는 묘지. 참 많이도 누워 있구나 하고 나는 생각하였다.

그날 저녁 나는 외가의 사람들에게 소개되었고 다음 날 아침 어머니는 황황히 눈을 맞으면서 떠나셨다. 떠나면서 어머니는 내게 곧 데리러 오겠다고 하셨다. 그러고는 온통 새하얀 언덕길을 뒤도 안 보시고 떠나버리고 마셨다.

2

내가 살던 그 집엔 많은 사람들이 있었는데 어린 내 눈에도 아주 이상하게 여겨지는 사람들만 살고 있었다.

외삼촌은 얼굴에 수염을 잔뜩 기르시고 계셨고 아주머니는 벙어리였다. 나이 제법 든 아저씨는 방 안에 독이 없는 구렁이를 키우시고 계셨으며 그의 부인은 반쯤 머리가 돌아 있어서 추운 겨울이었는데도 늘 흰 모시옷을 입고 영원히 웃을 것처럼 얼굴에 기묘한 웃음을 띠고 계셨다. 그리고 집의 구석진 방에는 할머니가 살고 계셨는데 그때 나이가 여든이 넘으셔서 거의 노망이 들어 계셨다.

이 할머니는 내가 인사를 드리려 하자 부끄러워하시면서 무언가 잡수시던 것을 내게 주었다. 그것을 받아보니 해바라기씨였다.

"먹어라."

할머니가 주름진 얼굴에 웃음을 띠우시면서 말씀하셨다. 나는 해바라기씨를 먹는 법을 몰랐으므로 그저 입 안에 넣고 우물우물하고 있으려니까 할머니는 손을 내밀어 내 손을 잡으셨다. 나는 무의식중에 손을 피했다.

어린 마음에도 그 주름진 손이 마치 거미의 발처럼 징그러워서 나는 부지중에 몸을 돌렸다. 그러자 할머니는 흐물흐물 웃으시면서 말씀하셨다.

"왜 이 할머니가 무서우냐. 늙은 귀신 같으냐."

어두운 할머니의 방 안에서는 퀴퀴한 냄새가 나고 있었고 북녘 구석진 방으로 비쳐 들어오는 희미한 불 속에서 할머니의 은발은 우울하게 빛나고 있었다. 입을 벌려 말씀하실 때마다 이빨이 없었으므로 마치 조그마한 검은 구멍이 열렸다 닫혔다 하고 있는 것처럼 보였다.

집안 식구들은 내게 그 구석진 방에 가서는 안 된다고 일러 주었다. 내 나이 또래의 친척애는 내게 그 할머니는 늙은 귀신이라고 말해 주었다. 빗자루를 오래 쓰면 빗자루 귀신이 되듯이 그 할머니는 너무 오래 살았으므로 이젠 귀신이 되었다고 말해 주었다.

나이가 드니까 검은 머리가 새로 나고 이빨이 새로 돋기 시작한다고 그 조카애는 말을 했다.

나는 그 말을 믿었다. 귀신이 있는지 어떤지 나는 믿지는 않았지만 그애의 말투가 아주 그럴듯하였으므로 나는 그 할머니를 귀신이라고 생각하고 있었다.

나는 그 소년애에게 바닷가가 여기서 머냐고 물었다. 그러자 그 소년은 아주 멀지만 산 두 개만 넘으면 된다고 말해 주었다. 내가 바다를 모르는 녀석이라는 것을 알자 소년은 바다에 대해서 얘기해 주기 시작하였다.

바다는 크지만 제일 깊은 곳이 내 가슴밖에 오지 않는다. 그 바닷속에는 사슴이 살고 노루도 산다라고 말해 주었다.

　나는 그 소년애에게 그 바닷가로 좀 데려가 달라고 부탁하였다. 그러자 그 소년은 눈이 내리기 시작해서 안 된다고 말을 했다. 내가 왜 안 되느냐고 묻자 바다로 가는 길은 너무나 먼데 눈이 내리면 눈벌레가 눈길에 까맣게 깔려 있어서 바다로 가기 위해 걷노라면 자기도 모르게 눈벌레를 밟게 되고 그러면 안 된다고 소년은 얘기해 주었다. 그 대신 눈이 걷히면 바다로 데려가 주겠다고 소년은 약속하였다.

　집안 식구들은 눈이 내리기 시작하자 대문을 꼬옥꼬옥 잠그고는 방 안에만 틀어박혀 있었다. 될 수 있는 대로 목소리도 큰 목소리를 내지 않았고 다들 입을 다물고 조심조심하는 눈치였다.

　이 집에서 키우는 늙은 개만 마당에 어슬렁어슬렁거리고 있을 뿐 다들 장지문도 걸어 잠그고 움 밑에 파랗게 돋아나는 마늘싹만 핥으며 눈을 맞고 있었다.

　나는 다들 잠든 밤이면 홀로 뜰 안에 나서서 마당을 거닐었다. 나 혼자 이 집안의 가라앉은 정적을 깨뜨릴 용기가 없었으므로 귀를 기울여 안채에서 들려오는 기침소리도 잦아지고 문창호지 사이로 엷은 호롱불빛도 꺼지고 나면 나는 그제서야 신발도 신지 않고 맨발로 눈이 쌓인 마당에 나가 마당을 쏘다니곤 하였다.

　어느 날은 혼자 마당에 나가 내리는 눈을 혀로 받아먹으면서 깊은 땅 밑에서 울려나오는 듯한 산이 우는 소리를 듣고 있노라니 어디선가 조그마한 노랫소리가 들려오고 있었다.

　　불 불 불아야. 불아 딱딱 불아야.
　　불 불 불아야. 불아 딱딱 불아야.
　　날아가는 학선아. 구름 속의 신선아.

니 새는 어디 새냐. 경상도 재정새지.
불 불 불아야. 불아 딱딱 불아야.
불 불 불아야. 불아 딱딱 불아야.

나는 맨발로 눈을 밟으면서 소리 나고 있는 쪽으로 살금살금 다가갔다. 안채를 돌아 바깥채로 가노라니 그 소리는 바로 할머니의 방에서 새어나오고 있었다.
동백기름 등불이 창호문에 젖어서 부옇게 비치고 툇마루 앞까지 흰 눈이 참다랗게 쌓여 있었다. 노래는 끊어질 듯 끊어질 듯 이어지고 있었다.

불 불 불아야. 불아 딱딱 불아야.
불 불 불아야. 불아 딱딱 불아야.
고초당초 매는 십 년 무얼 먹고 살았나.
우리 손자 손가락 먹고 살았지.
불 불 불아야. 불아 딱딱 불아야.
불 불 불아야. 불아 딱딱 불아야.

그 소리는 마치 물레를 돌리듯이 조용히 들려와서 눈 덮인 산야를 조금씩 빠져 달아나고 있었다. 새의 울음소리처럼 작으나 분명한 노랫소리였다.
나는 어느 정도 무서움에 잠겨 있었지만 그 노랫소리를 듣고 있노라니 무언가 마음이 평안해져서 맨발 벗은 추위도 잊어버리고 문풍지 앞쪽에 서서 귀를 기울이고 있었다. 가끔 안쪽에서 기침소리가 날 뿐 주위는 너무나 조용하였다.
그때였다.

갑자기 노랫소리가 뚝 그쳤다. 그러더니 조심스런 낌새가 문창호지 저편에서 일렁이더니 메마른 할머니의 소리가 들려왔다.
"거 누구냐."
나는 무서워서, 그제서야 무서워져서 도망치려고 몸을 돌렸다.
그러나 생각대로 다리는 움직여주지 않고 마음만 급할 뿐 다리는 얼어붙은 듯 제자리에서 조금도 움직여지질 않았다.
"누구냐?"
덜컹 문이 열렸다.
그리고 너울거리는 호롱불빛을 받고 할머니의 머리가 창밖으로 빠져나왔다.
"저예요."
나는 죄를 지은 것처럼 울 듯이 대답하였다.
"아니, 니가 웬일이냐. 들어와라."
할머니가 어둠 속에 서 있는 나를 누군가 구별하기에 힘이 드신 듯 한참 쳐다보다가 가느다랗게 말을 하셨다.
"가겠어요."
나는 큰 소리로 대답하였다.
그리고 걸음아 나 살려라 뛰어서 나의 방으로 돌아와 이불 속에 얼굴을 묻었다. 가슴이 와랑와랑 떨려오고 숨이 가빠서 그대로 까무룩 숨이 넘어가는 것 같았다.
나는 떨리는 가슴을 진정하기 위해서 몇 번이고 숨을 몰아쉬었다. 그러다가 잠이 들었다.
다음날도 눈이 내렸다. 온 산이 날리는 눈발에 가라앉아 부옇게 흐려 있었다. 시야가 닿는 곳은 그저 흰 눈 빛깔이었다. 밤이 깊어 온 집안이 다시 어둠 속에 잠기고 먼 곳의 개 짖는 소리마저 잦아들자 나는 다시 또 눈길 위에 나섰다.

어젯밤의 일이 꿈속의 일처럼 다가오고 그래서 밤이 다가오기를, 밤이 다가와 어젯밤에 귀신에게 홀린 듯한 기억이 사실로 내게 있었던 일인가, 그냥 지난밤에 꾼 꿈에 불과한 것인가를 자신에게 확인해 주고 싶은 기대감에 가슴이 떨려오고 있었던 것이다.

나는 이불 속에 틀어박혀 땀을 흘리면서 어서 밤이 깊어오기를 참을성 있게 기다렸다. 그리고 귀 기울여 모든 사람이 잠이 들고 불빛마저 잦아진 것을 확인하자 나는 살금살금 뜰 안으로 나섰다. 마른 나뭇가지 위에 쌓인 눈이 바람에 날려 푸드득 흩어지고 있었다.

또다시 노랫소리가 들려오고 있었다.

불 불 불아야. 불아 딱딱 불아야.
불 불 불아야. 불아 딱딱 불아야.
북망산천 가는 길이 저리도 멀고 멀어.
이 한 몸 가는 길이 이리도 힘이 들어.
불 불 불아야. 불아 딱딱 불아야.
불 불 불아야. 불아 딱딱 불아야.

나는 숨을 죽이고 소리가 나는 할머니가 계신 쪽으로 한 발 한 발 옮기기 시작하였다. 할머니의 방문은 굳게 닫혀져 있었다. 그러나 불빛이 창호문에 벌겋게 달아올라 있었다.

"거 누구냐?"

갑자기 노랫소리가 그치더니 기다렸다는 듯 문이 덜컹 열렸다. 그리고 할머니의 주름진 얼굴이 문 밖으로 빠져나왔다.

"니놈이, 니놈이군. 니가 올 줄 알고 기다리고 있었다. 들어와라."

나는 혼이 나가서, 그러나 어젯밤보다는 덜 놀랐으므로 그냥 멍하니 서 있었다. 쿨럭쿨럭 할머니는 마른기침을 하셨다.

"니가 올 줄 알고 준비까지 하고 있었다. 들어오라니까 그러네."
"여기 있겠어요."
나는 똑바르게 대답하였다.
"왜 이 할미가 무서우냐?"
"아닙니다."
나는 당황해서 크게 머리를 흔들었다.
"무섭지 않습니다."
"그럼 됐다."
할머니는 갑자기 몸을 일으키셨다.
나는 할머니가 서신 모습을 처음 보았는데 서신 키는 마치 조그마한 짐승처럼 작았으며 추위를 막으려는 듯 매우 단단하게 옷을 입고 계셨다. 조바위까지 쓰시고, 두루마기를 얌전하게 받쳐입으시고 계셨다.
"신을 찾아서 툇마루 밑에 갖다 놔라."
"예."
나는 이렇게 깊은 밤에, 평소에 듣기로는 운신조차 하지 못하신다는 분이 신발은 웬 신발인가 의아해하면서 그러나 고분고분 눈을 맞고 굴러 있는 고무신을 짝 맞춰 찾아서 툇마루 밑에 나란히 놓았다.
"이 할미 좀 업어다우."
할머니는 비틀비틀 몸을 움직이면서 메마른 소리를 내셨다.
"왜요?"
나는 겁이 나기도 하고 한편 의아하기도 해서 눈을 동그랗게 떴다.
"나들이 좀 해야겠어."
쿨럭쿨럭 할머니는 기침을 하셨다.
"그래 다들 잠은 들었겠지."

"예."

"그럼 됐어. 이 할미 좀 업어다우."

나는 가만히 할머니 앞에 등을 보이면서 몸을 굽혔다. 할머니는 마치 공기처럼 가벼워서, 날리는 눈발처럼 가벼워서 미리 걱정한 대로 무게를 느끼진 않았다.

"자, 이젠 떠나자. 대문을 나서거라."

"예."

나는 공기처럼 가벼운 할머니는 업었지만 내가 어째 지금 꿈을 꾸고 있는 것이 아닌가 염려스러워서 몇 번이고 허벅지를 꼬집어 뜯어보았다. 그러나 나는 등에 업힌 할머니의 명령을 거역할 수는 없었다. 나는 눈길을 밟으며 뜰을 지나 대문을 조심스럽게 열었다.

방마다 문이 굳게 닫혀 있었고 불빛조차 싸늘하게 식어 있었다. 우리는 대문을 나섰다.

대문을 나서자 온통 사방은 눈, 눈이었다. 어디가 길인지, 어디가 눈인지 내다보이는 산야는 흰 눈에 젖어 밤의 어둠 속에 부옇게 떠오르고 있었다. 눈발은 계속 내리고 있었다. 쿨럭쿨럭 할머니는 기침을 하셨다.

"추우냐?"

"아닙니다."

"그럼 됐다. 그럼 되었어. 아무도 우리가 빠져나온 것을 보지 못했겠지."

"예."

"잘되었다. 잘되었어."

할머니는 젊은이처럼 소리내어 웃으셨다. 그러더니 조그만 목소리로 노래를 부르기 시작하였다.

알강 달강. 알강 달강.
한양 가서 밤을 한 되 사 와다가
고광(광)에다 감췄더니
앞니 빠진 새앙쥐가 오민가민 다 깨먹고
다믄 한 톨 남은 것을 여물 속에 삶아다가
껍데기는 에미 주고, 버늭(속껍질)는 애비 주고
알키는 손주 주고 이 할미는 뭐 묵을꼬
알강 달강. 알강 달강.

 나는 눈길을 헤쳐 걷기 시작하였다. 생각보다 힘들지 않고 무엇에 홀린 기분으로 나는 힘센 말처럼 씨익씨익 흰 입김을 내뿜으며 산길을 지나 숲을 지나 할머니가 가자는 대로 재빨리 걷고 있었다. 나는 언젠가 어머니와 같이 내려오던 언덕길로 접어들었다.
 "애야, 좀 쉬었다 가자. 나 좀 내려다우."
 언덕길 중턱에서 할머니는 새소리처럼 낭랑한 목소리로 말씀하셨다. 나는 몸을 굽혀 할머니를 등에서 내려서 부드러운 눈길 위에 앉혀 놓았다.
 할머니는 아주 편안하신 듯 나뭇등걸 그루터기에 앉아서 내리는 눈을 참다랗게 맞고 계셨다.
 "참 좋구나, 애야. 이렇게 밖으로 나오니까 정말 살 것 같구나. 그런 걸 니 아저씨는 날 방 속에 가둬놓구 있구나. 애야, 저것이 무엇인지 아니?"
 할머니는 손을 들어 흰 눈으로 반사되어 온통 밤이 낮처럼 밝은 숲 사이 무언가 야광의 불빛이 오르락내리락하는 것을 가리키셨다.
 "저게 도깨비불이란다."
 "그런데······."

나는 아까부터 궁금했던 말을 그제서야 꺼냈다.

"지금 어디로 가시는 길인가요."

"나들이 간다고 하지 않았니. 우리는 지금 니 할아버지한테 가고 있단다, 애야."

나는 깜짝 놀라서 할머니를 쳐다보았다.

"저어 할아버지는 버얼써 돌아가시지 않았어요."

"돌아가다니. 애야, 무슨 소리를 하고 있니."

할머니는 카랑카랑한 목소리로 나를 쳐다보셨다.

"기다리고 계시단다. 버얼써 나하고 만나기로 되어 있어."

"어디서 말입니까?"

"저어기 산 언덕 위에 말이다."

묘지. 죽은 이들이 묻혀 있는 묘지. 어머니의 손을 잡고 허이허이 산마루턱을 올라올 때 바다가 보이는 산언덕 위에 누워 있던 죽은 자의 묘지. 아직 죽은 이에 대한 실감이 오지 않는 나로서는 그때 눈앞에 보였던 죽은 이들의 둥그런 유택(幽宅)이 마치 우리가 간혹 흙을 한 줌 퍼다가 양지바른 곳에 던져놓듯 누군가의 힘으로 듬쑥 퍼다 쌓아놓은 흙덩이 같은 생각만 들었을 뿐 이 한밤중에 할머니가 내게 그 죽은 사람에게로 가자는 말이 무엇을 의미하는가 겁이 나서 나는 곱게 옷을 차려 입은 할머니의 얼굴을 쳐다보았다.

"아무에게도 얘기해서는 안 된다. 절대로 안 돼. 오늘 밤의 나들이는 너하고 나하고만의 비밀이다. 죽을 때까지라도 절대 아무에게도 얘기해서는 안 된다. 알겠니?"

"알겠어요."

"됐다. 그럼 됐다. 자, 너무 오래 쉬었구나. 빨리 떠나기로 하자."

나는 할머니를 다시 등에 업었다. 그리고 빠르게 눈길을 헤치고 산을 오르기 시작하였다. 산이 우는 소리가 깊은 골짜기에서부터

영가(靈歌) 17

퍼져나와 은은하고 맑은 음향을 쩡쩡 울리고 있었다.
"산이 우누나. 산이 울어."
할머니는 등에 업히신 채 혼잣말처럼 말씀하셨다.
"얼마만큼 왔니."
아주 순한 어린애처럼 할머니는 등 위에서 물으셨고 그 소리는 내 몸뚱어리로 파고들어 귀로 듣는 것이 아니라 가슴으로 전해 오고 있었다.
"다 왔어요, 할머니."
나는 눈앞에 보이는 산마루를 손으로 가리켰다. 그리고 내친걸음이라 달음박질하듯이 산정을 향해 뛰어올랐다.
"됐다. 이젠 됐다."
할머니는 기쁘시다는 듯 조그맣게 신음소리를 내셨다.
"나를 내려다구. 이젠 걸어가겠다."
언덕 위에는 바람이 세차게 불어오고 있었다. 바다가 어디에 있는가 하고 캄캄한 어둠 속을 노려보았지만 바다는 보이질 않았다. 그러나 무언가 물결치는 소리가 바람결에 조그맣게 떨려오고 있었다.
나는 할머니를 등에서 내려놓았다. 할머니는 잠시 비틀거리더니 이윽고 자세를 바로하고 천천히 눈길을 헤치고 걷기 시작하셨다.
"이제부터 얘기를 해서는 안 된다. 절대 얘기를 해서는 안 돼."
무덤으로 올라가는 길 어귀에서 할머니는 두 손을 모아 합장을 하셨다. 나는 느리게 걷는 할머니의 뒤를 따랐다.
죽은 이들은 그곳에 조용히 누워 계셨다. 며칠 내려 퍼부은 눈길은 아무도 헤치지 않았으므로 고스란히 쌓여 있었고 할머니는 눈길에 몇 번이고 넘어지셨지만 그때마다 자신의 몸으로 일어나곤 하셨다. 할머니의 두루마기가 바람에 흩날리고 있었다.

누구의 무덤일까. 완만하게 누운 무덤 앞에 할머니는 힘없이 무릎을 꺾고 앉으셨다. 그리고 마치 깎은 비석처럼 꼼짝도 하지 않고 조용히 앉아 계셨다.
 나는 할머니가 말씀하신 대로 기다리고 계실 할아버지가 어디 있는가 사방을 둘러보았지만 아무 곳에도 사람의 기척은 없었고 그곳엔 다만 가득한 바람 소리뿐이었다.
 나는 할머니 옆에 앉아 그 무덤 옆에 서 있는 앙상한 매화나무가 흰 눈꽃을 피우고 서 있는 것을 멍하니 바라보고 있었다. 바람은 마른 매화나무 가지 사이로 불어 그 나무의 가지는 날카로운 휘파람 소리를 내고 있었다.
 얼마만큼 앉아 계셨을까. 아주 오랜 시간이 지난 뒤 갑자기 할머니는 몸을 펴고 일어서셨다. 그리고 손을 들고 그 무덤 옆에 서 있는 마른 매화나무의 가지를 만지셨다. 그리고 낮은 목소리로 노래를 부르기 시작하셨다.

　　불 불 불아야. 불아 딱딱 불아야.
　　불 불 불아야. 불아 딱딱 불아야.
　　북망산천 가는 길이 저리도 멀고 멀어
　　이 한 몸 가는 길이 이리도 힘이 들어
　　불 불 불아야. 불아 딱딱 불아야.
　　불 불 불아야. 불아 딱딱 불아야.

 그러자 놀라운 일이 일어났다. 앙상하게 죽은 매화나무 가지에 갑자기 꽃이 피기 시작하였다.
 분홍빛 매화꽃이 놀라웁게도 가지마다에 피어서 이내 온 나무에 그득그득 매달리고 꽃향기가 가득히 퍼지고 있었다.

나는 뜨거운 침을 삼키며 꽃이 매달린 매화나무와 꽃그늘 사이에 손을 얹고 노래를 부르고 있는 할머니의 얼굴을 올려다보고 있었다.

할머니의 노랫소리는 강물이 흘러가듯 이어져 그녀의 깊은 곳에서부터 흔들리고 있었다. 할머니의 얼굴은 이미 할머니의 얼굴이 아니었고 마치 갓 피어오르는 꽃송이처럼 환히 생기에 차오르고 있었다.

나는 손을 뻗쳐 만발한 매화꽃 한 송이를 따서 그 향기를 맡아보았다. 틀림없는 꽃의 향기가 진동하고 흐드러진 꽃이파리가 제풀에 떨어져 나풀거리고 있었다.

할머니는 꽃 한 송이를 따서 들고 눈이 덮인 무덤 주위를 돌면서 춤을 추기 시작하셨다.

그 늙은 노인네의 몸 어디에서 그런 기운이 나올까 싶게도 할머니는 정정하게 춤을 추시면서, 미친 듯이 노래를 부르면서 무덤 주위를 돌고 계셨다. 점점 발이 빨라져서 나중에는 땅을 디디는 두 발이 숫제 허공을 딛고 훨훨 하늘을 나는 듯이 보였다.

할머니의 춤에 따라서 꽃은 더욱더 만개하여 온 나무가 발갛게 돋아나더니 이윽고 한 잎 두 잎 꽃이 지기 시작하였다. 쓸리는 바람에 꽃잎은 점점 요란스레 떨어져 내려 쌓인 눈 위에 점점이 흩어졌다.

그러자 할머니의 춤은 맥이 풀리신 듯 서서히 느려지고 하얀 꽃잎의 낙화로 어지러운 무덤가에 할머니는 마침내 지치시고 만 것일까, 쓰러지고 말았다.

순식간에 꽃잎이 떨어지고 흩날려 바라본 나뭇가지는 어느 틈에 꽃이 다 지고 또다시 앙상하게 꽃잎을 떨군 채 발가벗고 서 있었다.

산언덕 위로 싸늘한 빈 들의 바람만 가득하고 달려가는 바람은 무덤가에 쓰러진 할머니의 머리칼을 한 줌 날리고 있었다.
 나는 홀로 서서 가만히 어둠을 노려보았다. 싸락싸락 싸락눈이 온 시야를 가리고 있었다. 할머니의 노랫소리는 캄캄한 어둠 속으로 빠른 바람에 실려 먼 곳으로 불리어나가고 있었다.
 나는 무덤가에 쓰러져 꼼짝도 하지 않고 있는 할머니를 일으켜 세웠다.
 "가자."
 할머니는 가느다랗게 말씀하셨다.
 "이 할미를 업어다구."
 나는 다시 할머니를 등에 업었다. 그리고 온 길을 되돌아서 걷기 시작하였다.
 워어이워어이 아득히 먼 곳에서 우리를 부르는 듯한 소리가 들려왔다.
 "돌아보지 말아라. 절대 돌아봐서는 안 돼."
 우리는 묵묵히 아무런 말도 나누지 않고 비탈길을 구르듯이 내려오고 있었다. 한참 만에 할머니가 새 울음소리 같은 말을 하셨다.
 "애야, 봤니? 모두 보았니?"
 "예."
 "오늘 밤 이야기는 아무에게도 해서는 안 된다. 절대 이야기해서는 안 돼."
 "예."
 잠이 드신 것일까 등 뒤의 할머니는 점점 숨소리조차 작아지고 발을 옮길 때마다 할머니의 팔이 제멋대로 흔들리고 있었다.
 "할머니. 할머니."
 나는 잠자는 사람 깨우기 위해서라도 자꾸자꾸 말을 시켜 이 추운 바깥에서 잠이 들지 않고 어떻게 해서라도 빨리 집으로 돌아가야 한다고 생각하였다. 그래서 발을 빨리하고 있었다.
"아직 멀었니?"
"이제 다 왔어요."
나는 거의 뛰었다.
자꾸자꾸 등에 업힌 할머니가 가벼워져서, 공기처럼 가벼워져서 나중에는 등에 매화꽃 한 송이만 업고 온 것이 아닌가 염려스러웠고 이 깊은 한밤에 눈길을 헤치고 업고 온 할머니가 실상은 빈 들의 바람 소리뿐이 아닐까 하는 공포심에 나는 몇 번이고 할머니를 여며 메었다.
"아무에게도 얘기해서는 안 된다. 절대로 안 돼."
"예."
"니가 이담에 커서 장가간 후에라도 얘기해서는 안 된다."
"예."
할머니의 목소리는 화롯불 꺼지듯 잦아지고 있었다.

3

할머니와의 약속은 꽤 오래 지켜졌다. 내가 커서 할머니 말에 따라 장가를 간 후 서로 비밀이 없어야 할 부부지간에도 나는 이야기하지 않았으니까.
그것보다도 설사 내가 이런 얘기를 해본다고 했자 아무도 믿어주지 않을 것이 뻔한 일이기 때문에 나는 아예 입을 다물고 있다.
그러나 나는 이 비밀이 언젠가는 고백될 성질의 것임을 잘 알고 있다. 그렇다고 하더라도 지금의 나로서는 그날 밤 할머니가 내게 굳게 다짐하신 대로 그저 모르는 척하고 있을 뿐인 것이다.

술꾼

작은 아이의 머리가 술집 안으로 들이밀어졌다.
"안녕허세요."
그 작은 아이는 문가에 앉아 있는 술꾼들에게 아는 체했다. 대부분의 술꾼들이 그를 발견하지 못했으나 그중 한 사내가 용케도 그를 보았다.
"보게, 이보게들. 저 녀석을 보게 그려."
발견한 사내는 마침 떨어져가는 안주 접시 위에 풍요한 화제를 제공했다.
이미 막소주에 취한 술꾼들은 지글지글 타오르는 연탄불에 정신마저 아리송 달아올라서 열린 문틈으로 찬 겨울 한기와 더불어 나타난 꼬마가 뭘 하는 녀석인가 알아보기엔 약간 힘이 들었다.
"저 녀석이 뭐란 말인가."
네댓 사람의 취한 눈길은 남루한 그 아이에게서 멎었다. 그 아이는 모두의 눈길이 자기에게 멎자, 당황해서 쓰레기통을 뒤지다 들킨 아이처럼 비실비실 별스러운 몸짓으로 물러나려 했다. 그 녀석은 지독하나 못생긴 녀석이었다.

머리는 기계충의 상흔으로 벽보판처럼 지저분했고, 중국식 소매에서 삐져나온 작은 손은 때에 절어 잘 닦은 탄피처럼 번들거렸다.

"얘야. 우리 한잔하지 않으련?"

처음 그 아이를 발견했던 사내가 술병을 들고 아이를 유혹했다.

"싫어요."

갑자기 아이는 울어버릴 듯이 강하게 부르짖었다.

"난 아바질 다리러 왔시요."

"알구 있다, 얘야."

여전히 그 사내가 말을 받았다.

"난 네가 아버질 모시러 온 줄 알고 있단다. 우리는 모든 것을 알고 있단다. 헛허허. 우리같이 큰 어른들은 환히 다 알고 있거든. 여보게들 그렇지 않나?"

사내가 어깨를 으쓱거리며 이 기묘한 아이에게 차츰 관심을 보이고 있는 친구들에게 동의를 구했다. 그러자 다른 한 친구가 도화역자의 얼치기 사기꾼 같은 웃음을 껄껄거리며 맞장구쳤다.

"그래 우리 나이쯤 되면 모르는 게 없단다. 얘야, 너 이 지구가 왜 도는지 아니?"

"몰라요."

"술 먹으라고 돌아간단다. 얘야, 잘 기억해 둬라. 이 지구는 술 먹으라고 돌아간단다. 알아듣겠냐?"

"예."

"또 하나 내 가르쳐 줄까, 우리 똘똘아."

처음의 그 사내가 비틀거리며 그 아이를 내려다보았다.

"너 개가 왜 한 다리 들고 오줌 싸는 줄 아니?"

"건 알아요."

아이는 비굴하게 웃었다.

"두 다리 다 들면 넘어디디요."

"맞았다. 역시 넌 똘똘이야. 한번 가르쳐 준 건 잊어먹지 않는 쫄 망포시란 말이다."

"너희 아버진 뭣 하는 어른이냐?"

다른 낯선 사내가 젓가락으로 빈대떡을 잘라내며 꼬마에게 물었다.

"국승현이야요. 국승현."

갑자기 꼬마의 얼굴이 대백과사전 한 페이지처럼 충만하기 시작했다. 그것은 마치 전진하는 인형 병정 같은 몸짓이었다.

"왜 아실 거야요. 눈 우엔 커다란 사마귀가 있시요. 몸에선 언제나 양파 냄새가 나구, 뒷주머니엔 항상 마늘을 넣구 다녔시요. 그리고 술만 먹으믄 항상 울곤 했댔시요."

"너희 아버진 왜 찾냐?"

말없이 술잔을 비우던 염색한 미군 작업복을 입은 사내가 아이의 말을 막았다.

"아, 아."

아이는 순간 극적인 표정으로 허공을 쳐다보았다.

"오마니가 죽어가고 있시요."

그 아이는 어느새 훈기가 도는 술집 안으로 기어들어와 있었다. 지독하게 못생긴 아이의 얼굴 위로 삼십 촉짜리 전등 불빛이 그럴싸한 조명 역할을 했고, 연탄불 위로 타오르는 생선의 비릿한 연기는 술집 안을 연막탄 뿌린 것처럼 부옇게 탈색했다.

"좀 전에 피 토하는 걸 보구 막 떼나왔시요. 아버지는 날 보구 오마니가 죽게 되믄 이 술집에서 술이나 퍼먹구 있갔으니, 이리로 오라구 했시요."

"너희 아버진……."

처음에 그 아이를 발견한 사내가 담배꽁초에 불을 그어대며 공허하게 웃었다.

"갔다. 아암, 갔다니까."

"갔다구요? 그러면 어디로 간다구 했나요?"

"네가 오면 저쪽 평양집으로 보내 달라구 했던가."

아이의 몸 구조는 스위스제 시계 부속처럼 생생하고 앙증스러웠다. 엉뚱하게도 US ARMY의 표지가 아이의 가슴팍에서 계급장처럼 반짝이고, 녀석의 얼굴은 비로드 색깔로 번들거렸다. 옷은 되는 대로 껴입어서 마치 갑각류 곤충처럼 부자연스러워 보였다.

"나 폐양집으로 가갔시요."

그 아이는 약간 주춤거렸다. 마지막 잔을 비우고 술집을 떠나는 술꾼들에게서 흔히 볼 수 있는 우울한 고독 같은 것이 순간 아이의 얼굴에서 번득이었다. 그러자 처음에 그를 불렀던 사내가 빈 잔에 소주를 따르며 그 아이에게로 내밀었다.

"한잔만 하구 가렴, 우리 똘똘이."

"먹디 않갔시요. 난 아바질 찾아야 해요."

"네 아버진 그 술집에서 또 딴 술집으로 갔을지 모르잖니?"

"기래두 찾을 수 있시요. 밤새도록 찾아볼 테야요."

"그동안 늬 엄마가 죽어버려두?"

"아바지만 찾으믄 만사 오케야요. 울 아바진 아즈반들하구는 달라요. 아바진 술꾼이긴 하디만, 하려구만 하믄 못 하는 게 없시요. 아, 구릴 가디구두 금을 만들었댔으니까요. 금 말이야요."

어느새 아이의 손은 허물 벗은 애벌레처럼 그 중국식 소매 속에서 슬그머니 솟아나와, 시장판 소매치기꾼들이 슬쩍해 가듯 술잔을 들어 잽싸게 잔을 비웠다. 그것은 가득 채워져 있던 잔이었는데 아이는 요술 부리는 사람처럼 한 방울도 흘리지 않고 그것을 삼켰다. 작은 한 입에 그득히 채워진 충족감 때문인지 소년은 만족한 표정으로 깍두기를 집어들었다.
"담배두 필 테냐?"
"놀리디 마시라우요."
아이는 잠시 옷깃을 여미고 허리를 웅크리었다. 그는 마치 배면을 섬유질 같은 탄력성 있는 물질로 꽉 조였다가 일순에 뛰쳐나가려는 노련한 단거리 선수처럼 매우 기민하고 민첩해 보였다.
"잊디 마세요. 우리 아바지 이름 말이야요. 국, 승, 현, 나중에 혹 술집에서 만나더라두 내가 술 먹더란 말 하디 마세요. 정말이야요."
압도당한 술꾼들은 멍하니 눈길로만 그를 전송했다. 새벽 잔영 같은 쓸쓸한 냉기가 그 아이의 얼굴을 순간 스치고 갔다. 술꾼들은 이제 너무 취해서 한 사람 한 사람 집을 저주하고, 마누라 저주하고, 맏아들을 둘째 아들을 저주하고, 생활을, 미래에 대한 희망을, 원수놈의 월급을, 도대체가 살아가는 그 자체를 그리고 자기 자신을 저주하기 시작했다.

시장 골목으로 찬 겨울바람이 신문지를 날리면서 불어오고 있었다. 사막 위를 구르는 사진(沙塵)처럼 겨울바람은 얼굴 가득히 깔깔했다. 아이는 주머니에 손을 찌르고 무어라고 중얼거리며 걷고 있었다. 벌써 해질 녘부터 다섯 집을 들렀고, 그는 덕분에 최소한 일곱 잔은 넘어 들이켠 셈이었다. 그는 그동안 여러 종류의 술을 들이켰다. 막소주도 들이켰고, 부우연 막걸리도, 그리고 약주도 들이켠 것이었다. 그만하면 목구멍으로 헛헛한 온기가 올라오고, 삶이 머리에서부터 어딘가로 이전해 버리기엔 충분히 마신 셈이었으나 아이는 아직도 공복 상태처럼 부족했다. 아버지를 찾을 때까지 아직도 대여섯 잔은 더 마실 수 있을 것이었다.
　시장 끝에서부터 끝까지 바람은 매웠다. 겨울은 도처에서 낄낄거리고 있었다. 하늘로는 가등(街燈)이 투명하게 빛나고 있었고, 어디선가 고양이가 울었다. 철수한 시장가엔 낡은 차일막이 바람에 펄럭이며 아이의 얼굴을 유령처럼 스치곤 했다. 고맙게도 술기가 인화(引火)되어서 아이의 작은 몸은 스위치가 잘 듣는 전기곤로처럼 달아오르기 시작했다.
　(아, 아, 이 망할 놈의 머리통.)
　순간 아이는 제 머리통이 제 몸에 비해서 엄청나게 무거운 듯한 생각이 들었다. 자기로서는 주체할 수 없는 머리통을 노상 이고 다녀야 한다는 사실이 갑자기 억울해졌다.
　시장 끝에 평양집이 있었다. 빈 시장길로 평양집에서 내비친 다디단 불빛이 투영되고 있었다. 아이는 숨을 죽이고 유리창 너머로 낯선 얼굴이 있는가 없는가를 들여다보았다. 낯익은 얼굴이 없다면 술도 더 마실 수 없을 테고 아버지도 만날 수 없을 테니까.
　다행히도 낯익은 얼굴 두 명이 술잔을 기울이고 앉아 있는 것이 보였다. 아이는 돋움했던 발을 꺾고 바람 부는 한데에서 잠시 자신을 저주하기 시작했다.
　(망할 놈의 술이다.)
　익숙하고 노련한 술꾼들이 누구나 그러하듯 이번 기회로 한번쯤 절제하리라 작정했을 때, 갑자기 어정쩡해지고 늙어 뵈는 것처럼 순간적인 절망, 슬픔, 비애가 아이의 작은 얼굴을 우울하게 스쳐 지나갔다. 그러나 술집 창문 너머 탁자 위 투명한 유리컵이 빛나고, 껄껄거리는 술꾼들의 떠들썩한 농지거리가 들려오자 아이의 못생긴 얼굴은 놀라울 정도로 변화하였다. 참회를 하는 죄수처럼 비장한 표정으로 그는 천천히 술집 문을 잡았다. 그의 손에 익은 문고리였다.

"안녕허세요."

아이는 고개만을 들이밀고 엿보는 식의 인사를 했다. 그러나 아무도 그를 처다보지 않았고 술집 작부만이 그를 처다보았을 뿐이었다.

"얘, 늬 아버진 갔어."

"……."

"과붓집으로 갔단다."

아이는 막연하게 그녀를 올려다보았다.

"증말이란다, 얘."

그제서야 안쪽에 앉았던 술꾼들이 그 아이를 발견했다. 구레나룻 기른 사내가 껄껄거리며 웃었다. 술만 취하면 그는 늘 웃었다. 제 여편네가 피난통에 총알 맞아 배에 공기구멍이 휑하니 나서 죽어버렸다는 얘기를 하면서도 웃었고, 자기는 이제 혼자 살아갈 수밖에 없다면서도 웃었다. 나이 오십 되기 전에 자살하겠다면서도 웃었다. 도대체가 그 사내는 웃는 것밖에 모르는 모양이었다. 그는 역에 숨어 들어가 연탄을 훔쳐 빼돌리는 것으로 직업을 삼았는데, 한 번은 감시원에게 걸려 얼굴 형태가 바뀌도록 맞았는데도, 연신 헛허허 웃으며 입이 부었으면 코로 술을 먹지 하면서 술을 마시던, 좀 모자란 사람 같기도 하고 품이 넉넉하게 남아돌아가게 보이기도 하는 별스러운 사람이었다. 어쨌든 그들이 아이의 얼굴을 분별 못하도록 취하기 전에 자기를 발견해 주었다는 것은 아이에겐 너무나 고마운 일이었다.

"여보게, 난 조만한 애새끼를 보면 캴캴캴, 우리 죽은 애새끼 생각이 나서 말이야, 캴캴캴. 꼭 조만한 새끼였는데 말이야. 캴캴캴.

날 닮아서 잘생기구 영리한 영악쟁이였는데 말이야, 캬캬캬. 크면 한자리 할 만한 새끼였는데 말이야, 캬캬캬."

그 사람과 비교하면 또 한 사내는 아주 달랐다. 그는 술만 취하면 벙어리처럼 말이 없었다. 걷어 올린 팔뚝에 문신이 거뭇거뭇한 사내로, 말없이 가만히 앉아 있다 나이프를 던지곤 했다. 아이는 그 사내의 웃음을 꼭 한 번 본 일이 있었다. 언젠가 이 평양집의 문을 열고 안녕허세요 하며 인사를 했던 순간 부웅 하고 무엇이 날랜 생선 비늘처럼 공기를 가르며 자기 얼굴을 지나 자기 머리하고는 한 뼘도 떨어지지 않은 문설주에 꽂힌 것을 아이는 보았다. 그것은 그의 나이프였다. 전쟁에서 잃은 그의 오른손의 분신이었던 것이다.

"봐라. 이 꼬마야."

그때 그 사내는 앉은 자리에서 외쳤었다.

"내 오른손을 봐라. 얼마나 날카롭고 날랜지를……."

그리고 그는 거품을 흘리는 희한한 웃음을 웃었다. 그것이 바로 그 웃음이었다.

그의 직업은 나무 인형을 깎는 일이었다. 아이는 그 사내가 왼손으로만 병정 인형 깎는 것을 본 적이 있었다. 움막 밖으로 따가운 햇살이 이글거리던 성하(盛夏)의 지난여름 한낮 벌거벗고 인형을 깎던 그는 갑자기 나이프를 들어 먼 나무벽을 향해 던지곤 했다. 지금도 아이는 유치하게 그려진 남자의 성기 위로 혹은 심장 위로, 번득이며 달리던 나이프의 금속성 소리 그것이 허공을 가르며 나무판자 벽을 뚫었을 때의 견고하고 건조한 음향, 열린 문틈으로 내다뵈는 한낮의 중유(重油)처럼 뜨거운 땅볕, 미칠 듯한 땀 냄새들로 하여 무언가 숨이 막히고 막연한 적의가 끓어오르던 그 여름을 생생하게 기억하고 있다.

하지만 그 사내는 그때 아이에게 낮은 목소리로 친근하게, 꼬마야 저 칼 좀 떼어 온 했다고 해도 아이는 그 사내가 자기를 좋아하고 있지 않다는 것을 잘 알고 있었다. 아이를 바라볼 때마다 사내의 눈에선 노골적인 경멸이 번득이었다. 얼마 전 아이가 길을 지나가고 있을 때, 사내가 그의 일터에서 고개를 내밀고 작은 목소리로 아이를 유인했다. 그의 손엔 술병이 들려 있었고 그는 벌써 흠뻑 취해 있었다.

"얘. 우리 한잔하지 않으련. 해장술 말이다."

아이가 해죽이 웃으며 방심한 채 그 움집에 막 들어섰을 때였다. 갑자기 사내의 한 팔만 남은 왼손이 아이의 목을 조르기 시작했다. 사내의 왼손이 무서운 기세로 계속 목을 졸라오자, 아이는 혼신을 다해서 사내의 왼손을 이빨로 물어뜯었다. 그리고 사내의 손이 느슨해진 틈을 타서 큰길로 뛰쳐나갔는데, 그때 아이는 자기도 모르게 바보처럼 울고 있었던 것이다. 그 후 잠시 그들은 술집에서 마주치지 못했다. 그런데 오늘 그 일이 있은 이후 처음 상면한 것이다.

"난 울 아바지 찾으러 왔시요."

아이의 기어들어가는 목소리는 외팔이 쪽은 보지 않고 구레나룻을 건너다보며 말했다.

"봤어, 캴캴캴. 조금 전에 내가 봤어. 그것뿐인 줄 아니? 캴캴캴, 같이 술도 마셨는걸, 캴캴캴."

"오마니가, 오마니가."

아이는 목이 멘 목소리로 손짓을 했다.

"죽어가구 있시요. 피 토하는 걸 보구 막 나왔시요."

아이는 주춤주춤 탁자 쪽으로 다가갔다. 그의 작고 긴 눈은 확확 달아오르는 술기운에 잔뜩 충혈되어 있었고, 눈곱이 끼기 시작했다. 탁자 위엔 투명한 막소주가 놓여 있었다. 새로 마개를 딴 꼭지까지 차 있는 술병이었다.

아이는 그 소주의 맛을 알고 있었다. 이제 한 잔 더 마신 후에 자기가 어떻게 되리라는 것도 잘 알고 있었다.

그 막소주 한 잔이 항상 미만(未滿)의 입 안을 윤택하게 적실 때, 그는 자기의 생명이 어떻게 밀도를 더해 나가는가도 잘 알고 있었다.

그는 긴 걸상 끄트머리에 앉았다. 구레나룻은 긴 하품을 입에 가득히 베어물며 기지개를 켰다.

"너희 아버진 오늘 밤 찾을 수 없을 게다."

"찾을 수 있시요."

그는 단호하게 단정을 내렸다.

"찾아내구야 말갔시요."

"캴캴캴, 그래 오늘 못 찾으면 내일 찾아도 되지 않느냐?"

"아니야요. 오늘 안으로 찾아내야 해요. 오마니가 죽어가구 있시요. 방금 피 토하는 걸 보구 막 떼나왔시요. 입으로 뻘건 피를 토하구 누워서 가느다란 목소리루 날더러 아바지를 찾아오라구 했시요. 아바지만 찾으믄 오마니는 나을 수 있시요."

아이는 가장 알맞은 기회를 잡아 제멋대로 탁자 위의 술잔을 들었다. 그리고 날렵하게 입 안에 털어넣었다.

"아바진 술꾼이긴 하지만 아즈반하구는 달라요. 아, 구리 가디구 두 금을 만들었으니까요. 금 말이야요."

그 한 잔의 술이 그를 자유롭게 했다. 헤어질 때 들이켜는 마지막 술처럼 그 한 잔의 술은 그를 기쁘게 했다. 그는 젓갈을 들고 탁자를 두드리며 노래를 부르기 시작했다.

옛날 옛날 옛적에 예쁜 딸 가진 사람이 살고 있었도다.
동리방천 언덕에 광고냈도다.

술 잘 먹고 노래 잘 하는 사윗감이면
이리로 와서 시험해 보아라.

구레나룻은 별로 놀란 기색도 없이 수염 속에서 종이 먹는 양처럼 소리 없이 웃었다. 다른 사내는 어안(魚眼) 같은 눈으로 술집 안 천장만을 노려보고 있었다. 누가 방해만 하지 않는다면 그는 며칠이고 그렇게 앉아 있을 것 같았다. 아이는 기회를 보아 손을 뻗쳐 술병을 집어 다시 술을 따랐다.

"울 아바진 술만 먹으믄 항상 울어댔시요."

아무도 그의 말을 듣지 않았다. 구레나룻마저 이젠 웃지 않았다. 어디선가 밤고양이가 울었고 피로와 슬픔이 천장에서부터 무겁게 내려앉았다. 아이는 자기가 따른 술잔을 들어 눈치를 보아가며 조금씩 혀끝으로 핥았다. 술집 작부는 담배를 피우며 가끔 이쪽을 쳐다보았고, 기묘한 구성을 이루고 있는 세 사람을 훑어보았다. 이제 아이는 홍당무처럼 상기되고 딸꾹질을 시작했다.

"내 재미있는 문제 하나 낼라요. 왜 개가 오줌을 눌 때 한 다리를 들고 누는 줄 알아요?"

"모른다."

"두 다리 다 들면 넘어디잖아요. 피격."

술은 이제 그의 온몸을 취하게 하고 아이는 지극히 만족한 상태로 술의 유희를 지켜보고 있었다. 그의 눈앞으로 모든 것이 스쳐 지나가기 시작했다. 그는 다시 젓갈을 들어 탁자를 치며 되지 못한 노래를 부르기 시작했다.

어느 날 달밤에 대머리 까진 총각이 찾아왔도다.
깡깡 깡깡이 너의 깡깡이 소리는 듣기는 좋으나

너의 인물이 못나서 나는 싫도다.

파장이 다가온 술집 한구석에서 탁자를 두드리며 술을 마시는 꼬마의 체구는 비록 작긴 했지만 그의 몸짓 하나하나는 노련했고 또한 자기 몫을 다해 나가겠다는 듯한 기묘한 냄새를 풍기고 있었다.

아이는 노래 부르기를 끝마치고 조용히 혀를 길게 내벌려 담뱃불을 끄기 시작했다. 따가운 담뱃불은 그의 혓바닥에서 예민한 소리를 내가며 꺼졌고, 그는 마치 요술 부리는 곡마단의 소년처럼 보였다.

그때였다. 갑자기 사내가 잠에서 깨어난 듯 흠칫하며 나이프를 꺼내들었다. 그리고 눈 깜짝할 사이에 그 나이프가 아이의 목을 겨누었다. 아이는 멍하니 그를 올려다보았다. 사내의 눈이 병적으로 빛나고 있었으며 말린 입술 아래로는 흰 웃음이 무기미하게 빛나고 있었다.

"요 술주정뱅이 꼬마 자식아."

사내는 짖었다.

"내 널 편하게 죽여주마."

아이는 무어라고 항거하려 했으나 혀를 놀리는 것이 쓸데없는 짓임을 알았다.

"꼼짝 마라, 이 꼬마야."

그의 왼손 안에서 번쩍이는 나이프는 그 아이의 목을 노리고 있었다. 아이는 목 근처에 가벼운 통증이 오는 것을 느꼈고 그는 안이한 생명의 탄식소리를 들었다.

(망할 놈의 목이다.)

사내의 손이 출발을 알리는 체육교사의 그것처럼 잔뜩 추켜졌다. 그의 손아귀에서 칼날은 작은 새처럼 불꽃이 튀었다. 그리고 그

칼은 순간 허공을 그어 내렸다. 아이는 공기와 마찰하는 가벼운 소리와 함께 부싯돌을 긋는 것 같은 찰나적인 섬광이 그의 손에서 번쩍이는 것을 보았다. 그리고 그 사내의 손이 제 가슴을 찌르고 탁자 앞으로 고꾸라지는 것을 보았다. 아이는 총알처럼 술집에서 튕겨져 나왔다.

(바보 같은 자식이다.)
거리는 어두웠다. 구석구석에서 바람이 불고 하늘은 납색으로 투명했다. 그 추위는 아이에겐 굉장히 익숙한 것이었다. 언제나 어디서나 그는 이 추위를 이겨내야 했다.
시장 거리는 이미 텅 비어 있었다. 그의 코밑으로 수증기처럼 하얀 콧김이 새어나와 어둠으로 녹아 사라지곤 했다. 딸꾹질은 아직 멎지 않았고, 그는 다행히도 아직 죽지 않았다. 술은 여느 때보다 많이 마신 셈이나 그렇다고 지나친 것은 아니었다. 그는 차가운 벽 앞에 붙어 단추를 끌렀다. 되는 대로 껴입고 있었기 때문에 그의 보온기(保溫器)를 찾기엔 힘이 들었다. 그는 오줌을 누며 기어드는 듯한 목소리로 노래를 부르기 시작했다.

어느 날 달밤에 대머리 까진 총각이 찾아왔도다.
깡깡, 깡깡이, 너의 깡깡이 소리는 듣기는 좋으나
너의 인물 못나서 나는 싫도다.

그는 자기가 갈 곳이 어딘가를 잘 알고 있었다. 아무리 취해도 그는 자기의 노정(路程)을 잊어버린 적이 없었다.
(오마니가 죽어가고 있는데 아바지는 뭘 하고 있을까.)
그는 검은 물감을 풀어놓은 듯한 하늘을 쳐다보았다. 아버지를 찾을 희망은 없었지만 그렇다고 아이는 마지막 보루를 포기할 수는 없었다.
  그는 비틀대며 걷기 시작했다. 시장 거리 끝에서 술 취한 주정뱅이 하나가 길바닥에 몸을 누인 채 자고 있었다. 아이는 천천히 그리로 다가가 주정뱅이의 얼굴을 살폈다. 아이는 그 사내의 주머니를 뒤지기 시작했다. 아이는 이 사내가 날이 밝기 전에 동사해 버릴 것이라고 생각하며 거리낌 없이 그 작업을 계속했다. 주머니는 비어 있었다. 꽁초 몇 개와 먹다 남긴 북어가 왼쪽 주머니에서 나왔고 오른쪽 주머니에서는 전차표 두 장이 나왔을 뿐이었다.
  아이는 이번엔 속주머니를 뒤지기 시작했다. 지폐의 감촉이 손끝에 느껴지자, 아이는 거친 호흡을 해가며 두 장의 지폐를 끄집어 내었다. 그는 그것을 손에 든 채 다시 걷기 시작했다. 그의 가슴은 술을 더 마실 수 있으리라 하는 기대로 뛰기 시작했다. 그는 이 두 장의 지폐로 막소주 두 잔쯤은 더 마실 수 있으리라는 것을 알고 있었다. 그리고 비굴하지 않게 떳떳이 홀로 마시는 막소주 두 잔이 자기를 어떻게 만들리라는 것도 잘 알고 있었다. 아픔도 없이 날갯죽지가 양 옆구리에서부터 돋아나와, 자기를 새처럼 가볍게 하리라는 것도 알고 있었다.
  아이는 늦게까지 문을 여는 술집을 알고 있었다. 하지만 아무리 늦게까지 문을 연다고 해도 지금은 거의 닫을 시간이므로 그는 뛰기 시작했다. 아이의 발소리는 언 땅 가득히 울려퍼졌다. 그가 기대했던 술집은 이미 문이 닫혀 있었다.
  그는 불 꺼진 술집 문 앞에서 고양이처럼 숨을 죽이고 문틈으로 새어나오는 술내를 맡았다. 바람이 그의 머리칼을 날리고 그는 허리를 웅크리었다. 그는 잠시 자기가 취할 행동을 생각하다가 이윽고 결심했다는 듯 유리창을 두드리기 시작했다. 유리창은 얼음장 깨지는 소리를 냈다. 유리창엔 하얀 성에가 꽃무늬처럼 피어 있었다. 아이는 얼마만큼 두드리다가는 귀를 기울이고 얼마만큼 두드리다가는 귀를 기울이곤 했다. 그가 귀를 기울일 때마다 아득히 먼 곳 차가운 바람소리가 들려왔다. 한참 후에 안에서 인기척이 나고 드디어는 사람 하나가 창 앞으로 다가왔다. 안쪽의 사람은 성에를 긁기 시작했다. 좀 후엔 동전닢만한 구멍이 뚫렸고 그 구멍으로 시선 하나가 다가왔다.

"안녕허세요."

아이는 공손히 인사를 했다. 그러자 봉창문이 열리고 머리를 풀어헤친 작부가 나타났다.

"없대두. 너희 애빈 안 왔다니까."

"알구 있시요."

아이는 추워하면서 두 손을 마주 비볐다.

"그런 것쯤은 알구 있시요."

"그럼 뭣 땜에 잠도 안 자고 이러지."

"아바진 이제 필요 없시요."

소년은 짧게 그러나 분명하게 단정을 내렸다. 그러고는 얼굴의 근육을 움직였으나 그것은 우는 것처럼 뒤틀리었다. 그는 석양을 향해 우는 거위처럼 목쉰 소리를 냈다.

"아주마니. 나 술, 술 마시러 왔시요."

그는 자기 말을 믿어달라는 듯 애원하는 시선을 보냈다.

"……이애가 미쳤나?"

"딱 두 잔만 먹갔시요. 돈두 있시요."

아이는 여인 앞에 지폐 두 장을 내보였다.

"정말이지 취하고 싶어요. 내 주량은 내가 잘 알고 있시요. 두 잔만, 딱 두 잔 더 먹으믄 꿈도 없이 잘 잘 수 있갔시요. 지금 이 정도에서 그치면 안 먹은 것보담 더 못하구, 잠두 잘 오딜 않으니끼니."
 아이는 민물고기처럼 웃었다. 주방의 불빛이 쓸쓸히 한 줌 그의 얼굴에 비끼고 있었다. 여인은 잠시 생각해 보는 얼굴이더니 그런 여인들에게서 흔히 보이는 갑작스런 몸짓으로 문을 열어 주었다. 아이는 비실비실 술집 안으로 들어섰고 여인은 하품을 해가며 주방으로 걸어가 술병을 날라왔다.
 아이는 한기가 도는 탁자에 주저앉았다. 그녀는 술병을 들고 아이에게 술을 따라주었다. 아이는 석유내 나는 막소주잔을 앞에 놓고 잠시 숨을 가누었다. 어두운 불빛 속에서 술잔을 마주하고 앉은 소년의 모습은 어딘지 모르게 엄숙해 보이기도 했다. 그가 단정하게 앉아 손을 들어 술잔을 쥘 때마다 불빛이 하얗게 불나방 비늘처럼 흩어져서 그는 마치 파종을 하는 소년처럼 보였다. 한 잔이 다 비워지자 그는 가볍게 손끝으로 탁자를 두들기었고, 그녀는 술병을 들어 인심 후하게 가득 따라주었다.
 "우리 아바진 술만 먹으믄 울었시요. 기리티만 난 보다시피 울딘 않아요."
 방 안에서 어린애 우는 소리가 났다. 그러나 여인은 내버려두었다. 어린애는 제 풀에 울다 그쳐버릴 것이다. 그는 수전증에 걸린 사람처럼 떨리는 손으로 다시 잔을 들어 마셨다. 그것은 매우 짧은 환희였다. 아이는 천천히 일어섰다.
 "아주마니. 내가 클 때까지만 죽디 말라요. 그저 이 꽉 물구 참아 보라요."
 아이는 문간에서 고개를 숙였다. 여인은 문을 닫으며 큰 소리로 무어라고 소리쳤다.
 "잘 가거라. 그리고 다신 오지 말아라."
 아이는 이제 태엽 풀린 인형처럼 걷고 있었다. 그는 자기가 갈

곳을 잘 알고 있었다. 그는 언덕길로 접어들었다. 무너진 집더미가 어둠 속에 짐승처럼 서 있었다. 거기서 밤고양이가 울었다. 언제든 그 고양이는 이맘쯤이면 불도 없는 그 폐허에서, 녹슨 철근이 하늘을 그물처럼 엮고 있는 그 폐허에서 울었다.

언덕 위 바람은 한층 더 매서웠다. 그는 주머니에 손을 찌른 채 언덕길을 오르고 있었다.

언덕 위에 고아원이 서 있었다. 불도 꺼져 있었고 이제 아이들은 작은 공처럼 될 수 있는 한 추위를 막으려고 몸을 웅크리고 잠들어 있을 것이었다. 어떤 녀석은 이를 갈고 자고 있을 테고 다른 녀석은 밤마다 그러하듯 어둠이 무섭다고 칭얼대고 있을 것이다.

(아, 아, 이 어두운 밤 아버지는 정말 어디에 있는 것일까.)

그는 잠시 비틀거렸다. 허나 술에 취했다고 해서 자기가 빠져 나온 철조망 개구멍이 어디에 있을까 잊어버릴 그는 아니었다.

그는 잠시 비로드 색깔로 빛나는 어둠 속에서 보모에게 들키지 않고 체온이 아직 남아 있을 침구 속으로 어떻게 무사히 기어들어 갈 수 있을까 걱정을 했다. 허나 그는 술취한 사람 특유의 자기 나름식 안이한 낙관에 자신을 맡겨버렸다.

언덕 아래에서 차가운 먼지 냄새 섞인 바람이 불어왔다. 그는 사냥개처럼 그 냄새를 맡으며 이를 악물고, 내일은 틀림없이 아버지를 찾을 수 있을 것이라고 단정했다.

방생

　형에게서 전화가 걸려온 것은 이른 새벽이었다. 나는 마침 원고를 쓰느라고 두 시까지 꼬박 원고에 매달려 있었고, 겨우 두 시에야 원고를 끝마칠 수 있었지만 신경이 예민해져서 몸은 솜처럼 피곤했으나 머리는 바늘처럼 예민하게 곤두서 있었다. 간신히 위스키 두 잔을 마시고서야 잠이 들었는데, 그 잠을 깨운 것이 바로 형의 전화였다. 나는 투덜거리며 전화를 받았다.
　"미안하다."
　형은 목쉰 소리로 그렇게 입을 열었다.
　"곤하게 잠자는 것을 깨워서 말이다."
　같은 도시에, 그것도 십 분 거리에 살고 있으면서도 형과 나는 자주 만날 수 없었다. 전에는 일요일이면 함께 골프도 치곤 해서 형제끼리의 우의를 나누곤 했지만, 요즈음은 통 만나지 못했다. 형은 형대로 업무에 쫓기고 나는 나대로 원고와, 정신적인 압박감에 시달리고 있었다.

"무슨 일이오?"

"또 터졌다."

형은 짜증난 목소리로 말을 받았다.

"왜요. 무슨 일이 있었어요?"

"무슨 일이 있긴, 너두 어머니 성격을 잘 알지 않느냐. 무슨 일이 있어서 터지는 분이냐. 요즈음 며칠 잠잠하시더니 또 속을 끓이신다. 온 집안이 난리다."

형은 길게 한숨을 쉬었다.

"병원에서 준 약을 꼬박꼬박 먹습니까?"

나 역시 짜증난 목소리로 하품을 베어 물면서 시큰둥하게 물었다.

작년 겨울 어머니는 병원에 입원하시는 것이 소원이라고 입버릇처럼 말씀하셨다. 언제부터인가 어머니는 누구의 부축 없이는 걷지 못하셨다. 몇 년 전 미국에 다녀오실 때 다락에서 선풍기를 꺼내시다가 넘어져 척추를 몹시 다친 것이 재발된 모양이라고 의사는 진단을 내렸다. 몹시 심한 말더듬이처럼 첫발만 내디디면 대여섯 발짝은 이어 걸으시다가도 다시 서버리곤 했다. 누구의 부축 없이는 꼼짝도 못 하셨다. 휠체어를 사다드렸지만 어머니는 휠체어를 타고 다니시지는 않았다. 남 보기가 부끄럽고 창피하다고 해서 내가 업으려 해도 막무가내로 걷기만을 고집하셨다. 어쩌다 어머니를 모시고 외출을 할 때가 있었는데 나는 어머니를 부축하고 걷는 것이 은근히 부아가 나고 창피스러워서 모른 체 외면해 버리고 아내에게 맡겨버리곤 했다.

나는 어머니가 못 걸으시는 것이 신체적인 증상 때문이 아니라 마음의 증상 때문이라고 굳게 믿고 있었다. 어머니는 어떻게든 주위의 관심을 자신에게 집중시키려 하고 있었으므로 그 마음이 신체적 증상으로 나타나 보행을 제대로 못 하는 병에 이르렀다고 나는 분석을 하고 있었다. 그렇게 마음먹은 것이 나 자신을 위로할 수 있었다. 어머니가 나이 드셔서 마침내 두 다리를 제대로 못 쓰게 되리만큼 노화되었다고 생각하기는 싫었다. 어머니는 멀쩡한 두 다리를 가지고 있으면서도 단지 우리들의 관심을 끌기 위해 두 다리에 마비가 왔다고 나는 애써 믿고 있었다.

그래서 어떤 때 어머니를 부축하다 보면 어머니의 교활한 계산에 내가 말려드는 것 같은 억울한 분노가 치밀어 나도 모르게 거칠게 어머니를 다룰 때가 있었는데 그럴 때면 어머니는 주위 사람들이 들으라는 듯 아야야아야 하고 비명을 지르곤 하셨다.

"넌 날 성한 사람 취급하냐. 어쩌면 그렇게도 막 다루냐, 다루길."

지난겨울 병원에 입원했을 때 어머니를 진찰했던 내과 의사는 우리들에게 이렇게 말했다.

"정신과 병동으로 옮기셔야겠습니다. 노인성 히스테리가 심합니다. 주위 사람들이 괴롭겠습니다. 저런 증상은 끊임없이 주위 사람들을 의심하고 괴롭히게 마련입니다. 저런 분을 간호하다간 주위 사람들도 히스테리가 되기 쉽습니다. 거짓말 같지만 히스테리도 전염되니까요."

어머니를 정신과 병동으로 옮기고 나서 나는 기분이 우울했다. 아무리 일흔네 살의 노인이라고 하지만 어머니를 정신과 병동에 입원시킨다는 것은 불쾌한 일이었다.

그러나 막상 본인은 별로 그렇게 느끼는 것 같지도 않았고 세 사람이 함께 쓰는 병동에서 어느 틈에 어머니는 함께 들어 있는 젊은 여인과 중년 여인을 휘어잡고 대장 노릇을 하고 계셨다.

어머니를 찾아 정신과 병동으로 가는데 무심코 엘리베이터 걸에게 7층 가자고 말했더니 소녀는 이렇게 말했다.

"7층에서는 엘리베이터가 서지 않아요."

"어째서?"

"거긴 정신과 병동이니까요. 한 층 걸어 내려가야 합니다."

엘리베이터에 탔던 사람들이 모두 나를 주시하고 있었다. 정신과 병동으로 찾아가는 나를 아주 정신병자 취급 하듯이.

나는 울컥하는 수치와 굴욕을 함께 느끼며 8층에서 내려 계단을 내려가 정신과 병동으로 들어갔는데 복도에 들어서자 그 병동이 다른 병동과 다른 분위기를 갖고 있다는 것을 느낄 수 있었다.

눈에 초점이 흐린 환자들이 복도를 느릿느릿 걷고 있었다. 그들의 얼굴은 표정이 없었으며 얼굴은 백지장처럼 희고 신경안정제의 장복으로 살들이 쪄서 부종 환자들처럼 보였다. 너무 천천히 걷고 있어서 그들은 우리에 갇힌 열대 동물처럼 보였다.

어머니는 의외로 건강하고 명랑해서 또릿또릿한 얼굴로 나를 맞아주셨다. 아마도 아들이 글을 쓰는 사람이라는 것을 벌써 소문내셨는지 같은 방을 쓰는 환자들이 나를 흥미롭게 보았고 두 명의 환자들이 내게 와서 종이와 펜을 내밀고 사인을 해달라고 독촉했다. 둘 다 젊은 여인들이었는데 행동이 느릿느릿하고 나사가 빠져버린 모습들이었다.

한방을 쓰는 중년 여인이 내 곁으로 다가오며 수다를 떨기 시작했다.

"아이구, 할머니 아드님이신가, 예쁘게도 생겼네. 뭣 하시는 분인가. 아이구."

다른 침대엔 젊은 여인이 누워서 나를 말똥말똥한 눈으로 쳐다보고 있었다. 미리 문병을 했던 아내에게 들었던 대로 시집간 지 일주일 만에 입원한 환자라는 것을 나는 첫눈에 알아차렸다.

"괜찮아요?"

내가 밑도 끝도 없이 퉁명스럽게 묻자 어머니는 대답하셨다.

"괜찮고말고."

늘어진 환자복 사이로 어머니의 커다란 유방이 엿보였다. 어머니는 키가 작아 백오십 센티미터도 안 되었지만 유방만은 제법 컸다. 내가 그 유방 끝에 매달린 젖꼭지를 빨고 자랐다는 것을 생각하면 저처럼 함부로 환자복을 흘뜨리고 자신의 치부를 드러내는 어머니가 나이답지 않게 음탕하고 추악한 정욕을 아직까지 갖고 있는 것이 아닌가 하는 혐오감을 느끼곤 했다. 실제로 자신의 성기가 늘어지고 닭벼슬처럼 처졌다고 내게 말하고는 몹시 운 적이 있었다. 어머니는 일 분에 열 번 울고 열 번 웃을 수 있는 천재적인 연기력을 가진 배우였다.

"하지만 이 밑구멍으로 여덟 명이나 빼냈으니 그럴 만두 하지."

울다가 어머니는 이내 웃으시며 그렇게 말했다. 그러다가 또 울었다.

"아이구 망할 놈의 영감, 이리 죽어 가지구 나를 이처럼 지긋지긋하게 고생시키다니. 아이구 아이구."

그러다가 어머니는 정색을 하고 나를 보며 말씀하셨다.

"내가 보여줄 것이니 보겠니. 늙으니까 털두 다 없어지구."

어머니는 당장에라도 보여줄 듯이 허리띠를 푸셨다. 나는 신경질을 부렸다.

"제발 그만 좀 하세요, 제발."

어머니는 내가 보는 앞에서 침대에 요강을 들고 올라가 오줌을 누었다. 나는 내가 오면 어머니가 버릇처럼 오줌을 눈다는 것을 잘 알고 있었다. 어머니의 흰 엉덩이가 늙은 호박처럼 보였다.

"선생님 좀 만났니."

"아뇨."

"만나라. 네가 오면 만나겠다고 하니까."

"알겠어요."

나는 아래층으로 내려가 담당 의사를 만났다. 그는 매우 젊은 의사였다.

"애쓰셨습니다. 저두 늙은 부모를 모시고 있지만 사실 여간 어려운 일이 아니니까요."

"전 맏아들이 아닙니다. 전 둘째 아들입니다."

"알고 있습니다. 허지만 피장파장이지요. 허지만 직접 모시고 사는 분은 고통이 열 배나 더한 법이지요. 잘 아시겠지만 어머니는 노인성 히스테리 환잡니다."

"노망이 드셨나요?"

"아직 그런 단계는 아니지요. 차라리 노인들은 노망이 들면 본인 자신은 행복하고 편안합니다. 하루에 한 번 인터뷰를 하는데 보통 할머니가 아니더군요. 머리가 너무 좋아요. 어떤 땐 천연덕스럽게 거짓말도 합니다. 자칫하다간 저희들이 희롱당하는 것 같은 느낌을 받곤 하지요."

"맞습니다."

나는 웃었다.

"주의하세요, 선생님. 어머니는 명연기자이기 때문에 선생님을 조롱할지 모릅니다. 선생님을 속이고 그 속아 넘어가는 것을 보며 즐거워할지도 모릅니다. 이런 말은 하지 않던가요. 며느리들이 제대로 먹을 것을 주지 않는다. 큰아들 작은아들 둘 다 자가용을 가지고 있으면서도 일 년이 넘도록 여행 한번 시켜주지 않는다……."

"……알고 계시는군요. 그래서 말인데요. 두 아드님이 번갈아 한 달에 한 번씩 여행을 시켜 보시는 게 어떨까요."

"선생님은 속으셨습니다. 저희들은 자주 어머니를 모시고 여행을 해요."

"허허 참."

의사는 입맛을 쩝쩝 다셨다.

어쨌든 일주일에 한 번은 어머니에게 들러 이런 얘기 저런 얘기를 나누겠다는 약속을 하고 나는 병동으로 올라왔다.

내게 수다를 떨던 중년 여인은 이불을 뒤집어쓰고 울고 있었다.

"할머니가, 할머니가 그럴 줄 몰랐어요."

중년 여인이 흐느껴 울며 그렇게 말했다.

"난 할머니가 내 이야기를 듣고 늘 웃으시기에 즐거워서 그러시는 줄 알고 떠들었는데 너무하세요 할머니, 할머니."

어머니는 어느 틈에 담당 간호사에게 질이 낮고 시끄러운 환자와 함께 있으니 불편해서 못 견디겠다, 방을 옮겨주든지 저 여인을 딴 방으로 옮겨달라고 고자질을 한 모양이었다. 어머니는 들은 척도 않고 침대에 앉아 있었다.

"썩어져 죽을 년."

어머니는 나를 가까이 오라고 손짓한 다음 내 귀에 입을 들이대고 속삭이셨다.

"저년은 쌍년이야. 시끄럽고 입만 열면 더러운 이야기만 한다. 저년은 썩어져 죽을 년이다."

증오심, 어머님의 증오심. 어머니의 끝간 데를 모르는 증오심. 아아 어머니의 증오심. 그 날이 서고 시퍼런 독을 품고 있는 증오심. 내 가슴속에도 들어 있는 증오심. 그것을 확인할 때마다 이것은 다름 아닌 어머니에게서 물려받은 것이라는 비애가 들고, 그것을 확인할 때마다 자신에게 침을 뱉고 싶은 절망감.

나는 온 병동이 떠나라고 소리를 질렀다.

"제발 조용히 좀 하세요."

그 일이 있고 나서 어머니는 하루에 한 번씩 병원에서 주는 약봉지를 비우셨다. 나는 그 약이 고단위의 신경안정제인 줄 알고 있었다. 그 약을 먹으면 어머니는 양순해지셨으며, 몇 시간이고 코를 골고 주무셨다.

"약이야 꼬박꼬박 드신다."

형은 맥 풀린 소리로 대답했다

"하지만 약이 무슨 소용 있니. 저렇게 속을 끓이시는데."

"도대체 무슨 일이십니까?"

"파출부 아줌마가 계란을 훔쳐 먹었다고 야단이다. 어머니가 냉장고에 분명히 계란이 열두 개 들어 있었는데 두 개가 없어졌다고 야단이시다. 파출부 아줌마가 필경 훔쳐 먹었다고 그러신다. 그까짓 계란 두 개가 무슨 소용이냐고 해도 저 모양이다. 너도 어머니의 성질을 잘 알고 있지 않느냐. 파출부도 울고불고 당장 나가겠다고 보따리를 싸는 걸 내가 간신히 말렸다. 너두 알다시피 파출부마저 나가면 어머니 비위를 맞출 사람은 구하지 못한다."

그건 사실이었다.

형집에 들어오는 가정부나 파출부는 어머니 등쌀에 한 달을 채우지 못하고 쫓겨나곤 했다. 어머니는 트집을 잡는 데 명수였다. 밥을 많이 먹으면 먹는다고 트집이었고, 손버릇이 나쁘다고 억지를 부렸다. 당신이 쓰시는 밀크로션을 찍어 바른다고 야단이셨고, 시외 전화를 함부로 쓴다고 야단을 치셨다. 어떤 아이는 엉덩이가 너무 크고 젖가슴이 너무 크니 후레자식이라고 트집을 잡았으며 어떤 파출부는 퇴근할 때 뭘 훔쳐간다고 당신이 직접 몸수색을 한 적도 있을 정도였다. 지금 형집에 있는 파출부는 성격도 무던하고 어머니의 비위도 설렁설렁 맞출 줄 아는 비윗장 좋은 성격을 가지고 있었다.

"그래서 말인데……."

형은 조심스레 말을 꺼냈다.

"네가 어머니를 모시고 어디 교외에 바람이나 쐬고 오려무나. 난 지금 회사에 출근하는 길이고, 시간이 없지만 넌 짬을 낼 수 있지 않으냐."

"형, 저두 바빠요. 죽을 맛입니다. 원고가 밀렸어요."

"서로 협조해서 살자, 이 새끼야."

형은 농담 식으로 말했다. 그는 지치고 목쉰 소리로 웃었다.

"하다못해 도봉산이라든지 우이동이든지 아니면 신륵사라도 갔다 오려무나. 그래야만 속이 가라앉을 것이다."

형은 전화를 끊었다.

나는 끊긴 잠을 잇느라고 다시 눈을 감았다. 잠은 이미 맥이 끊겨 있었다. 나는 무거운 몸을 일으켜서 세수를 하고 이를 닦았다. 우라질. 나는 투덜거렸다. 어머니는 우리를 괴롭히고 있다. 언제던가 나는 어머니가 촛불을 켜들고 기도를 하는 것을 우연히 본 적이 있었다. 어머니는 독실한 가톨릭 신자였다. 다리가 아프신 뒤로는 일요일마다 성당에 못 가는 대신 누굴 시켜서라도 성수를 가져오게 하고서야 마음을 놓는 신도였다. 어머니의 영세명은 안나였다. 어머니는 촛불을 켜들고 버릇처럼 묵주신공을 외고 있었다. 참으로 되어먹지 못한 기도였다. 저 끝간 데를 모르는 질시와 의심, 증오와 적의를 갖고 있는 어머니가 왜 저토록 성모님의 은총을 갈구하고 계시는 것일까. 나는 어머니의 머리맡에 놓여 있는 작은 책자를 들여다보았다. 거기엔 다음과 같이 씌어 있었다.

성모 마리아님! 이 병 들고 죄 많은 영혼을 죽는 날 그날까지 편안하고 안락하게 살게 하다 거두어 주옵소서. 나로 하여금 죽음을 무서워하지 않도록 해주옵소서.

활자로 인쇄된 그 글씨는 어머니처럼 나이 들고 늙은 분들에게만 나눠주는 책자인 모양이었다.

죽음이 어머니를 괴롭히듯 어머니는 우리들을 괴롭히고 있다. 아아 우라질 우라질.

나는 늦은 아침을 먹고 어머니가 계신 큰집으로 갔다. 아파트 문을 두드리자 잠을 설쳐 부얼부얼한 얼굴로 형수가 나왔다. 집안이 한바탕 격전을 치른 뒤에 느껴질 수 있는 우울한 분위기로 가라앉아 있었다. 두 아이는 이미 학교에 갔고 이제 조금 있으면 유치원에 들어갈 아이 하나만 소파에 앉아 있었는데 어른들의 무거운 분위기에 전염된 듯 계집아이도 나를 말똥말똥 쳐다보고만 있었다.

"야단이다. 아이들의 성격도 문제다. 어머니 때문에 아이들도 명랑하지 않고 비사교적인 성격으로 변하고 있다. 어쩌면 좋으냐. 아이들조차도 할머니를 미워하고 있으니."

언젠가 한탄 비슷이 형이 내게 했던 말을 나는 기억하고 있다. 어머니는 집에 아이들 친구가 오는 것도 좋아하지 않았다. 그들은 마루를 구르며 시끄럽게 굴며 장난감을 훔쳐간다고 의심하고 있었다. 아직 어린 나이 때, 아이들은 어머니의 만만한 분풀이 대상이었다. 아이들이 사리를 분별할 만큼 커지자 아이들은 각자 제 방에 틀어박혀 될 수 있는 대로 할머니와 마주치는 것을 피하고 있었다. 자연 집안 분위기는 활기에 차고 명랑한 것이 아니라 침울하고 침몰한 배처럼 무겁게 가라앉을 수밖에 없었다.

"어떻게 됐습니까?"

나는 형수에게 물었다.

"여전히 뿔났습니까?"

나는 짐짓 아무렇지도 않게 머리에 두 손가락을 세워 뿔 모양을 만들어 보였다.

"들어가 보세요. 누워 계시니까."

"어머니."

나는 엄살 반, 불평 반, 애교 반의 소리를 지르며 거실 위로 올라섰다.

"제가 왔습니다. 둘째 아들이 왔습니다. 핫하하."

어머니는 침대 위에 등을 보이고 누워 있었다. 쑥 냄새가 났다. 아마도 쑥찜을 하고 계셨던 모양이었다. 머리맡에 물그릇이 놓여 있었는데 그 속에는 틀니가 포르말린 속에 잠겨 있는 개구리처럼 들어 있었다.

"으하으핫하. 오마니(우리 집은 원래 평안도이다.) 무어가 어드르케 되었습네까?"

어머니는 실쭉 웃으며 나를 돌아보며 말했다.

"미친 자식."

어머니는 입술에 엷은 립스틱을 바르고 있었다. 얼굴에 분도 바른 모양이었다. 몇 년 전, 미국에 누이를 만나러 한 일 년 다녀오신 후 어머니는 매니큐어도 바르고 립스틱도 발랐다. 처음엔 신기했지만 날이 갈수록 화장을 한 어머니의 얼굴은 어딘지 기괴하고 추악한 느낌을 불러일으키고 있었다.

"무에 화가 난다고 속을 끓이십네까, 오마니. 누가 쳐 쥑일 놈입니까."

"시끄럽다."

갑자기 어머니는 준비해 두었던 것처럼 울기 시작했다.

"아이고, 빨리 죽어야지. 죽어야지, 이처럼 괄세 당하다간, 차라리 죽는 게 낫지. 아이고……."

"이러지 마시라요. 오마니, 죽긴 와 죽습네까. 일어나십시다레."

"일어나면."

"바람이나 쐬고 오십시다레 젠장."

어머니는 갑자기 환하게 웃었다.

"울다가 웃으면 똥구멍에 털 난다는 걸 모르십네까."

"미친 자식."

어머니는 침대에서 무릎으로 기어 내려왔다. 어머니는 언제부터인가 방 안을 무릎으로 기어다녔다. 그럴 때 어머니는 살의를 품은 짐승처럼 보였다. 네발로 기는 것은 분명히 사람의 행동이 아니었다. 어머니는 차츰 인성(人性)은 없어지고 본능적인 수성(獸性)만 남은 것일까.

젊었을 때부터 어머니는 여름이건 겨울이건 옷을 몹시 껴입는 버릇을 가지고 있었다. 어머니는 치마 속에 다섯 개의 내의와 바지, 위에 세 개의 스웨터와 저고리를 걸치고서야 일어섰다. 어머니는 털실 뭉치처럼 보였다. 그 경황에도 어머니는 화사한 분홍빛 한복을 차려 입고 있었다.

아! 그렇지.

나는 어머니의 화사한 한복을 보고서야 새삼스레 느꼈다.

아! 벌써 봄이지.

계절의 감각을 잊은 지가 오래였다. 나날의 일상생활에 정신없이 뛰다보면 세월은 물처럼 흘러가고 계절은 바람처럼 흘러갔다.

며칠 전 시내에 나가다가 차 속에서 한남동 단국대학 담 너머로 개나리가 드문드문 피어 있는 것을 보고는 아! 봄이 왔구나 하는 느낌을 받은 것이 고작이었다.

나는 어머니를 부축해서 아파트 계단을 내려왔다. 어머니는 며칠 새에 더욱 다리를 못 쓰고 계셨다. 이러다간 마침내 앉은뱅이가 되어버리는 것이 아닐까. 잔소리, 앉은뱅이의 잔소리는 살아 있는 인간의 목소리가 아니다. 그것은 악마의 소리다.

"어디로 갈까."

어머니는 차 속에 앉으시고서야 의기양양하게 웃었다. 그 웃음은 자신의 작전이 맞아들어갔을 때 저절로 나오는 쾌심의 미소 같은 것이었다. 우리는 이 교활한 노인의 작전에 멋있게 말려들었다. 바깥바람을 쐬고 싶을 때 어머니는 집안을 들들 볶아대셨다. 그것은 치밀한 계산에서 우러나온 연극이었다.

"신륵사로 가십시다."

"신륵사, 그게 어디냐?"

"나도 모르겠습니다."

"비가 오는데 괜찮겠니."

그래 비가 오고 있었다. 굵은 비는 아니었다. 발이 가는 세우였다. 차창에 빗방울이 점점으로 맺히고 있었다. 온 대지는 촉촉하게 젖고 시야는 뽀오얀 봄기운으로 서서히 피어오르고 있었다. 고속도로로 들어서자 산천은 완연히 봄의 옷을 입고 있었다. 아직 초록의 빛은 보이지 않으나 먼 산에 드문드문 노오란 개나리의 꽃들이 엉켜 있는 것이 보였고, 온 산야는 꼭 집어 말할 수 없는 부드러움과 생의 충만함, 죽은 자들 위에서 마악 살아 일어서려는 생명의 기지개, 그들의 합창소리 같은 것이 어우러져 이상야릇한 요기를 뿜고 있었다. 그 위를 봄비가 촉촉이 내려 적시고 있었다. 한 마장을 걸어도 옷 속으로 스며들 비는 아니었고, 안개보다도 섬세한 빗방울은 참빗처럼 지난겨울 동안 헝클어지고 때 묻은 대지의 숲과 나무들의 머리칼을 감고 그것을 정성들여 빗질하고 있었다. 햇빛은 없었지만 온 누리는 부드러운 빛이 어디서부터인지 뚜렷한 방향도 없이 스며들어와 딱딱해진 대지는 부드러운 미소로 화해하고 실뿌리를 적시며 시들었던 나무들과 풀들은 반짝반짝 눈을 뜨고 있었다. 풀들은 모두 긴장한 신병들의 계급장처럼 빛나고 있었다.

어쨌든 어머니의 치밀한 작전에 말려들어 교외로 빠져나가는 것도 그처럼 억울하게 느껴지지는 않았다. 어머니만 아니었다면 나는 한낮이 기울 때까지 밀린 잠을 보충하느라고 이불을 뒤집어쓰고 있었을 것이다. 어머니의 엄살과 온 집안을 괴롭혔던 격전 뒤에 억지 춘향 격으로 떠나는 모처럼의 여행은 제법 봄을 맞으러 찾아가는 기쁨마저 불러일으키고 있었다.

"어머니."

나는 뭔가 한마디쯤 해야겠다고 생각했다. 그냥 넘어가서는 안 된다고 생각했다. 그렇게 되면 고질적인 버릇이 될 것이다.

"도대체 왜 이러십니까. 좀 느긋하게 마음을 먹고 지낼 수는 없겠어요. 어머니 때문에 온 집안이 뒤숭숭합니다."

어머니는 대꾸도 않고 차창 밖을 내다보고 있었다.

"어머니처럼 행복한 분이 어디 있습니까. 다리가 좀 아프시달 뿐 건강하시고, 우리들 모두 밥벌이 잘 하고 있지 않습니까. 여행을 하고 싶으면 이런 식으로 하지 않으셔도 되지 않습니까. 미리 나 여행 좀 시켜다오, 하시면 누가 안 된다고 펄펄 뜁니까. 왜 어머니는 며칠에 한 번씩은 집에 분란을 일으킵니까. 계란 두 개가 뭐 어때서 그러십니까. 훔쳐가지도 않았겠지만 설혹 훔쳐갔다고 한들 그게 뭐 대숩니까. 그저 가만히 앉아서 시어머니 대접만 받으세요."

"썩어 죽을 녀석."

갑자기 어머니는 나를 쳐다보았다. 어머니는 그러나 입에 미소를 띠고 계셨다.

"네놈두 언젠가는 나처럼 된다. 너두 니 새끼가 귀엽지. 다혜랑 도단이랑 귀엽지, 나두 너희들을 그렇게 키웠다. 너희들이 나를 원망한다면 내 나이가 되어봐라."

어머니 나이가 되어도 전 그렇지 않을 자신이 있어요. 나는 대답하려다가 겨우 말끝을 막았다. 그건 사실 자신 없는 대답이었기 때문이었다.
"사랑은 내리사랑인 법이야, 이 새끼야. 절대로 사랑은 올라가는 사랑이 아니다."
나는 할 말이 없었다.
"나두 괴롭다. 왜 이렇게 죽는 게 힘이 드냐. 무섭고 무섭다. 난 가끔 내가 관 속에 묻혀 있는 걸 생각하면 겁이 난다. 얼마나 답답하겠니. 그 속은……."
"어머니는 백 살까지 사실 거예요."
"썩어 죽을 녀석. 이처럼 아프고 하루가 괴로운데. 아이고 싫다. 천 살까지 살래도 난 싫어. 나 그저 편안히 죽었으면 싶다. 어느 날 잠자다 내가 죽은 걸 모르게 죽었으면 싶다."
그러나 나는 안다. 어머니는 말로만 그러할 뿐 누구보다 자신의 생명에 애착이 강한 것을. 심지어 어머니는 사레 잘못 들려 숨이 넘어가는 것이 우려돼 언제나 손이 닿는 곳에 자리끼를 놓고 계시며, 가끔 우황청심환을 심장이 뛴다고 씹어 삼키신다. 진짠지 가짠지 모르나 곰의 쓸개는 구할 수 없으니까 돼지 쓸개를 구해 물에 타서 잡수실 정도이다. 어머니는 누구보다 개를 귀여워하시는 편인데 아파트로 이사올 무렵 몸소 아침마다 밥을 주던 개를 동네 사람을 시켜 잡게 한 후 그것을 탕으로 해서 잡수실 정도다. 집 식구들은 기분이 언짢아서 외면했지만 어머니는 상하지 않게 냉장고에 두시고는 사흘 만에 '해피'라고 불리던 개의 몸뚱어리를 모두 씹어 삼키셨다. 어머니의 자비는 위선이며, 어머니가 개에게 베푸는 사랑은 오직 이기주의에 불과한 것이라는 것을 나는 잘 안다. 아무리 그렇다 하더라도 자신이 키우던 개의 고기를 씹고 국물을 삼키는 어머니의 뻔뻔함은 불쾌하고 섬뜩한 느낌을 불러일으키고 있었다. 나는 그 일이 있은 뒤 어머니에게 빈정거리며 말했다.

"개고기를 드셨더니 어떻습니까. 기운이 납디까. 어휴 얼굴 좀 보게. 화색이 도시네."

어머니는 치사하게 자신의 죽음을 무기로 우리들을 위협하고 협박하고 있는 것이다.

어릴 때 어쩌다 친구들과 싸우다 지게 되면 코피를 손바닥 같은 데 묻혀 들고 나는 덤벼들곤 했다. 그러면 키 큰 놈들도 기가 죽어 슬슬 뒷걸음질치곤 했다. 그것은 피가 주는 이상한 공포감에 지레 질려버리는 약점 때문일 것이다. 어머니는 마찬가지로 비겁하게 자신의 죽음을 손바닥에 묻혀 들고, 전후 길거리에서 손에 흙칠을 하고 동냥을 조르던 양아치들처럼 우리를 겁주고 있는 것이다. 그때 우리가 동냥을 하는 것은 진심에서 우러나온 것이 아니라 마지못해서, 공포에 질려, 피곤해서 행하는 일종의 도피인 셈이었다.

차는 한 시간 남짓 달려 여주 시내를 지나 신륵사에 도달하였다. 마침 준비했던 우산이 하나밖에 없었으므로 나는 한 손으로는 우산을 받쳐 들고 한 손으로는 어머니를 부축하고 제법 효자처럼 절 문을 지나 뜨락으로 들어섰다.

어디선가 향냄새가 풍겨왔다. 목탁 소리도 청아하게 들려왔다. 그러나 절은 텅 비어 있었다. 그 흔한 관광객들도 평일이고 거기에 비까지 내린 터라 전혀 찾아볼 수 없었다.

절 앞으로 큰 강이 완만한 곡선을 그리며 흘러가고 있었다. 가는 빗줄기는 강 위를 부드럽게 두드리고 있었다. 그것은 마치 큰북을 두드리는 가는 북채처럼 보였다. 도시에서 볼 수 없는 꽃들이 절 뜨락에 조금씩 움트고 있었다. 절 마당은 막 울다 울음을 그치고 잠든 아이의 얼굴처럼 질펀히 젖어 있었지만 평화롭고 정갈해 보였다. 가사를 입은 중이 비를 피해 절의 추녀 밑을 따라 종종걸음으로 뛰어가고 있었다.

우산 위를 두드리는 가는 봄비가 그처럼 정다울 수 없었다. 우산을 타고 흐르는 빗물이 우산의 살마다 맺혀서 떨어질 듯 떨어질 듯 좀처럼 떨어지지 않았다.

"봐라."

대웅전 계단을 위태롭게 걸어가던 어머니가 발길을 멈추고 늘어진 벚나무의 가지 끝을 가리켰다.

"봄이다. 봄이 왔다. 싹이 움트고 있다."

나는 어머니가 가리킨 손끝을 바라보았다. 어머니의 말대로 늘어진 가지 끝에 새파란 새순이 사금파리처럼 빛나고 있었다. 왕성한 생명력이 죽은 나뭇가지 끝에서 무섭게 솟구쳐 오르고 있었다. 그 가지 끝에 촉촉한 봄비가 가랑가랑 맺혀 있었다.

"이제 곧 벚꽃이 필 것이다."

어머니는 환히 웃으시며 나를 돌아보았다. 어머니의 얼굴은 소녀처럼 고왔다. 어느 틈에 머플러를 머리에 뒤집어쓰고 계셨다.

어릴 때부터 보아왔지만 어머니는 유난히 꽃을 사랑하셨다. 나는 기억하고 있다. 어머니를 따라 언덕을 넘어 영천시장을 갈 때마다 어머니는 남의 열린 대문 너머로 꽃들이 만발하면 발길을 멈추고 "아이고 고와라. 썩어져 죽을 놈의 꽃들이 저렇게도 고울까." 하며 감탄하시고는 주인이 뭐라든 상관없이 대문을 밀고 들어가 한참이나 꽃을 감상하시고서야 돌아서던 분이었다. 다 죽어가는 화분의 꽃들도 어머니의 손만 닿으면 기적같이 살아나곤 했다. 한겨울 거실에 내다놓은 화분이 얼어 터져 빈사 상태에 이르렀을 때도 어머니가 가져다 두어 달 키우고 나면 불치의 병에서 일어서곤 했다. 어머니는 죽은 나무에서 꽃을 피우는 마법사의 손을 가지고 있었다.

"아아."

어머니는 감탄하듯 절 마당을 바라보며 중얼거리셨다.
"썩어 죽을 놈의 봄이로다."
절 마당 한복판에 고색창연한 탑이 위태롭게 서 있었고, 그 탑 주위로 만개한 진달래꽃들이 피를 토하고 있었다. 절 뒤 숲 속 아득히 먼 곳에서 새 울음소리가 은은히 들려왔다.
"강을 보러 가자."
어머니는 절 앞을 흘러내리는 길을 가리키며 말했다. 나는 어머니의 허리를 부축해서 몸을 돌이켰다.
한겨울 얼어붙은 강은 완전히 풀려 천천히 흘러가고 있었고, 비에 젖은 자갈들은 윤이 나고 있었다. 강 너머 맞은편에 드리운 버드나무들이 머리를 풀고 부스스 기지개를 켜고 있었다.
한 떼의 사람들이 길가에 모여 있었다. 버스를 타고 먼 곳에서 떼를 지어 온 관광객들처럼 보였다. 대형 버스가 강가에 멎어 있었고 사람들은 비를 맞으며 강가에 모여 서서 강물을 바라보고 있었다. 우리는 그 곁으로 다가갔다. 그들은 단순히 관광을 온 사람들은 아닌 것처럼 보였다. 그들은 두 손을 모아 강을 향해 합장을 하고 있었다. 대부분 나이 든 사람들이었다.
"저게 무엇을 하는 건 줄 아니."
어머니는 내게 물었다. 나는 대답했다.
"모르겠습니다. 봄맞이 관광객들이겠죠 뭐."
"아니다. 저 사람들은 모두 신자들이다. 불교 신자들."
"여기서 뭘 하고 있는 것일까요."
"아마 방생을 하러 나온 것이겠지."
"방생이요? 초파일날도 아닌데요."
"독실한 신자들은 때도 없이 한단다. 보렴."
어머니는 턱으로 그들을 가리켰다.

강가에 몰려선 사람들은 무릎을 꿇고 앉아 갖고 온 민물고기들을 강가에 풀어주고 있었다. 모두 나이 든 사람들이었다. 대부분 어머니 나이 또래였고 어떤 할머니는 휠체어를 타고 앉아 있었다. 어쩌면 노인 단체에서 나온 신도들의 방생회인지도 몰랐다.

비닐봉지에서 민물고기를 꺼내 강물에 고기를 풀어주고 나서 노인들은 일제히 두 손을 모으고 합장을 하고 있었다. 무어라고 중얼거리며 염불을 외는 소리, 기원을 하는 소리. 함께 입을 맞춰 중얼거리는 노랫소리. 그런 노인들의 둔중한 목소리는 알몸으로 비를 맞고 있는 강물을 타고 느릿느릿 흘러가고 있었다.

"어디서 오셨어요?"

맑은 목소리가 우리를 향해 들려왔다. 우리는 소리 난 곳을 보았다. 어머니 또래의 노인네가 우리를 보고 맑게 웃고 있었다. 승려는 아니었는데도 가사를 입고 있었다. 머리에 비를 맞지 말라고 비닐봉지를 뒤집어쓰고 있었다. 머리칼이 백설처럼 흰 노인이었다.

"서울서 왔다우."

어머니는 대답했다.

"아드님인가요."

"우리 둘째라우."

"보기도 좋아라. 효자이시네. 어머님 모시구 봄맞이도 나오셨구."

"그럼요, 내 새끼들이야 부모 공경 기막히게 하지요."

"물고기 한 마리 드릴까요? 방생 좀 하실라우."

"고맙기도 하셔라."

어머니는 웃으셨다.

"난 불교 신자는 아닌데. 난 천주교 신잔데."

"천주교 신자면 어떻수. 다 극락왕생 비는 일인데. 옜다 한 마리 남았수."

노인은 어머니에게 비닐봉지 속에 들어 있는 민물고기 한 마리를 내밀었다. 어머니는 비닐봉지를 받아들었다. 봉지 속엔 붉은 고기 한 마리가 들어 있었다. 제법 큰 놈이었다.

어머니는 노인들이 하듯 무릎을 꿇었다. 그리고 비닐봉지에서 펄떡펄떡 살아 움직이는 민물고기를 꺼내 들었다. 어머니는 그것을 강물 속에 천천히 넣었다. 고기는 봄비 내리는 맑은 강물 속에 담가졌다. 이 돌연한 해방이 실감나지 않는 듯 물고기는 움직이려 하지 않았다. 그러다가 지느러미를 돌연 힘차게 움직였다. 고기는 강물 속을 꿰뚫고 멀리멀리 사라졌다. 어머니는 이마와 가슴과 왼쪽 가슴과 오른쪽 가슴 네 군데를 손가락으로 찌르면서 성호를 그었다. 그러고 나서 합장을 하고 눈을 감았다.

빗발이 굵어져 강물 위에 수없이 동그라미를 그리고 무방비 상태의 어머니의 몸을 참다랗게 봄비가 적시고 있었지만, 나는 다가가 어머니의 몸을 우산으로 가려드릴 수가 없었다. 그것은 어머니의 깊은 기도를 방해하는 행위처럼 느껴졌기 때문이었다.

도대체 어머니는 무엇을 빌고 계시는 것일까. 어머니가 언젠가 묵주신공할 때 보았던 구절처럼 천주님께 병들고 죄 많은 영혼을 편안하게 거둬주시기를 비는 것일까. 아아, 어머니 말씀대로 나날의 삶은 얼마나 고통스러우며, 저 밝은 세상으로 가는 것은 이토록 힘이 드는 것일까.

우리도 언젠가는 얼어붙었던 강이 풀려 저 바다로 흘러가듯 늙고 병들어 죽음의 바다로 흘러간다.

나는 멀찌감치 떨어져 어머니를 바라보며 기도가 끝날 때까지 기다리고 서 있었다. 나는 살아 있는 묘비 앞에 서 있는 기분이었.

떼 지어 찾아왔던 늙은 신도들은 다시 떼 지어 소리도 없이 사라졌다. 대형 버스가 주차해 있던 공터에는 어느 한 곳도 비우지 않고 우와와, 우와와 봄비만 내리고 있었다. 바람은 강물 위에 미끄러지며 빗발을 이리저리 몰고 다녔다. 오랜 침묵 끝에 어머니는 젖은 얼굴을 들고 나를 찾았다.

"어디 있느냐."

어머니는 두릿두릿한 얼굴로 돌아보았다.

"저 여기 있습니다. 둘째 아들 여기 있습니다."

나는 우산을 들고 어머니 곁으로 돌아갔다.

"썩어져 죽을 놈, 난 니가 날 버리고 어디론가 멀리멀리 도망가 버렸는 줄 알았다."

"제가 가긴 어딜 가요."

"됐다."

어머니는 힘을 주며 일어서서 다가오려는 나를 막아 세웠다.

"이리 오지 말렴. 내가 그리로 가겠다."

"안 됩니다. 넘어지세요. 혼자서는 걷지도 못하시는 분이."

"괜찮아. 나 혼자서 걸어가겠다. 젠장할. 나 혼자서 저 산 너머까지 걸어가겠다."

어머니는 손을 들어 봄비에 젖어 능선이 하늘과 맞닿아 지워진 먼 산을 가리켰다. 어머니는 조금 전 그녀가 놓아준 물고기처럼 비늘을 반짝이며 서 있었다.

"젠장할. 죽은 나무에서도 꽃이 피는 봄 아니냐."

어머니는 휘청이며 몸을 바로잡았다.

나는 그 자리에 서서 어머니를 지켜보았다. 어머니를 향해 손 하나 움직일 수 없는 이상스런 경외감을 나는 느꼈다.

어머니는 맑은 미소를 띤 얼굴로 나를 쳐다보았다. 그 얼굴은 아름다웠다.

어머니는 그 누구의 부축을 받지 않고 천천히 발을 떼어놓았다.

아니다. 그건 내 착각에 지나지 않는다. 어머니는 보다 큰 손, 보다 위대한 힘에 의해 떠받들리고 부축을 받고 있다.

　어머니는 왼발과 오른발을 번갈아 느릿느릿 떼어놓았다. 어머니는 이제 막 걸음마를 배우기 시작하는 돌 지난 아이처럼 걸었다.

　그러나 어머니는 세 발짝도 걸음을 떼놓지 못하셨다. 풀썩 하고 자리에서 쓰러지셨다. 그러나 나는 어머니 곁으로 다가설 수 없었다. 북받쳐 오르는 슬픔이 눈물이 되어 내 얼굴에 흘러내리고 내 가슴은 형언할 수 없는 비애로 찢어지고 있었다. 나는 흐느껴 울면서 소리질렀다.

　"어머니 일어서세요. 그리고 제 곁으로 오세요. 썩어져 죽을, 저 산까지 걸어가세요. 일어서세요. 어머니는 할 수 있어요."

타인의 방

　그는 방금 거리에서 돌아왔다. 너무 피로해서 쓰러져버릴 것 같았다. 그는 아파트 계단을 천천히 올라서 자기 방까지 왔다. 그는 운수 좋게도 방까지 오는 동안 아무도 만나지 못했고 아파트 복도에도 사람은 없었다. 어디선가 시금치 끓이는 냄새가 나고 있었다. 그는 방문을 더듬어 문 앞에 프레스라고 씌어진 신문 투입구 안쪽의 초인종을 가볍게 두어 번 눌렀다. 그리고 이미 갈라진 혓바닥에 아린 감각만을 주어오던 담배꽁초를 잘 닦아 반들거리는 복도에 던져버렸다. 그는 아주 참을성 있게 기다리고 있었다. 그의 아내가 문을 열어주기를. 문을 열고 다소 호들갑을 떨며 눈을 동그랗게 뜨고 자기를 맞아주기를. 그러나 귀를 기울이고 마지막 남은 담배에 불을 당기었는데도 방 안쪽에서는 소식이 없었다. 그는 다시 그 작은 철제 아가리 속에 손을 넣어 탄력 있는 초인종을 신경질적으로 누르기 시작했다. 손끝에 가벼운 경련이 일었다. 그리고 그는 또 기다리기 시작했다.

처음에 그는 초인종이 고장 난 것이 아닐까 하는 의심도 들었다. 그러나 그가 초인종을 누를 때마다 아득한 저쪽에서 희미한 소리가 반영되어 오는 것을 꿈결처럼 듣고 있었기 때문에, 필시 그의 아내가 지금쯤 혼자서 술이나 먹고, 그러고는 발가벗은 채 곯아떨어졌을 것이라고 단정했다.

나는 잠이 들어버리면 귀신이 잡아가도 몰라요.

아내는 그것이 자기의 장점인 것처럼 자랑하고 있다. 그래서 그는 분노를 느끼며 숫제 오 분 동안이나 초인종에 손을 밀착시키고 방 저편에서 둔하게 벨소리가 계속 울리고 있는 것을 초조하게 느끼고 있었다. 물론 그의 방 열쇠는 두 개로, 하나는 아내가 가지고 있고 또 하나는 그가 그의 열쇠 꾸러미 속에 포함시켜서 가지고 있는 것이다. 원하기만 한다면 그는 자기 자신의 열쇠로 방문을 열 수 있을 것이었다. 그러나 그는 어느 편이냐 하면 그런 면엔 엄격해서 소위 문을 열어주는 것은 아내된 도리이며, 적어도 아내가 문을 열어준 후에 들어가는 것이 남편의 권리가 아니겠느냐는 생각을 고수하고 있는 편이었다.

그래서 그는 이번엔 주먹으로 문을 두드리기 시작했다. 처음에는 천천히 두드렸지만 나중에는 거의 부숴버릴 듯이 문을 쾅쾅 두들겨대고 있었다. 온 낭하가 쩡쩡 울리고 어디선가 잠을 깬 듯한 어린아이의 울음소리가 들려왔다. 그러자 아파트 복도 저쪽 편의 문이 열리고, 파자마를 입은 사내가 이쪽을 기웃거리며 내다보았는데 그것은 그 사람 한 사람뿐만은 아니었다. 왜냐하면 그는 남의 시선을 개의치 않고 문을 두드리고 있었기 때문에 그 사람뿐만 아니라, 다른 방의 사람들도 문을 열고 조심스럽게, 그러나 사뭇 경계하는 듯한 숫돌 같은 얼굴을 하고 이쪽을 노려보고 있었다.

"여보세요."

마침내 그를 유심히 보고 있던 여인이 나무라는 목소리로 말을 꺼냈다.

"그 집에 무슨 볼일이 있으세요."

"아닙니다."

그는 피로했으나 상냥하게 웃으면서 그러나 문을 두드리는 것을 계속하면서 말을 했다.

"그 집엔 아무도 안 계신 모양인데 혹 무슨 수금 관계로 오셨나요?"

"아닙니다."

그는 그를 수금 사원으로 착각하게 한 여행용 가방을 추켜들며 적당히 웃었다.

"그런 일로 온 게 아닙니다."

"여보시오."

이번엔 파자마를 입은 사내가 손매듭을 꺾으면서 슬리퍼를 치륵치륵 끌며 다가왔다.

"벌써부터 두드린 모양인데 아무도 없는 것 같소. 그러니 그냥 가시오. 덕분에 우리 집 애가 깨었소."

"미안합니다."

그는 정중하게 사과를 하였다. 하지만 그는 더러워서 정말 더러워서, 침이라도 뱉을 심산이었다.

"사실은 말입니다."

그는 방귀를 뀌다 들킨 사람처럼 무안해하면서 주머니를 뒤져 열쇠 꾸러미를 꺼냈다. 그리고 그는 익숙하게 짤랑이는 대여섯 개의 열쇠 중에서 아파트 열쇠를 손의 감촉만으로 잡아 들었다.

"전 이 집의 주인입니다."

"뭐라구요?"

여인이 의심스럽게 그를 노려보면서 높은 음을 발했다.
"당신이 이 집 주인이라구요?"
"그런데요."
나는 대답하였다. 그러자 여인은 고개를 갸우뚱거렸다.
"아니 뭐 의심나는 것이라두 있습니까?"
"여보시오."
아무래도 사내가 확인을 해야 마음 놓겠다는 듯 다가왔다. 사내는 키가 굉장히 큰 거인이었으므로 그는 사내를 올려다보았다.
"우리는 이 아파트에 거의 삼 년 동안 살아왔지만 당신 같은 사람은 본 적이 없소."
"아니 뭐라구요?"
그는 튀어오를 듯한 분노 속에서 신음소리를 발했다.
"당신이 나를 한 번도 본 적이 없다고 해서 그래 이 집 주인을 당신 스스로 도둑놈이나 강도로 취급한다는 말입니까. 나두 이 방에서 삼 년을 살아왔소. 그런데두 당신 얼굴은 오늘 처음 보오. 그렇다면 당신도 마땅히 의심받아야 할 사람이 아니겠소."
그는 화가 나서 고래고래 소리를 질렀다.
"어쨌든."
사내는 집요하게 물고 늘어졌다.
"당신을 의심하는 것은 안됐지만 우리 입장도 생각해 주시오."
"그건 나두 마찬가지라니깐."
그는 화가 나서 투덜거리면서 방문 열쇠 구멍에 열쇠를 들이밀었다. 방문은 소리 없이 열렸다.
"정 못 믿겠으면 따라 들어오시오. 증거를 봬 주겠소."
그는 방 안으로 들어섰다. 방 안은 캄캄하였다.
"여보!"

그는 구두를 벗고, 스위치를 찾으려고 벽을 더듬거리면서 분노에 차서 소리를 질렀다. 하지만 방 안은 어두웠고 아무도 대답하질 않았다. 제기랄. 그는 너무 피로해서 퉁퉁 부은 다리를 질질 끌며 간신히 벽면의 스위치를 찾아내었고, 그것을 힘껏 올려붙였다. 접촉이 나쁜 형광등이 서너 번 채집병 속의 곤충처럼 껌벅거리다가는 켜졌다. 불은 너무 갑자기 들어온 기분이어서, 그는 잠시 낯선 곳에 들어선 사람처럼 어리둥절하게 서 있었다. 그때 그는 아직도 문밖에서 사내가 의심스럽게 자기를 쳐다보고 있는 것을 보았고, 그는 조금 어처구니없어서 방문을 쾅 닫아버렸다. 그때 그는 화장대 거울 아래 무슨 종이가 놓여 있는 것을 발견하였고, 그래서 그는 힘들여 경대 앞까지 가서 그 종이를 주워들었다.

여보, 오늘 아침 전보가 왔는데, 친정아버님이 위독하시다는 거예요. 잠깐 다녀오겠어요. 당신은 피로하실 테니 제가 출장 가신 것을 잘 말씀드리겠어요. 편히 쉬세요. 밥상은 부엌에 차려놨어요.
              당신의 아내가

그는 울분에 차서 한숨을 쉬면서, 발소리를 쿵쿵 내면서, 한없이 잠겨 들어가는 피로를 느끼면서, 코트를 벗고 넥타이를 풀고 와이셔츠를 벗는 일관 작업을 매우 천천히 계속하였으며 그러고는 거의 경직이 되어 뻣뻣한 다리를, 접는 나이프처럼 굽혀 바지를 벗고 그것을 아주 화를 내면서 옷장 속에 걸었다. 그때 그는 거울 속에 주름살을 잔뜩 그린 늙수그레한 남자를 발견했고, 그는 공연히 거울 속의 자기를 향해 맹렬한 욕을 퍼붓기 시작했다.
제기랄. 겨우 돌아왔어. 제기랄. 그런데두 아무도 없다니.
그는 심한 고독을 느꼈다. 그는 벌거벗은 채, 스팀 기운이 새어

나갈 틈이 없었으므로 후텁지근한 거실을, 잠시 철책에 갇힌 짐승처럼 신음을 해가면서 거닐었다. 가구들은 며칠 전하고 같았으며 조금도 바뀌지 않은 것처럼 보였다. 트랜지스터는 끄지 않고 나간 탓으로 윙윙거리고 있었다. 그는 그것을 껐다. 아내의 옷이 침실에 너저분하게 깔려 있었고, 구멍 난 스타킹이 소파 위에 누워 있었다. 다리 안쪽을 죄는 고무줄이 탁자 위에 놓여 있었다. 루주 뚜껑이 열린 채 뒹굴고 있었다.

그는 우선 배가 고팠으므로 부엌 쪽으로 갔는데, 상 위에는 밥 대신 빵 몇 조각이 굳어서 종이처럼 딱딱해져 있었다. 그는 무슨 고무줄을 씹는 기분으로 차고 축축한 음식물을 삼켰다.

이건 좀 너무한 편인걸.

그는 쉴 새 없이 투덜거렸다. 그는 마땅히 더운 음식으로 대접을 받았어야 했다. 그뿐인가. 정리된 실내에서 파이프를 피워 물고, 음악을 들어야 했을 것이었다. 하지만 그는 운 나쁘게도 오늘 밤 혼자인 것이다.

그는 신문을 보려고 사방을 훑어보았지만 신문은 아무 데도 없었다. 그래서 그는 신문 볼 생각을 포기하였다. 그는 시계를 보았는데, 시계는 일주일 전의 날짜로 죽어 있었다. 그것은 그의 아내가 사온 시계인데, 탁상시계치곤 고급 시계이긴 하나 거추장스러운 날짜와 요일이 명시되어 있는 시계로 가끔 망령을 부려 터무니없이 빨리 가서 덜거덕 하고 날짜를 알리는 숫자판이 지나가기도 하고 요일을 알리는 문자판이 하루씩 엇갈리기도 했는데, 더구나 시간이 서로 엇갈리면 뾰족한 수 없이 그저 몇 천 번이라도 바늘을 돌려야만 겨우 교정되는 시계였으므로, 그는 화를 내면서 시계의 바늘을 돌리기 시작하였다. 더구나 환장할 것은 손톱을 갓 깎은 후였으므로 그는 이빨 없는 사람이 잇몸으로만 호두알을 깨려는 듯한 무력감을 손톱 끝에 날카롭게 느끼고 있었다. 그는 망할 놈의 시계를 숫제 바닥에 내동댕이쳐 버리고 싶은 충동을 가까스로 참아나가면서 참으로 무의미한 시간의 회복을 반복해 나가고 있었다.

그는 오랫동안 그 작업을 하였다. 그래서 그는 더욱 지쳐버렸다.

그는 천천히 아픈 다리를 질질 끌며 욕실로 갔다. 욕실 안에 불을 켜자, 욕실은 아주 밝아서 마치 위생적인 정육점 같아 보였다. 욕조 안엔 아내가 목욕을 했는지 더러운 구정물이 그대로 담겨 있었다. 아내의 머리칼이 욕조 가장자리에 붙어 있었고, 그것은 마치 살아 있는 벌레처럼 꿈틀거렸다. 그는 손을 뻗쳐 더러운 물 사이에 숨은 가재 등과 같은 고무마개를 뺐다. 그러자 작은 욕조는 진저리를 치기 시작했고, 매우 빠른 속도로 물이 빠져나가 좀 후에는 입맛 다시는 듯한 소리를 내면서 더러운 때의 앙금을 군데군데 남기고는 비어 있었다.

그는 우선 세면대에 고무마개를 틀어막은 후 더운물과 찬물을 동시에 틀었다. 더운물은 너무 찼다. 그는 얼굴에 잔뜩 비누거품을 문질렀고, 그래서 그는 마치 분장한 도화역자의 얼치기 바보 같아 보였다. 그는 자동 면도기가 일주일 전 그가 출장가기 전에 사용했던 것처럼 그대로 날을 세우고 놓여 있는 것을 발견했다. 면도기의 칼날 부분엔 아직도 비눗기가 남아 있었고 그사이로 자른 수염의 잔해가 녹아 있었다. 그는 화를 내면서 아내의 게으름을 거리의 창녀에게보다도 더 심한 욕으로 힐책하면서 수염을 깎기 시작했다. 수염은 거세었고, 뿌리가 깊었으므로 이미 녹슬고 무디어진 칼날로 잘라내기란 용이한 일이 아니었다. 때문에 그는 얼굴 두어 군데를 베었고 그중의 하나는 너무 크게 베어 피가 배어나왔으므로 얼핏 눈에 띄는 대로 휴지 조각을 상처에 밀착시켰다. 휴지는 침 바른 우표처럼 얼굴 위에 붙여졌다. 우표는 매끈거리는 녹말기로써 접착된다. 하지만 그의 얼굴 위에선 피로써 붙여진다.

그는 화를 내었다. 그는 우울하게 서서 엄청난 무력감이 발끝에서부터 자기를 엄습해 오는 것을 느꼈으며 욕실 거울에 자신의 얼굴이 우송되는 소포처럼 우표가 붙여진 채 부옇게 떠오르는 것을 보았다. 그때 그는 거울에 무엇인가 붙어 있는 것을 발견했다. 그는 손을 뻗쳐 그것이 무엇인가 확인을 했다.

그것은 껌이었다. 아내는 늘 껌을 씹고 있었는데, 그것은 아내의 버릇 중의 하나였다. 밥을 먹을 때나 목욕을 할 때면 밥상 위 혹은 거울 위에 껌을, 후에 송두리째 뜯어내려는 치밀한 계산 하에 진득한 타액으로 충분히 적신 후에 붙여놓는 것이었다. 그는 잠시 낄낄거렸다. 그는 그 껌을 입 안에 털어넣었다. 껌은 응고하고 수축이 되어 마치 건포도알 같았다. 향기가 빠져 야릇하고 비릿한 느낌이 들었지만 좀 후엔 말랑말랑해졌다. 아내의 껌이 그를 유일하게 위안해 주었다. 그래서 그는 한결 유쾌해졌고 때문에 노래를 부르기 시작했다.

나뭇잎에 놀던 새여. 왜 그런지 알 수 없네.
낸들 그대를 어찌하리. 내가 싫으면 떠나가야지.

그의 목소리는 목욕탕 속에서 웅장하였다. 온 방 안이 쩡쩡거리고, 소리가 빠져나갈 구멍이 없었으므로 종소리처럼 욕실을 맴돌았다. 그는 휘파람도 후이후이 불기 시작했다.

역시 집이란 즐겁고 아늑한 곳이군 하고 그는 중얼거렸다. 무심코 중얼거렸지만 그는 순간 그 소리를 타인의 소리처럼 느꼈으며 그래서 놀란 나머지 뒤를 돌아보았다. 그는 누군가의 인기척을 느꼈다. 그러나 개의치 않기로 하였다.

그는 욕실 거울 앞에 확대경이 놓여 있는 것을 발견했다. 물론 그는 그것의 용도를 잘 알고 있었다. 그것은 아내가 겨드랑이의 털이나 코 밑의 솜털을 제거할 때, 족집게와 더불어 사용하는 것으로 그는 그것을 쥐어 들었다. 그는 그것을 들고 그것을 통하여 자신의 얼굴을 비춰보았다. 뚜렷한 형상을 가지지 않은 사내가 이상하게 부풀어서 확대되어 있었다. 그는 그것을 움직여 욕실의 형광 불빛을 한곳으로 모으려고 애를 쓰기 시작했다. 햇빛 밑에서 확대경을 움직거리면 날개 잘린 곤충을 태워 버릴 수도 있다. 그는 끈끈하고 축축한 욕실에서 한기를 선뜻선뜻 느껴가면서 형광 불빛을 한곳으로 모으려고, 빛을 모아 뜨거운 열기를 집중시키려고 땀을 흘리고 있었다. 그는 긴 지난여름날의 하지(夏至)를 느끼고 있었다.

지난여름은 행복하였다. 그는 생각하였다. 그러자 그는 그것을 입으로 중얼거리고 싶은 충동을 느꼈다. 그래서 그는 소리를 내었다.

그럼 행복했었지. 행복했었구말구. 그는 여전히 자신의 소리에 놀라면서 뒤를 돌아보았다. 그러나 그의 곁엔 아무도 없었다. 그는 좀 무안해졌고 부끄러워졌으므로 과장해서 웃어젖혔다.

그는 키 큰 맨드라미처럼 우울하게 서서 그를 노려보고 있는 샤워기 쪽으로 다가갔다. 샤워기 쪽으로 갈 때마다 그는 키를 재고 싶은 충동을 느낀다. 샤워기의 모가지는 사형당한 사형수의 목처럼 꺾여 매우 진지하게 그를 응시하고 있다. 그는 샤워기의 줄기 양 옆에 불쑥 튀어나온 더운물과 찬물을 공급하는 조종간을 잡았다. 그는 더운물 쪽을 조심스럽게 매우 조심스럽게 틀었다. 그러자 뜨거운 비가 쏟아져 내리기 시작했다. 욕실 바닥의 타일을 때리고 금세 수증기가 되어 올랐다. 그는 신기하다, 이것은 어제의 더운물이 아니다라고 그는 의식한다. 그는 갑자기 오랜 암흑 속에서 눈을 뜬 사내처럼 신기해한다. 그는 이번엔 찬물을 더운물만큼 튼다. 그 차가운 물은 이제 예사의 찬물이 아니라고 그는 의식한다. 물은 그의 손바닥 위에서 너무 뜨겁기도 했고 차갑기도 해서 그는 잠시 망설이다가, 이윽고 껌을 질겅질겅 씹으며 사나운 비바다 속으로 뛰어든다. 그는 더운물이 피로한 얼굴을 핥고 춤의 신발을 신어버린 소녀처럼 매끈거리면서 몸을 타고 흘러내리는 감촉을 즐기고 있다.

그는 비누를 풀어 온몸을 매만진다. 거품이 일어 온몸이 애완용 강아지의 흰 털처럼 무장하였을 때, 그는 그의 성기가 막대기처럼 발기해서 힘차고 꼿꼿하게 피어오르는 것을 보았다. 욕망이 끓어오르고, 그는 뜨거운 물속으로 다시 뛰어들면서, 신음을 발하면서, 세찬 물줄기가 가슴을, 성기를 아프도록 때리는 감촉을 느끼고 있었다. 뜨거운 빗물은 싱싱한 정육 냄새나는 발그스레 상기한 근육을 적신다. 이윽고 온몸에 비눗기가 다 빠져도 그는 한참이나 물속에 자신을 맡긴 채, 껌을 씹으면서 함부로 몸을 굴리고 있었다. 피로가 어느 정도 풀리자 그는 물을 잠그고 몸을 정성들여 닦는다. 그는 심한 갈증을 느낀다.

그는 욕실을 나와 한결 서늘한 거실 찬장 속에서 분만 주스와 설탕을 끄집어낸다. 그는 바닥에 가루를 흘리지 않으려고 조심을 하면서 주스를 타고 설탕을 서너 숟갈, 그러다가 드디어 거의 열 숟갈도 더 넣어버린다. 그것에 그는 차가운 냉수를 섞는다. 그리고 손잡이가 긴 스푼으로 참을성 있게 젓는다. 그는 컵을 들고 한 손으로는 스푼을 저으면서 전축 쪽으로 간다. 그는 많은 전축판 속에서 아무 판이나 뽑아 든다. 그는 그 음악의 이름을 알지 못한다. 전축에 전기를 접속시키자, 전축은 돌연히 윙——거리면서 내부의 불을 밝혀든다. 레코드판 받침대가 원을 그리면서 돌기 시작한다. 그는 투원반을 가볍게 날리는 육상 선수처럼 얇은 레코드를 그 받침대 위에 떠올린다. 바늘이 나쁜 전축은 쉭쉭 잡음을 내다가는 이윽고 노래를 토하기 시작한다. 그는 음악을 들으면서 소파에 길게 눕는다. 아직 정리되지 않은 것이 몇 가지 있긴 하지만 그는 안정을 느낀다. 갓스탠드의 은밀한 불빛이 온 방 안을 우울하게 충전시킨다. 그는 마치 천장 위에서 보면 사람처럼 보이지도 않는다. 그는 부동의 자세로 누워 있다. 때문에 그는 가구 같은 정물(靜物)로 보인다. 그러다가 그의 눈엔 화장대 위에 놓인 아내의 편지가 들어온다. 그러자 그는 아내의 메모 내용을 생각해 내고 쓰게 웃는다. 아내가 그에게 거짓말을 하였다는 사실을 그는 깨닫는다. 그는 원래 내일 저녁에야 도착하였어야 할 것이었다. 그는 출장 떠날 때도 내일 저녁에 도착할 것이라고 아내에게 일러두었다. 그런데도 아내는 오늘 전보를 받았다고 잠시 다녀오겠노라고 장인이 위독해서 가보겠다고 쓰고 있다. 그는 웃는다. 아주 유쾌해지고 그는 근질근질한 염기를 느낀다. 나는 안다라고 그는 생각한다. 아내는 내가 출장 간 날 그날부터 어디론가 사라져버렸을 것이다. 아내는 내일 저녁 내가 돌아올 것을 예측하고 잘해야 내일 모레 아침에 도착할 것이다. 다소 민망하고 부끄러워하면서 아내는 내게 나지막하게 사과를 할 것이다.

나는 아내가 다른 여인과 다른 성기를 가진 것을 잘 알고 있다. 그녀의 성기엔 지퍼가 달려 있다. 견고하고 질이 좋은 지퍼이다. 아내는 내가 보는 데서 발가벗고 그 지퍼를 오르내리는 작업을 해보이기 좋아한다. 아내의 하체에 지퍼가 달린 모습은 질 좋은 방한용 피륙을 느끼게 하고 굉장한 포옹력을 암시한다.

그는 웃으면서 스푼을 젓는다. 그때였다. 그는 무슨 소리를 들었다. 공기를 휘젓고 가볍게 이동하는 발소리였다. 그는 귀를 기울였다. 그는 욕실 쪽에서 무슨 소리가 들려오고 있는 것을 눈치 챘다. 그는 난폭하게 일어나서 욕실 쪽으로 걸었다. 그는 분명히 잠근 샤위기에서 물이 쏟아져 내리고 있는 것을 보았다. 제기랄. 그는 투덜거리면서 물을 잠근다. 그리고 다시 소파로 되돌아온다. 그러자 이번엔 부엌 쪽에서 소리가 들려오기 시작한다. 그는 될 수 있는 한 불평을 하지 않으려고 이를 악물고 부엌 쪽으로 간다. 부엌 석유곤로가 불붙고 있다. 그는 투덜거리면서 그것을 끈다. 그리고 천천히 소파 쪽으로 왔을 때, 그는 재떨이에 생담배가 불이 붙여진 채 타고 있음을 발견한다. 그는 반사적으로 주위를 둘러본다. 그는 엄청난 고독감을 느낀다.

"누구요."

그는 조심스럽게 소리를 지른다. 그의 목소리는 진폭이 짧게 차단된다. 그는 갇혀 있음을 의식한다. 벽 사이의 눈을 의식한다. 그는 사납게 소파에 누워, 시선이 닿는 가구들을 노려보기 시작한다. 모든 가구들이 비 온 후 한결 밝아오는 나뭇잎처럼 밝은 색조를 띠고 빛나기 시작한다. 그는 스푼을 집요하게 젓는다. 설탕물은 이미 당분을 포함하고 뜨겁게 달아 있으나 설탕은 포화 상태를 넘어 아직 풀리지 않고 있다. 그래도 그는 계속 스푼을 젓는다. 갑자기 그의 손에 쥐어진 손잡이가 긴 스푼이 여느 스푼이 아님을 느낀다. 그러자 스푼이 그의 의식의 녹을 벗기고, 눈에 보이는 상태 밖에서 수면을 향해 비상하는, 비늘 번뜩이는 물고기처럼 튀어오르는 것을 보았다. 그는 힘을 다해 스푼을 쥔다. 그러자 스푼은 산 생선을 만질 때 느껴지는 뿌듯한 생명감과 안간힘의 요동으로 충만된다. 그리고 손아귀에 쥐어진 스푼은 손가락 사이를 민첩하게 빠져나간다. 그는 잠시 놀란 나머지 입을 벌린 채 스푼이 허공을 날면서 중력 없이 둥둥 떠서 흐르는 것을 보았다. 그는 온 방 안의 물건을 자세히 보리라고 다짐하고는 눈을 부릅뜬다. 그러자 그의 의식이 닿는 물건마다 일제히 흔들거리면서 흥을 돋우기 시작하는 것이었다. 그는 비틀거리면서 일어나 거실에 스위치를 넣으려고 걷는다. 그는 스위치를 넣는다. 형광등의 꼬마전구가 번쩍번쩍거리며 몇 번씩 빛을 반추한다. 그러다가 불쑥 방 안이 밝아온다.

그는 스푼이 담수어처럼 얌전하게 손아귀 속에 쥐어져 있는 것을 발견한다. 그는 조심스럽게 온 방 안의 물건들을, 조금 전까지 흔들리고 튀어 오르고 덜컹이던 물건들을 하나하나 훑어보기 시작한다.

물건들은 놀라웁게도 뻔뻔스러운 낯짝으로 제자리에 가라앉아 있었다. 그는 비애를 느낀다. 무사무사(無事無事)의 안이 속에서 그러나 비웃으며 물건들은 정좌해 있다. 그는 투덜거리면서 스위치를 내린다. 그리고 소파에 앉아 단 설탕물을 마시기 시작한다. 방 안 어두운 구석구석에서 수군거리는 소리가 들려온다. 어둠과 어둠이 결탁하고 역적모의를 논의한다. 친구여, 우리 같이 얘기합시다. 방 모퉁이 직각의 앵글 속에서 한 놈이 용감하게 말을 걸어온다. 벽면을 기는 다족류 벌레의 발소리가 들려온다. 옷장의 거울과 화장대의 거울이 투명한 교미를 하는 소리도 들려온다. 그는 어둠 속에서 눈을 부릅뜬다. 벽이 출렁거린다. 그는 천천히 몸을 움직인다. 방 벽면 전기다리미 꽂는 소켓의 두 구멍 사이에서 소리가 들려온다. 친구여, 귀를 좀 대봐요. 내 비밀을 들려줄게. 그는 그의 오른쪽 귀를 소켓에 밀착한다. 그의 귀가 전기 금속 부품처럼 소켓의 좁은 구멍에 접촉된다. 그러자 그의 온몸이 고급 전기곤로처럼 달아오르기 시작한다. 그의 몸에 스파크가 일고, 그는 온몸에 충만한 빛을 느낀다.

잘 들어요. 소켓이 속삭인다. 마치 트랜지스터 이어폰을 꽂은 목소리처럼 그의 목소리는 귓가에만 사근거린다. 오늘 밤 중대한 쿠데타가 있을 거예요. 겁나지 않으세요.

그는 소켓에서 귀를 뗀다. 그리고 맹렬한 기세로 다시 스위치에 불을 넣는다. 불이 들어오면 이 모든 술렁임이 도료처럼 벽면에 밀착하고 모든 것은 치사하게도 시치미를 떼고 있다. 그는 불을 켠 채 화장대로 다가간다. 그는 투덜거리면서 키가 크고 낮은 모든 화장품을 열어 감시한다. 그리고 찬장을 열어 그 안에 가지런히 놓인 빈 그릇들, 성냥통, 촛대, 옷장을 열어 말리는 바다 생선처럼 걸린 옷들, 그리고 그들의 주머니도 검사한다. 옷들은 좀 꽤씸했지만 얌전하게 주머니를 털어 보인다. 그는 하나하나 보리라고 다짐한다. 서랍을 뒤져 남은 물건도 조사한다. 그러다가 이미 건조하여 건드리기만 해도 부서질 듯한 낙엽 몇 송이를 발견했다. 그것은 그에게 지난가을을 생각나게 했고 그는 잠시 우울해졌다. 그는 사진틀 속의 퇴색한 사진도 유심히 들여다보았다. 책장에 꽂힌 뚜껑 씌운 책들도 관찰하였다. 그는 부엌으로 가서 석유곤로의 심지도 관찰하고, 낡은 구두 속도 들여다보았다. 다락문을 열어 갖가지 물건도 하나하나 세밀히 보았고 욕실에서 그는 욕조 밑바닥까지 관찰하였다. 덮개가 있는 것은 그 내용물을 검사하였으며 침대도 들어서 털어도 보았다. 심지어 변기도 들여다보았고, 창 틈 사이도 들여다보았다. 물건들은 잘 참고 세금 잘 무는 국민처럼 얌전하게 그의 요구에 응해 주었다. 그러나 그가 들여다보는 물건은 본래 예사의 물건은 아니었다. 그것은 이미 어제의 물건이 아니었다.

그는 한층 더 깊은 피로를 느끼면서 거실로 돌아와 술병의 술을 잔에 가득히 부어 단숨에 들이마셨다. 그러자 그는 아주 쓸쓸하고 허무맹랑한 고독감을 느꼈다. 그래서 그는 다시 한 잔을 그득히 부어 연거푸 단숨에 들이켰다. 술맛은 짜고 싱겁고, 달고도 썼다.

그는 어디쯤엔가 피우다 남은 꽁초가 있을 것이라고 생각하고 서랍을 뒤지다가 말라빠진 담배꽁초를 발견했다. 그는 그것에 불을 붙였다. 술기운이 그를 달아오르게 하고 그를 격려했기 때문에 그는 아이처럼 큰소리로 노래를 부르기 시작했다.

    나뭇잎에 놀던 새여. 왜 그런지 알 수 없네.
    낸들 그대를 어찌하리. 내가 싫으면 떠나가야지.

그는 벌거벗은 채 온 방 안을 서성거리기 시작했다. 그는 그것이 일상사인 것처럼 걷고, 그리고 뛰었다. 그는 부엌을 답사하였고 그럴 때엔 욕실 쪽이 의심스러웠다. 욕실 쪽을 보고 있노라면 그는 거실 쪽이 의심스러웠다. 그는 활차(滑車)처럼 뛰고 또 뛰었다. 그러나 그는 아무것도 아무런 낌새도 발견해 낼 수 없었다. 무생물에 놀란다는 것은 부끄러운 일이다라고 그는 생각했다. 그러자 그는 비로소 안심이 되었다. 그래서 거만스럽게 걸어가서 스위치를 내렸다. 그는 소파에 앉아 남은 설탕물을 찔끔찔끔 들이켜기 시작했다. 그가 스위치를 내리자, 벽에 도료처럼 붙었던 어둠이 차곡차곡 잠겨서 덤벼들고 그들은 이윽고 조심스럽게 수군거리더니 마침내 배짱 좋게 깔깔거리고 있었다. 말린 휴지 조각이 베포처럼 늘려 허공을 난다. 닫힌 서랍 속에서 내의가 펄펄 뛰고 있다. 책상을 받친 네 개의 다리가 흔들거리기 시작한다.

그것은 그래도 처음엔 조심스럽게 시작되었다. 하지만 그들의 대상이 무방비인 것을 알자, 일제히 한꺼번에 고래고래 소리를 지르면서 날뛰기 시작했다. 크레용들이 허공을 난다. 옷장 속의 옷들이 펄럭이면서 춤을 춘다. 혁대가 물뱀처럼 꿈틀거린다. 용감한 녀석들은 감히 다가와 그의 얼굴을 슬쩍슬쩍 건드려 보기도 하였다. 조심해 조심해. 성냥갑 속에서 성냥개비가 중얼거린다. 꽃병에 꽂힌 마른 꽃송이가 다리를 번쩍번쩍 들어올리면서 춤을 춘다. 내의

가 들여다보인다. 벽이 서서히 다가와서 눈을 두어 번 꿈쩍거리다가는 천천히 물러서곤 하였다. 트랜지스터가 안테나를 세우고 도립하기 시작한다. 그러자 재떨이가 박수를 치기 시작한다. 소켓 부분에선 노래가 흘러나온다. 낙숫물이 신기해서 신을 받쳐 들던 어릴 때의 기억처럼 그는 자그마한 우산을 펴고 화환처럼 황홀한 그의 우주 속으로 뛰어든 셈이었다. 그는 공범자가 되고 싶은 욕망을 느낀다.

  그때였다. 그는 서서히 다리 부분이 경직해 오는 것을 느꼈다. 그것은 우연히 느낀 것이었다. 처음에 그는 이 방에서 도망가리라 생각했기 때문에, 될 수 있는 한 소리를 내지 않고 살금살금 움직이리라고 마음먹고 천천히 몸을 움직이려 했을 때였다. 그러나 그는 다리를 움직일 수가 없었다. 이상한 일이었다. 그래서 그는 손을 내려 다리를 만져 보았는데 다리는 이미 굳어 석고처럼 딱딱하고 감촉이 없었으므로 별수 없이 손에 힘을 주어 기어서라도 스위치 있는 쪽으로 가리라고 결심했다. 그는 손을 뻗쳐 무거워진 다리, 그리고 더욱더 굳어져 오는 다리를 끌고 스위치 있는 곳까지 가려고 안간힘을 썼다. 그러나 그는 채 못미처 이미 온몸이 굳어오는 것을 발견하였다. 그래서 그는 숫제 체념해 버렸다. 참 이상한 일이라고 생각하면서 그는 조용히 다리를 모으고 직립하였다. 그는 마치 부활하는 것처럼 보였다.

  다음다음 날 오후쯤 한 여인이 이 방에 들어왔다. 그녀는 방 안에 누군가가 침입한 흔적을 발견했다. 매우 놀라서 경찰을 부를까 하고도 생각했지만, 놀란 가슴을 누르며 온 방 안을 조심스럽게 살펴보았는데 틀림없이 그녀가 없는 새에 누군가가 들어온 것은 사실이긴 했지만 자세히 구석구석 살펴본 후에 잃어버린 것이 없다는 것을 발견하자 안심해 버렸다.

  그러나 그녀는 곧 잃어버린 것이 없는 대신 새로운 물건이 하나 놓여 있는 것을 발견했다.

  그 물건은 그녀가 매우 좋아했던 것이었으므로 며칠 동안은 먼지도 털고 좀 뭣하긴 하지만 키스도 하긴 했다. 하지만 나중엔 별 소용이 닿지 않는 물건임을 알아차렸고 싫증이 났으므로 그 물건을 다락 잡동사니 속에 처넣어버렸다. 그리고 그녀는 다시 그 방을 떠나기로 작정을 했다. 그래서 그녀는 메모지를 찢어 달필로 다음과 같이 써서 화장대 위에 놓았다.

  여보. 오늘 아침 전보가 왔는데 친정아버님이 위독하다는 거예요. 잠깐 다녀오겠어요. 당신은 피로하실 테니 제가 출장 갔다고 할 테니까 오시지 않으셔두 돼요. 밥은 부엌에 차려 놨어요.
                                      당신의 아내가

미개인

1

……이번에 문둥이의 아이들이 강 너머 이편으로 건너온다. 문둥이의 아이들이, 우리가 가끔 바지를 내리고 오줌을 싸던 강 저편에서 아, 아, 문둥이의 새끼들이 이쪽으로 건너온다. 그애들은 어떻게 생겼을까. 불알이 다섯 갤까, 눈썹이 없을까, 저녁이면 우리들의 가슴을 면도칼로 자르고 간을 빼먹으려 들지도 몰라.

2

월남에서 돌아와 제대했을 때 나는 왼쪽 다리의 중요 부분을 잃고 있었다. 나이는 스물여덟 살 젊은 나이에 신체가 부자유스럽게 되었다는 것은 서글픈 일이었다. 물론 나는 얼마의 보상금을 지급 받았다. 제대한 후에 나는 최초로 서울 변두리 교외의 작은 국민학교로 부임을 받았다. 나는 사범학교 출신이었기 때문이었다. 나는 부임장을 들고서도 그 국민학교가 어디 있는가를 얼핏 알아낼 수 없었다. 왜냐하면 내가 부임한 곳은 한참 뻗어가는 남서울 근처 어디쯤으로 최근에야 비로소 서울시에 편입된 곳이었기 때문이었다. 하지만 그런 것은 상관없는 일이었다. 나는 약간의 짐을 챙겨들고 부임지로 갔다. S동, S동에 한 번 가본 적이 있는 사람들은 그곳이 어떤 곳이라 말할 수 있을 것이다. 그곳은 한마디로 요란스런 동리였다. 언제나 땅은 질퍽이고 있었고, 사람들은 생선 장수처럼 장화를 신고 거리를 돌아다니고 있었다. 한편에선 불도저가 왕왕거리며 산턱을 깎아내리면서 단지를 조성하고 있었고, 그런가 하면 한쪽에선 농촌 특유의 분뇨 냄새가 풍기고 있는 거리였다. 거리 양옆엔 간이 막사 같은 건물들이 들어섰으며 그곳엔 삐꺽이는 의자가 있는 다방이 있기도 했고, 석유를 파는 노점이 있는가 하면, 유난히 정결한 느낌을 주는 주유소가 있기도 했고, 여관과 터키탕이 세워져 있기도 했다. 그러면서 건물 옆엔 아직 이장이 끝나지 않은 때문인가 묘지들이 드문드문 양지바른 곳에 누워 있었다. 나는 그곳에서 매우 엄중한 문구로 몇 월 며칠까지 연고자가 없어 이장되지 않는 묘지는 여하한 일이 있더라도 책임지지 않는다는 경고판을 보았다. 그 경고판은 산비탈길에 우뚝 서서 위엄을 떨치고 있었다. 거리 옆으로는 고속도로가 개통되었다. 시원하고 넓은 고속도로 위로 매끈한 차들이 씽씽이며 대전으로, 부산으로 달리고 있었다. 때문에 땅값이 뛰고 있었다. 유난히 질퍽거리다가는 유난히 먼지가 피어오르는 거리로, 납작한 세단들이 소달구지를 피해 가면서 이곳에 거의 매일이다시피 와서 쑥덕이는 흥정을 하고는 사라져버리곤 했다. 이곳 주민들은 모두 하룻밤 자고 일어날 때마다 뛰어오르는 땅값에 반쯤 혼이 나가서 모두들 앞니 빠진 유아 같은 얼빠진 표정을 하고 있었다. 그래서 그들은 어제까지의 밭을 갈지 않고, 그곳에 대신 벽돌 공장을 세우거나 그것도 아니면 복덕방으로 전업을 해버리고 말았다. 처음에 그들은 혹 다음날이면 이 미친 듯이 뛰어오르는 땅값이 수그러들지 모른다는 불안으로 얼마만큼씩 땅을 처분했으나 이제는 오히려 그저 쥐고 있는 것만으로도 충분히 돈이, 재산이 불고 있다는 사실을 터득하고 있었다. 버스의 노선은 연장되었다. 그것은 당연한 일이었다. 새로운 소형 문화주택이 밭 가운데 서기 시작했다. 거리거리엔 살아간다는 사실이 남의 일이 아니라 바로 우리들 자신의 일이라는 것을 확신이나 하는 듯한 시끄러운 동요가, 아우성이 물결치고 있었다. 이 추세로 보면 그들은 모두 신흥 재벌이 될 판이었다.

다행스러운 호경기가, 간밤에 달을 먹는 꿈을 꾸고 주택복권을 사서 일등에 당첨되었다는 조간신문의 기사가, 먼 곳의 일이 아니라 바로 곁에서 진행되고 있는 판이었다.

그러나 내 눈엔 오히려 그들이 갑자기 정장한 그 차림새에 반비례해서 더욱 촌스러워 보였고 야만인스러워 보이기도 했다.

나는 학교 부근에 하숙을 얻었다. 생각보다는 엄청나게 비싼 금액을 주었는데 이곳 복덕방의 말을 빌리면 오히려 싼값이라는 것이었다. 내가 구한 하숙집은 푸줏간 안채였다. 주인은 뚱뚱하고 비대한 편이었는데, 낮이나 밤이나 검은 선글라스를 쓰고 있었다. 그래서 그 간이 막사 같은 거리 노점 사이에서 유독 돋보이는, 정결하고 변소 속처럼 흰 타일이 발라져 있는 정육점에 앉아 있는 것을 보노라면 굉장한 모사꾼 같아 보였다. 내 하숙방은 사랑채였는데, 문턱 위에 낡은 부적이 하나 붙여져 있었다. 짐을 정리하며 그 갑각류 동물의 등무늬 같은 부적을 보았을 때, 나는 아주 묘한 느낌을 받았다. 그것은 방금 새로운 건설이 번쩍거리는 거리에서 돌아온 내게 무언가 역설적인 기쁨을 불러 일으켰기 때문이었다.

내가 하숙방을 정하고 제일 먼저 했던 일은 학교 정 선생의 말대로 미제 열쇠를 사는 일이었다. 그의 말에 의하면 이곳은 도둑 천지라는 것이었다. 도둑도 여느 좀도둑이 아니라, 아주 지능화된 도둑이라는 것이었다. 며칠 전 학교 선생 하나가 집에 가는 길에 웬 술 취한 두 사내를 만난 적이 있었는데, 그 두 사내는 술병 하나 들고 싸우고 있더라는 것이었다. 무심코 그 선생이 지나치려니까 옥신각신 싸우던 사내 중의 하나가 다가오더니, 선생, 저 글쎄 이 친구가 자꾸 이것을 술이 아니고 석유라는데 냄새 좀 맡아주시구 심판 좀 해주쇼 하면서 비틀대더라는 것이었다. 그래서 선생이 그 술병을 들고 그야 어렵지 않은 부탁이지요 해가면서 술병 꼭지에 코를 대고 숨을 들이마신 순간, 정신을 잃었다는 얘기였다. 그러면서 정 선생은 주의하시오 최 선생. 차라리 이 거리에선 자기가 만지고 확인할 수 있는 것 이외엔 절대로 믿지 마시오라는 조언을 잊지 않고 전해 주는 것이었다.

어쨌든 나는 튼튼하고 견고한 키를 사가지고, 방에 들어와 누웠다. 어디선가 숫돌 가는 소리가 들려오고 있었다. 그 소리는 현실적인 소리가 아니었는지 모르지만 나는 실상 온 거리에 숫돌을 가는 금속성 소리가 충만되고 있는 듯한 느낌을 받았다.

지나가는 객이 하룻밤 잠자리를 청한다. 그러자 묘령의 여인이 반갑게 맞아들인다. 이윽고 잠이 들었는가 싶은데 문밖에서 숫돌 가는 소리가 들린다. 창문 틈으로 내다보니 그 여인이 수염 많은 산적과 둘이서 숫돌을 갈고 있다. 달빛 속에 날카로운 칼날이 예각을 그린다. 여인——저 녀석 아주 맛있게 생겼는걸, 사내——글쎄 몇 근쯤 나갈까, 글쎄 몇 근쯤 나갈까, 몇 근쯤······.

나는 옅은 잠이 들었다.

3

 그해 한여름은 아무 일도 없었다. 나는 그해 여름을 무엇을 하면서 지냈는가를 이야기할 필요성을 느끼지 않는다. 나는 아이들에게 빨강에다 파랑을 더하면 보라가 된다는 것을 알려주었다. 빨강에다 하양을 더하면 분홍이 되고, 빨강에다 노랑을 더하면 주황이 된다는 것을 알려주었다. 아이들은 충분히 이해하였다.
 저녁이면 나는 책을 읽거나, 술을 마시거나, 뒷산의 숲 속에서 바람이 풀숲을 스쳐 지나갈 때마다 풀들이 엮어내는 영롱한 하프 소리를 듣는다는 트루먼 카포티의 작품 한 구절을 음미하며 어두워질 때까지 누워 있곤 했다.
 최초의 사건이 벌어진 것은 늦여름부터였다. 샛강 건너에는 음성 나환자들이 집단으로 쓰고 있는 개미마을이 있었는데, 그곳에는 열두 명의 어린 학생이 분교에 수용되어 육 개월마다 파견되는 선생에 의해서 가르침을 받고 있었다. 그런데 그즈음 외국인 선교사가 관계 부처에 탄원한 것이 주효했던 탓인지 가을 학기부터 열두 명의 나환자 부락의 학생들이 본교에 편입되었다. 나는 지금도 묵묵히 열두 명의 아이들이 그들의 유일한 선생의 뒤를 따라 재빠르게 때로는 느릿느릿 햇빛에 번쩍이는 강가를, 배추밭을, 파밭을 행렬을 지어 가로질러 오던 그날의 오후를 기억할 수 있다. 시야를 막지 않아 투명한 늦여름의 햇살이 파득거리는 사잇길을 조용히 행군해 오던 소년들의 모습은 한 무리의 양순한 들짐승을 연상케 하였다. 열두 명의 아이들 중에 네 명이 나의 반으로 편입되어 있으므로, 나는 교무실 창문 너머로 그들을 보면서 인계할 준비를 완료하고 있었던 것이다.

나는 그들에게 강한 호기심을 느끼고 있었다. 내가 처음 부임했던 날 술 취한 정 선생이 가리키던 강 건너 마을, 어둠 속에 잠겨 있는 문둥이촌 부락을 보았을 때부터, 나는 이 마을 속에 흐르고 있는 이상스런 공통된 광기는 혹 건넛마을의 문둥이 부락 때문이 아닐까 하고 조심스럽게 관찰하였었다. 그러나 나는 좀 후에 음성 나환자 부락은 강 하나 간격 이전에 이 마을과는 무관한 곳으로, 그들의 입김이 이 마을의 뜨거운 광기를 부채질해 줄 수 없음을 알았다. 왜냐하면 마을 어디에서고, 그 나환자 부락의 영향을 찾을 수 없기 때문이었다. 다만 마을의 약삭빠른 장사치들만 새벽에 문둥이촌으로 숨어 들어가, 문둥이가 가꾼 유난히 알이 굵은 채소를 사서 시내로 반입한다는 사실만을 알았을 뿐, 그곳은 아주 무관한 먼 곳이었다. 구태여 내가 이 마을에 일관된, 누룩처럼 끓어오르는 광란의 예감이 어디서 기인된 것인가를 찾아내려 든다면, 그것은 까부수고 뭉개는 자들에게서 흔히 볼 수 있는 집요한 의지 같은 데서 오는 것이 아닐까 하는 느낌뿐이었다.

나는 언젠가 분묘 이장 공고 기일이 지난 후, 주인 없는 분묘를 불도저가 깎아내리는 것을 본 적이 있었다. 새로운 주택단지를 형성하기 위해서겠지만 불도저가 산비탈을 깎아내리고 있었는데, 나는 우연히 정 선생과 지나는 길에 그것을 보게 되었던 것이다. 죽은 자 위에 산 자가 서는군요 하고 정 선생이 말했다. 그 소리는 아주 공허한 느낌으로 울려와서 나는 정 선생을 오랫동안 쳐다보았다. 글쎄, 저것은 파괴일까, 아니면 건설일까. 정 선생은 지나가는 말 비슷이 했는데 나는 그때 어렴풋이 이 마을에 일관된 흔들거리는 광기는 바로 저렇게 무너뜨리고 죽은 자를 디디며 산 자가 일어서는, 죽은 자들 무리에 뿌리를 내리고 새 나무가 자라나는 무덤자리 위에 산 자의 거실이, 목욕탕이, 꽃밭이, 정지(整地)되는, 어제의 것은 산 자에 의해서 사라져가는 그런 데서 기인된 것이라는 느낌을 받은 것이었다.

그런데 이번에 문둥이의 아이들이 강 건너 이편으로 온 것이다. 문둥이의 아이들이. 문둥이의 아이들이. 한 번도 우리들은 문둥이를 본 일이 없다. 우리가 가끔 바지를 내리고 무책임한 오줌을 깔기던 강, 가까운 화력 발전소의 중유가 둥둥 떠서 흐르는 강, 돌팔매질이나 자꾸 무의미하게 던져대던 강, 도대체 흘러가는 것 같지도 않고, 그저 고여 자꾸 썩기만 하는 것처럼 짙은 암갈색의 강 저편에서 문둥이의 새끼들이 강 건너 이편으로 건너온다.

그 열두 명의 아이들은 각기 학년이 달랐으면서도 늘 같이 무리를 이뤄 학교에 왔으며, 일찍 끝난 아이들도 꼭 기다려 같이 산비탈을 내려갔기 때문에, 언제나 한 다스로 엮은 연필자루 같은 느낌을 불러일으켰다. 먼 곳에서도 그들의 모습은 유독 돋보였으며 그래서 그들은 그 모습에서부터 낯선 이방인이라는 느낌을 주고 있었다. 그들의 차림새는 아주 초라했으며 대부분 자기 학년보다는 숙성했고, 그중 두서너 명은 더욱 나이가 많았으므로 그들 열두 명이 거리를 천천히 완강한 경계심과 숫돌 같은 얼굴을 하고 걸어갈 때마다, 단번에 사이 좋은 친구 간이라는 느낌보다는 오히려 무슨 음흉한 공범자 같은 느낌이 들었던 것이다. 그들은 주위 사람들과 얘기를 나누려 하지 않았고, 자기들끼리도 꼭 필요한 말 아니면 가능한 한 삼가고 있었다. 보이지 않는 이물질에 의한 이물감이 온 동리에 충만되고 있었다. 인심 좋은 개들도 그들을 보면 짖었다. 단순히 생각하는 이미지, 즉 문둥이들은 날카로운 면도칼을 손가락 사이에 접고 있다가 가슴을 석류알처럼 짜갠다는 것과, 눈에 눈썹이 없다는 사실이 그 아이들에게는 적용되지 않는다는 것이 판명된 이후에도, 그들은 좀 더 주의 깊게 과연 이 새로운 아이들이 도대체 무엇이 우리와 달라 격리된 존재인가를 관찰하려고 시도하고 있었다. 마을 아이들은 조심스럽게 그러다가는 후딱후딱 놀라면서 그들을 관찰하고 있었다. 그들이 조그마한 밀집을 이루면서 펌프물에 머리를 처박고 담수어 같은 움직임을 할 때에도 동네 아이들은 둥그렇게 서서 그 나환자촌 아이들을 관찰하였으며, 몇몇 용감한 아이들은 아무렇지도 않게 스쳐 지나가면서 계집아이의 살갗을 스쳐보기도 하고, 그들의 손가락 사이를 유심히 쳐다보기도 하였다. 간혹 못된 애들은 갑자기 침을 뱉고 물방개처럼 도망가곤 했다. 그럴 때마다 키 크고 가슴 넓은 한 소년이 이를 악물고 돌을 들어 발작적으로 던지곤 했다. 그러나 그럴 때마다 그중 숫제 아이 같지도 않고 거의 성인같이, 낡은 셔츠 속으로 제법 유방의 융기가 어렴풋이 드러나 보이는 키 큰 소녀가 완강히 제지하곤 했다. 어른들이 아직 이 조그마한 어린이들에게 주의하지 않고 산비탈을 깎아내리고 있는 동안에, 벌써 아이들에겐 새로운 파괴 대상이, 관심거리가 서서히 부풀고 있었던 것이다. 처음엔 조심스레 관망하고 있던 동네 아이들도 차츰차츰 큰 무리를 이루며 이 작은 세계 속으로 침범해 들어가려고 애를 쓰게 되었다. 그래서 그들은 이제 그들이 펌프 옆에서 고무신을 벗어들고 물로 닦거나, 치마를 들어 얼굴의 물기를 닦을 때마다 난폭하게 덤벼들어 계집애의 치마를 번쩍번쩍 만세나 하듯 들어올리게 되었으며, 그들이 포플러나무 아래로 조용히 걸어갈 때마다, 다리 아래에서 먹을 감던 아이들이 손가락 사이로 다른 주먹을 밀어붙이는 난데없는 욕지거리가 터져 나오게 되었던 것이다. 문둥이촌 아이들은 그러나 조용히 아무런 동요도 일으키지 않고 걷는 것을 계속할 뿐이었다. 싫증이 나서 아무리 두드려 부수려고 해도 부서지지 않는 장난감 같은 침묵이 작은 아이들에게 젖어 있어서, 도저히 동네 아이들은 과일 표피 벗기듯이 아이들의 내면을 드러내 보일 수가 없었다. 그즈음이었다. 그들이 하학길에 동네 어귀에 있는 우물가에서 두레박으로 물을 퍼서 세수를 하려 했을 때였다. 그들 주위에 서서 오랫동안, 참으로 오랫동안 따가운 초가을의 햇살 속에서 흔들거리는 이빨이 빠지려는 짜릿한 아픔과 또 한편의 새로운 쾌감 속에서 뜨거운 침을 삼키던 소년 중의 하나가 갑자기 거들먹거리며 그들 곁으로 다가갔고, 막 두레박을 들어올리는 소년의 손에서 두레박을 빼앗았던 것이다. 안 된다. 소년은 두레박끈을 잡고 뒤로 물러섰다. 그리고 문둥이촌 아이들 중 몸이 큰 소년이 덤벼들었다. 뭐라구 안 된다구. 그래 어째서 안 된다는 거냐. 너희들은……. 소년은 가슴에 힘을 주며 단정을 내렸다. 문둥이다. 문둥이는 전염된다. 뭐라구. 아이는 이를 악물었다. 문둥이라구. 너희들이 우리 우물에서 물을 먹으면 온 동네가 문둥병에 전염된다. 소년의 말이 아이들에게 무슨 뜻인가 전달되기엔 조금 시간이 걸렸다. 그 침묵 속에서 두 소년은, 아니 두 무리는 필사적으로 상대편을 노려보고 있었다. 그리고 소년은 아이가 어리둥절해 있는 것을 보자 말을 덧붙였다. 너희 몸에선 냄새가 난다. 그래 문둥이 냄새 말이다. 뒤의 다른 소년이 동조를 했다. 그 순간 딱정떼처럼 문둥이촌 소년이 덤벼들었다. 소년의 굵고 질긴 팔은 그들에게 시비를 걸었던 소년을 단숨에 때려뉘었다. 소년의 코에서 코피가 튀었다. 아이는 소년의 얼굴을 이빨로 물었다. 그리고 그는 자기를 겁에 질린 모습으로 보고 있던 동네 소년들을 쳐다보고 분노에 차서 소리를 질렀다. 덤빌 녀석 있으면 또 나와라. 너희들 핏속에 모두 문둥이 피를 옮겨놓고 말 테다. 이빨로 물어뜯어서 말이다.

그날 저녁 문둥이촌 소년에게 이마를 물린 소년은 두려움 속에 집으로 돌아왔다. 소년은 몇 번이고 얼굴을 비누로 씻었다. 그리고 거울을 보았으나 아이가 이빨로 사납게 문 이마의 자국은 더욱더 선명하게 떠오르고 있었다. 소년은 자기가 졌다는 분노보다는 핏속으로 무언가 산기슭에서 옻과 같은 독소가 뛰어 들어간 듯한 공포심에 와들와들 떨어대고 있었다. 언젠가 마을에서 추하고 충혈된 눈을 가진 개가 미친 듯이 뛰어나온 일이 있었다. 미친개다, 하고 어른들이 문을 잠그면서 말을 했다. 물리면 죽는다. 나가선 안 된다. 소년은 싸리울타리로 그 개가 비틀거리며, 그러다가는 사납게 짖으며 거리를 달리다가는, 서서 공허하게 짖는 것을 보고 있었다. 개는 가로수를 껑충이면서 물어뜯기도 하고, 그러다가는 산 사람의 그것처럼 빛이 나면서 이쪽을 노려보기도 했다. 그 순간이었다. 파출소에서 나온 순경이 거리 끝에 서서 개를 향해서 총을 들었다. 개는 무표정하게 자기를 겨누고 있는 순경을, 그리고 총구를 쳐다보았다. 뜨거운 여름 햇살이 거리를 훅훅 끼쳐 오르고 있었다. 이윽고 한 방의 총성이 울리자, 개는 선 자리에서 거꾸러졌다. 그러자 온 집의 문이 열리고 미친 듯이 동네 애들이 거리로 뛰쳐나갔다. 아아, 사랑스런 개, 미친개는 배를 드러내고 죽어 있었다. 아직도 문득문득 다리에 경련을 해가면서. 그 기억을 상기해 낸 소년은 더욱더 공포에 휩싸이게 되었다. 그래서 그는 황혼이 깃드는 거리로 뛰쳐나가 주유소를 경영하고 있는 아버지에게 달려갔다. 그의 아버지는 유리창 너머로 그의 아들이 눈물이 가득해서 헐떡이면서 달려오는 것을 보았다. 그는 무언가 수상스런 낌새를 눈치 챘다. 그것은 비가 오기 전 유난스레 날갯짓하는 어린 새들의 침착치 못한 몸 움직임이었던 것이다. 그는 아들에게서 사건의 전말을 들었다.

그들은 처음에 교장실로 모여들었다. 그러나 마침 교장 선생님은 시내에 볼일이 있어, 출타 중이었으므로 필터 달린 담배를, 깨끗이 청소된 교장 재떨이에 수북이 눌러 끄고는 교무실로 족적을 남기면서 침범해 왔던 것이다. 우리는 말입니다, 소년의 아버지가 말문을 열었다. 문둥이 새끼들하고는 우리 애들을 같이 교육시킬 수 없습니다. 그들 침입자 다섯 명은 빈 의자에 앉아 오히려 손님처럼 어리둥절해 있는 선생들을 노려보았다. 그들 중에 몇은 선글라스를 쓰고 있었다. 곧 그 아이들을 이 학교에서 나가도록 해주십시오. 뒤에 있던 아낙네가 갑자기 비명 같은 소리를 발했다. 나는 그녀가 로터리 부근에서 목욕탕을 경영하는 여인임을 알았다. 우리는 문화인입니다. 그것은 있을 수 없는 일입니다. 글쎄 그것은 우리들의 처사가 아닙니다. 비대한 침입자들 틈에 끼여서 교감은 한결 왜소해 보였다. 상부의 지시입니다. 교감은 그것이 자기의 책임이 아니라는 것을 강조하기 위해서 지나칠 정도로 상냥한 존대어를 사용했다. 상부의 지시라구요. 그 부인이 다시 비명 같은 소리를 발했다. 아니, 어쩜 그럴 수가 있을까요. 어쩜 그럴 수가 있을까요. 그녀는 마치 노래를 부르듯 높고 날카로운 후렴을 되풀이하고 있었다. 자기 애들이 아니라고 그럴 수가 있을까요. 그래 우리 애들이 점점 문둥이가 되어가고 있는 것을 보구서두 소위 교직자들인 당신들은 아무렇지도 않단 말예요. 그애들은. 나는 천천히 목발에 몸을 지탱한 채 그들 앞으로 다가갔다. 나서지 마세요. 갑자기 나서려는 나를 정 선생이 만류했다. 그러나 나는 그 손을 뿌리치고 나섰다. 문둥이가 아닙니다. 그들은 음성 나환자들의 자녀일 뿐입니다. 이번엔 다섯 명의 학부형들이 교감을 향했던 눈을 들어 나를 쳐다보았다. 그들의 선글라스 위로 나의 모습이 조그맣게 비틀거리고 있었다. 뭐라구요? 그 여인은 나를 올려다보며 높은 소프라노 음을 발했다. 음성이라구요. 그렇습니다. 그들은 양성 나환자가 아닙니다. 양성 나환자들은 모두 소록도에 집단 수용하게 되어 있고 사실 위험합니다. 그러나 음성 나환자들은 괜찮습니다. 더구나 그애들은 그들의 아이들일 뿐이지 그렇다고 문둥병이 유전되는 것은 아닙니다. 어려운 말 쓰지 마시오. 다른 사내가 낮고 위엄 있는 목소리를 냈다. 당신은 우리를 무시하고 있군, 난 당신이 이 학교에 최근에 온 신임 선생임을 알고 있어요. 그래서요. 나는 조금 더 앞으로 나아갔다. 최 선생은 좀 빠지시오. 교감 선생님은 더운 날씨도 아닌데 손수건으로 이마의 땀을 씻으며 나를 만류했다. 아닙니다. 그것은 밝혀두어야 합니다. 나는 침착하려고 애를 쓰고 있었다. 더군다나 그 아이들은 나환자가 아니지 않습니까. 나환자라구요. 이보시오, 선생. 고상한 말 쓰지 마시오. 당신만큼 우리도 문화인인 것을 알아주시기 바랍니다. 나환자가 아니라 문둥이요. 더럽고 축축한 문둥이 새끼요. 그럼 그렇게 말하겠습니다. 그애들은 더럽고 축축한 문둥이 애들이 아닙니다. 이봐요, 선생. 소년의 아버지가 갑자기 어이없다는 듯 껄껄거리면서 말을 했다. 그렇다면 선생은 문둥이하고 악수도 해보이겠소. 아니 그것보다도 더 심한 것, 일테면 그것이라도 할 수 있겠소. 이러지 마시오. 헛허허. 어디선가 불도저의 윙윙거리는 소리가 났다. 어디선가 갓 도배질한 벽 안쪽에서 서서히 썩어 들어가는 강한 부패의 향기가 났다. 무슨 말씀을 그렇게 하십니까. 그애들을 보시면 아실 겁니다. 그애들은 당신네 아이들과 어떻게 다른가를 보여주겠습니다. 정 선생님, 그애들을 좀 불러주시겠어요. 나는 뒤쪽에 서서 웬일인지 눈물을 흘리고 있는 듯한 정 선생에게 부탁을 했다. 이봐요, 최 선생 그만둡시다. 교감이 말을 했다. 아닙니다. 나는 말을 막았다. 그애들을 여러분들 눈앞에 보여드리겠습니다. 그 아이들은 미감아입니다. 문둥병은 유전하지 않습니다. 어려운 말 쓰지 마시오. 여전히 사내가 말을 받았다. 저 사람은 우리를 무시하고 있어요. 갑자기 여인이 자리를 박차고 일어섰다. 우리를 지금 업신여기고 있는 거예요. 죽은 자의 무덤은 서서히 이장된다. 그리고 그 무덤 위에 불도저는 새로운 주택단지를 형성한다. 그 위에 아름다운 소형 주택이 건립된다. 우리는 뛰어나갈 수가 없다. 죽은 자들 유택(幽宅) 위에서 새로이 비상하는 산 자의 거대한 힘. 이윽고 우리들은 열두 명의 아이들이 교무실로 열을 지어서 들어오는 것을 보았다. 그들은 수많은 사람들이 자기들을 주시하고 있는 것을 느끼면서도 침착하게 시키지도 않았는데 키 순서대로 열을 지어 섰다. 누구냐, 주유소의 주인이 그들 앞에 섰다. 우리 아들을 때린 애가 누구냐. 어제 그 장소에서 싸운 애 손들어 봐라. 그는 아주 부드러운 소리를 냈다. 그러나 아이들은 아무도 손을 들지 않았다. 거보세요, 그애들이 아 글쎄 솔직하게 손들 줄 아세요. 여인이 역시 비명 같은 소리를 내었다. 아이 착하지, 손들어 봐라, 허기야 너희들 중에 손을 들지 않아도 나는 누가 범인인가를 잘 알고 있단다. 그만합시다. 정 선생이 마침내 한마디 했다. 당신은 뭐요. 순간 사내가 정 선생을 노려보았다. 난 이애들의 선생입니다. 선생이라구요. 헛허허 선생이라구, 아주 멋진 말을 썼군, 그래. 아 선생이라면 자기 제자들에게 남을 때리라구 가르쳤어요. 모독하지 마시오. 그리구 할 말 있으면 그 안경을 벗으시오. 별 신경질적인 선생 다 보겠군. 난 당신하구 얘기하구 싶지 않소. 난 지금 이애들하고 얘기하고 있는 중이란 말이오. 사내는 갑자기 어깨가 굽은 소년을 들어올렸다. 나는 네가 그런 줄 알구 있다. 네가 내 아들 녀석을 때린 놈인 걸 알고 있다. 그런데두 바른대로 대답 못 하고. 잘못했어요. 소년은 대답했다. 필요 없어, 이 더러운 문둥이 새끼들, 아주 좋은 세상에 살고 있다는 것을 잘 알아둬라. 그는 소년의 목덜미에서 손을 풀었다. 너희들 부모한테 가서 전해라. 참 좋은 시대에 태어난 기쁨을 감사하라구, 알겠어. 알겠습니다. 소년은 대답했다.

4

수술대 위에 놓인 에테르에 취한 환자의 긴 혼수상태와도 같은 노을이 온 마을을 물들이고 있었다. 그러나 그 노을은 어제의 노을이 아니었다. 그것은 무언가 잔인한 기쁨으로 부풀어 오른 광란의 노을이었다. 단연코 해치우고 말겠다는 수상함, 양의 껍질을 벗기고 그 피를 종지에 담아 이웃끼리 후후 더운 피를 식혀가며 마셔야겠다는 결의가 짙은 노을 속에서 용해되고 있었다. 고속도로가 달리는 한길 옆에서도 양의 껍질은 벗겨진다. 그리고 새로운 건설자들은 그 양의 더운 피를 식혀 마신다. 질끈 수건을 동여매고 이를 악물고 숫돌에 칼을 간다. 손으로, 발로, 혀로, 눈으로, 그러고는 드디어 온몸으로 숫돌에 칼을 간다. 우리는 이제 무엇을 해야 할 것인가. 정 선생과 나는 술집에 앉아서 술을 마시고 있었다. 정 선생은 왜 아직까지 미혼이십니까. 나는 그에게 물었다. 마흔다섯의 나이로 결혼을 안 한 것은 너무 늦은 감이 있습니다. 헛허허 정 선생은 웃었다. 장가 안 간 것이 아니라 못 갔습니다. 그리고 그는 단숨에 술잔을 비웠다. 나는 그가 굉장한 주량을 가졌음을 알고 있었다. 그는 거의 매일 술을 들었다. 때문에 그의 손은 언제나 조금씩 조금씩 떨리고 있었다. 그는 기운을 낸다는 핑계로 아침에도 술을 드는 수도 있었다. 그것은 선생들 간에 거의 알려져 있었지만 누구든 충고를 하지 않으려 하였다. 말하자면 그는 거의 알코올 중독자처럼 보이고 있었다. 그는 술에 취해 있지 않을 때만 늘 말이 없고 눈동자엔 핏기가 서려 있었다. 수염을 말끔히 깎아도 늘 턱엔 수염이 자란 것처럼 초췌해 보인다. 그는 대부분 혼자서 술을 들었다. 내가 가끔 저녁때 산보삼아 거리에 나와 길을 걷다가 그 술집 안을 보면 정 선생은 돼지 고깃점을 앞에 놓고 투명한 소주를 들고 있었고, 내가 술집에 들어서도 그는 별 반가운 내색을 하지 않고 그저 묵묵히 술만 들었다. 그러다가 술이 오르기 시작하면 그는 와락 허물어지듯 횡설수설하기 시작했는데, 오히려 술 취하기 전의 어눌한 그의 모습보다는 훨씬 인간미가 있어 보였다. 우리 나이 또래는……. 정 선생은 귀 뒤에 꽂아두었던 담배꽁초에 불을 붙였다. 참 더럽게 운이 나쁜 시대를 살아왔으니까요. 대한민국, 본의 아니게 마흔 살 가량 나이만 주워 먹은 친구들에게겐 무어라고 할까. 이봐요, 무슨 적절한 말이 없을까. 무슨 적절한 표현이 없을까. 가슴 깊숙이엔 피해의식만 있단 말이에요. 그것은 우리들의 시대에도 마찬가지입니다. 나는 그에게 술을 권하며 대답했다. 하지만 정 선생은 나의 말을 손으로 막았다. 우리들 시대는 마치 상상할 수 있는 최악의 경우를 생각하는 것으로 비롯된단 말이에요. 일테면 아주 즐거운 사람끼리에서두, 아주 애지중지하는 물건들에게서두 상상할 수 있는 최악의 경우만을 강요해 왔고, 사실 그런 경우만 눈앞에 전개되어 왔던 거예요. 사랑하는 사람의 아름다운 눈동자에서 우리들은 그의 임종을 볼 수 있어요. 갓 피어오르는 꽃에서 벌써 우리들은 꽃의 시드는 모습을 볼 수 있단 말이에요. 도대체가 이봐요, 최 선생. 정 선생은 떨리는 손으로 턱을 쓸었다. 에잇 이런 것, 저런 것 집어치우고 우리 술이나 먹읍시다. 우리가 지금 말장난이나 하고 있는 것은 아니니까. 여기 술 한 병만 더 줘요. 나는 휘장 바깥 거리 위로 어둠이 천천히 가라앉는 것을 바라보았다. 그것은 마치 먼지를 가라앉히기 위해서 살수(撒水)하는 것처럼 보였다. 이봐요, 최 선생. 갑자기 정 선생이 흐려진 눈동자를 들고 나를 쳐다보았다. 무섭지 않소. 예. 뭐라구요. 이 거리가, 우리가 하루하루 살아간다는 것이 무섭지 않소. 글쎄요. 나는 대답했다. 난 무섭소. 정 선생은 눈에 힘을 주려고 애쓰면서 단정을 내렸다. 예전에는 설사 위기의식 속에 살아왔어두 나는 최소한도 무섭지는 않았거든. 그것은 무슨 소리인고 하니 위기의식이라는 것은 눈에 보이는 살인과 방화 약탈로, 나는 그것들과 약간만 눈곱만큼만 비껴 서주면 무방했단 말이에요. 각도만 약간 달리해 주면 그들은 나를 스쳐 지나갔거든. 이봐요, 최 선생. 우리들의 시대란 것은 용감하기도 했지만 비굴하기도 했단 말이에요. 용약 출전해서 전사한 친구도 있지만 마루 밑에 숨어서 쥐처럼 목숨을 견디어낸 친구도 있단 말이야. 전쟁이나 해방이란 것은 먼 바깥의 세상일이었단 말이거든. 오히려 타인의 죽음, 타인의 슬픔 가운데에서두 우리는 잡초처럼 질긴 삶의 욕구를 터득했는데, 이봐요. 그는 연거푸 술을 들었다. 좀 천천히 드시지 그래요. 몸을 생각하셔야지요. 무서워서 견딜 수 없소. 점점 우리 성격들이 잔인해져가는 것 같소이다. 최 선생, 소위 천적이란 말 알고 있소. 알고 있습니다. 그런데 난 지금 그런 것을 느끼고 있어요. 천적이란 타고날 때의 본능적인 적대감정이거든, 추상적인 적대의식이 아니란 말이에요. 우리는 뚜렷한 이유 없이 그저 뚜렷한 대상 없이 죽창을 들고서 있는 셈이거든. 우리는 점점 식인종이 돼가고 있는 것 같단 말이에요. 지금까지만 해두 우리의 적이란 것은 일본 놈이라든가 하는 뚜렷한 대상이 있는 상태였단 말이에요. 그런데 이제 우리는 서로가 서로를 잠식하고 있는 것 같거든. 서로가 서로의 귓조각을, 콧조각을, 다리를 베어 먹고 있는 셈이지. 정 선생은 웃기 시작했다. 이봐요, 최 선생. 요즘 배운 놈들 소위 인텔리라는 놈들의 머릿속엔 헛허허 최 선생이나 나 같은 나약한 인텔리는 제쳐놓고 이야기합니다. 스카치테이프만 들어 있는 셈이오. 무슨 소리인 줄 알겠소. 모르겠습니다. 나는 대답했다. 우리는 저주의 소용돌이 속에 살고 있는 셈이오. 우리는 지금 오로지 까뭉개고 부수고, 가진 것을 박살내버리는 시대에 살고 있소. 그런데 그런데 말이오. 우스운 것은 일단 부숴놓은 것은 추린단 말이에요. 부술 때는 언제고, 그것을 파편 조각을 들고 울 때는 언제냔 말이에요. 그러고는 스카치 테이프로 합리화를 시키거든. 일단 부서진 것을 스카치테이프로 붙인댔자, 이미 견인력이 상실된 것이 붙여지겠소. 무슨 소린 줄 알겠소. 모르겠습니다. 나는 대답했다. 아주 관념적인 이야기입니다. 멋대로 상상하시오. 어디선가 불도저의 윙윙거리는 소리가 들려왔다. 정 선생은 남은 투명한 소주를 단숨에 들이켰다. 나는 그의 목이 소주를 삼키려고 꿈틀거리는 것을 보았다. 최 선생, 그는 빈 소주잔을 소리내어 탁자 위에 놓으면서 충혈된 눈으로 나를 내려다보았다. 이 거리를 떠나시오. 내가, 나이 먹은 내가 당신에게 말할 수 있는 것은 그것뿐이오. 그것은 왭니까. 나는 큰 소리로 반문했다. 최 선생은 이 거리에 어울리지 않아. 이 거리에 존재하는 것들뿐이란 맹목적인 파괴자나 나 같은 맹목적인 방관자에 불과하오. 난 최 선생이 무서워. 무서워 죽겠소. 이봐요. 이보라니까. 나는 지금 앉아 있는 최 선생의 모습에서 최악의 경우를 충분히 상상해 낼 수 있거든. 이것 봐요. 최 선생은 아주 젊구 젊은 만큼 의협심도 있어. 허지만 무엇을 어떻게 하자는 거야. 이봐요. 이제 이곳 주민들은 그애들을 어떻게 할 것 같소. 그애들이라니요. 그 문둥이 아이들 말이오. 글쎄요. 나는 숨을 죽였다. 무언가 섬뜩한 냉기가 온몸을 스쳐 지나가는 것을 느꼈다. 나는 오싹하는 본능적인 공포를 느꼈다. 저들은, 정 선생은 헐떡이면서 소리를 질렀다. 그애들을 죽일 것이오. 괴롭히고 장난감처럼 학대하다가 그들의 심장을 긁어갈 것이오. 그만둡시다. 나는 분노에 차서 소리를 질렀다. 그렇게 단정하실 수 있는 이유는 무엇입니까. 나는 알 수 있소. 정 선생은 소리를 낮추어 말을 뱉었다. 아까두 분명 말했지만 나는 그들의 눈에서 살기를 느꼈다니까. 죽는 사람은 말이 없소. 오직 죽이는 것들만이 변명을 합리화시킬 수 있거든. 그건 매우 비겁한 얘기라구요. 정 선생은 내 말을 받았다. 그럼 어쩔 셈이란 말이오. 최 선생, 도대체 어떻게 덤벼들 수 있단 말이오. 나는 정말 대답하려고 머리를 모았다. 술이 취하긴 했지만 무언가 대답하고 싶어서 머리를 숙이고, 깊이 생각하였다. 그러나 나는 대답해 낼 수는 없었다.

  그때였다. 우리는 그 순간 마을 한복판 동회 앞에서 종을 치는 소리를 들었다. 그것은 교회에서 치는 종소리와는 아주 다른 금속성 소리였다. 깡깡깡깡깡깡 메마르고 건조하고 진폭이 짧은 종소리였다.

  우리는 놀라서 서로의 얼굴을 응시했다. 나는 이곳에 와서 저 소리를 꼭 한 번 들은 적이 있소. 정 선생은 담배를 피워 물며 말을 했다. 작년에 산불이 났을 때, 그 비상종이 한밤중에 울었지. 아주 큰 산불이었어. 밤이 대낮처럼 밝아오더군. 그럼 어디 불이 난 것은 아닐까요. 잠깐 나가봅시다. 정 선생은 먼저 일어나 술집 밖으로 나갔다. 거리는 완전히 어두워져 있었다. 언덕 위 동회 앞마당에서 종소리는 간단없이 울고 있었다. 깡깡깡 그 소리는 신경질적으로 울리고, 온 마을을 종소리의 여운 속에 가두고 있었다. 불이 난 것은 아니군. 정 선생은 나지막하게 말을 했다. 동네 주민들은 어느새 하나둘씩 동회 쪽으로 올라가고 있었다. 아이들은 껑충거리면서 경마장의 말처럼 뛰어가고, 어린애를 업은 소녀들은 입으로 꽈리를 소리 내어 불며 언덕길을 오르고 있었다. 그에 비하면 어른들은 한결 묵묵히 언덕 위를 잔뜩 피로한 얼굴을 하고 몰려가고 있었다. 무슨 일일까요. 나는 좀 불안해서 정 선생을 올려다보았다. 무슨 사고가 난 것은 아닐까요. 가만있어 봅시다. 정 선생은 비틀거리면서 성냥을 그어 담뱃불을 붙였다. 우리도 올라가 볼까요. 나는 부자유스러운 다리를 추켜들며 정 선생에게 동의를 구했다. 정 선생은 끄덕였다. 우리는 언덕 위로 걷기 시작했다.

　우리는 언덕 위 동회 앞마당에 걸려 있는 플래카드를 보았다. 그곳엔 다음과 같이 씌어 있었다. 우리는 우리들의 귀여운 자식들을 문둥이와 공부시킬 수 없다. 이것이 철회되지 않는 한, 우리는 우리의 자식들을 학교에 보낼 수가 없다.

　그곳에는 이미 많은 주민들이 모여 있었다. 그들은 묵묵히 신문지를 깔고 앉아 있었고, 동회 지붕 위에 켜진 백열등으로 많은 밤곤충들이 눈처럼 비상하고 있었다. 그들은 밤새 진주한 적병 같은 모습을 하고 있었다. 뛰어놀고 있는 것이란 아이들뿐으로, 그애들은 불빛이 비치는 마당에서 땅뺏기놀이를 하거나 고함을 지르면서 오가고 있었다. 아이들이 움직일 때마다 그들의 그림자는 뱀의 혀처럼 길게 늘어져 이윽고 저 깜깜한 어둠 속으로 빨리고 만다. 그림자의 끝은 어디일까. 밤의 무거운 침묵 속으로 빠져들어가는 아이들의 조그만 그림자는 어느 자리에서 서성대고 있을까. 종소리는 간헐적으로 이어지고 있었다. 깡깡깡. 그 소리는 어지럽고 별스럽게 신경질적으로 우리들의 뒤통수를 긁어내리는 것 같았다. 주민들은 조금씩 조금씩 모여들어 잠시 한눈을 팔았다 싶으면 더욱 불어나 있었다. 정 선생과 나는 풀숲에 앉아서 숨을 죽이고 조용히 있었다. 단상에 웬 사람이 올라선 것은 종소리가 그친 조금 후였다. 종소리가 그치자, 온 마을에 이상한 침묵이 무겁게 가라앉기 시작했다. 날짐승 날갯짓 소리 같은 종소리의 긴 여운이 귓가에 잉잉거리고, 그것은 무언의 압박감을 주어 나는 윗단추 두어 개를 풀었다. 여러분.

단상에 오른 강기 있어 보이는 젊은이가 첫마디를 꺼내기 시작했다. 친애하는 S동의 동민 여러분, 여러분들을 이 평안한 오후에 이처럼 모이게 한 것은, 지금 이 비상용 종을 친 제 독단적인 생각 때문만은 아니올습니다. 동민 여러분, 그것은 여러분들 모두가 이곳에 모이기를 요청했기 때문에 제가 대표해서 종을 친 것뿐이올습니다. 친애하는 S동의 여러분, 우리는 며칠 전 우리들의 사랑스러운 아들딸, 그리고 귀여운 동생이 다니고 있는 교육의 전당이요, 성스러워야 할 배움의 터전에, 꿈에도 생각할 수 없는 문둥이 자식들을 편입시킨 것을 잘 알고 있을 것입니다. 그것도 한 명도 아니요 두 명도 아니요 세 명도 아닌, 열두 명이나 되는 많은 숫자의 문둥이를 입학시켰습니다. 병균이 득실거릴 손가락을 가진 더러운 문둥이 자식들을 우리들의 귀여운 아들들 곁에 앉히고, 우리는 자식들에게 건강하게 자라기를 바라고 있습니다. 우리는 며칠 전 신문에서 미국에서 일어난 조그마한 사건을 알고 있을 것입니다. 단 한 명의 흑인 소녀를 입학시켰다고 해서, 전교생이 수업을 거부한 사건을 말입니다. 그렇다고 이 사건을 그 사건과 비유하는 것은 아닙니다만, 여러분. 다만 단 한 명의 흑인 소녀 때문에 휴학을 결의한 그들의 높은 문화 수준에 비해서, 열두 명의 병균을 가지고 있는 더러운 전염병 환자들에게 우리가 가꾸고 일으켜놓은 S동을 짓밟히게 하고 있는 우리들의 야만적인 체념감을, 나는 탓하고 있는 것입니다. 친애하는 S동의 여러분. 도대체 왜, 무엇 때문에, 그들이 이곳을 침범하는 것입니까. 친애하는 S동의 여러분. 무엇 때문에 강 건너, 정부에서 지정한 장소에서 살고 있어야 할 문둥이 자녀들이, 우리 땅을 넘나보고 있는 것입니까. 그 이유는 무엇입니까. 대답해 보십시오. 동민 여러분, 우리는 우리의 자식들을 더러운 문둥이 곁에서, 계속해서 산수를 배우고 국어를 배우게 할 참입니까. 어찌할 것입니까.

동민 여러분, 저 무서운 병균을 가진 문둥이들과 같이 술래잡기를 하고, 볼을 차고 손을 마주 잡고, 노래하는 여러분들의 어린이들이 처한 상황을 그냥 두고 보시겠습니까, 동민 여러분. 굉장한 장광설이군요. 나는 옆의 정 선생에게 속삭였다. 저 사내는 약간 돈 사내지. 정 선생은 숨을 쉴 때마다 술기를 내뿜으면서 낮은 목소리를 내었다. 저 사내와 두어 번 술을 마신 적이 있소이다. 아주 위험한 친구였어. 공부는 굉장히 한 모양인데 생각이 건전치 못하더군. 뭐 하는 친굽니까. 나는 반문을 했다. 거리 뒤에서 개훈련장을 하고 있지. 그러나 그것보다도 정치 지망생이라 해야 옳지요. 앉아 있는 주민들의 눈빛은 차츰 달아오르기 시작하고 있었다. 담배를 쥔 손이 떨리고 숨이 가빠오고 뜨거운 열기가 무리 속에서 피어오르기 시작하고 있었다. 여러분. 학교에서는 우리들의 자식들에게 다음과 같이 가르치고 있습니다. 밖에 나갔다 들어오면 꼭꼭 손을 씻어라, 아침저녁에는 두 번씩 꼭꼭 이빨을 닦아야 한다, 라고 가르치고 있습니다. 하지만 여러분, 과연 그들이 이를 닦고 손을 닦는 것보다도 더욱 필요한 저 더러운 문둥이 자식들을 저 강 건너로 보내버리지 않는 이유는 바로 어디에 있다는 것입니까. 그 이유가 어디 있는 줄 아십니까. 그것은 바로 여러분 자신에게 있는 것입니다. 그냥 앉아서 남의 일을 보듯이 보고 있는 바로 여러분에게 있는 것입니다. 여러분, 우리는 당연한 우리의 권리를 왜 이행치 않는 것입니까. 왜 우리는 분연히 일어서서 저들을 강 건너로 쫓아버리지 않는 것입니까. 여러분, 다같이 일어납시다. 분연히 일어나서 우리들의 자식들을 병균과 더러운 오염에서 구합시다. 그것만이 우리들의 의무입니다. 아버지 된 의무요, 어머니 된 책임이요, 형 된 자격입니다. 옳소──.

어디선가 숨 가쁜 한마디가 울려나왔다. 그리고 이윽고 달려가는 성난 소의 뿔 같은 딱딱하고 견고한 각질의 맹목적인 분노가 덩어리져 터지기 시작했다. 그 광기는 새로운 대상을 찾은 기쁨에 날뛰고 있었다. 부수는 흙, 집, 밭보다도 더욱 쾌감스러운 축축하고 더러운 대상을 발견한 그들은, 소리 없이 보이지 않는 낫과 쟁기로 무장하기 시작하고 있었다. 그것은 새로운 반란이었다.

다음날부터 아이들은 학교에 나오지 않았다. 말하자면 그들은 무기한으로 자기들의 아이들을 학교에 보내지 않는 것으로써 시위 행위를 시작한 것이었다. 나는 학교에 출근하다가 새벽에 안개가 깔린 밭이랑 사이에서 책가방을 든 두 소년이 앉아서 땅뺏기놀이를 하고 있다가, 나를 보자 슬금슬금 도망가는 것을 보았다. 거리의 소년들도 웃통을 벗은 차림으로 볼차기를 하고 있다가, 나를 보고는 그만두자 하고는 하나둘 사라져가는 것을 보았다. 목책으로 얼기설기 담을 쌓아놓은 집안에서 칫솔을 물고 있던 소녀는 나를 보더니, 천진스럽게 킥킥 웃었다. 내가 가르치고 있던 소녀 중의 하나는 자기 동생을 업고서 샐비어 꽃잎을 쪼고 있던 닭을 보고 있었다. 애, 학교 가자. 내가 부드럽게 말을 하자, 소녀는 갑자기 울기 시작하는 제 동생의 볼을 어르며 학교 안 가요, 아버지가 가지 말랬어요, 우리들은 문둥이들하고는 공부할 수 없대요 하고는 메마른 코를 풀고 짚더미에 손을 쓱쓱 문지르는 것이었다. 학교로 들어가는 길목도 텅 비어 있었다. 평소에는 지금쯤 와글거리는 아이들의 교성이 시끄러웠겠지만, 학교로 가는 길목은 텅 비어 있었고, 철 이른 코스모스가 몇 송이 새벽 공기 속에 피어 있었다. 운동장은 방학 때처럼 텅 비어 있었고, 변소 옆 수돗물도 유난스레 콸콸 쏟고 있었다. 선생들은 수업시간 종이 울렸는데도 교무실에 앉은 채 일어서려 하지 않았다. 내가 출석부를 빼들고 교실로 나가려 하자 정 선생이 담배를 권하며 말했다. 최 선생 그만두쇼. 지금 교실엔 한 명도 없소. 있는 것이란 그애들뿐이오. 그애들이라니요. 나환자 애들 말이오. 나는 잠자코 복도로 나섰다. 어디선가 바둑돌 놓는 소리가 들려왔다. 나는 변명은 하지 않을 것이다. 거리에 흐르는 일관된 흐름은 어제의 전통이 아니다. 그러므로 나는 변명을 하지 않을 것이다. 나는 빈 교실에 모여 있는 열두 명의 미감아들을 보았다. 그애들은 각기 학년이 달랐으면서도 한 교실에 모여서, 추워 모닥불을 쬐는 아이들처럼 몸을 굽히고 우울하게 앉아 있었다. 나는 그애들을 데리고 수업을 하였다. 또 나는 그들을 데리고 운동장에 나가 생생하게 밝아오는 초가을의 색소를 일일이 가르쳐주었다. 왜 모든 색들은 햇빛 속에서 투명해지는가, 왜 특히 아침 해 뜰 무렵에 푸른 나뭇잎들은 날카롭게 빛나오는가, 왜 하늘의 빛은 파란가, 보이는 저 산 근처의 하늘로부터 점점 가까워올수록 진해 오는 하늘 빛깔은 무엇 때문인가, 이런 것들을 서로 이야기하였다. 그애들은 충분히는 이해하지 못했지만 크레용갑 속에 누운 색색가지 크레용처럼 상기하기 시작했다. 나는 왜 크레용 색깔이 보통 열두 색깔인가를 가르쳐주었고, 우리들은 모두 그 색색의 크레용 중의 한 색깔일 수 있다고 웃었더니, 서로 자기가 빨강색이라고 우겨대는 아이들도 있었다. 그러나 한편으로는 내가 아이들을 기만하고 속이고 있는 것이 아닐까 하는 슬픔을 맛보았다. 그러자 나는 부끄러워졌다.

오후 수업은 중단되었다. 오후부터 교직원 회의가 교장 주재 아래 개최되었다. 우리는 참으로 지루한 토의를 하였다. 그러나 결말은 나지 않았다. 몇몇 주민들은 간혹 창으로 코를 맞대고 우리들의 토의 광경을 엿보고 있었다. 그래서 우리는 유리창을 닫기로 하였다. 때문에 교무실은 더웠고 공기가 탁했으므로 우리는 웃통을 벗기로 하였다. 우리는 땀을 뻘뻘 흘리면서 회의를 계속하였다. 그러나 보이지 않는 경계자들이 벽 사이사이에 있는 한 우리는 이미 감시당하고 있는 셈이었다. 그러나 우리는 알고 있었다. 그 열두 명의 아이들은 단지 문둥이의 자식들로, 오직 이유라면 그것일 뿐 손끝에도 발끝에도 나균을 가지고 있지 않은 미감아라는 것을……. 그리고 또 우리는 너무나 분명하게 알고 있다. 도대체 이런 일로 이렇게 오랫동안 얘기하고 또 반박하고 다시 주장하는 지루한 토의를 계속할 필요가 없음을. 그러나 그렇기는 하지만 오히려 그런 이유 때문으로도 회의는 진행되었다. 실내의 공기가 탁했으므로, 연신 창가에 앉아 땀을 씻고 있던 선생이 그럼 투표를 하자고 무기명 투표를 하자고 우겨대었지만, 누군가 한 사람 일어나 도대체 이런 중대한 일을 투표로 결정하다니, 이건 투표로 결정할 문제가 아닙니다라고 반박했으므로, 또 그것이 옳았으므로 우리는 다시 한 사람 한 사람 연회에 초대되어 마지못해 유행가나 한 곡 부르듯 지껄이고 있었다. 중대한 일, 그렇다, 이것은 중대한 일인 것이다. 적어도 그들에게 아니면 우리들에게도 결국 그날 결정된 것이란 상부에 보고한 후, 다만 며칠 동안만이라도 좀 더 학부형들을 설득하여 보고 그것이 식지 않을 땐, 결국 정식으로 상부에 알리자는 결론에 도달하였다. 우리는 담배를 너무 피워, 마치 얼치기 바보 같은 표정으로 그러나 부끄러워하고 있었다. 그래서 서로가 서로의 시선을 피하고 있었다.

다음날 나는 하숙집 푸줏간 주인으로부터 이틀 내에 하숙을 비워달라는 부탁을 받았다. 그는 완고하게 별다른 이유를 설명하지 않았다. 결국 예기했던 결과가 온 것뿐이었다. 그래서 종일토록 하숙을 구하러 돌아다녔다. 그러나 나는 하숙을 구할 수 없었다. 거리 주민들의 시선 속에서 나는 언제나 이방인이었다. 그들은 얘기를 하며 웃다가도 나를 보면 엉거주춤한 표정으로 굳어지곤 했다. 때문에 나는 늘 거리를 감시당하는 기분으로 걸어야 했다. 등허리 부분이 젖어 들어오고 있었다. 언제나 어디서나 따가운 시선이 햇살처럼 내 온몸에 달려들고 있었다. 때문에 나는 하루에도 열 번씩 거추장스러운 목발을 던져버리고 싶은 충동을 받곤 했다. 그들은 말하자면 내게서 미감아를 보듯이 경외시하고 있는 셈이었다. 결국 정 선생의 집을 한 칸 얻기로 했다. 도배가 끝나는 대로 들기로 하였다.

저녁 무렵에 집으로 돌아오니 두어 명의 방문객이 기다리고 있었다. 그는 할 말이 있다고 했는데 그래서 우리는 가까운 다방으로 나갔다. 그는 내게 당신이 가장 강경하게 문둥이들을 옹호하고 있다는데 그것이 사실이냐고 물었다. 나는 그렇다고 대답을 하였다. 그러자 그는 내게 신을 믿느냐고 물었다. 나는 믿지 않는다고 대답했다. 그러자 그럼 내게 무신론자인가고 물었다. 나는 아니라고 대답했다. 그럼 그는 내게 무엇을 믿느냐고 물었다. 나는 신보다도 거대한 자연 그 자체를 믿는다고 대답했다. 그러자 그는 웃었다. 다방 안은 어두웠다. 썰렁한 다방에 유행가가 단조로운 음정으로 들려오고 있었다. 우리 한번 진지하게 얘기해 봅시다, 김 선생 하고 박이 말을 이었다. 나는 김 선생이 아닙니다, 라고 말을 하면서 나는 웃었다. 그럼 이 선생이십니까. 아닙니다. 전 최입니다, 라고 나는 대답했다. 그게 무슨 상관있소 하고 박이라는 사내 옆에 앉아 있던 인상 나쁜 사내가 한마디 했다. 그는 뒷머리를 잔뜩 기른 사내로, 앉은 채 거리에서 파는 고등을 종이 봉지에 들고 앉아서 투투 껍질을 내뱉어가면서 먹고 있었다. 박이건, 김이건, 최건 무슨 상관있소. 안 형은 좀 빠지쇼. 박이라는 사내가 나를 보며 흘리듯 웃었다. 미안하게 되었습니다. 최 선생. 이 친구는 성질이 좀 급한 편이라서.

아까 내가 어디까지 얘기했더라. 그는 커피를 스푼으로 한 숟갈 한 숟갈 떠서 들고 있었다. 그는 머리에 기름을 발라 단정히 넘기었고 구두를 정성들여 닦았으나 어딘지 투박한 냄새를 벗지 못하고 있었다. 도대체 선생께서 그 문둥이 아이들을 옹호하는 이유는 어디에 있습니까. 그것은. 나는 대답했다. 그 아이들이 우리와 조금도 다를 게 없는 정상인이라는 점에서입니다. 정상인이라구요. 박이 반문을 했다. 어째서 그 아이들이 정상인이라는 거요. 나는 선생이 무엇을 말하려 하는가를 잘 알고 있어요. 휴머니즘, 그들 문둥이 자식들도 인간인 바에야 사랑으로 감싸주고 베풀어주어야 한다는 뜻이겠지요. 허지만 선생. 그는 탁자 위에 놓인 내 담뱃갑에서 담배를 빼어 물었다. 오늘날에 엄연히 계급이 존재하고 있다는 것은 인정하시겠습니까. 무슨 뜻입니까, 저는 무슨 뜻인지 모르겠습니다. 나는 대답했다. 무슨 말인고 하니 일등병은 일등병으로서의 문화가 있는 법이고, 하사는 하사로서의 모랄이 있고, 장군은 장군으로서의 문화가 있는 법이란 말이에요. 이를테면 저들은 어쨌든 부모들이 한때 문둥병 환자였던 것은 숨길 수 없는 사실이 되어 있단 말입니다. 여기에 대해서 인정하시겠습니까. 인정하겠습니다. 나는 대답했다. 감사합니다, 선생. 어디선가 불도저의 윙윙거리는 소리가 들려오고 있었다. 그렇다면 정부가 그들에게 왜 강 건너 사방이 격리된 작은 땅에 그들의 살림처를 구해 주었는 줄 아십니까. 그들은 말하자면 남에게 전염될 수 있는 병균을 가지고 있기 때문인 것으로 알고 있소이다. 선생, 선생이 역설하는 휴머니즘이라는 것도 그들끼리의 모랄이 아니겠소. 그들의 자식들이라고 해서 그들 문둥이끼리의 사회 밖, 구태여 정상인인 우리들의 마을로 침범해 온다는 것은 악랄한 처사요, 우리들을 비문화인 취급하고 있는 때문이 아니겠습니까. 우리는 우리로서의 도덕을 가지고 있고 저들은 저들로

서의 지켜야 할 도덕이 있는 것이 아닐까요. 당신은 무서운 오해를 하고 있습니다. 그것은 무서운 결론입니다. 나는 대답했다. 우리 시대에 우리에게 가장 필요한 것은 인간과 인간끼리의 신뢰가 아니겠습니까. 그것은 역설입니다. 뭐, 거 어렵게 얘기를 시작하시는군. 김 선생, 아니 최 선생. 옆의 사내가 못 참겠다는 듯, 배를 퉁겨버리고 위협적으로 몸을 반쯤 일으켰다. 이 사람 아주 개똥 철학자 같아. 이봐요 박 형. 그러기에 뭐 그렇게 어려운 이론을 가지고 따따부따할 필요가 없다고 내가 말했잖소. 당신은 좀 가만있으쇼. 박이라는 사내가 반쯤 일으킨 옆 사내의 몸을 눌러 앉히면서 말을 했다. 미안합니다, 선생. 이 친구는 성질이 아주 급한 편이 돼 놔서 소위 인텔리끼리 통하는 그 복잡해지는 이론에는 영 질색을 하고 있으니까요. 미안합니다. 나는 조용히 대답했다. 나두 인텔리 축엔 들지 못합니다. 헛허허, 선생. 박이란 사내가 빈정거리면서 웃었다. 무슨 겸손의 말씀을. 그러면 우리 얘기를 쉽게 합시다요. 도대체 선생은 이곳에 오신 지 얼마나 되셨습니까. 석 달밖에 안 되었습니다. 나는 대답했다. 오, 아주 오래 되셨군요. 그는 어깨로만 웃었다. 나는 이곳에 삼 대째 살고 있습니다. 선생은 이곳의 주민이 어떻게 살아온 것인가를 잘 알지 못하실 것입니다. 이것 보세요. 이곳 주민들은 아주 천민 취급 받아가면서 농사를 지어가며 살아왔습니다. 나는 지금도 황토벽 토담에 너울거리던 등잔불 밑에서 꽁초를 피우던 아버지의 한숨이라든지, 베틀을 놀리시던 할머니의 소리까지 생생히 기억할 수 있습니다. 물론 이런 감상적인 얘기는 집어치우기로 합시다. 그러던 것이 지금에 이르러서야 빛을 보기 시작하였습니다. 서서히 개화의 빛을 보기 시작한 셈이지요. 이때 저 강 건너의 나병환자들이 무리져 우리 마을로 들어온다면 무엇보다도 먼저 우리는 애써 싹튼 경기(景氣)의 씨를 스스로 짓밟는 결과를 보아야 할 것입니다. 저들이 눈썹 없는 얼굴로 이 거리를 돌아다니며 활보하는 모습을 상상해 보십시오. 이 마을이 문둥이촌이 되어버리는 꼴을 말입니다.

도대체 이 거리 전체를 선생은 우습게 알고 있는 거예요. 난 거리 뒤에서 개를 훈련시키고 있소. 수십 마리의 개에게 뛰는 법과 장애물넘기와 주인이 주는 먹이 이외엔 절대 먹지 않는 법을 가르치고 있소. 그래서 그런지 나는 어떤 때엔 차라리 고집불통인 사람보다도 개가 훨씬 융통성이 있구나 하는 의견을 가지고 있소이다. 이봐요, 김 선생. 박은 손가락을 들어 내 눈을 가리키면서 낮은 그러나 위압적인 목소리로 내뱉었다. 내가 요구하는 얘기를 잘 들어두시오. 문둥이 아이들을 공연한 감상으로 옹호하지 마시오. 아시겠소. 난 김이 아닙니다. 나는 대답했다. 나는 첩니다. 이봐. 그런 건 아무래두 좋다고 하지 않았어. 옆의 사내가 고등을 힘차게 뱉어버리면서 언성을 높였다. 친구, 공연히 잘난 체하지 말어. 어디선가 불도저의 윙윙거리는 소리가 들려왔다. 당신은 좀 빠지라니까. 미안하게 되었습니다, 최 선생. 분명히 말하겠소. 단 하루 동안 생각할 여유를 주겠소. 내일 저녁때까지 곰곰 생각해 보고, 그리고 그 결정을 내게 알려주시오. 말하자면 이곳에 남아서 끝까지 문둥이들을 돕겠다든가 아니면 이 거리를 떠나겠다든가 그것도 아니면 아예 이 거리에 주저앉아서 우리들의 요구를 수락할 것인가를 알려주시오. 그는 서부 영화의 악당처럼 웃는 표정이라곤 없이 무표정하게 목소리를 내었다. 잘 들어두시오. 최 선생. 분명 얘기해 두지만 분명 내일 저녁 다섯 시까지요. 그 이후에 일어나는 사태에 대해선. 사내는 말을 끊고 쏘는 눈으로 나의 눈을 들여다보았다. 우리는 책임을 지지 않겠소.

그들은 찻값을 지불하지 않고 나가버렸다. 나는 오랫동안 앉아 있었다. 좀 곰곰 생각해 보자고 생각했다. 내가 어째서 이처럼 그들에게 적대시 당해야 하는가를 곰곰 생각해 보려고 눈을 감았다. 그러나 나는 생각해 낼 수가 없었다. 나는 차값을 지불하고 천천히 다방을 나왔다.

그날 밤 나는 정 선생 집을 방문하였다. 달도 없는 캄캄한 밤이었다. 나는 구멍가게에서 소주를 두어 병 사들었다. 공터에서 동리 아이들이 놀고 있었다. 이미 주위의 주택가는 등불을 껐고 오직 술 취한 사내들만 한두 명 오가는 밤중에 누구네집 아이들인가 어두운 공터에서 소리를 지르면서 놀고 있었다. 정 선생의 판자담을 두드리자, 한참 후에야 신발 끄는 소리가 들려오더니, 정 선생의 얼굴이 판화처럼 어둠 속에서 나타났다. 누구시오, 하고 그는 물었다. 접니다. 첩니다. 아, 난 누구라고. 난 밤눈이 어두워 놔서. 들어오시오. 어두운 마당엔 평상이 놓여 있었다. 서늘한 밤 한기가 내려 앉아 평상 위는 축축히 젖어 있었다. 우리는 평상 위에 나란히 앉아서 무슨 말을 해야 하는가 식의 뻣뻣한 침묵 속에서 조용히 앉아 있었다. 어둡지 않으시오. 오랜 후에 정 선생이 불쑥 말문을 열었다. 내 전등불을 마루에 끌어오리다. 아니 괜찮습니다. 술이나 한잔 할까요. 그것 좋지요. 어귀에서 두어 병 샀습니다. 어유 그렇게 많이, 김치라도 가져올까요. 아니 괜찮습니다. 마른 오징어포도 두어 개 샀으니까요. 그래두 잔이 있어야 되지 않겠소. 그냥 조금씩 마시지요, 뭘. 까짓것 그럽시다. 그러는 편이 더 좋지. 나는 소주의 마개를 입으로 뜯고, 그것을 조금씩 조금씩 조금씩 입안으로 털어 넣었다. 혼자 사시기 외롭지 않으세요. 아니 뭐, 습관화돼 놔서. 굉장히 어두운 밤이군요. 별도 없군요. 술기운이 가슴 밑바닥에서부터 탁탁 피어오르고 있었다. 어디 최 선생 무용담이나 들어봅시다. 무용담이라뇨. 거 뭐 무용담이랄 게 있나요. 깨어보니 후송되었던 것밖에 없었는데요. 그래두 처음엔 글쎄 발가락이 있는 것 같아서 왜 오랫동안 발을 씻지 않으면 발가락 새가 간질거리지 않아요. 그래 자꾸 발가락 사이가 근질거려 오는 거예요. 발가락 사이가, 이미 없어져버린 발가락 사이가 근질거려 온단 말이에요. 그런 경험 있으세요. 뭐라구요. 지금 최 선생 뭐라구 물었소. 아니에요. 아무런 말두 하지 않았어요. 왜 술을 안 드시느냐고 물었어요. 아, 먹구 있소. 최 선생이 금년에 아마 스물아홉인가. 스물여덟이에요. 좋은 때군. 아주 좋은 때야. 말이 끊겼다. 올 때 길이 질지 않습디까. 아니오. 질지 않던데요. 다행이군. 다시 말이 끊겼다. 우리는 어둠 속에서 바다처럼 큰 하늘을 쳐다보고 있었다. 가장 최고의 쾌락이 무언 줄 아시오. 정 선생이 불쑥 말을 꺼냈다. 모르겠습니다. 인간은 파괴할 때 쾌감을 느끼는 법이오. 기존 질서를 파괴하고 무너뜨리는 성질의 것 말이오. 그러나 그것보다 더 큰 쾌락이 무언 줄 아시오. 그것은 그 파괴의 대상이 인간으로 향할 때 더욱 강렬한 법이오. 네로가 로마를 불태울 때보다는 오히려 인간을 사자와 싸우게 하고 그 인간의 죽음을 보는 것에서 더욱 쾌감을 느꼈단 말이오. 인간이 인간을 학대할 때의 쾌감은 무너뜨리고, 파괴하고, 끊임없이 세워나가는 그런 파괴 본능 중에서도 가장 원시적이오, 우선적인 쾌감 중의 하나요. 아시겠소. 내가 하는 말의 뜻이 무슨 말인지 알겠소. 알 것 같습니다. 나는 대답하였다. 다시 말이 끊겼다. 우리는 잠자코 술을 들었다. 술은 이미 바닥이 나고, 성급하게 마신 술이라 곧 기민한 반응을 보여 온몸을 뒤흔들어 놓고 있었으나 정신은 오히려 또렷또렷 밝아 오고 있었다. 술이 비었군. 잠깐 앉아 있으소. 내가 나가서 사가지고 오리다. 아니, 그만하겠어요. 밤두 늦었는데 가겠어요. 뭘, 웬만하면 같이 자십시다. 아니에요. 가겠어요. 정말 가겠소. 가야지요. 그럼 내가 바래다 드리지. 우리는 어두운 밤 속에 부옇게 떠오르는 길을 약간 휘청거리면서 걷기 시작했다. 눅눅한 강물을 담은 바람이 불어오고 있었다. 신작로로 나선 갈림길에 서며 나는 정 선생을 올려다보았다. 이제 됐습니다. 혼자 가겠습니다. 잘 가실 수 있겠소. 여기서부터 길이 평평하니까요. 그럼. 그럼. 우리는 헤어졌다. 나는 천천히 신작로길을 따라서 걷기 시작했다. 그때 나는 누군가 나를 따라오는 발소리를 들었다. 돌아보니 정 선생이었다. 담배가 떨어졌어. 한 다섯 개비만 빼어 주시오. 준비된 담배가 없어. 나는 주머니를 뒤져 그에게 담뱃갑을 송두리째 주었다. 아니 몇 개비만 있으면 돼. 전 나가다 사지요, 피우세요. 나는 성냥을 그어 그의 얼굴로 들이밀었다. 트럭이 한 대 지나갔다. 헤드라이트의 밝은 불빛이 순간 우리를 날카롭게 붙잡았다 사라졌다. 최 선생. 정 선생이 나지막한 소리를 내었다. 난 난 아무것도 줄 게 없어. 최 선생에게 줄 게 없어. 어디선가 다듬이질하는 소리가 들려왔다. 우리는 잠시 우두커니 서서 그 소리를 듣고 있었다. 잘 갈 수 있겠소. 그럼요. 그럼. 그럼. 그는 걸어서 사라져갔다. 나는 오랫동안 그의 저벅거리는 발소리가 밤의 밑바닥으로 가라앉는 소리를 듣고 있었다. 그의 발소리는 마치 무거운 쇠를 박차(拍車)로 얹은 것처럼 서서히 미끄러져가고 있었다. 나는 이윽고 내가 어둠 속에 혼자 있음을 깨달았다. 그러자 엄청난 고독감이 덤벼들어 왔다. 나는 눈을 부릅뜨고 심호흡을 하였다. 그리고 힘차게 목발을 여며쥐고, 두터운 밤의 벽을 뚫고 한 걸음씩 한 걸음씩 헤쳐나가기 시작했다.

다음날 오후 네 시쯤 나는 박이라는 사내의 집으로 갔다. 날씨는 초가을 날씨 같지 않게 무더워서 나는 와이셔츠를 팔뚝 위로 걷어붙였다. 개 훈련소가 어디 있는지 몰랐으므로 담뱃가게에서 묻자,

언덕 뒤쪽을 가리켰다. 나는 고맙다고 인사했다. 가을볕은 따갑고 들에선 달착지근한 곡식 익는 냄새가 풍겨왔다. 익은 벼 위로 들곤 충들이 푸드득 튀어 올랐다간 사라져버리고 있었다. 하늘엔 구름이 한 점도 없었고 중비행기가 한 대 지나가고 있었다. 금속 부분이 햇빛에 반짝거리고 있었다. 나는 초가을 바람이 나의 성근 머리카락을 날리는 것을 이마 위로 느끼면서 휘파람이나 불어보고 싶은 충동을 받고 있었다. 개 훈련장은 신작로에서도 한참 떨어진 곳에 있었다. 들판에서 갑자기 갈라진 외길 끝에 자그마한 농장이 있었고 그 농장 곁에 개 훈련소가 있었다. 나는 개 짖는 소리를 들었다. 개 짖는 소리는 벌판 속에서 공허하게 울리고 있었다. 철망으로 얼기설기 망을 쌓고 있었는데, 그사이로 개들을 훈련시키기 위한 도구, 일테면 둥근 원판과 사닥다리와 장애물이 코스를 따라 정교하게 만들어져 있었다. 비릿한 개 비린내가 바람에 풍겨오고 있었다. 철망 앞 안내판엔 개 훈련시키는 금액과 자세한 종류별 훈련 방법에 대한 안내가 씌어 있었다. 나는 철조망에 얼굴을 붙이고 말뚝에 매인 개와 축사 속에 들어 있는 개들이 혀를 헐떡거리면서 짖는 소리를 듣고 있었다. 그리고 개들이 번갈아가면서 둥근 원 사이를 빠져나가고 사다리를 엄숙하게 기어올랐다간 장애물을 빠져나가는 것을 감탄하며 보고 있었다. 그러자 누군가 내 등 뒤를 툭툭 쳤고 나는 돌아보았다. 그곳엔 웬 늙은 노인이 서 있었다. 뭐 하는 사람이오. 그는 부드럽게 물었다. 개를 부탁하러 왔나요. 아닙니다. 나는 웃었다. 박이라는 친구를 만나러 왔습니다. 박이라면 오, 우리 아들이군그래. 그는 늙은이 특유의 인정 후한 웃음을 껄껄거렸다. 그 녀석은 지금 개를 훈련시키고 있어요. 그래서 만나려면 좀 곤란할 거우다. 작업 중엔 면회오는 것을 싫어하니까요. 허지만 어쨌든 따라오시오. 노인은 앞서 걷기 시작했다. 그는 앞서 걷다간 나를 돌아보고 내가 목발을 짚고 있다는 것에 무어라고 한마디 해주고 싶어 못 견디겠다는 것 같은 표정을 하면서도 말을 삼가고 있었다. 나무판자로 엮은 문이 나오자, 그는 눈짓으로 잠깐 기다리라고 말한 후, 그 문을 열고 개 훈련장으로 들어가 버렸다. 나는 주머니에서 손수건을 꺼내 이마에 밴 땀을 씻었다. 그리고 담배를 한 대 피워 물었다. 가을바람이 성냥불을 껐으므로 나는 네 번째에야 불을 당길 수가 있었다. 들어가 보시유. 잠시 후 노인이 나오며 말을 했다. 나는 느릿느릿 그 안으로 들어섰다. 수십 마리의 개가 한 곳에 떼를 지어 있었다. 그 개들 틈에서 박이라는 사내가 더운 날이었는데도 가죽장화를 신고 가죽장갑을 끼고 한 손에는 채찍을 들고 우뚝 서 있는 것을 볼 수 있었다. 그는 마치 모피의 가죽으로 무장한 순종의 개처럼 보였다. 그 주위 말뚝에 매여 있는 개들은 뛰어오르면서, 나를 바라보며 흰 적의를 보이고 있었다. 타액이 튀고 있었다. 그는 순간 허공을, 채찍으로 긁어내렸다. 나는 날카롭고 질긴 채찍이 허공을 휘두르고 메마른 소리를 내자, 그 개들이 갑자기 기를 잃고 주저앉는 것을 보았다. 그러자 그는 나를 보고 웃었다. 그 웃음은 무언가 동물적인 것을 느끼게 하는 웃음이었다. 나는 선 채 그가 다가오기를 기다렸다. 그의 몸에선 개 비린내가 나고 있었다. 오느라고 수고 많았소. 그는 손을 내밀며 내게 악수를 청했다. 나는 손을 받으며 그의 눈을 보았다. 정장을 한 그의 모습보다는 오히려 이런 가죽옷으로 씌운 그의 모습이 더 강인해 보이고 있었다. 어떻게 잘 생각해 보셨나요. 선생. 미안하게 됐습니다. 나는 웃으면서 얘기를 꺼냈다. 선생의 말을 세 가지 다 들을 수가 없습니다. 뭐라구요. 그 순간 개들이 짖기 시작했으므로, 사내는 가느다란 눈을 음흉하게 번뜩이더니 되물었다. 노형의 제언을 거부하러 왔습니다. 휙 그 순간 사내의 채찍이 허공을 긁어내렸다. 그러자 그 채찍은 뱀처럼 나뭇등걸을 훑더니 몇 개의 가지를 부러뜨리며 땅으로 떨어져 내렸다. 계속 하라구. 그는 이쪽을 보지 않고 소리를 높였다. 나는 당신의 요구를 세 가지 다 들어드릴 수가 없습니다. 그것을 알려드리겠습니다. 어젯밤 나는 이 동리를 떠나기로 했습니다. 허지만 아직 떠날 시기는 아닌 것으로 생각이 들었습니다. 그것을 알려드리려고 왔습니다. 도리어 부탁입니다만 학부형을 설득시켜 아이들이 학교에 나오도록 해주십시오. 건방진 사람. 갑자기 그는 휙 돌아섰다. 내 부탁을 들어줄 수 없다구. 그렇습니다. 나는 될 수 있는 한 조용하게 말을 했다. 그는 잠시 햇볕 속에서 나를 노려보고 서 있었다. 가죽의 모피로 행장을 차린 그의 모습은 민첩하고 날랜 들짐승을 연상시켰다. 그러자 이상하게도 개들이, 그의 뒤에서 조용히 앉아 있던 개들이 서서히 짖기 시작했다. 그것은 맹렬한 부르짖음이었다. 마치 그의 주인만 아니라면 일시에 추적할 동물을 발견한 사냥개처럼 덤벼들 기세였다. 나는 땀을 흘리면서 그를 올려다보고 있었다. 그의 입술은 말라서 흰 이빨이 드러나기 시작했다. 그는 순간 휙 다시 채찍을 던져 푸른 허공을 긁어내렸다. 그러면서 뜨겁게 소리를 질렀다. 빨리 가라구. 해치우기 전에. 나는 말이 끝나기 전에 돌아서 걷기 시작했다. 뒤돌아볼 생각을 말아라. 나는 문까지의 짧은 거리를 한 발 한 발 세며 걸었다. 문을 나서려는데 사내의 목소리가 날카롭게 날아왔다. 명심해 두라구. 분명 나는 얘기해 두었어. 당신 스스로가 선택한 거야.

5

몇몇 사람이 공동 투자해서 산 개를 강가 모래 위에 놓고 굽고 있었다. 개는 알맞게 구워져 있었고, 그 옆에는 소주병이 서너 개 놓여 있었다.
 그들의 젊은 부인네들은 인근 밭에서 캐내온 흙 묻은 마늘을 까서 작은 접시에 가지런히 놓아두고 있었고 그 강렬한 마늘 냄새에 낯을 붉히면서, 죽은 개의 몸을 자를 칼을 숫돌에 갈고 있었다. 남자들은 이미 전주가 있었는지, 커피색으로 갈라진 목덜미에 강물에 적셔 짠 수건을 걸쳐놓고 껙껙 트림을 하고 있었다. 낮의 열기를 머금은 모래는 이내 다가온 밤의 어둠에 차갑게 가라앉아 있었고, 어둠이 다가온 모래사장엔 아직 물 덜 마른 나뭇가지에서 튀기는 탁탁거리는 모닥불이 빛나고 있었다. 그 모닥불 주위에 앉은 사내들은 웃통을 벗고 있었는데 그 벌거벗은 넓은 어깨를 가진 검은 몸 위로 한쪽에서 빛나는 불빛이 투영되어 그들은 마치 온몸이 붉은 색을 칠한 것처럼 보였다. 부인네들은 그 한쪽에 앉아서 히히덕거리면서 자기네끼리 얘기를 나누다가도 무언가 후딱 놀라는 기대 속에서 어둠 속에 빛나는 강물을 쳐다보며 이 초가을의 밤 속에 서서히 짙어가는 원시적인 정욕을 침을 흘리면서 길들이고 있었다. 사내들은 요새 돈을 번 사람들답지 않게 모두 노무자들처럼 보였고, 그 옷들에 가리어졌던 굵은 팔뚝들은 한쪽에서만 받은 타오르는 모닥불로 성이 난 독사의 목처럼 부풀어 있었다. 개고기는 이내 기름을 흘리면서 알맞게 구워져 있었는데, 한 여인이 개의 등허리살을 잘라내자, 한 사람 두 사람 아직 개고기에서 끓어오르는 기름에 혀를 데면서, 그러나 껄껄 웃으면서 개고기에 맵고 다디단 소주를 반주 삼아 술을 마시기 시작했다. 부인네들도 조심스레 남자들이 따라주는 소주를 받아먹어 이내 확확 단 얼굴을 하고 사내들의 맨살 속에서 확확 끼쳐오르는 쑥내 같은 정액 냄새를 의식하고는 자기네들끼리 음탕한 소리를 해가며 한 사람씩 갈대밭 사이에 속치마를 내리고 소변을 보며 낄낄거리는 것이었다.
 이때 그들은 열두 명의 문둥이촌 소년 소녀들이 조용히 언덕길을 내려와서, 갈대밭 사이에 놓아두었던 자기들이 타고 갈 자그마한 배를 찾기 시작하는 것을 발견했다. 아이들은 주민들이 모닥불을 피우고 술을 마시는 것을 보자, 발소리를 죽여가며 갈대밭을 헤치고 배를 찾고 있었다. 그러나 그들이 매어둔 곳에 있어야 할 나룻배는 없었다. 없어졌어, 누나. 가슴 넓은 소년이 키 큰 누이를 쳐다보며 조용히 부르짖었다. 배가 없어졌어. 그 소리는 이상한 느낌을 주었다. 열두 명의 아이들은 그 소년이 공허하게 지껄이는 소리 가운데에서 예민하게 사냥개 같은 후각으로 주위에서 무엇인가 일어나고 있다는 낌새를 알아차렸다. 그 순간 소년은 암갈색의 강물로 뛰어들었다. 배가 없어졌어, 배가. 조, 조용히 하라니까. 소녀는 낮은 목소리로 제지했다. 난 헤엄쳐 갈 테야. 헤엄쳐 갈 수 있어. 그는 윤활유 같은 강물을 발로 차면서 이를 악물었다. 여기 있다간 우리는 모두 당하고 말아. 조, 조용히 하라니까. 말더듬이 누이가 말을 막았다. 애, 애들이 있어. 애들은, 우리가 가만있지 않으면 애들이 불안해하거든. 기, 기다려 보는 거야. 무슨 소식이 있겠지. 소녀는 키 작은 아이들을 갈대숲에 앉히고, 자기도 풀밭에 앉았다. 아이들은 멍하니 언덕 위에 앉아, 철 늦은 모기가 벌거벗은 정강이를 쏘고 다시 종아리를 쏘아댈 때마다 타격을 가하면서, 건너지 못하는 강을 쳐다보고 있었다. 난 배가 고파. 가장 나이 어린 소녀가 갑자기 울기 시작했다. 아주 배가 고파. 말더듬이 소녀는 나이 어린 소녀를 자기 무릎 위에 앉히고 달래기 시작했다. 새 울음소리 같은 소녀의 울음소리는 차차 갈대밭 사이에서 우는 가을 여치 소리에 젖어들고 있었고, 투명한 달이 불쑥 튀어나온 모습으로 우울한 강 위에 떠오르는 것을 조용히 그러나 아주 오랫동안 바라보고 있었다. 언덕 아래 모래사장엔 새로운 모닥불이 피어오르고 있었다. 누군가 생나무를 꺾어, 등유를 부은 모닥불 위에 얹었고, 그 강렬하게 타오르는 모닥불은 벌거벗고 주위에 앉은 사내들의 모습을 도금한 듯 찬란하게 채색시켰다. 술기가 탁탁거리며 온몸을 혈관을 뛰놀며, 날카로운 식칼은 모래사장에 던져진 채 반짝이고 있었다. 그때였다. 남은 소주를 단숨에 들이켠 박이라는 사내가 일어서서, 이윽고 참았던 일을 해치우고야 말겠다는 의지의 눈빛을 번득이면서 언덕 위 갈대밭에 숨어 앉아 있는 아이들을 부르기 시작했다. 얘들아. 이리 오렴. 그의 목소리는 술기에 젖어 암흑의 강 저편으로 사라진다. 이리 오라니까 얘들아. 누구 말인가. 다른 사내가 식은 개고기를 집으면서 충혈된 눈을 들었다. 문둥이 새끼들 말인가. 그래. 박이 나지막이 말을 받았다. 나는 아까부터 저 새끼들을 보고 있었어. 그리고 사내는 끈적끈적한 타액을 모래사장에 뱉었다. 나는 저 새끼들의 배를 감추고 있었거든. 사내의 몸은 술기가 올라 가축의 부드러운 속살처럼 상기해 있었고, 사내의 몸에선 싱싱한 정욕의 냄새가 났다. 어어이, 얘들아. 이리로 오라니까. 언덕 위 갈대밭 사이에 조용히 앉아 있던 아이들의 그림자는 조금씩 조금씩 움직이기 시작했고, 그것은 매우 조심스러운 반응이었다. 어떻게 할까. 어깨 넓은 소년이 한마디 했다. 내려갈까. 글쎄. 소녀가 대답했다. 어쩌면 저 사람들은 우리 배가 어디 있는지 알고 있을 거야. 글, 글쎄. 얘들아, 이리로 오라니까. 모래사장 쪽에서 웃통을 벗은 사내가 입에 손을 나팔처럼 대고 소리를 질렀다. 그 소리는 막연한 울림을 불러일으켜 메아리로 이어왔다. 난 내려가겠어. 나두. 어린 꼬마들이 말을 했다. 나두 내려가겠어. 그들은 조심조심 갈대를 헤치고 모래사장 쪽으로 걸어가기 시작했다. 어깨 넓은 소년이 앞장을 섰다. 그는 차갑고 축축한 모래를 발로 찼다. 모래사장엔 술 취한 어른들이 그들이 어둠 속에서 야행동물처럼 눈을 반짝거리며 다가오는 것을 보고 있었다. 무서워하지 말구, 이리로 오라니까. 어이, 착하지. 이리로 오라니까. 박이라는 사내가 부드럽게 타일렀다. 문둥이촌 아이들은 조금씩 다가서서 드디어는 모닥불이 너울거리는 앞까지 당도했다. 무엇을 하고 있었니, 얘. 여인이 마늘을 까서 개고기를 한 점 찍어 먹으며 어린 꼬마에게 물었다. 쥐를 잡아먹고 있었니. 아니에요. 키 큰 소녀가 대답했다. 배가 없어졌어요. 그러자 갑자기 그 여인은 웃기 시작했다. 그 웃음소리는 어찌나 크고 요란했던지 아이들은 섬뜩거리면서 그 여인을 보았다. 너희들 술 먹을 줄 아는 사람 있니. 박이라는 사내가 비틀거리면서 술병을 들고 일어섰다. 모릅니다. 소년이 대답했다. 술을 먹을 줄 모릅니다. 거짓말 하지 말라니까. 박이라는 사내가 흰 이를 보이면서 웃었다. 한잔 먹을 테냐. 싫습니다. 말을 들어라. 먹으라고 할 때 마시는 법이다. 먹을 줄 모릅니다. 저희들은 배를 잃어버렸습니다. 배라니. 사내가 물었다. 먹는 배 말이냐, 타는 배 말이냐. 타는 배 말입니다. 어깨 넓은 소년이 대답했다. 그까짓 것은 내버려둬라. 다른 어른이 트림을 해가며 대답했다. 개고기 좀 먹을 테냐. 싫습니다. 아니 왜. 개고기를 먹을 줄 모릅니다. 개고기는 먹을 줄 모르고 그럼 사람고기는 먹겠구나. 예! 소년은 놀라서 어른들을 바라보았다. 그때 소년은 어른들이 자기들에게 무엇을 하려 하는가를 육감적으로 알아차렸다. 그는 소름이 돋아오는 것을 느끼면서 숨을 죽였다. 보내주십시오. 우리들을 보내주십시오. 뭐라구. 박이라는 사내가 크게 소리를 질렀다. 집으로 보내달라구. 이 문둥이 새끼. 가까이 와라. 박은 어깨 넓은 소년에게 비틀거리면서 다가갔다.

    소년은 뒷걸음질치기 시작했다. 이 더러운 문둥이 종자 새끼, 주둥이를 부숴버린다. 모닥불이 꺼질 만하자, 다시 누군가 등유를 끼

없었다. 그러자 불길이 솟아올라, 모래사장을 환히 밝히고 있었다. 때문에 먼 곳에서 보면 기우제를 지내는 제식처럼 보이고 있었다. 소년은 가쁜 숨을 몰아쉬며 뒷걸음질쳐서 도망가려 했다. 그러나 뒤에 서 있던 사내가 소년의 발을 걸어 모래사장에 넘어뜨렸다. 소년은 모래사장에 넘어져서 발을 바둥거렸다. 박은 소년의 입을 벌리고 술병을 기울여 휘발유처럼 뜨거운 술을 부어 넣었다. 소년은 고개를 심하게 젖혔다. 그러나 사내의 손이 소년의 목덜미를 깊게 쥐고 있었으므로 구역질나는 술을 피할 수가 없었다.

먹어라, 이 더러운 종자 새끼야. 그 순간 소년은 힘을 모두어 사내의 손을 물어뜯었다. 그리고 사내의 손이 느슨해진 것을 기회로 강물 쪽으로 뛰기 시작했다. 그는 눈물을 흘리면서 이윽고 검고 찬 강물 속으로 뛰어들었다. 개자식. 다른 사내가 소년의 목을 쥐고 강물 속에 처박았다. 소년은 탁하고 진득이는 물속에 처박혀졌다. 그는 잔뜩 물을 마시면서 의식이 죽어가고 있는 것을 느꼈다. 그러자 모래사장에 앉아, 보고 있던 아이들이 일제히 술렁이기 시작했다. 시끄럽다. 여인이 소리를 질렀다. 빽빽거리지들 마라. 이 문둥이 새끼들아. 소년의 목을 물속에 처박고 있던 사내는 그의 목덜미에서 위로 솟구치는 힘이 점차 사그라지는 것을 느꼈다. 그러자 그는 소년의 머리를 물속에서 빼어, 모래사장 위에 아무렇게나 내던졌다. 소년은 잠시 젖은 채, 모래사장 위에 누워 있었다. 그는 이윽고 강물을 토하기 시작했다. 살, 살려주세요. 저희들을 살, 살려주세요. 키 큰 소녀가 박이라는 사내에게 매달렸다. 그러자 박은 소녀의 옷을 낚아챘다. 서슬에 소녀의 윗옷이 찢어졌다.

그때였다. 누워 있던 소년이 뛰기 시작했다. 사내들이 물방개처럼 뛰는 소년의 뒤를 따라붙었다. 소년은 뛰다가는 엎드려 모래를 한 움큼 쥐어서 사내들의 얼굴에 뿌리기 시작했다. 따라오면 죽여

미개인 117

버린다. 소년의 얼굴은 눈물로 번질거리고 작고 민첩한 짐승처럼 기민하게 보였다. 술 취한 사내들의 어지러운 발은 독이 오른 소년의 발을 따라붙을 수가 없었다. 그들은 얼마만큼 따라가다가 헉헉거리며 손에 묻은 모래를 털면서 다시 모닥불로 돌아왔다.

 이렇게 해서 나는 미친 듯한 소리로 방문을 두들기는 소리를 들을 수 있었다. 나는 문을 열었다. 소년이 젖은 채 물을 뚝뚝 떨어뜨리면서 서 있었다. 모래가 함부로 튀기고 있었고 그의 곁에선 술 냄새가 났다. 살려주세요, 선생님. 그는 분노에 목이 메어 목쉰 소리를 내었다. 우리는 당했어요. 우리를 구해 주세요. 소년은 큼지막한 돌을 들고 있었는데 그 돌은 소년의 작은 손아귀 속에서 아프게 쥐어들고 있었다. 빨리 가야만 해요. 어디냐. 나는 비애에 찬 소리를 내었다. 강가 쪽이에요. 이럴 수가 없어요. 가자. 나는 목발을 쥐어 들었다. 손이 떨려서, 떨려서 목발을 잘 사려 들 수가 없었다. 우리는 거리로 나왔다. 거리는 이미 미쳐가고 있었다. 적어도 우리들 눈에는 그렇게 보였다. 평상 위에 앉은 아낙네들이 우리들을 보고 수군거렸다. 컹컹. 개들도 우리들을 보고 맹렬히 짖기 시작했다. 소년은 앞서 뛰기 시작했다. 나는 뛰려고 했다. 그러나 소년의 걸음을 따라갈 수가 없었다. 그것은 지독한 고통이었다. 소년은 얼마만큼 앞서 가다가는 나를 돌아보고, 거리의 가로수를 돌로 두드리면서, 소리를 지르면서, 깡충깡충 몸을 흙바닥에 구르면서, 그러다가는 미친 듯이 머리를 흔들어대면서 울고 있었다. 모래사장엔 아직도 모닥불이 피어오르고 있었다. 소녀는 윗옷이 찢긴 채 불 옆에 앉히어 있었고, 그녀는 와들와들 떨고 있었다. 다른 애들은 모래사장에 앉은 채 공포에 떨고 있었다. 나는 천천히 비탈길을 내려갔다. 목발을 짚을 때마다 모래가 튀었다. 이게 무슨 짓입니까. 나는 될 수 있는 한 감정을 낮추어 첫마디를 꺼냈다. 그제서야 술꾼들은 나를 발견하였다. 그들 중에 한 사람이 웃기 시작하였다. 나는 그를 노려보았다. 그는 박이었다. 잘난 체하지 말지. 이 외다리 선생. 그는 모래사장에 떨어진 식칼을 쥐었다. 나는 당신이 보기 싫단 말이여. 죽이기 전에 꺼져 버리라구. 칼날이 모닥불에 번뜩이었다. 나는 맹렬한 분노와 슬픔에 온몸이 상한 짐승처럼 달아 오는 것을 느꼈다. 나는 그에게로 다가갔다. 난 당신이 가히 이런 폭행을 주동할 만한 사람이란 것을 알고 있었지. 가까이 오지 마라. 박이 소리를 질렀다. 더 이상 가까이 오면 네 다리를 마저 없애버리겠다. 웃통 벗은 박의 상반신이 이상하게 부풀어 오르고 있었다. 저애에게 옷을 입혀라. 가까이 오지 마라. 박은 뒷걸음질치며 소리를 질렀다. 잘난 체하지 마라. 개백정의 문화 속에서 혼자 잘난 체하지 마라. 가까이 오지 마라. 저애에게 옷을 입혀라. 너는 아주 비겁한 녀석이야. 뭐라구. 순간 뒷걸음질만 치던 박이 칼날을 번뜩이면서 덤벼들었다.

나는 부자유스런 몸으로 그의 몸을 받았다. 아득한 의식 속에서 그의 칼이 들린 오른쪽 손을 잡았다. 나는 뒤로 쓰러졌다. 나는 일어서려 하였다. 정말이지 필사의 노력으로 일어서려고 애를 썼다. 그러나 내가 일어서려 할 때마다 박은 나의 목발을 모래사장 저편으로 발길로 차고 있었다. 나는 모래사장을 기었다. 나는 축축하고 차디찬 모래사장을 기었다. 쓰라린 눈앞에 던져진 목발이 나의 분신처럼 다가왔다. 나는 온몸의 힘을 다해서 길짐승처럼 기었다. 가까스로 목발에 손이 닿았는가 싶었는데 다시 박이 그것을 발로 차서 더 먼 곳으로 던져버렸다. 나는 다시 땀을 흘리면서 기기 시작했다. 엉망이다. 나는 중얼거렸다. 뜨거운 땀이 이마에서 흘러내려 눈알을 쓰리게 하고 있었다. 하지만 나는 발 대신 두 팔이 남아 있는 한 이를 악물고 기기로 했다. 그래서 나는 다시 기었다. 그것이 설사 다가오는 화염의 길이었을지라도 난 기었을 것이다.
　……그 후에 정신을 깨어보니, 나는 별밭 속에 누워 있었던 것일세. 소년이 내 얼굴 위에 강물을 떠다 붓고 있었네. 무아지경 속에서 불현듯 정신이 들었을 때, 내가 먼저 본 것은 무엇인 줄 알겠는가. 그것은 내 눈을 바라보고 있는 열두 명의 어두운 얼굴과 그 얼굴 뒤로 가득했던 별들이었네. 모닥불은 이미 사위어 갔는데, 나는 의식이 들고서도 아주 오랫동안 누워 있었네. 그것은 후송되어 내 다리를 잃었을 때와 같은 느낌이었지. 다리는 잃었어두 생명은 얻었다는 실감과 같은 것이었네. 나는 많은 것을 잃었지만 또 많은 것을 얻은 기분이었지. 그리고 정말 웃지 말게. 값싼 센티멘털리즘이라고 웃어버리지 말게나그려. 에테르 냄새와 같은 진한 강물 냄새에 파묻혀 눈앞에 가득한 별들을 바라보느라니 문득 안이한 행복 같은 것을 느끼기도 했지. 그래서 나는 원기를 회복했네. 그리고 힘차게 목발을 집어 들었네. 우리는 참으로 기묘한 세계에 던져져 있구나 하는 느낌 알 수 있겠나. 무언가 엉켜서 뒤죽박죽의 개백정 문화 속에 살고 있는 느낌말일세. 로마에 가서는 로마인답게 행동하라는 말이 있지 않은가. 그럼 그렇다고 자네는 내가 나뭇잎에 올라가면 푸른 색깔, 땅 위에 내려앉으면 흙빛 색깔로 동화하는 두꺼비로 변해야 옳다고는 아니하겠지. 건드리면 죽은 것처럼 몇 시간이고 누워 있는 무당벌레. 꼬리를 잡으면 꼬리까지 떼어주고 도망가는 도마뱀, 나뭇가지에 붙어 꼿꼿이 제 몸을 응고시키는 자벌레. 고슴도치의 날카로운 비늘. 세포를 가져 세포 분열을 하면서도 엽록소가 있어 탄소 동화 작용을 하는 짚신벌레. 이런 것. 이와 같은 기민하고 용의주도한 적응력으로 내 자신을 무장시켜야 옳다고 생각하지는 아니하겠지.

황진이(1)

상사뱀

황진이.
그대의 목에는 뱀이 있네.
그대 열다섯 살 땐가 그대를 짝사랑하던 이웃집 머슴 녀석이 죽어 뱀이 되었다.
그 뱀이 그대의 목을 감고 있네.
녀석의 혼이 관 뚜껑을 뚫고 뱀으로 변해 칠흑처럼 어두운 산길을 타고 목마르면 산 계곡 물에 목을 축이고 황진이네 방을 찾아들었지.
그 뱀은 너의 고운 잠자리를 파고들어 독기로 너의 얼굴을 핥고, 빛나는 비늘로 너의 몸을 씻었다. 그리고 너의 몸을 타고 올라 날름이는 혀로 너의 잠든 혼을 불러내어 천년보다 깊은 정을 맺어 너의 끓어오르는 핏속에 뜨거운 정액을 뿌리었거늘 황진이, 그대는 그 뱀이 너의 몸이 죽어 한 줌의 흙이 될 때까지 너의 목을 감고 있음을 어이 긴 한숨 한번 내보이지 않고 참아내었던가.

황진이.

그대의 목에는 뱀이 있네.

꼬리를 너의 예쁜 유방 위에 힘껏 붙이고, 몸체를 서리서리 감아 올라가 그 질긴 머리만을 너의 귓가에 밀어 넣고, 쉴 새 없이 혀를 날름거려 너의 혼과 교정하는 뱀이 있네.

그대가 우물가에서 곱게 얼굴을 씻고, 우물가에 서 있는 오동나무 잎새가 바람에 한둘 떨어져 그대가 떠놓은 물 위에 떨어지면 황진이, 그대는 보았다.

너의 목에 감긴 뱀은 그제서야 스스로 몸을 풀어 너의 등허리를 타고 내려가 우물가 꽃그늘 속에 몸을 도사리고 그대가 머리를 감는 모습을 파란 인광 번득이는 두 개의 눈으로 쏘아보고 있음을.

황진이.

그리고 그 뱀은 용케도 참아내더군. 그대가 차가운 물에 머리를 씻어 내리고 그 위에 부드러운 동백기름을 발라내는 긴 시간을.

그대는 떨어진 한 조각의 거울을 들어 물기 덜 마른 긴 머리칼을 들어 올리고 그러면서 그 조그만 거울 속에서 그대는 줄곧 울고 있었거니. 그제야 그 뱀은 다시 기어오르네. 다시 그대의 등을 타고 올라 혀로 그대의 눈물을 핥고는 다시 녀석이 관 속에서 기어 나와 그대와 처음 정을 맺던 날처럼 깊은 힘으로 그대의 목을 조이네. 실로 머리 빗을 때 이외엔 언제나 뱀은 그곳에서 그대와 넋만의 사랑을 속삭이고 그대 또한 그것을 받아들이고 있었네.

왜 그랬을까, 황진이. 그대는 왜 익숙하게 녀석의 몸을 받아들이고 있었는가, 황진이.

송도의 달

송도(松都) 봄밤에 홀로 걸어가는 사내가 하나 있었다. 먼 길을 가려는가 봇짐을 짊어지고 키는 우뚝한데 몸매는 날렵해서 짚신 위의 발걸음 한결 경쾌하다.

봇짐 위에는 여벌 짚신이 서너 개 달랑거리고 짐 위에는 무슨 막대기가 비뚜로 꽂혀 있었는데 자세히 보면 피리임이 분명하다.

그는 아까부터 만나는 이마다 붙들고 무엇을 묻고 있는 품이 이 밤을 도와 다시 먼 길을 가려는 품은 아닌 것 같고, 오늘 밤은 그냥 눌러 주막에서라도 눈을 붙이려는 뜻이 분명하다. 하지만 그것도 아닌 것이 주막이라면 송도 곳곳에 가득 차서, 향기 어우러진 벚꽃 사이로 꽃등을 달아 걸어 지나가는 고객을 불러들이려는 주막의 계집들을 뿌리치고 황황히 걷는 품이 그냥 예사의 손은 아닌 듯싶기도 하다.

원래 송도라면 유명한 색향이라서 지나는 길목마다 값싼 주막이 그득그득하고, 지나는 객들은 영 급한 일이 아니면 색주가에 눌러, 하루를 청하는데, 그 하루가 예사의 하루로 끝났으면 하련만은 대다수의 과객은 색줏집 색시 등쌀에 한 사날 눌러앉았다, 노자 잃어버리고 사정사정해서 다시 약간의 엽전 몇 푼 얻어가지고 오던 길을 돌아보며 언덕길을 넘어가는 고을로 유명하다. 돌아가는 언덕 위에서 송도를 바라보면 자기가 마치 쫓겨가는 신세가 되어버린 기분은 아득하고, 꿈속에서 있었던 일인 양 송도의 지난 추억이 눈에 삼삼하게 되는 것이 보통이다. 그런데 어인 일인가. 이 사내는 유혹하는 손짓, 마다하고 그저 황황히 걷기만 하고 있다.

길은 어둡지 않아 길 위로는 봄밤의 달이 가득하고 꽃향기는 그 밤 속에 녹아 흐르는데 여염집에서는 개들의 짖는 소리만 왕왕 인다. 때문에 사내는 어렵지 않게 거리를 헤쳐나간다. 사내의 행색이 한량처럼 보이는가 살펴보면 그렇지도 않아, 제법 이목이 수려하고 몸차림이 단정하다고 하나 그렇다고 건넛마을 한량패로 유명한 양반집 자제와 한통속은 아닌 듯 여겨진다.

사내는 이윽고 어느 집 근처에서 잠시 기웃거리던 눈치더니 인근 주막집으로 불쑥 들어선다.

평상 위에 앉아서 녹두지짐을 지지고 있던 주모가 황황히 일어선다.

"말 좀 물어보세."

사내의 입에서 말이 떨어진다.

"말이야 얼마든지 물어도 좋으니 술 한잔하구 가소."

주모가 호들갑을 떨며 사내의 봇짐을 받아든다.

"그냥 말만 물어봄세."

"그런 법이 어디 있는감. 말 묻기 전에 술 한잔 먼저 드소."

"그것 좋네."

사내도 마다 않고 의자에 앉는다. 주모는 술병에서 술을 따라 잔 위에 넘칠 듯이 부어놓는다. 사내는 찰랑이는 술이 약간 엎질러지자 손으로 훑어 입에 담근다.

"무슨 술이 이리 붉고 맛이 좋은감."

"진달래술 아니오."

"허 그것 참 입맛에 차오."

사내는 혀를 차며 술잔을 단숨에 비워버린다.

"어디 가는 길이오."

"지나가는 객일세."

"송도는 초행이오."

"그런 것 같으네."

"어따 이 양반 술 한번 잘 마시네. 그래 누굴 찾소."

주모는 연신 잔이 비면 술을 따르며 이 사내가 돈푼깨나 있을 듯싶은가, 아니면 건달패에 불과한가를 점치고 있다. 내심 짚이는바, 객이 돈푼이나 있을 듯싶으면 방 안에서 지분거리는 계집아이를 시켜 허리춤이 녹도록 녹여버릴 심산인 것이다.

"이 근처에 황진이 집이 있다고 해서."

"황진이를 찾는다고."

"그렇네."

"무슨 일로."

주모는 좀 의아스러워 묻는다. 보아하니 황진이가 늘 상대하던 귀한 양반집 같지는 않고, 그렇다고 지나가는 장터의 장사치들은 아닌 듯싶으나, 어림도 없는 행장인지라 눈을 왕방울만큼 뜨고 사내의 입을 살핀다.

"그런 건 자네가 알 바 아니네."

사내는 그저 술만 들이켜더니 눈을 올려 떠, 열린 문 저 하늘에 걸린 달을 스쳐본다. 진작부터 문가에 앉아 있던 늙은 개 한 마리가 스름스름 다가와 사내가 쏟는 술의 찌꺼기를 핥아먹는다.

"저리 가."

주모가 버선발로 개를 차자, 늙은 개는 다시 스름스름 물러가며 군불 지피는 아궁이 곁에 쭈그리고 앉는다.

"술은 더 하겠남."

"그만두겠네."

"어디서 오는 길이람."

"한양서 오는 길일세."

"어이구 반갑네."

주모가 시키지도 않은 새 술병을 들고 들어오더니 연거푸 빈 잔을 채운다.

"한양 어디 사는감."

"그건 알아 무엇."

"우리 딸애가 한양으로 시집가서 그러오."

"군말 말고 황진이 집이나 가르쳐 주소."

사내는 술잔을 단숨에 들이켜더니 문턱에 벗어놓았던 갓을 쓰며 다시 행장을 차린다.

"아이구. 이제 보니 양반은 양반인데 무슨 양반이 그리 성질이 급하담. 이리 나와 보소."

주모가 문턱을 나서며 사내를 돌아본다.

길가에 나서자 봄기운이 완연한 바람이 꽃향내를 품고 불어온다.

"저 큰 벚나무 밑으로 기와집 서너 채 보이오."

"그렇네."

"그 가운뎃집이 황진이 집이오."

"고맙네."

사내는 저고리 소매로 얼굴을 흠씬 닦아 내리는 주모를 돌아보며 인사를 차리고는 성큼성큼 걷기 시작한다.

"어따 이 양반아. 술값은 주고 가얄 게 아닌가베."

주모가 잠시 사내의 빠른 뒷걸음을 보고 있다, 깜박 잊어버렸다는 듯 벌써 수양버들 늘어진 개울가로 성큼성큼 내달아가는 과객의 뒤를 바짝 쫓는다.

"술값이라니. 난 송도 인심이 좋아 한잔 거저 주는 줄 알았네."

"어느 시러베 딸년이 공술을 준담. 이보소. 행색은 남루하게 차리었지만 보아하니 귀한 행색으로 황진이 후려내려고 온 것 같으니 많지도 않은 닷 냥만 놓고 가소."

사내는 우뚝 서서 주모를 쳐다보다가 이윽고 껄껄 웃는다.

그리고 괴춤을 뒤져 엽전 닷 냥을 꺼내 주모의 손에 번쩍 들어 놓는다.
"되었나."
"되었소."
"그럼 이젠 가도 괜찮남."
"물어 무엇이오."
사내는 다시 냇물 위로 듬성듬성 깔아놓은 디딤돌을 딛고 건너기 시작한다.
송도술 두 병에 취하지도 않았는가, 단숨에 비웠는데도 정확히 디딤돌을 딛고 우쭐우쭐 건너간다.
"조심해 가소."
주모는 잠시 달빛에 번쩍거리는 냇물 위로 사내가 무사히 건너는가 지켜보다가 다정히 손 모아 소리쳐 준다.
그러나 사내는 대답 없고 버드나무 가지만 흔들거릴 뿐. 먼 곳의 개만 짖을 뿐.
사내는 냇물을 다 건너서 오솔길로 접어든다. 입김에서 내비친 술기운은 씩씩거리고 걷는 다리가 녹아 나른해도 사내는 허이허이 어두운 숲길을 헤쳐 나가면서, 주모가 알려준 가운데 기와집 정문 앞에 당도한다. 사내는 잠시 발을 모두고 낮은 돌담 너머로 안채에 불기가 있는가 어떤가를 기웃거리나, 안채엔 이미 불이 꺼져 있었고 온 집안은 죽은 듯 괴괴하다. 그러나 사내는 마치 오랜 먼 길에서 자기 집 돌아온 사람처럼 당당히 걸어 대문을 흔들어댄다.
"이리 오너라. 이리 오너라."
사내의 목소리는 우렁차고 깊이 잠든 돌담 너머 안채를 향해 쩌르렁쩌르렁 울린다. 적은 양의 술이긴 해도 바삐 마신 술이라 얼굴이 확확 달아오른다.

"이리 오너라. 이리 오너라."

어디선가 먼 곳에서 느닷없이 개짖는 소리가 들려오고 다듬이질 소리가 돌연 멎는다. 그래도 안채에선 아무런 소리가 없고 사내의 목소리 기세에 잠시 멎었던 먼 다듬이질 소리만 이어진다.

"이리 오너라."

사내는 마치 부숴버릴 듯 대문을 흔들어댄다. 그제서야 안쪽에서 신발 끄는 소리가 들려온다.

"뉘시오."

닫은 문틈으로 계집 하인의 눈이 조심스럽게 다가온다.

"지나가는 과객인데 누울 자리 있으면 좀 쉬어갈까 하는데 의향이 어떠시냐 여쭤라."

"주인이 안 계시오."

계집의 대답은 매몰차고 냉정스럽다.

"주막도 많은데 왜 하필이면 이곳을 찾소, 찾기는."

"잔소릴랑 말고 주인어른 좀 나오시라고 여쭤라."

"이 집이 도대체 누구 집인 줄 아시기나 하나. 왜 이리 떠들기요, 떠들긴."

"이 집이 평양감사 집이나 되는감."

사내는 짐짓 술이 취한 듯 혀 꼬부라진 소리를 낸다.

"얼른 주인어른한테 여쭙고 이 문 좀 열어라."

"싫소."

계집은 잔망스럽게 거절한다.

"주인마님은 진작부터 깊은 잠에 드셨소."

"깨우면 되지 않는감."

사내는 지금까지의 태도로 보아서는 너무할 정도로 지분거린다. 몸은 술에 잔뜩 취한 사내처럼 흔들거리고 갓끈이 풀어져 머리의 갓은 비뚜르게 걸려 있다.

"정히 그렇다면 잠깐만 기다려보소. 주인마님께 여쭤보고 오겠으니."

계집의 신발 끄는 소리가 경망스럽게 사라진다. 사내는 담뱃대에 담배를 비벼 넣고 부싯돌을 그어 불을 일군다. 번득번득 몇 번의 불빛이 엇갈리자, 불이 사르어지고 사내는 잠시 돌담에 기대어 몇 그루인가 냇가 위로 깔린 매화꽃 위에 흰 달이 걸린 모습을 쳐다본다. 달은 매화꽃 사이에 걸리었는데 달빛을 받은 매화꽃은 마치 분첩에 분서가루 날리듯 봄바람에 떨어져 하얗게 무너져 내린다.

그러고 보니 땅 위엔 나비를 쥐었을 때, 손 위에 묻어 내리는 나비의 몸껍질 같은 매화꽃의 죽은 낙화가 어지러이 깔려 있었고, 그 위로 달빛은 눈이 부셔 마치 사금파리가 햇빛에 반짝이듯 빛나고 있었다.

달을 가리는 짓궂은 먹구름 하나 없이 푸르고, 투명한 하늘 위에 저 혼자만 덩그렇다. 무슨 새인가, 작은 새가 하나 나뭇가지 위에서 울어 예다, 순간 달을 향해 비늘처럼 솟구친다. 사내는 돌담에 몸을 기댄 채 그 새의 행방을 쫓는다. 그러나 사내의 목은 짧아 새는 푸른 과일과 같이 젖어 있는 먼 산의 숲을 향해 사라져가고, 솟구친 순간에 떨어진 금빛 깃털만이 꽃잎처럼 나풀대며 떨어진다.

이윽고 한참 만에 다시 계집의 잰걸음이 다가온다.

"어찌 되었느냐."

사내는 다시 비틀거리며 혀 꼬부라진 소리를 낸다.

"하룻밤이라면 행랑채에서라도 자고 가도 무방하시다 그리오."

"옳지 잘 되었구먼. 어서 문 따거라."

"급하게 재촉 말고 잠깐만 기다리소."

대문이 우지끈 열리더니 한 손에 꽃등을 든 계집이 몸을 사린다.

"아까는 어른 몰라 뵙고 너무 말 많았사옵니다."
"진작 그러할 것이지."
사내는 호기롭게 봇짐을 덜렁이며 큰 걸음으로 뜨락으로 들어선다.
뜨락엔 불기는 없고 석등 안엔 심지 낮춘 호롱불이 바람도 잔데 깜북인다.
"이럴 게 아니라 주인양반께 인사를 차려야 할 겐데."
"관두시오."
등을 밝히고 앞서 걷던 계집이 몸을 돌려 말을 막는다.
"이 집이 뉘 집인 줄 아시고 바깥양반을 찾으시오, 찾기는."
"이 집이 뉘 집이란 말이냐."
"도대체 어디서 오는 길입니까."
"한양서 오는 길인데."
"한양에서도 우리 주인마님 소문 못 들으셨소."
"못 들었다."
사내는 계집의 뒤를 따라 집을 돌아 후원으로 간다. 이 무슨 집인가, 후원은 넓어 뒷산과 연해 있어 숲은 우거지고 자그마한 연못이 달빛에 잠긴 듯 찰랑거리고 있는데 그 못 가운데에는 삿갓집 누각이 솟아 있구나. 누각으로 가는 다리가 꿈결처럼 놓여 있구나.
"애야, 이 집이 뉘 댁인 줄은 모르지만 경치 한번 굉장하구나."
사내는 눈을 가느다랗게 뜨고, 턱 밑에 솟은 수염을 처억 쓰다듬으며 물을 입에 뿜었다 일시에 뿜어내는 것과 같은 터져 내리는 달빛이 후원 별당 숲 위에 부서져 흐르는 것을 보고 있다.
"예서 주무시오."
계집이 후원에서도 떨어진 행랑채 문을 잡아당기는데 어둠 속에서 보아도 집은 낡아 덧문 여는 문고리 소리가 무척이나 요란하다.

계집은 문을 열어 방 안을 휘둘러보고 탁상 위의 황촛대에 불을 켜 밝히더니
"이 집이 누추하지만 하룻밤만 주무시오."
하고 그만 물러설 요량으로 읍을 한다.
"방 안이 차가우면 뒷문 아궁이에 묵은 잔솔가지가 있사오니 불을 지펴 주무시오."
"수고스럽지만 니가 좀 해줄 수 없겠느냐."
"소녀는 주인마님 몸 불편하시와 빨리 시중들러 가야 합니다."
계집은 다시 한번 방 안을 둘러보고 몸을 돌려 긴 치마를 끌며 어둠 속으로 사라진다.
사내는 잠시 냉기 흐르는 방 안을 들여다보며 곰팡이 냄새를 맡는다. 문 이마엔 부적이 한 장 붙어 있고, 벽장 위엔 유난스럽지 않은 필체로 붓글씨가 휘갈겨 씌어 있다.
사내는 우선 방 안에 짐을 풀어놓더니 성큼성큼한 걸음새로 집 뒤켠으로 돌아가 잔솔가지를 지펴 불을 일구기 시작한다. 잔솔가지는 겨우내 말린 것인지 바싹 말라 이내 깊고 깊은 아궁이 속에서 탁탁 불을 튀기며 피어오른다. 깊은 산 새둥우리 속에서 어린 새가 잠결에 칭얼거리는 소리인 양 은밀한 소리를 반추해 가며 삭정이는 불타오르고, 이내 온 방 안은 구수하게 묵은 낙엽 타는 냄새로 가득 차 버린다. 사내는 자꾸자꾸 솔가지를 집어넣으면서 연기가 얼굴로 덤벼들 때마다 간혹 얼굴을 피하면서, 아궁이에 밀어 넣은 솔가지에 끓어오르는 송진으로 선득선득 손끝을 데기도 한다. 연기가 굴뚝으로 솟구쳐 올라 이내 염스런 달빛을 타고 하늘을 가린다. 달빛 속에 녹아 흐르는 연기는 이내 푸른 물속에 헤감기는 해감처럼 흔들리며 춤을 춘다. 가끔 사내는 지피다 말고 문을 열어 방바닥을 만져본다. 방바닥은 이내 달아올라 끝내는 절절 끓는다.

그제서야 사내는 아궁이 문을 닫고 손에 묻은 솔가지를 털어버리고는 성큼성큼 짚신을 벗어던지고 방 안으로 들어선다. 방 안에는 아직 연기 냄새가 빠지지 않아, 냄새가 나기는 하나 고약스럽지는 않다. 사내는 겉옷을 홀홀 벗어던지고 잠시 벽에 몸을 기대고는 닫힌 문틈으로 새어오는 연한 바람에 우쭐우쭐 춤추는 촛불을 바라본다.

참으로 먼 길은 먼 길이어서 연 사흘을 걸어온 길이었다. 그리하여 마침내 온 이곳이 바로 송도의 황진이 집이 아닌가. 소문에 듣자하니 황진이가 신분은 비록 기생이긴 하나 황 진사의 서녀인 양반의 피를 섞은 여자로서, 인물은 고사하고 인격과 서예도 특출하거니와, 사람 대하는 눈도 높다 하거늘, 제아무리 몸을 사리는 미녀라 하지만 한갓 관기녀에 불과한 주제로서 어디 제까짓 게 얼마만한 인물인가 내 한번 보고 오겠노라고 술좌석에서 공언하고는, 그길로 봄밤을 걸어걸어 온 길이었던 것이다. 풍문에 의하면 송공 대부인(宋公大夫人)의 수연(壽宴) 석상에서 이름난 기생치고 하나 빠짐없이 가지각색의 오색찬란한 비단옷 차림과 현란한 노리개와 분연지 등으로 단장하여 미색을 다투고 있었는데, 유독 황진이만큼은 화장을 하나도 하지 않았건만 광채가 사람을 움직일 정도로 그 존재는 한 떨기의 청순한 국화꽃과도 같이 이채를 띠어, 보는 이마다 칭찬하지 아니하는 사람이 없다고 하였으며, 외국의 사신이 '여국유천하절색(汝國有天下絶色)'이라 감탄하였다고 하니, 천하의 대장부인 주제에 어디 한번이라도 내가 황진이의 사람됨을 직접 보고 오겠노라 했던 것이다. 일부러 행장을 남루하게 차리었고 행동도 경박스럽게 하였지만 내 한번 어디 보리라 하고 작정한 내친걸음은 단숨에 먼 길을 오게 하였거늘, 사내는 이윽고 촛불에 눈을 두다 후욱 불어 촛불을 꺼버린다.

보리라. 이제야 내가 보리라. 황진이 내가 너를 시험하여 보리라.
완자창으로 비쳐든 달빛 위에 매화꽃 그늘이 흔들리고 온 방 안에 가득 쏟아진 달빛 속에 술좌석에서 소판서(蘇判書)와 이별 때 읊었던 황진이의 시구절이 조용히 떠서 흐른다.

    달빛 깔린 뜰에는 오동잎 지고,
    서리 속에 들국화 시들어가네.
    다락은 하늘에 닿을 듯하고
    술은 취해도 오가는 잔 끝이 없네.
    흐르는 목소리 거문고랄까
    매화 향기는 그윽히 피리에 감돌고야.
    내일 아침 우리 둘 헤어진 뒤면
    얽힌 정은 길고 긴 물결이랄까.

사내는 돌연 칼집에서 칼을 뽑듯 어렵지 않게 피리를 뽑아든다. 손끝에 쥐어진 피리의 감촉은 지그시 무거웁고, 그의 손에 익은 피리는 싸늘하고 그리고 따스하였다.
사내는 눈을 감고 호흡을 정지한다. 자세를 바로 하고 심기(心氣)를 잡는다. 머릿속의 온갖 잡스런 망상은 심기에 눌리어 천천히 사라진다. 허공에서 춤추는 요귀의 광기가 나지막이 가라앉고, 주위는 칼로 베인 듯 돌연 빛이 붙는다. 머릿속으로 투명한 달빛이 흘러온다. 그의 머리는 푸른빛으로 충만된다. 온몸에서 빠져나간 잡념 때문에 그는 속이 빈 대나무처럼 경쾌하고 가벼웁다. 그는 자신이 이른 아침 강변에 나아가 씻는 흐르는 모발처럼 가볍게 떠오르는 것을 느낀다. 손을 내미나 저항감을 느끼지 않고, 손끝에 그려진 손금처럼 달빛은 한 줌 손아귀에 쥐어도 무게는 없다. 그러나 달빛은 한 줌 덤썩 쥔 손끝에서, 파란 인광을 사방으로 흩날리며 떨어져 내린다. 사내는 달빛을 손에 힘을 주어 쥐어짠다. 달빛이 주르르 흘러내린다.

사내는 한 손에 피리를 든 채 완자창을 열어젖힌다.

더욱이 빛나 오르는가. 너 달빛이여. 그 빛은 뽐내지 않고 구석구석 은은히 숨어 있다 눈짓으로만 토해 내는 빛처럼 고루고루 투명하다.

사내는 나는 새처럼 소리 없이 걸어 연못가로 나아간다.

암갈색 연못 위에 달빛이 하얗게 뒤채고 있다. 그는 다리를 건넌다. 인기척에 놀란 물곤충들이 풀섶에서 연못을 향해 달려든다.

그는 잠시 삿갓집 정자에 정좌해 앉고는 정자 위 단청이 색색으로 달빛을 품고 있음을 본다. 누각 위의 절병통(節甁桶)이 투구의 칼날처럼 솟아 빛난다. 그의 머리는 단칼에 베어버린 과일의 단면처럼 맑아오고 그의 눈 안으로 달빛이 흘러든다. 그의 온몸은 빛을 발하기 시작한다. 그의 몸은 달빛에 녹아들어 이윽고 느슨히 몸의 선이 지워져버리면서 형체가 없어져버린다. 진득진득한 빛의 섬광이 참을성 있게 녹는 형체 위에서 묻어난다. 사라져버린 몸은 간 곳이 없고 대신 한결 청아한 넋만이 남아 일렁인다.

그는 조용히 피리를 쥐어 든다. 피리 위로 달빛이 번득인다. 그러다가는 그가 피리를 쥐어 들자, 주르르 낮은 곳을 향해 흘러내린다.

달은 그의 피리 위에서 무게를 달기 위해 놓인 것처럼 무겁게 빛나온다.

이윽고 그는 들이마신 숨을 내뿜으면서 피리를 불기 시작한다.

그 소리는 그의 호흡을 타고 튀어 오른다. 피리의 혈(穴) 하나하나를 눌러 내릴 때마다, 소리의 실이 풀려서 은빛으로 엉긴다. 그의 손은 때로는 빠르게, 때로는 느릿느릿 그의 피리를 더듬는다. 그의 피리 소리는 슬프고 비애에 가득 차서 하늘과 땅 사이의 빈 공간을 재빠르게 메워버린다. 피리 위로 뜨거운 피가 돌기 시작하고 피리는 그의 몸 일부분인 양 달아오른다. 돌담 구석구석 이끼 낀 습지로부터 투명한 빛이 튀어 오르면서 그가 내뿜는 소리의 호흡과 엉겨 뒹군다.

보이는 빛 너머에서 소스라쳐 놀라며 소리의 무덤이 열리기 시작한다. 빛이 없이 가라앉은 캄캄한 바닷속을 자기의 눈에 야광을 발라 자진해서 어둠을 밝히는 물고기와 같은 보이지 않는 자의 보이지 않는 빛이 열린다. 들리지 않는 자의 들리지 않는 소리가 들린다.

 그는 소리의 껍질을 벗긴다.
 그러나 오래 걸리지 않는다.
 사랑이 깊은 귀를 아는 소리는
 도둑처럼 그 귀를 떼어가서
 소리 자신의 귀를 급히 만든다.
 소리 자신의 목소리에 귀를 붙인다.
 그의 떨리는 전신을 그의 귀로 삼는 소리들.

황진이는 벌거벗겨지고 있다. 무슨 나무일까, 키 큰 나무 밑에서. 그녀의 옷이 저항감 없이 하나둘 벗겨진다. 그녀는 이래서는 안 된다고, 이래서는 안 된다고 생각한다. 그러나 몸은 뜻대로 되지 않는다. 방심한 상태에서 어디서 불어오는지 한 가닥의 수상한 바람이 그녀의 옷을 핥듯이 벗긴다. 그 바람 속에서 투명한 손이 튀어나와 그녀의 옷고름을 풀어 내린다.

그녀는 옷이 벗겨질 때마다 젖가슴을 두 손으로 가린다. 그러나 바람은 그것도 허락하지 않는다. 바람은 그녀의 젖가슴을 어루만진다. 이윽고 황진이는 손을 내린다. 그리고 모든 것을 허락한다. 그녀는 모든 옷을 벗기운다.

그녀의 벌거벗은 나신 위로 비늘이 돋기 시작한다. 아른아른 찬연한 비늘이 무성하게 돋아난다. 처음에는 다리에서부터 몇 개의 선이 그어지더니 꽃이 피듯 소리도 없이 갈라진다. 그 갈라진 틈으로 운모(雲母)와 같은 비늘이 고개를 든다. 그리고 그녀의 온몸을 침윤한다. 황진이는 한 조각의 비늘을 뜯어낸다. 비늘은 아픔도 없이 벗겨진다. 비늘은 황금빛으로 빛나고 있다. 그녀는 비늘을 입김으로 불어 날린다. 뜯겨진 비늘 자리에 새로운 비늘이 돋아난다.

황진이는 갑자기 꿈을 깬다. 잠과 현실의 짧은 순간을 피리 소리가 재빠르게 없애버린다. 그녀는 오랫동안 피리 소리를 듣고 있었음을, 그 피리 소리를 들으면서 잠을 자고 있었음을 알아차린다. 황진이는 피리 속에서 투명한 손이 튀어나와 자신의 옷을 벗기고 있었음을, 그리고 그 피리의 곡 음률 하나하나가 현란한 비늘이 되어 자라고 있었음을 의식한다. 그녀의 뜨거운 피를 피리 소리는 불러 춤을 추게 한다. 그녀는 조용히 몸을 일으켜 잠옷 바람으로 뜰로 나선다. 흰 버선발로 섬돌 밑으로 내려선다. 밤은 깊은데 주위는 무사(無事)의 적막으로 가득 차 있고 하늘에는 요염하게 무르익은 달이 그녀의 백옥같이 씻은 얼굴 위에 비낀다. 바람이 그녀의 속옷을 날리고, 그녀는 천천히 피리 소리 나는 곳으로 발을 옮긴다.

연못의 달빛이 부서지는 삿갓집 정자에 단정히 앉아 피리를 불고 있는 사내의 모습을 발을 돋우고 숨어 본다. 사내의 피리 소리는 더욱 깊이 익어가고, 황진이는 이윽고 사내가 누구인지 알아낸다. 그녀는 사내의 마음을 읽어내린다.

그녀는 다시 되돌아온다.

"애월아."

황진이는 사랑채에 잠들어 있는 계집을 숨죽여 부른다. 좀 후에 옷깃 여미는 소리가 나고 계집 하인이 부산하게 나타난다.

"야심하온데 웬일이오십니까, 마님."

"저기 못 위에 앉아 피리를 불고 있는 사내가 누구냐."

"아까 마님께 여쭤본 지나가는 과객이옵니다."

"행장은 어떠하였더냐."

"남루하였사옵니다."

황진이는 조용히 웃는다.

"애월아, 곧 술상을 봐 올리도록 하여라."

"예."

몸종은 호들갑스럽게 놀라며 눈을 올려 뜬다.

"쉬, 조용히 해라."

황진이는 몸종의 경망스런 움직임을 책하며 손으로 입을 가린다.

"저분의 피리 소리를 그치게 하지는 말아라."

"도대체 저 사람이 누구시오니까."

"저렇게 피리를 불 줄 아는 사람은 조선에서 오직 한 사람. 곧 술상 봐 올리고, 내 먼저 별당에 들어가 있을 터이니 피리 소리 그치기 기다려 몸 사리며 찾아뵙고, 주인마님이 술 한잔 권하시겠다고 일러라. 알겠느냐."

"알겠사옵니다."

황진이는 몸을 돌려 매화꽃 어우러진 꽃밭 속으로 사라진다. 밤의 꽃들은 한결 눈이 부시고 짙은 향내는 봄밤을 풍요롭게 한다.

계집은 황진이의 뒷모습과 피리 소리를 번갈아 쳐다보다가 얼핏 생각난 듯 마님의 뒤를 쫓아간다.

"마님, 혹 저 피리 소리가 밤이 샐 때까지 이어진다면 어찌 하오리까."

황진이는 무심코 눈 위의 매화꽃 한 송이를 뜯어 꿈속에서 비늘 날리웠듯 입김으로 불어 날리운다. 흩어지는 매화 꽃잎은 달빛에 어지러이 떨어진다. 땅 위엔 무정한 봄바람으로 떨어진 매화 꽃잎의 낙화가 즐비해서 마치 겨울에 내린 눈처럼 보인다. 황진이는 흘낏 몸종을 쳐다보며 한숨과 같은 말을 내린다.

"내 가야금 듣기 시작하면 필히 저 피리 소리는 그칠 것이니, 그때를 봐서 내 뜻을 이르도록 해라."

부기 : 정현종의 시 「귀를 그리워하는 소리」 중에서 칠 행을 피리 부는 묘사 중에 삽입 인용하였음.

황진이(2)
—마라의 딸

1

 어느 날 황진이 성안에 들어섰다 이상한 소문을 들었다. 지족선사(知足禪師)라는 불교의 승려가 천마산(天馬山) 아래 지족암(知足庵)이라는 암자에서 삼십 년 동안이나 수도하여 거의 생불이 되어간다는 소문을 들은 것이었다. 그 소문은 송도 안에 이미 파다하게 퍼져, 너나 나나 할 것 없이 대자대비하신 그 스님이 곧 산을 내려와 중생을 구도할 것이라는 기쁨으로 술렁이고 있었다. 그날 황진이는 몸이 아파 몸종애를 앞세우고 성안으로 의원집을 찾아 길을 나선 참이었다.
 며칠 동안 황진이는 명치끝이 아파 와서 혹 먹은 게 체했는가 싶어 몸종애를 시켜 환약을 가져다 먹어보긴 했지만, 먹어 봐도 소용없어 그날은 몸소 맥이라도 짚어보리라 하고 행장을 차리고 나선 길이었다. 성안 누각 밑 그늘에 웬 거렁뱅이 수십 명이 누워 혹은 앉은 채로 지나가는 행인들에게 동냥을 청하고 있었다.

처음에 황진이는 몹쓸 전염병에 걸린 사람들을 무슨 연고로 저렇게 길거리에 놔두고 있는가 의아해하며 종종걸음으로 피해 가려는데,

"이보오, 낭자. 동냥이나 하고 가오."

하며 누웠던 거렁뱅이가 벌떡 상체를 일으키며 황진이를 막았다. 앞서 가던 몸종애는,

"에그 에그 마님, 전염병에 걸린 사람들인가 보오."

하고 화들짝 놀랐는데, 황진이 가만히 쳐다보니 누워 있는 거렁뱅이들은 열병에 걸린 환자들 같지는 않고 모두 눈이 없거나 손발이 없는 병신들인지라, 잠시 놀랐던 가슴 진정하고 허리춤 뒤져 동전 한 닢 장님 손에 쥐어주고 지나가려는데,

"어허. 뉘집 낭자인지 모르오나 그 손 한번 고웁다."

하며 거렁뱅이 주제에 추파 한 번 던지는 것이었다. 그래 황진이 지나치려던 걸음 모두고 다시 돌아서,

"보아하니 봉사인 것 같은데 어찌 아시오."

하고 묻자, 장님 낄낄거리면서 말을 한다.

"눈은 없어도 마음이 있는데 어찌 모르겠소. 스치는 손길이 향내 나는 부챗살 같구면. 손길뿐 아니라 그 마음까지 고우니 복 받으시오. 관세음보살. 나무아미타불 관세음보살."

장님 흰자위만 번득이며 어림짐작으로 황진이 쪽을 향해 두 손을 합장하고 고개를 조아리자,

"에그, 병신 주제에 육갑까지 하는구먼. 미쳐두 단단히 미쳤구먼."

몸종애가 지분거리며 황진이 귓가에 나불거린다.

"도대체 왜 이런 곳에 누워 있소, 있기는."

황진이 거렁뱅이에게 다시 묻자, 장님은 모두었던 손 풀지 않고

더욱더 합장하며,

"부처님 오시는 걸 기다리고 있소."

하는 것이 아닌가. 황진이 잠시 놀라 깊은 생각 하였지만 부처님이 되살아 환생하신다는 소리 들은 적 없어,

"부처님 오신다니 그게 도대체 무슨 말이오?"

하고 묻자, 장님 앉은걸음으로 두서너 발 더 다가와 하는 말이,

"아니, 부처님 오신다는 소리도 못 들으셨소?"

"못 들었소."

"허어. 뉘집 낭자인 줄 모르오나 영 소식 캄캄이로구먼. 아, 송도 안에 파다한 소식도 못 들은가베."

하며 지레로 쯧쯧 혀를 차는 것이었다.

"길 가는 행인 붙들고 물어보시오. 천마산 청량봉(淸凉峰) 밑, 지족 스님이 삼십 년 수도 끝에 생불되어 이제 중생을 구도하러 나서신다니, 우리 팔자 기구한 걸인들은 대자대비하신 큰 은덕 행여 입을까 예까지 나와 있소. 나무아미타불 관세음보살."

하고는 다시 큰소리로 합장을 하는 것이었다.

그러자 누워 있던 거렁뱅이, 앉아 있는 앉은뱅이, 팔병신, 다리병신 할 것 없이 모두 몸을 일으켜 어림짐작으로 천마산 쪽을 향해 단정히 자리하고 깊은 절을 드리는 것이었다.

뜨거운 성하의 햇살이 빈틈없이 내리붓는 땡볕 아래 먼지 분분한 황토흙 위에 거적때기에 앉아 있는 거렁뱅이들의 이 돌연하고도 엄숙한 의식은 황진이의 눈을 찌르고 또 찔러, 숨도 쉬지 않고 황진이는 마치 투명하고 짙은 햇살 속에 미동도 하지 않고 서 있는 비각과도 같은 정물을 바라보고 있었다.

"이보시오. 차라리 이렇게 앉아서 기다릴 바에는 불편하지만 왜 직접 찾아뵙지 그러오."

황진이가 한참 후에 조용히 묻자 장님 하는 말이,
"기다릴 뿐이오. 부처님이 오시는 걸 기다릴 뿐이오. 설사 간다고 해도 그게 어디 갈 길이며 가깝다고 해도 그게 어디 가까운 길이겠소. 허기야 먼 길 간다고 해도 가는 것은 내 뜻일 뿐 부처님의 뜻이 아닐 터이니 그저 앉아 기다리며 크신 덕이나 입길 바라고 있을 뿐이오. 나무아미타불 관세음보살."
하고는 다시 합장을 하는 것이었다.
그래 황진이 할 수 없이, "그럼 부디 크신 덕 입으시오." 하며 멈추었던 길을 다시 떠났던 것이었다.
하나 성내에서 거렁뱅이들을 만났던 기억은 황진이의 머릿속을 잠시도 떠나본 적이 없어 의원에게 환약을 지어 가지고 오는 길에서도, 집에 달하여서도, 잠이 들려고 누운 자리에서도 종일토록 그 장님의 말을 지워버릴 수가 없었던 것이었다.
인간의 욕망은 끝이 없어 하늘을 가리고, 인간의 욕망은 끝이 없어 바다를 채우고 남는 것을, 십 년도 아니고 이십 년도 아니고 열 손가락을 또 열 번, 그 열 번을 또 열 번 해도 헤아리지 못하는 삼십 년의 긴 세월을 홀로 면벽하고 선을 하여, 거의 해탈의 경지에 들어섰다는 그 스님의 욕망은 무엇으로 채워져 있으며 무엇으로 가릴 수 있었는가 궁리하고 또 궁리하였던 것이다.
인간의 욕망은 살아생전은 고사하고 죽은 자에게도 무한하여 살아 있는 육신이 그 생명을 다했을 때도 홀로 죽은 자 위에 헛되이 흐르고 떠돌고 있나니, 보아라, 그녀가 기계(妓界)에 투신한 열다섯 살 때의 어느 봄날 그녀를 탐하던 사내의 죽은 상여도 움직이지 못하게 하였거늘. 핏속에 끓는 정욕은 무엇으로 다스리고, 망령되어 불붙는 욕망은 무엇으로 감출 수 있단 말인가. 아아, 아직 몸 위엔 사내의 손길이 남아 있고, 짓쑤시고, 누르고, 바윗돌을 손톱으로 긁고 또 긁어 손톱에 온통 핏자국이 낭자해도 몸은 여직 뜨겁고, 황진이 그녀는 잠을 이룰 수 없다.

생각해 보면, 제아무리 도도한 남자라도 눈짓 한 번, 미태(媚態) 한 번에 그만 넋이 나가 정을 주고 정을 받고 말아 사내의 몸을 받아 그 피를 종지에 담아 훌훌 마신다 한들 날뛰는 피는 잠자지 아니하고, 하룻밤을 다 지새우고 이틀 밤을 다 지새우고, 추야장장 긴긴 밤을 온통 다 지새고 나도 깨고 나면 그도 그뿐, 욕망은 재 속에서 다시 살아 불을 당기고 다시 피어오른다. 솟아오른다.

그러하면 그 스님은 무엇으로, 도대체 무엇으로 욕망을 잠재울 수 있으며, 무엇으로 욕망을 길들일 수 있었단 말인가. 그러자 황진이의 가슴 속에서는 새로운 불길이 솟아오르고, 잔인한 정욕이 끓어오른다. 그리하여 그녀의 정욕은 뜨거운 혀를 보이며 달아올라, 짧은 여름밤을 지새우게 한다.

드디어 다음날 또 다음날도 그녀는 밤을 새우며 몸부림치다, 드디어 어느 여름날 그녀는 크게 마음먹고 신새벽 찬 공기를 뚫고 길을 떠난다. 천마산을 향해 길을 떠난다. 산 인간의 욕망은 물론이거니와 이미 죽은 사내의 영혼까지 머무르게 한 그녀가, 풀숲을 걸어가면 나뭇잎새도 괴로워하고 나는 날벌레도 그녀의 깊은 곳을 향해 떨어져내리는 황진이가, 홀연 신새벽 아침에 일어나 길을 떠난다.

어인 일인가. 그럴 수가 없는데 눈부신 상복을 입고. 시험하여 보리라. 내 너를 시험하여 보리라.

2

아침엔 빛나던 태양이, 황진이 산길로 접어드는 기슭에 이르자 돌연 엇샤엇샤 달려가는 낮고도 검은 구름에 가렸고 빠른 바람이 숲 사이를 달려가기 시작한다.
 황진이 눈을 들어 하늘을 쳐다보니 소나기를 내리는 짓궂은 구름이 하늘을 가린다.
 청아한 활엽수 사이로 보이는 산정 위에는 아직 투명한 햇살이 고여 있는데 온 산은 짙은 여름의 향내와 정기, 계곡을 타고 흘러내리는 서늘한 냉기, 저만큼인가 천년 바위를 핥으며 쏟는 물 위에 피어 있는 야생초의 빛깔과 방향, 그런 꼭 집어 말할 수 없는 비릿한 냄새로 온 산은 충만되어 있었다.
 산은 깊고 원만해서 한없이 들어가긴 하나, 아무리 올려다보아도 산정은 거기에 있어, 그뿐인가 하늘을 가리는 숲의 그늘 사이로 수상스런 바람이 습기를 안고 수런대기 시작한다.
 황진이의 마음은 암자에 도달하기 전 비 오지 않을까 조마조마한데 걸음은 마음과 달리 더디었고 숨은 허이허이 차 왔지만 이상하게도 젖은 하늘 밑에서 풀잎들은 오히려 더욱 빛나 오고, 산 계곡을 타고 흐르는 숲 그늘은 요염하게 무르익어 산은 가깝게, 혹은 멀리서 더욱더 친근하게 다가오고 먼 계곡을 향해 무너져내리는 땅 울리는 폭포의 소리마저 귓가에 사근거린다.
 숲길을 헤쳐나가는 황진이의 흰 상복은 마치 풀 위를 낮게 떠 헤엄쳐나가는 흰 나비처럼 보이게 한다.
 황진이의 가슴은 물론 산비탈을 오르는 것으로 두근거리지만 더욱이 지족 스님을 만나리라는 기대와, 그리하여 뚜렷한 이유 없이 그녀의 가슴 속에 타오르는 정염, 독기, 잔인한 적개심으로 더욱더 두근거리고 있다.
 산중턱에 이르렀을 때, 돌연 성근 빗방울이 듣기 시작하였다. 갑자기 하늘이 더욱 무거워지고 앞산이 홀연 물러서더니 슬쩍 던져보는 수상스런 눈짓인 양 비가 쏴아아 오기 시작한다.

키 큰 갈대는 벌서는 아이처럼 고개를 꺾고, 한데에서 무안스레 비를 맞고 흘러가는 시냇물은 더욱더 지껄인다. 수국꽃 사이로 청개구리 한 마리가 놀란 듯이 튀어 오르더니 이윽고 작은 공터에 나와 음흉스런 눈빛으로 하늘을 노려보고 있다.

하늘이 숲이 한데 어우러져 마치 벼루 위에 고운 솜씨로 먹을 갈아놓은 듯 묵화를 그린다.

앞산과 하늘이 맞닿는 언저리에서부터 뽀오얀 물보라가 조용히, 그리고 천천히 내려와 하늘과 하늘 사이에 넓은 장막을 펼친다.

황진이 비를 피할 곳을 아무리 살펴보나 여의치 않아 그저 키 큰 나무 밑에 숨어든다. 성긴 빗방울이 그녀의 온몸을 타고 흘러 이내 엷은 상복을 적시고 그녀의 살을 훤히 내비치고 만다.

황진이 방심한 마음이 되어 그녀가 올라온 길을 내려다본다. 산 아래는 이미 비보라에 묵직하게 가라앉아 그 끝을 모르겠고 발 아래로 낮은 구름이 깃을 펼치고 무럭무럭 피어오른다.

비는 그녀의 온몸을 파고든다. 서물서물거리면서 그녀의 어깨를 젖가슴을 그녀의 둥근 배를 그리고 다리 속으로 파고든다. 날파와 같은 육향이 그녀의 몸에서 끼쳐온다. 오랜 가뭄 끝에 비를 맞는 수목처럼 그녀의 몸은 생기로 차오른다.

그녀는 다시 걷기 시작한다.

그녀가 빗속을 뚫고 산정에 도착하였을 때, 갑자기 빗방울이 후드득후드득 끊기더니 거짓말인 것처럼 뜨거운 햇살이 온 산을 비치기 시작한다. 햇살은 한결 짙푸른 수목에 맺힌 빗방울 위에서 사금파리처럼 반짝거리고 잔뜩 배부른 냇물은 세찬 소리로 흰 배를 내보이면서 흘러간다.

스쳐가는 나무 위에서 끊겼던 매미 소리가 기승을 부리고 흘깃 본 풀숲 사이로 비늘 번득이는 뱀 한 마리 사라져 숨는다.

눈 들어 바라보는 수목은 비 온 뒤의 요기에 젖어, 한바탕 거센 자연과의 교합으로 번들거리는 땀과 정액과 같은 끈기로 더 한층 빛나오고 있었다. 오랫동안 달아오른 열기는 비에 씻기었지만 그리하여 랄랄랄 거센 기세로 시냇물을 흘러가게 하지만, 곧 다시 온 산은 열기로 가득 차고 말 것이다.

비를 흠뻑 맞았으므로 옷이 피부에 달라붙어 그녀는 마치 벗은 듯이 온몸의 굴곡을 완연히 드러내고 있었다. 황진이는 산정 큰 바위 옆에 제비집처럼 세워진 작은 암자로 다가간다. 산사(山寺)엔 암자가 두어 채 세워져 있고 처마 끝에선 풍경 소리만 뎅겅거릴 뿐 사방은 고요하고 귀 기울이면 먼 숲에서 우는 산새 울음, 그리고 투명한 정적뿐이다.

그제서야 황진이는 암자 처마 위에 앉았던 제비들이 지지배배 지저귀는 소리를 듣는다. 어미새는 빗속을 뚫고 구해 온 먹이를 연신 입을 벙긋거리는 새끼들에게 골고루 나누어준다.

절 앞뜰에는 꽃이 만개하였다. 수국과 백일홍, 그리고 더 많은 꽃들이 이슬에 젖어 불어오는 바람에 가늘게 떨고 있었다.

그때였다.

암자 뒤편에서 비를 피하려는 듯 큰 삿갓을 쓴 스님이 한 사람 나타난다. 삿갓은 눈을 가리었고, 턱엔 수염이 무성히 자라 거센 나무뿌리처럼 보인다. 승복은 입었으나 해져 마르고 여윈 가슴과 다리가 관목처럼 보인다.

"뉘시오?"

스님의 목소리는 황진이를 찌른다. 황진이는 놀라서 옷깃을 여미며 두 손 모아 합장을 한다. 스님은 마주 손을 모아 예를 표한다.

"여기가 지족암이옵니까?"

"그렇소이다."

스님의 손에는 질긴 약초가 두어 그루 들려 있다.

"그런데 어인 일로?"

"죽은 남편의 명복을 빌러 왔사옵니다."

황진이는 다소곳이 고개를 숙인다. 스님은 대답 대신 잠시 삿갓 속의 빛나는 눈으로 황진이의 온몸을 훑기 시작한다.

"안되었소만."

이윽고 스님이 말을 내린다.

"여긴 여느 절이 아니옵니다. 도루 내려가 주십시오."

"아니 되옵니다."

황진이의 목소리는 슬픔과 비애에 젖어 가늘게 떨린다.

"새벽부터 물어 찾아왔사옵니다. 선사님을 찾아 뵈오러 온 길이옵니다. 대자대비하신 선사님의 큰 덕이, 가엾게 타계하신 서방님의 넋을 위로해 드릴까, 하룻밤 향불을 피워 받들려고 찾아왔사옵니다. 원컨대 스님은 소녀의 원을 들어 뿌리치지 말아 주시옵고 떨어진 외딴 암자에서 하룻밤만 묵어가게 해주시옵소서."

"아니 되옵니다."

스님은 완강히 거절한다.

"지족 스님은 벌써 삼십 년째 저 암자 위에서 선정(禪定)에 드셨습니다. 열반과 해탈의 경지에 드신 지족 스님의 심기를 혹 해할까 두렵사옵니다. 그러므로 이 암자엔 아무도 들어오지 못하옵니다. 암벽에 솟는 약수나 한 잔 하시옵고 산을 내려가 주시옵소서."

스님의 목소리는 차분히 가라앉아 있다. 하나 황진이는 조용히 입을 연다.

"옛날 부처님이 동산에 묵고 계실 때 여인이 한 명 부처님을 찾아뵙고 출가를 허락해 달라고 간청하였사옵니다. 그것도 세 차례나

간청하였사옵니다. 그러나 부처님은 그 간청을 세 번 다 거절하셨
습니다. 그러자 그 여인은 다시 성으로 돌아갔다가 마침내 자기의
머리카락을 자른 다음 스스로 노란 옷을 걸치고 다시 부처님을 찾
아뵈었사옵니다. 그리하여 부처님께서도 여인의 출가를 인정하여
주셨거늘, 하물며 불초 아녀자가 돌아가신 남편의 유영을 받들어
명복을 빌며 하룻밤을 간청하옵는데, 어이 크나큰 은덕으로 허락해
주실 수 없단 말이옵니까. 원컨대 스님께서는 제발 소자의 청을 뿌
리치지는 말아주옵소서.”

　황진이의 낭랑한 목소리는 요염한 미태를 띠며 끝을 맺는다.
　스님은 잠시 눈을 감고 깊은 생각에 잠긴다. 여인의 자태에서 섬
뜩한 느낌을 받은 것은 사실이나 말이 분명하고 사리가 분별하다.
어이할 것인가. 산 밑에서 첩첩산중, 비안개를 헤치고 온 상복을 입
은, 그리하여 더욱 요염한 이 여인을. 깊은 생각 끝에 스님은 무겁
게 입을 연다.
　“그러하오면 저 외딴 암자에 하룻밤 묵어가시옵소서. 그러하오
나, 절대 이 암자 쪽으로는 오지 마시옵소서.”
　“알겠사옵니다.”
　“그리고 하룻밤만 지내시옵고 날이 밝으면 곧 하계해 주시옵소서.”
　“알겠사옵니다.”
　황진이는 합장하고 스님과 헤어진다. 그녀는 암자에서 솟는 샘
물을 표주박으로 떠서 든다. 한 잔의 물에 구름이 떠서 흐른다. 그
녀는 물에 뜬 구름을 슬쩍 잔솔가지 떠내듯 손으로 쳐내며 들이마
신다.
　되었다. 그녀는 마음을 놓는다. 시험하여 보리라. 내 너를 시험
하여 보리라.
　저물 무렵 스님이 바리때를 들고 지족 스님이 결가부좌(結跏趺

坐)하고 있는 암자로 올라가 뵈었을 때였다.
 말없이 바리때를 받아들던 지족 스님이 조용히 입을 연다.
 "암자에 뉘 찾아오지 않았더냐."
 "예."
 스님은 가슴이 철렁 내려앉는 것을 느끼며 지족 스님을 올려다보았다.
 "어찌 아오십니까?"
 "내 보았다. 암자에 앉은 자세로 보았어. 비를 흠뻑 맞고 올라오더군."
 "예, 지아비를 잃은 여인네라 하였사옵니다."
 "지아비를 잃었다구?"
 "예, 그러하였사옵니다. 하룻밤만 불공을 드리고 가겠다고 하였사옵니다."
 "그래서 어찌하였느냐?"
 "예, 하두 간청하기에 외딴 암자를 하나 주었사옵니다. 날이 밝으면 곧 떠나겠다 하였사옵니다."
 "잘했군."
 지족 스님은 고개를 들어 암자 밖 하늘 위에 흐르는 구름을 올려다본다.
 "잘했어."

3

 염불소리도 사위어진 산사에 밤이 오기 시작한다. 낮 기운 한 줌의 햇살이 산 그림자에 밀려 조금씩 조금씩 밀리더니 온 산이 어둠에 파묻히고 만다. 마지막 염불을 읊던 스님이 타종하던 법당의 종소리도 사라졌고, 스님이 붙인 석등의 불빛만이 어두운 절 안을 비추며 바람도 없는데 깜박인다.

하늘엔 과일과 같은 달. 단청 고운 처마에 걸린 풍경소리만 뎅겅일 뿐 뜰에 핀 꽃들은 야기에 젖어 흐드러져 피어난다.

밤은 밀려오고 겹겹이 싸이고 싸여 달이 있어도 한 치의 밖을 보여주지 않는다. 나무와 나무 사이를 빠져 사라지는 어둠의 날개소리.

황진이 뜰로 나선다. 뜰 안의 풀섶에선 풀벌레소리 요란하고 꽁지에 스스로의 형광으로 빛을 밝힌 반디가 파란 인광을 발하며 허공을 맴돈다.

밖을 보면 어둠에 파묻힌 숲과 나무들. 흐르는 물소리와 야행동물들. 서걱이며 달려가는 숲 사이의 바람, 음모와 탐욕에 젖은 밤의 광기. 그 속을 솟구쳐 오르는 반디의 빛. 포르르, 포르르. 반디의 꽁무니에서 빛이 떨어진다.

황진이는 숲 사이를 어림하며 걷는다. 낮에 내린 비로 온 산은 습기에 차 있고 하늘엔 운모가 비쳐 떠 있다.

황진이 산비탈을 내려가자 산 계곡을 타고 흐르는 맑은 시내가 나타난다. 내리쏟는 물줄기로 움푹 팬 곳에 물이 고여 있고 달빛은 물 위에서 쩔렁이며 부서진다.

그녀는 천천히 옷을 벗기 시작한다. 그녀는 온몸의 옷을 다 벗어버린다. 그리고 벗은 옷을 함부로 풀숲에 던져버린다. 온몸이 다 뜨겁고 그녀의 호흡은 거칠어진다.

가시 있는 잡초의 억센 가시가 매끄러운 황진이의 피부를 예리하게 찢는다. 그러나 그녀는 아랑곳하지 않는다. 날카롭게 그어진 상흔 사이로 피가 배어든다.

이미 그녀의 육신은 육신을 떠나 흐르는 물처럼 보인다. 이미 그녀의 육체를 떠나 밤에 빛나는 꽃처럼 보인다.

그녀는 산 위에서 달게 익은 꽃잎이 바람에 흩날려 흐르는 물결에 몸을 날려 떨어지듯 세찬 물줄기를 향해 달려든다.

물은 팔을 벌려 그녀를 능숙하게 받아들인다. 몸에 닿는 물의 감촉은 시도록 차다. 바위 위에 덮인 이끼로 자칫하면 넘어질 뻔한다. 내리쏟는 물은 그녀의 몸 구석구석을 헤살거리면서 핥는다. 그녀는 물이 온몸을 핥는 것을 마음껏 즐긴다. 천 개의 혀를 가진 물의 끈질기고 집요한 애무는 그녀를 사로잡기 시작한다. 몸을 뒤척일 때마다 월광이 부서진다.

그녀의 온몸은 은박(銀箔)인 듯 부서진 달빛으로 찬란하게 채색된다. 꿀과 같은 물이 그녀의 온몸을 짓쑤신다. 물속에서 손이 나와 그녀를 어루만지기 시작한다.

지족은 결가부좌한 자세로 벽을 향해 앉아 있다. 그는 마음을 일점에 집중시켜 호흡을 제어한다.

뜨거운 열기가 몸 안에서 부풀기 시작하고 온몸에서 땀이 흐르기 시작한다. 몇 번의 호흡을 제어하자, 내공의 빈 곳을 메우는 뜨거운 열기로 양쪽 귓속을 달려가는 맥박 소리가 마치 대장간의 풀무 소리처럼 들린다. 밖으로 향하는 모든 구멍(穴)을 막아버리면 닫힌 곳을 뚫고 나가려고 회오리치는 체내의 바람이 다리 끝에서 머리끝까지 충돌하고 진노하여 크나큰 음향을 일으킨다. 날카로운 비수로 뇌수를 찌르는 듯한 아픔이 온다.

드디어 지족은 숨을 완전히 끊어버린다. 그러자 체내의 바람이 양 겨드랑이 사이로 사납게 불어 닥치면서 온몸을 갈가리 찢어버린 듯싶다. 그리고 그는 점점 내부에서 밖으로 튀어나가려고 몸부림치는 열기가 차츰 연소하는 것을 느낀다. 그는 무위로 빠져 들어간다.

그때다.

그는 가슴을 찢는 고통을 느낀다. 그는 돌연 무위에서 깨어난다. 가슴이 불이 되어 활활 타고 사위어가던 바람이 광풍이 되어 출렁인다. 그는 몸부림을 치며 눈을 뜬다. 이상한 일이다라고 그는 가쁜 숨을 가누느라고 애를 쓰며 생각한다.

이 같은 일은 좀처럼 없던 일이었다. 그는 다시 자세를 바로 하고 심기를 바로잡는다. 숨을 다시 제어하고 눈을 감는다. 눈을 감으면 캄캄한 암흑 속에 빛나는 한 조각의 심령을 뚫어져라 응시한다. 그의 집중된 마음의 불이 점점 강렬하게 모여들어 드디어 심령은 불타기 시작한다.

그러나 돌연 그 심령의 불은 꺼져버린다.

그는 자신에 대해 크게 놀란다. 놀란 나머지 벌떡 몸을 일으킨다. 온몸에 땀이 비 오듯 하고 가슴이 놀라 진정되지 않는다. 숨이 가빠온다.

이상한 일이군. 이상한 일이야.

그는 서성거리면서 어둠이 깔린 암자를 돌기 시작한다. 수상스러운 요기가 가슴을 짓밟는군. 그는 중얼거린다.

그러다 그는 얼핏 부처님이 욕계(欲界)의 대왕 마라(魔羅)와 싸움을 벌인 것을 기억해 낸다.

부처님이 일찍이 보리좌(菩提座)에 앉아 해탈의 경지를 깨닫고 마지막으로 양미간(兩眉間)의 백호상(白毫相)에서 한 줄기 광명을 뻗쳐 마왕에게 도전하였을 때, 마왕은 천 명의 자식을 불러 부처님 최후의 경지를 깨뜨리라 분부하였던 적이 있다. 그때 자식들은 두 패로 갈라져 가(可)하다는 측과 불가(不可)하다는 측으로 설왕설래하는 판에 마왕의 예쁜 딸들이 우선 나서 부처님을 유혹하였다. 그녀들은 서른두 가지의 미태로 부처님을 유혹하였다.

"때는 봄. 나무도 풀도 이 봄에 한창이옵니다. 사람도 이 봄과 같이 한창일 때가 좋은 것입니다. 청춘은 두 번 다시 오지 않고 보건대 당신은 젊습니다. 우리들의 이 어여쁜 자태를 보십시오. 자아, 함께 놉시다. 좌선으로 해탈을 할 수 있다는 것은 지극히 어리석은 짓입니다."

그러자 부처님은 일찍이 대답하셨다.

"육체의 쾌락에는 고민이 따르는 법. 나는 벌써 이것을 초월하였다. 이 도리를 알지 못하기 때문에 세상 사람들은 정욕에 갈피를 못 잡고 있다. 나는 바야흐로 절대적인 정신적 자유에 도달하려 한다. 자신이 자유롭게 되고 나서 세상 사람들까지도 자유롭게 해주리라 마음먹고 있다. 하늘을 나는 바람처럼 자유로운 나를 어떻게 감히 잡아매 둘 수 있겠는가."

지족은 문득 한낮에 비를 맞고 산을 오르던 여인을 생각해 낸다. 물론 그는 암자 위에서 산비탈을 오르던 여인을 우연히 보았다.

흰 상복을 입고 온몸은 비에 젖어 몸의 굴곡이 완연하고, 비 오던 숲 사이로 올라오던 여인의 몸매는 이상스러울 만큼 요염하고, 정염에 불타고 있었다.

그때 지족은 그 여인이 혹 마라가 보낸 여인이 아닐까 하는 생각이 들었다. 그 생각은 그의 뇌리를 번득이면서 찔렀다. 그렇다 하고 그는 중얼거렸다. 저 사바의 세계에서 보낸 욕망의 화신일지도 모른다.

무릇 산 위에서 내려다보면 발아래 운무(雲霧) 밑으로 사바의 세계, 육욕의 세계, 욕망의 세계는 흐르고 있었다.

그가 이 천마산에서 수도한 지 어언 삼십 년. 저 아득한 마라의 세계에서 최후로 그에게 보낸 그를 시험하기 위한 마라의 딸인지도 모른다.

그렇다. 이것은 최후의 심판이다. 그는 비로소 하늘의 뜻을 깨달았다.

죽은 자의 상여를 서게 하고 죽은 자의 영혼에 몸을 던진 뜨거운 피로 들끓는 황진이의 마음을 그는 읽었다.

그대는 우리를 병들게 하고 그대는 우리를 숨 막히게 하고 그대는 우리들의 자손을 잉태케 한다.

그대는 먹어도 먹어도 배부르지 아니하고, 그대는 우리를 죽은 자의 뿌리에 머무르게 한다.

그대는 우리를 절망케 하고, 뉘우치게 참회하게 만들고 우리를 홀로 두지 아니한다.

지족은 크게 결심하고 몸을 일으킨다. 그는 암자를 벗어난다. 무르녹는 숲 위에 요염하게 젖어 푸른 꿈처럼 속속들이 끼어 있는 달빛. 그 달빛 속을 뚫고 황진이 쪽으로 나아간다.

황진이는 목욕을 하면서, 눈에 불을 밝힌 야생동물이 으르렁으르렁 숲 사이를 지나고 산비탈을 오르내리는 소리를 들었다. 그리고 그 동물들이 숨을 내쉴 때마다 흰 거품을 내보이면서 진득이는 타액을 뿜어내는 것을 보았다.

밤에 더욱 눈을 뜨고, 밤에 더욱 미치도록 깨기 시작하는 모든 사물들이 일제히 그녀 곁에서 웅성이는 소리를 들었다.

물은 더욱 날뛰면서 그녀의 온몸을 핥고 있었고, 그녀의 내부에서 뻗어가는 요기는 온 산을 깨우고 있었다.

불안정한 자세로 잠이 들었던 박쥐들도 푸드득 푸드득 날아오르기 시작하였다.

짝을 찾아 나섰던 동물들은 서로의 짝을 찾아 암벽 밑에서 혹은 나무 밑에서 탐욕적인 교미를 시작했고, 제 짝을 찾지 못한 운 나쁜 동물들은 이빨을 드러내고 나무껍질을 갉아 내리거나 발톱 사이에 숨겨두었던 발톱을 꺼내 허공의 달을 한 줌 한 줌 뜯어 내리기 시작하였다.
 암벽 위에서 교미를 벌였던 한 쌍의 동물들은 달빛에 젖은 흰 정액을 토하면서, 그러나 또다시 새로운 정사를 벌이기 시작하였다.
 가만히 귀 기울이면 온 산이 뜨거운 열기와 한숨, 헐떡이는 신음소리로 충만되고 있었다.
 달빛이 새어 들어오지 않는 숲 사이의 어둠은 일제히 혀를 빼물고 서로의 깃털을 핥고 있었다.
 황진이는 그때 보았다.
 웬 사내가 달빛 밑에 서 있음을.
 그때 보았다.
 그 사내가 나타나자 술렁이던 야생동물들이 일제히 숲 사이의 길로 달아나는 어지러운 발소리를.
 지족이다.
 황진이는 알아차렸다. 드디어 그는 내게로 왔다. 내가 부르는 소리를 듣고야 말았다.
 황진이의 가슴은 무섭게 고동치고 있었다.
 시험하여 보리라. 내 너를 시험하여 보리라.
 지족은 황진이가 목욕하는 것을 보았다. 암벽 사이 흘러내리는 폭포 밑에서 황진이는 팔월 보름날 방생되어 살아 힘차게 물살 헤치며 나아가는 비늘 번득이는 물고기처럼 보였다.
 희디흰 젖가슴이 돋보이고 둔부가 물속에서 떠 보였다. 그녀가 벗은 옷자락은 풀숲에 놓인 채 바람에 펄렁이고 있었다.
 지족의 눈앞에서는 관능이 춤추고 있었고 그의 마음속에서는 심한 갈등이 일어나고 있었다.
 보아라.

저 능숙한 몸짓을. 흐르는 물을 잠재우고, 흐르는 물의 욕망을 채워주고 있는 깊고 깊은 그녀의 정욕을 보아라. 사랑과 자연이 한마음으로 의기투합하여 찬연한 정사를 벌이고 있다.

이곳에서도 맡을 수 있는 훅훅 끼쳐 오르는 짙은 육향, 물을 차올리는 흰 손, 아직 풀숲에 떨어진 채 체온이 남아 있는 그녀의 옷자락.

출가한 지 근 삼십 년. 인간의 욕망을 등 뒤로 하고 청춘을 버려두고 육신만 산으로 올라왔다. 하나 그 긴 세월을 단숨에 꿰어버리는 듯한 눈앞에 현존하는 육욕의 냄새. 작은 벌레가 강산에 쌓인 눈에 파묻혀 자신의 체온만큼 주위의 눈을 녹이듯 저 여인의 뜨거운 관능은 주위의 어둠을 녹이고 있다. 그리고 이미 녹아 흘러내리는 밤의 진액.

부처님이시여 내게 중도(中道)를 주시옵소서. 육체적 욕망과 생명으로 향한 강한 집착과, 삶으로부터 벗어나려는 헛된 허무, 이 모든 고뇌를 벗어던지고 내게 최후의 중도를 주시옵소서.

그는 눈을 감았다. 호흡을 바로 하고 허공을 날아다니는 그의 영혼을 간신히 붙들었다. 그는 마음의 손을 내던져 욕망을 누르기 시작하였다. 욕망은 벌건 혀를 내보이며 그의 손에 붙들리었다.

자거라 하고 그는 말하였다.

이제 그만 잠 자거라.

그러나 모든 것은 타기 시작하였다.

눈이 타고 있었다. 눈에 비치는 모든 빛깔과 형태가 타고 있었다. 눈으로 인한 인식도 타고 있었고 눈으로 바라보는 모든 감정이 타고 있었다.

간신히 쥔 그의 욕망이 센 기운으로 빠져나가기 시작하였다.

그의 육체 내부에서 욕망이 끓어오르고 거센 정욕이 피어올랐다.

그는 이를 악물었다. 자신에 대한 혐오감이 솟아오르자, 그는 불현듯 달빛을 예리하게 반사하고 있는 날카로운 돌을 쥐어들었다.

버혀라, 버혀. 버혀라, 살 속에 묻혀 눈뜨고 있는 욕망을 버혀, 버혀라.

그는 돌을 움켜쥐고 허공을 향해 치켜 올렸다.

그러나 그때 지족은 부처님의 말을 들었다.

"너는 잘라버릴 것이 따로 있는데 잘라버릴 것을 잘못 고른다. 끊어야 할 것은 마음에 있지 육체의 일부분은 아닌 것이다."

그는 순간 허공을 향해 들었던 돌을 힘없이 떨어뜨렸다. 자거라. 그는 천 개의 혀를 날름이면서 뜨거운 입김을 뿜고 있는 자신의 욕망을 향해 부르짖었다.

이제 그만 잠 자거라.

그는 눈을 감고 자신의 욕망을 응시하였다. 욕망은 그의 심상 속에서 한 점 붉은 색으로 흔들거리고 있었다. 그는 숨을 끊고 욕망을 일점에 붙들어 매었다. 그리고 그 속에 자기를 집어넣었다. 그는 천천히 자신의 영혼을 흐르는 물속에 투영시켰다. 그의 영혼은 생명이 없는 무생물인 물방울 속으로 집약되었다. 지족은 한 방울의 물이 되었다.

그는 흐르고 있었다. 죽은 물고기처럼 흰 배를 내보이며, 뒤에서 밀어오는 강한 기세에 진저리를 치며 낮은 곳을 향해 흘러가고 있었다. 물방울들은 막연히 이대로 흐르고 흐르다가는 결국엔 바다에 이른다는 것을 잘 알고 있었다. 몇 번이고 곤두박질치고 몇 번이고 굴렀다. 그는 미끄러운 이끼 낀 바위 위를 타고 흘러내려 깊은 진동을 하면서 폭포를 내려갔다.

그는 그의 혼이 부서지는 둔한 고통을 맛보았다. 이미 그것은 육체가 아니었다. 내부의 등불로 말갛게 비춰 보이는 욕망의 화신이었다.

물방울은 황진이의 육체를 핥기 시작하였다. 황진이는 물방울을 한 줌 두 손으로 떠올렸다. 그리고 그 물방울을 입에 뿜는다. 가늘고 고운 이로 물을 씹는다. 물이 부서진다. 황진이는 달빛을 향해 물을 내뿜는다. 물은 월광에 젖어 안개로 흩어진다.

지족은 급히 자신의 영혼을 물방울에서 거둬버린다.

"뉘시오."

황진이가 날카롭게 부르짖었다.

"거기 서 있는 사람이 뉘시오?"

지족은 눈에 띄는 대로 자신의 혼을, 물을 향해 고개를 늘이고 있는 나무의 잎사귀로 투영시켰다. 그는 한 개의 나뭇잎이 되었다. 그는 숲 사이를 빠져 달아나는 바람에 흔들리며 나뭇가지에 매달리었다. 뿌리에서부터 빨아올리는 수액으로 그의 몸은 축축이 젖기 시작하였다.

황진이는 물속에서 몸을 솟구쳐 밖으로 나왔다. 지족이 서 있던 자리에는 아무도 없었다. 그녀는 놀란 가슴 진정하고 사방을 둘러보았다.

그러나 사위는 어둠으로 충만되었을 뿐. 먼 곳의 짐승소리만 들려올 뿐.

그녀의 몸에서는 물방울이 함부로 떨어지고 있었다. 너무나 오랫동안 물속에 있었던가. 전신이 와들와들 떨려왔다. 그녀는 분명 좀 전에 보고 확인하였던 지족의 그림자를 살피며 풀숲에 떨어진 옷을 쥐었다.

그러나 옷을 입기에는 몸에 물기가 너무 많았으므로 그녀는 눈을 들어 수면을 향해 우울하게 고개를 꺾고 있는 나뭇잎을 손가락으로 훑었다. 나뭇잎은 축축했지만 따스한 느낌이었다. 그녀는 그것으로 대충 몸의 물기를 닦았다. 그리고 그것을 버렸다.

나뭇잎 하나가 바람에 불리어 사라져갔다. 지족은 바람에 불리면서 얼핏 낮게 떠다니는 반딧불을 보았다. 그는 황급히 반디 속에 자신의 영혼을 집어넣었다.

그의 영혼이 타오르고 있었다. 그것은 결코 뜨거운 열기가 아니었다. 차디찬 불이었다. 그는 자신의 영혼이 빛나 오르는 것을 느꼈다. 그는 힘차게 날개를 저었다. 그러자 몸이 허공을 향해 솟아올랐다.

황진이는 마른 몸으로 옷을 입기 시작하였다. 그러다가 한 마리의 반디를 발견하였다. 그녀는 기회를 보아 손을 오므려 반딧불을 향해 손을 뻗쳤다. 반디는 힘차게 위로 비상하였다. 이 야밤에 어디서부터 빛이 나와, 반디를 이처럼 빛나게 하는가.

황진이는 옷 입기를 다 마치고 걷다가 아까 놓친 반디가 다시 날아오는 것을 보았다. 그녀는 날쌔게 손을 휘저었다. 반딧불이 그녀의 손아귀에 걸리었다.

잡았다. 황진이는 기뻐서 뛰어오른다.

반딧불을 잡았다. 어둠에서 뛰어노는 반디를 쥐었다.

그녀는 조심스레 손안을 들여다보았다. 손바닥 안에 든 반딧불이 탈출을 꾀하려고 필사적으로 몸부림친다. 반디가 몸부림치면 칠수록 반딧불의 빛은 더욱 빛나 오른다. 손금이 비쳐 보인다. 손톱이 말갛게 비쳐 보인다.

그처럼 크나큰 반디의 욕망. 지족의 욕망은 황진이의 한 손에 걸리었다. 손 밖을 뛰쳐나갈 수가 없다.

인간의 욕망은 한갓 벌레의 욕망과 뜻이 같아서, 인간의 욕망이 한갓 흐르는 물과 뜻이 같아서, 인간의 욕망이 한갓 미풍에 떨리는 나뭇잎과 같아서, 하늘을 가리는 인간의 욕망이 한갓 한 줌의 손아귀에 갇혀서 스스로의 몸에 불을 밝힌 채 떠나고 있다.

4

 황진이 송도에서 나날이 유흥에 종사하고, 나날이 술과 가무를 즐기다가 여전히 심신이 피로하여 어느 날 술좌석에서 그만 쓰러지고 말았다.
 이리하여 몇 날 며칠을 계속하던 유흥은 끝이 났는데, 껄껄거리며 지분거리던 사내들은 의관을 차리고 훌훌히 하나둘 떠나버리고, 온 방 안엔 빈 상만 그득, 끊겨진 가야금이 던져진 채 놓여 있을 때, 그녀는 정신이 들었다. 몸종애가 황황히 떠다주는 한 잔의 냉수를 받아들고 메이는 가슴 쓸어가며 진정하고 앉았을 때, 황진이 문득 서럽고 쓸쓸한 심사가 들어 장지문을 활짝 여니 하늘엔 검은 달이 비껴 섰고 먹구름이 가리웠다.
 가슴은 타고 난 재가 되어 불면 날아갈 듯, 타오르던 욕망도 재가 되어 불면 날아갈 듯. 심사를 가라앉히려 더듬어 가야금을 찾았건만 줄은 끊어지고 잔치는 오래전에 끝장났다. 하늘엔 거미줄만 가득한데, 마신 술은 여직 어지럽고 심란하다. 인간의 욕망은 한갓 불과 같아서 꺼지면 재가 되고 재가 되면 우는 것을.
 황진이 별수 없이 환약을 가져다 먹어보긴 했지만 아픈 것은 마음이요 이미 몸은 아닌지라, 밤은 새고 날이 밝도록 여직 아프고 아프다.
 날이 밝자 황진이 몸종애를 앞세우고 다시 성내로 나아간다. 문 밖으로 나서니 이미 여름은 가고 추색이 완연하여 지나는 나뭇잎은 붉게 물들었고, 옷 기운으로 스며드는 바람이 제법 서늘하다. 성안으로 들어서자, 역시 거렁뱅이 수십 명이 앉은 채로 혹은 누운 채로 길 가는 행인에게 동냥을 구하고 있다.
 앞서 가던 몸종애가,

"에그머니나 깜짝이야."

하고 호들갑을 떠는데 앉았던 거렁뱅이 하나 손을 뻗쳐 몸종애를 건드렸던 모양이다.

"이보쇼. 이보, 낭자. 불쌍한 우리 신세 동냥이나 하고 가소."

장님 거렁뱅이가 이번엔 황진이의 갈 길을 막아 나선다. 황진이 눈여겨본즉 며칠 전 그 거렁뱅이인지라, 빙긋이 웃으며 동전 한 닢 쥐어주며,

"그래 부처님은 여즉 오지 않으셨소."

하고 물었다.

"아니 뉘시요. 듣기는 많이 들은 목소리인데."

"지난여름에 동냥 한 닢 하고 갔소."

"에그. 반갑구먼. 이제 생각나는구먼. 손이 부드럽고 마음 또한 고운 낭자님 아니겠소."

장님은 행여 새로운 동냥이나 구하려는 심사로 앉은걸음으로 다가온다.

"그래 지족 스님은 오시었소?"

"에그. 말 마시오. 아직 오지 않으셨소."

"언제쯤 오신다오?"

"나도 모르겠소."

장님은 길게 한숨을 내리쉰다.

"언제 오실는지 나두 모르겠소."

황진이 눈 아래 장님을 바라보니 측은도 하련마는 슬프기도 하여서 새로운 동전 한 닢 다시 주면서,

"그럼 복 많이 받으시오."

황진이는 저만큼에서 코를 막고 서 있는 몸종애를 따라가며 황황히 작별을 고하였다.

성내 풍경도 완연히 추색이고 사람들의 행색도 가을 옷으로 바뀌었다. 황진이 부지런히 걸어가는데,
"마님 마님, 저 보시오."
하고 몸종애가 깡충깡충 뛰어가는 것이 아닌가.
 황진이 몸종애가 깡충깡충 뛰어가는 곳을 바라본즉 웬 미친 사람이 지팡이를 짚고 거리 한복판에 서 있고 아이들 수십 명이 놀려대고 있었다. 못된 녀석들은 돌까지 던졌는데 꽤 아플 텐데도 미친 사내는 꿈쩍도 하지 않고 우뚝 서 있었다. 머리는 봉두난발에 짚신조차 신지 못한 맨발이었다.
 사내는 무언가 손에 들고 게걸스럽게 먹고 있었다. 그리고 우물가에서 갈증이 나는지 물을 먹으려 하는데 짓궂은 아이들은 두레박을 빼앗고 자기네들끼리 히히덕대며 막대기로 쑤시고 놀려댄다. 어떤 녀석은 두레박에 물을 받아 사내 눈앞에 뿌리기도 하고, 어떤 녀석은 거리에 구르는 쇠똥을 막대기에 묻혀 던지거나 진흙을 뭉쳐 던지기도 하였다. 그러나 사내는 꿈쩍도 하지 않고 되새김질하는 소가 눈 한 번 떴다가는 슬쩍 감듯이 물을 먹으려고 아이들의 뒤를 따라다니고 있었다. 길거리엔 사람도 별로 없었고 말 탄 선비 둘이 서 지나가다 껄껄 웃는다. 황진이는 조용히 우물가로 나아간다.
"에그 마님, 어쩌시려고 이러십니까."
 몸종애가 경망스레 앞을 막는다. 황진이는 말없이 아이들 손에서 두레박을 빼앗아 든다. 빼앗기지 않으려고 뒷걸음질치던 아이들도 황진이의 기세에 눌리어 잠잠해진다.
 황진이는 깊고 깊은 우물 속에 두레박을 던진다. 손끝의 중량으로 두레박이 찰랑찰랑 넘침을 가늠한다. 그녀는 한 자 한 자 두레박을 퍼 올린다. 지하의 뿌리에서 흘러넘치는 차디찬 물을 길어 올린다. 쇠잔한 황진이의 팔은 무거운 무게로 늘어진다.

황진이 퍼 올린 물을 사내에게 준다. 시선이 마주쳤나 싶은 순간에 사내는 게걸스럽게 물을 받아든다.
"애월아."
눈을 휘둥그레 뜨고 있는 몸종을 부른다.
"예 마님!"
황진이는 손을 들어 햇빛을 가리며 한숨과 같은 말을 내린다.
"자, 어서 앞장서라. 빨리 길을 떠나자."

다시 만날 때까지

1

 솔직히 이야기해서 내가 그 비행기를 탔던 것은 인도적인 의무감 때문은 아니었다. 그것은 시카고까지 가는 비행기삯을 싸게 할인하여 여행하여 보자는 속셈 때문이었다. 서울서부터 미국 시카고까지 천사백 달러 정도의 비행기삯은 내게 크나큰 부담이었다. 단 사백 달러만 내면 갈 수 있다는 친구 녀석의 말은 내게 귀가 번쩍 뜨이는 빅뉴스였다. 천 달러 정도를 절약할 수 있다는 이야기는 그 일이 설혹 내게 마약을 운반해 달라는 부탁이라 할지라도 거절할 수 없었을 것이다. 천 달러가 아니라 단 십 달러만 절약해 준다고 하더라도 나는 마약을 운반했을 것이다. 애초부터 내겐 그런 식의 도덕감 따위는 아예 결여되어 있었으니까.
 하지만 돈 천 달러를 절약할 수 있고 그 엄청난 고액에 보상하는 일이 단지 미국으로 운송되는 고아 세 명을 안전하게 데리고 가는 일뿐이라는 이야기를 들었을 때 나는 역시 미국 녀석들이란 좀 괴상한 녀석들이로군 하고 빈정대었다.
　한국 고아를 미국 관계 부처에 넘겨주는 일을 맡아서 하고 있는 친구 녀석은 내게 그 환상의 비행 티켓을 권유하면서 자기 기관의 상관 미국인을 만났을 때는 두 가지만을 엄수해 줄 것을 부탁하였다.
　그것은 내가 독신이 아닌 기혼자라는 거짓말을 해줄 것과 또 하나는 내가 독실한 기독교 신자라는 거짓말을 천연스럽게 해 달라는 부탁이었다. 친구 녀석의 이야기는 기혼자라면 아이의 기저귀쯤 갈아주었을 테고 우유병쯤 물려본 경험이 있을 테니까 그들의 마음을 안심시킬 수 있을 것이며, 또한 철저한 무신론자인 내가 그들에게 독실한 기독교 신자라는 거짓말을 한다면 그들의 관계 부처가 기독교 계통의 자선 사회단체이므로 일단은 그들에게 신뢰를 받을 수 있을 것이라는 내용이었다.
　"왜냐하면."
　친구 녀석은 이야기했다.
　"신청자가 아주 많이 있으니까 말야."
　어쨌든 나는 녀석의 말대로 약속된 시간에 S연맹이라는 기관에 나가 그가 시킨 대로 거짓말을 하였다. 거짓말 따위는 내게 익숙해 있었으므로 좀 순진한 편인 미국인을 속이기는 손바닥을 펴고 접는 일보다 쉬운 일이었다. 만약 친구 녀석이 내게 미국인 앞에서 눈물을 흘릴 것을 권유하였다면 나는 눈물까지 흘려 보일 참이었으니까.
　파이프 담배를 피워대던 미국인은 내게 물었다.
　"건강하세요?"
　나는 대답했다.
　"건강하구말구요."
　물론 내 대답은 거짓말이 아니었다. 아직 서른두 살 독신인 주제에 결혼하였다고 거짓말을 하였으며, 믿지도 않는 기독교를 믿는다고 거짓말을 하였지만 그가 물은 건강하냐는 질문에는 자신 있게 대답할 수 있었다. 왜냐하면 나는 맹세코 건강했으니까. 단 발가락 사이에 피어오른 무좀 하나만 빼놓는다면.

"좋습니다."

그는 일어서서 내게 악수를 청했다.

"닷새 후 비행기 출발 세 시간 전까지 이곳으로 와주십시오. 우리는 당신을 믿습니다."

나는 털이 부얼부얼한 그의 손을 잡고 그리고 흔들었다. 마치 내 어렸을 때 국민학교 마당에서 나눠주던 거대한 우유통 밖에 그려졌던 미국과 한국이 악수를 나누는 상징적 그림과 같이.

그때 우리는 얼마나 그 우유에 탐닉하였던가. 어머니가 만들어준 종이 봉지를 싸들고 그 우유통 앞에 일렬로 서면 우리 주름치마의 예쁜 여담임교사는 차례차례 우유통 속에 가득 찬 흰 우유를 듬뿍듬뿍 떠서 우리의 종이 봉지에 넣어주었다. 그날은 우리 어린이들에게 축제의 날이었다. 쉬는 시간이면 운동장 곳곳에 앉아 종이 봉지 속에 코를 처박고 기름도 뽑지 않은 날우윳가루를 얼굴이 하애져라 먹고 또 먹고 그리고 또 먹었다. 그래서 쉬는 시간이 끝나 수업 시간에 들어서면 다들 곡마단의 어릿광대처럼 흰 분가루를 얼굴에 하얗게 칠하고 있었으며 텅 빈 마당엔 흰 우윳가루들이 드문드문 화장한 뼛가루처럼 산재해 있었다. 마치 전쟁 통에 죽어 돌아온 형의 유골과 같은 우윳가루들이.

다음날이면 우리 반 아이 중에 몇몇 가량은 학교에 출석도 못 하곤 했다. 왜냐하면 밤새 퍼먹은 그 기름 뽑지 않은 우윳가루에 배탈이 났으므로.

미국인에게 정식으로 허락을 받고 이제 돈 천 달러를 절약하게 되었다는 안도감으로 발걸음도 가볍게 외국인 거리를 빠져 나오면서 나는 그러나 기분이 유쾌하지는 않았다. 아직까지 나는 외국인 앞에만 서면 어쩐지 부자유스럽고 공연히 쓸데없는 긴장에 휩싸이게만 된다. 입으로는 맛있으나 함부로 퍼먹으면 채 소화시키지도 못하고 밤새 설사를 하는 우윳가루처럼. 그들과 이야기를 하노라면 왠지 속이 거북스럽고 편도선이 부어오른다. 그래서 이번 형 회사 일로 부탁을 받고 실은 상담 차 미국으로 떠나게 되었으면서도 나는 별로 외국을 떠나는 흥분으로 잠 못 자는 바보짓을 해본 적은 없었다. 물론 이번이 첫 번째 여행은 아니었다. 불과 일 년 전 이맘때쯤 나는 미국에 다녀왔다. 마찬가지로 형의 부탁으로 다녀온 미국 여행이었다. 처음엔 한 달 예정으로 떠났다. 일은 불과 사흘 정도면 끝낼 수 있었으며 나머지는 이곳저곳을 둘러보고 이를테면 우리나라 사람들이 미국을 여행하면 으레 들러 사진을 찍는 자유의 여신상이라든가 마천루, 유엔 빌딩, 나이아가라 폭포, 디즈니랜드 그곳도 둘러보고, 오는 길에 십여 년 전에 이민을 떠난 누이의 집에 들러 온다는 여행길이었다.

여권의 비자 기간은 두 달이었으므로 돈을 아껴 쓰고 재미있다면 한 달 예정을 두 배로 늦춰 미국 여행을 즐길 수는 있었다.

하지만 나는 한 달 예정의 미국 여행을 보름으로 단축하고 돌아왔다. 도대체가 미국이 외국이라는 느낌이나 새로움에 대한 호기심이 떠오르지 않았기 때문이다. 미국은 외국이 아니었다. 미국은 남의 나라가 아니라 바로 내가 살고 있는 서울의 확대판이었다.

내가 태어난 해방된 해 이후부터 우리나라는 본의건 본의 아니건 미국의 영향을 받아왔으므로 그들의 종교, 그들의 가치관, 그들의 노래, 그들의 음식, 그들의 주택, 그들의 영화, 그들의 책에 익숙할 수밖에 없었다. 나는 단지 『걸리버 여행기』처럼 소인국에서 대인국으로 파견된 사람에 불과하였다. 차라리 뉴욕의 마천루는 내가 사는 서울의 고전(古典)이었다. 삼일 빌딩을 서너 배 확대하여 놓은 건물이 엠파이어스테이트 빌딩이었으며, 라디오에서 흘러나오는 흑인들의 노래는 명동 레코드점에서 들려오는 노래와 다름이 없었다.

때문에 뉴욕의 지하철을 탔을 때 차창에 부옇게 떠오른 키 작은 내 얼굴이 누런 황인종이라는 사실이 차라리 놀라워서 나는 내가 동양인, 그중에서도 몽고인종이라는 사실을 자각하고 몇 번이고 차창에 스치는 내 얼굴을 마주 보았다.

그렇다. 내 머리는 미국인이었으며 내 얼굴은 동양인이었다.

나는 호텔 방에 틀어박혀 남은 사흘을 내내 텔레비전만 보고 지냈다. 뉴욕에 오면 전화걸기로 하고 적어두었던 동창 녀석들의 전화번호 메모지를 들쳐보려 하지도 않은 채 온종일 방영되는 텔레비전을 보며 저녁이면 번화가에 나가 한 번에 두 편씩 보여주는 섹스 영화만 보는 것이 고작이었다. 물론 미국에 섹스 영화나 텔레비전을 보기 위해서 찾아온 것은 아니었다. 찾아온 용무는 사흘 만에 끝났으므로 미리 호텔에 예약한 일주일의 나머지 기간을 뉴욕 관광으로 보내야만 옳았다.

하지만 맨 처음 찾아간 유엔 빌딩 앞에서부터 나는 피로하고 그리고 권태로웠다. 허드슨 강 연변에 우뚝 솟은 유엔 빌딩을 찾아가 사진을 보며 상상한 규모보다는 훨씬 큰 빌딩을 바라보면서 나는 그 빌딩이 왠지 연극 세트의 무대인 것만 같아 눈을 비비며 몇 번이고 확인했다.

유엔 빌딩의 꼭대기 푸른 하늘 위로 구름이 흘러가고 있었으므로 유엔 빌딩은 무너질 것처럼 기우뚱거리고 있었다.

그렇다. 유엔 빌딩은 휘청거리고 있었다.

빌딩 옆 잔디밭 위에 소련에서 기증한 낫을 든 노동자 앞에 앉아 나는 번지르르하고 뒤는 얼기설기 못질한 각목과 조잡한 나무판자로 이어진 연극 세트와 같은 상징적 의미로만의 자유, 상징적 의미만의 평화, 겉으로는 웃으나 실상 속으로는 칼을 빼드는 국제적인 쇼윈도, 국제적인 사기꾼들이 모이는 로비, 유엔 빌딩을 바라보며 몇 번이고 구역질을 했다.

그날 돌아보기로 하였던 몇 가지의 관광 코스를 포기하고 나는 걸어서 호텔로 돌아왔다. 돌아오는 도중 나는 뉴욕의 5번가에서 살아 있는 여인의 성기를 보았다. 조그만 구멍 속에 이십오 센트를 넣으면 구멍 속의 커튼이 열렸다. 나는 그 구멍 속에 눈을 들이대었다. 유리창 안엔 조그만 침대가 있고 그 침대는 천천히 회전하고 있었다. 침대 위에는 금발의 미녀가 발가벗고 누워 있었고 여인은 구멍에 눈을 들이대고 있는 나를 포함한 흑인 두어 명을 위해 자신의 성기를 벌려 보여주었다. 보는 사람이나 보여주는 사람이나 뜨거운 호기심조차 일어나지 않았다. 그것은 단지 성기를 보여주는 일에 지나지 않았다. 차라리 그 여인의 성기를 보는 동안 내 내부에서 불처럼 뜨거운 정욕이 일어나고 때문에 그녀와 나를 가로막은 두꺼운 유리창을 깨뜨리고 뛰어 들어가고 싶은 충동을 느끼게 하였다면 나는 행복했을 것이다. 여인의 행동은 그저 표본실의 알코올 속에 담긴 토끼의 내장을 보여주는 생물 교사의 그것에서 벗어나지 않았다.

나는 호텔로 돌아와 텔레비전을 보면서 몇 번이고 그 여인을 상기하여 억지로라도 흥분을 불러일으켜 수음을 해보려고 시도했다. 나는 눈을 꼬옥 감고 그 침대와 그 여인을 떠올리고 내 머릿속에서 그 침대를 빙글빙글 돌려 보이기 위해 머리를 모았다. 그러나 허사였다. 여인은 살아 있는 내가 본 실체가 아니라 서울의 명동 골목에서 살 수 있는 외설잡지에서 야비하게 웃고 있던 외국 여인일 뿐이었다.

나는 뉴욕의 사흘간을 텔레비전과 섹스 영화를 보는 것으로 소일하였다. 빈 시간이면 호텔의 창문을 열고 네온이 번뜩이는 뉴욕의 야경을 내다보며 시간을 보냈다. 건너편 건물 벽에서는 말보로 담배를 선전하는 거대한 사내의 얼굴이 밤이건 낮이건 담배연기를 뿜어대고 있었다. 로스앤젤레스로 건너와 누이를 만났을 때도 나는 처음 며칠간은 기쁨에 차 있었지만 곧 권태와 무위에 빠져버렸다. 십 년 만에 만나는 다 자란 조카애들과 식탁에 앉아 김치와 꼬리곰탕을 먹으며 큰 소리로 한국말로 이야기를 하고 유난히 긴 장발의 조카애가 기타를 치며 부르는 「선 샤인」이란 노래를 들으며 박수를 치면서 나는 왠지 마음이 공허했다.

밤이면 조카애들은 한 아이는 주유소로 한 아이는 피자집으로 아르바이트를 나갔고 매형은 가게를 지키기 위해 차를 타고 나가고 누이와 나만 단둘이 남아 털스웨터를 짜며 이야기를 나누었다. 누이는 미국에 간 이후로 알레르기성 재채기에 걸려 자주자주 재채기를 하고는 눈을 비비며 코를 풀었다. 내가 로스앤젤레스는 일 년 내내 추운 곳이 아니고 언제든 여름인데도 왜 두꺼운 털스웨터를 짜고 있느냐고 묻자 누이는 웃었다.

"그냥 짜는 거지 뭐. 그냥 짜는 거란다."

미국으로 떠나기 전 누이는 매해 겨울이면 내 스웨터를 짜주었다. 그런데도 누이는 미국에 와서도 스웨터를 짜고 있는 것이다. 수년 동안 내내. 그동안 쉬지 않고 스웨터를 짰다면 누이는 수많은 스웨터와 장갑을 짰을 것이다. 하지만 누이는 단 한 벌의 스웨터조차 짜지 않았으며 또 한 개의 장갑조차 짜지 않았다. 왜냐하면 그 스웨터가 완성될 만하면 또다시 풀었으니까. 풀린 털실로 또다시 아무에게도 입혀줄 수 없는 스웨터를 짜고 다시 풀었으니까.

잠이 들면 한밤중에 조카애들이 돌아오곤 했다. 주유소에 다녀온 큰 녀석의 몸에선 기름 냄새가 났고 피자집에서 접시를 닦고 온 작은 녀석의 몸에서는 음식 냄새가 났으므로 나는 눈을 뜨지 않아도 누가 돌아왔는지 알 수 있었다. 큰조카 녀석은 돌아와서도 밤이 깊을 때까지 공부를 하고 잠이 들곤 했는데 녀석의 희망은 빨리 올 A 학점으로 대학교를 나와 집 고생 시키지 않겠다는 한국적 맏아들의 사명감에 불타고 있었다. 그의 책상 머리맡에는 태극기가 붙어 있었다. 내겐 그 태극기와 눈에 드러나는 한국적 맏아들의 비장한 사명감이 못내 안쓰러웠다. 나는 그 책상에서 태극기를 치워버려 주기를 바랐다. 차라리 그곳에 성조기를 붙여놓아라, 이 녀석아. 여긴 아메리카다. 여긴 한국이 아니다. 여긴 아메리카다.

한 달 예정의 미국 여행을 보름도 채 못 돼 돌아오자 한 녀석은 내게 미국에서 겪었던 이야기를 기회 있을 때마다 물었다.

"어때, 미국년 엉덩이 괜찮데. 백말이 낫니 흑말이 낫니."

그러니까 이번의 여행은 두 번째의 여행길이었다. 처음 비행기 탔을 때의 가슴 설레는 긴장감도 없었으며 제주도쯤 가는 기분으로 여권을 받았다.

닷새 후 내가 타는 비행기 노스웨스트가 열두 시쯤 출발할 예정이었으므로 나는 전날 외국인이 말했던 대로 오전 아홉 시쯤 S연맹으로 나갔다. 나는 아홉 시에 나가고서야 내가 얼마나 어리석은 친구인가 하는 것을 알아차렸다.

이번에 미국으로 입양되는 고아는 도합 열다섯 명인데 그 고아들을 미국 시카고까지 데리고 가는 사람은 다섯 명으로 한국인인 나 하나만 빼놓고는 전부 미국인이었다. 그들은 대부분 이런 일에 두어 번 이상 경험이 있는 모양이었는지 아홉 시 집합 시간에 나와 준 사람은 한 사람도 없었다. 겨우 아홉 시 반가량 되어서야 한 남자가 껌을 질겅질겅 씹으며 나타났고 열시가 가까워서야 또 한 사람이 나타났으며 나머지 두 사람은 아예 오지도 않고 직접 비행장으로 나오겠다는 전갈이 온 모양이었다.

그래도 제일 먼저 와준 사람이 우리들 다섯 명의 리더 격인 핸더슨이라는 미국 사람으로 이번 일까지 도합 여섯 번째의 경험을 가진 사내였다.

"안녕하세요."

그는 서투른 한국말로 내게 악수를 청했다.

"이번이 처음이십니까."

"예."

나는 웃으며 대답했다.

정각 열 시부터 우리는 S연맹 부속 교회에 들어가 예배를 드렸다. 우리와 함께 떠날 고아들은 보모의 손에 안기거나 좀 큰 놈들은 걸어서 나란히 예배를 보았다. 대부분 첫돌도 채 되지 않은 아이들이었으므로 보모의 손에 안기었으나 서너 명의 꼬마들은 대여섯 살은 훨씬 넘어 보였으며 가장 나이든 아이는 국민학교 삼 학년 정도는 되어 보였다.

나는 유심히 우리와 함께 떠날 아이들을 살펴보았다. 아직 배정 받지는 못했지만 저들 열다섯 명 중에 내게 할당되는 아이는 아마도 세 명일 것이다. 그들은 모두 같은 빛깔과 같은 모양의 옷들을 해 입고 있었다. 아마 보모 중의 누군가가 일괄적으로 시장에 나가 옷을 산 모양이었다. 아직 겨울이었으므로 추위를 막기 위해서 있는 대로 옷들을 껴입고 있었다. 대부분 몸보다 옷이 컸으므로 다들 형의 옷을 빌려 입은 막내둥이의 모습을 하고 있었다.

"어린애들은 빨리 크는 법이란다."

내가 아주 어릴 때 옷을 사줄 때도 어머니는 내게 이야기하곤 했다. 피난간 부산에서 서울로 환도할 때도 어머니는 내게 두어 배나 큰 옷을 사주셨다. 그 옷을 입으면 바지는 서너 겹 걷어야 했고 팔 소매도 서너 겹 걷어야 했으며 모자를 쓰면 모자챙이 눈을 가려 보이지 않을 정도였다. 그러나 나는 어린 나이에도 참 줄 알았다. 왜냐하면 우리는 금방 크니까. 옷이 커야만 오래 입을 수 있으므로.

부속 예배당에 들어갔을 때부터 벌써 보모들의 품에 안긴 아이들이 기를 쓰고 울기 시작했다. 반사작용으로 모든 아이들이 따라 울기 시작했다. 마치 한 마리의 개가 짖으면 모두 따라 울부짖는 사육장에 매인 개들처럼.

원래 나는 형 집에 더부살이하는 편이라 가끔 어린 조카들의 울음소리에 익숙해져 있긴 했지만 열 명 이상의 꼬마들이 한꺼번에 터뜨린 울음소리는 지독스레 요란했다.

일단 기독교도 행세를 한 이상 눈을 감고 기도를 드리며 나는 시카고까지 가는 여행길에 제발 순한 녀석이 걸려주든지 아니면 아예 울지도 못하는 백치가 걸려주었으면 좋겠다는 기도를 드렸다. 그리고 우린 찬송가를 합창했다.

우리 다시 만날 때까지 하나님이 함께 계셔서 훈계로써 인도하여 도와주시기를 바라네. 다시 만날 때 그때까지. 우리 서로 만날 때, 다시 만날 때 그때까지 주님 함께 계심 바라네.
우리 다시 만날 때까지 하나님이 함께 계셔서…….

나는 그 찬송가를 몰랐으므로 입만 중얼중얼 따라하였다. 아이들은 우리들이 찬송가를 합창하자 더욱더 울었다. 외국인들과 보모들은 그 아이들 울음소리에 대항하듯이 더 목소리를 높여 노래 불렀다.

우리 다시 만날 때까지 하나님이 함께 계셔 주의 크신 사랑 안에 지켜주시기를 바라네. 다시 만날 때 그때까지. 우리 서로 만날 때, 다시 만날 때 그때까지 주님 함께 계심 바라네. 아멘.

예배가 끝난 후 우리는 공항으로 출발하였다. 우린 일반 승객과 달리 일종의 화물 운송의 책임을 진 보호자였으므로 일반인들보다 먼저 짐과 수속을 마쳐야 했기 때문이었다.
"아시겠지만……."
차 속에서 우리들의 리더인 핸더슨이 입을 열었다. 그는 특히 나를 쳐다보며 말을 했다.
"시카고에 도착할 때까지 절대로 잠을 자서는 안 됩니다."
나는 한심해서 긴 한숨을 쉬었다.
내가 알기로는 적어도 시카고까지 스무 시간 남짓 걸리는 여정인데 그동안 눈 한번 붙여보지 못한다는 것은 대단한 형벌이었기 때문이었다. 하지만 할 수 없었다. 그것이 천 달러의 대가라면 스무 시간 잠을 못 자는 것은 고사하고 내리 캉캉춤이라도 추라면 출 판이었으니까.
비행 수속을 끝마치고 대합실에 나서자 핸더슨은 내게 석 장의 카드를 내밀었다. 그것은 내가 운반할 세 명의 아이에 대한 신상명세서였으며, 일테면 비로소 내가 책임질 세 명의 아이를 할당받은 것이었다.
내게 할당된 아이는 생후 칠 개월의 쌍둥이 두 여자 아이와 열다섯 명의 고아 중에서 제일 나이가 많은 아홉 살의 소년이었다. 배연석은 아홉 살 난 소년이었는데 미국식 이름으로는 토머스 배라고 씌어 있었으며 생후 칠 개월의 쌍둥이는 이인순·이인자라는 이름을 가지고 있었고 영문 이름은 아직 없었다.

시간이 되어 비행 대기실로 들어갈 때가 되자 보모들이 각자 자기들이 보호하던 아이들을 안고 우리에게 다가왔다.

배연석은 묻지 않아도 내가 알 수 있었으므로 잠자코 녀석의 손을 잡아 이끌었더니 녀석은 나를 물끄러미 올려다보았다.

"네가 배연석이냐."

"네."

퉁명스럽게 소년은 대답했다

"내가 너하고 시카고까지 같이 가게 됐다."

나는 서양식 제스처로 소년에게 손을 내밀어 악수를 청했다. 하지만 소년은 내 손을 받지 않았다. 나는 무안해서 허락된다면 녀석의 머리통을 한 대 쥐어박고 싶은 심정이었다.

"선생님이 최 선생님이신가요."

누군가 내 앞에 와서 섰다. 젊은 여인이었다. 양손에 어린애들을 하나씩 껴안고 있었다. 선입견이 없더라도 쌍둥이라는 것을 분명히 알 수 있을 정도로 닮아 있었으며 똑같은 옷을 입고 있었다.

"예."

나는 대답했다.

"아이, 잘됐군요."

여인은 크게 말했다.

"우리나라 사람이 보호하게 되어서 다행이로군요."

여인은 아이를 내게 내밀었다. 나는 엉겁결에 아이를 받았다.

"애들이 순해요. 젖만 제때 주구 기저귀만 제때 갈아준다면 절대로 울지 않는답니다."

"고맙습니다."

나는 대상도 뚜렷하지 않은 인사를 하고 아이를 치켜들었다. 도대체가 아이를 안아본 것은 아마도 내 생전 처음일 것이다. 때문에 나는 당황했다.

갑자기 여인이 훌쩍이며 울기 시작했다. 자기가 낳지 않은 아이이긴 했지만 며칠 새에 정이 든 것일까. 아니면 그냥 낯선 땅으로 떠나는 아직 눈도 제대로 뜨지 못하는 갓난아이에게 앞으로 다가올 미래에 대한 험난한 운명이 절로 슬펐기 때문일까. 여인은 울었다.

"인순아."

여인은 울면서 내 오른쪽 옆구리에 낀 아이에게 달려들어 잠자는 애기의 얼굴을 비볐다.

"예쁜 새끼. 잘 가라."

여인은 주머니에서 조그만 복조리를 꺼내 어린애의 옷 밖에 매주었다. 마찬가지로 왼쪽 옆구리에 낀 아이에게도 복조리를 매주었다. 나는 딱해서 우두커니 서 있었다. 그 여인을 울리게 한 책임이 내게 있기라도 하는 듯이. 나는 마치 그 여인과 간통해서 낳은 사생아를 들고 떠나는 파렴치범 같은 생각이 들었다.

"오케이."

핸더슨이 한 애를 무동 태우고 한 애는 안고 한 애는 완강하게 도망칠세라 혁대를 꽉 잡고는 먼저 출입구로 걸어가면서 소리쳤다.

"렛츠 고."

우리는 주춤주춤 그의 뒤를 따랐다. 연석은 주머니에 손을 찌른 채 내 옆을 열심히 따라오고 있었다. 소년은 아무도 돌아보지 않고 땅만 내려다보고 걷고 있었다. 하기야 돌아보았다 한들 아무도 그를 배웅할 사람은 없었으니까. 그의 등 뒤에서 손짓하는 것이란 그를 낳았다가 버린 그의 부모와 그를 태어나게 한 땅뿐일 터이니까.

내게 쌍둥이를 넘겨준 여인은 줄곧 울고만 있었다. 나는 도망치듯 그들과 헤어져 빠져나왔다.

벌써부터 피로해 있었으므로 차라리 비행기에 타고 나서야 나는 마음이 놓였다. 떠들썩한 이별의 말, 눈물, 헤어지는 이별의 슬픔 따위는 내겐 무관한 것들이었다. 나와 무관한 이상 빨리 헤어지는 것이 현명한 일이었다.

우리들 이십여 명은 비행기 안 뒤편 좌석에 안내되었다. 하기야 싼 요금으로 비행기를 거의 공짜다 싶게 얻어 탄 신세이므로 비행 소음이 제일 잘 들리는 시끄러운 뒷좌석을 탓할 수는 없었다.

나는 좌석에 앉자마자 연석을 가장자리로 앉게 하고 벨트를 꽉 매주었다. 그것은 떠나기 전부터 생각해 온 내 속셈이었다. 물론 비행기가 떠날 무렵에는 붉은 표시등이 반짝하고 켜지면서 '벨트를 매시오.' '담배를 피우지 마시오.' 라는 엄중한 경고의 문구가 밝아지게 마련이다. 비행 출발의 충격에서 보호하려는 것이 그 목적인데 나는 아예 녀석의 벨트를 시카고에 도착할 때까지 풀어주지 않을 배짱이었다. 이를테면 우송되는 소포가 풀어지지 않게 잘 포장하듯이 녀석의 몸을 결박하여 도착할 때까지 깨지지 않게 보호하겠다는 속셈이었다.

아이들도 마찬가지였다. 아주 곤히 잠들어 있는 이상 영원히 잠들어 다오라고 기도하면서 일단 좌석에 꼼짝없이 매둘 요량이었다. 아이들의 몸을 안정시키기 위해 손을 들자 왼쪽 손목에 명찰이 스카치테이프로 붙어 있었다. 마치 기성복 뒤에 붙어있는 가격 표시처럼.

이인순. 오른쪽에 누워 있는 아이의 팔뚝엔 그런 스카치테이프가 붙어 있었으며 왼쪽에 누워 있는 아이의 팔뚝엔 이인자라는 명찰이 붙어 있었다.

출발은 순조로웠다. 딴 파트의 아이들은 벌써 울기 시작했고 어떤 애는 벌써 똥을 싸 갓뎀을 연발하며 한 외국인은 아이를 번쩍 안아 비행기 맨 뒤에 마련된 조그만 대 위에 올려놓고 기저귀를 갈아주고 있었다.

 핸더슨은 막 울기 시작하는 아이의 입에 젖병을 물리고 있었다. 다행히 승객은 별로 없었고 또 있어도 모두 안좌석 쪽에만 있었으므로 뒷부분은 우리를 빼놓고는 거의 텅 비어 있었다.

 나는 이 일이 도대체 왜 천 달러의 가치가 있는 여행인가 의문이 갈 정도였다. 연석은 벨트에 완강히 매였으며 그래서 얌전히 앉아 있었으며 기찻길 옆의 옥수수가 잘도 크듯이 우리 두 쌍둥이는 죽음과도 같은 깊은 잠에 곤히 빠져 있었다.

 아멘.

 나는 안도의 한숨을 내쉬었다. 이대로만 간다면 나는 공짜 비행을 하는 것이다.

 비행기가 출발 시간이 되었는지 활주로를 걸어가기 시작했다. 나는 비행소리가 윙윙거리다 행여 아이들을 깨울까봐 조심스레 그들을 내려다보았다. 그러나 아이들은 깨지 않았다. 연석만이 내게 큰 소리로 벨트를 풀어달라고 했다. 나는 대답도 않고 그저 완강하게 고개만 흔들어 보였다. 소년은 말없이 고개를 빼 그가 떠나는, 이젠 영영 다시는 돌아오지 않을지도 모르는, 그를 낳게 한 땅을 돌아보았다. 소년은 조그만 유리창 너머로 김포 공항을 기웃거리며 내다보았다.

 돌아보지 마라.

 나는 생각했다.

 절대로 돌아보지 마라. 차라리 잊어버려라. 네 이름이 토머스 배라면 이젠 배연석이란 이름을 잊어버려라. 조카의 책상 위에 붙어 있던 태극 깃발을 떼어버리기를 기원하였던 내 바람을 너는 잊어서는 안 된다. 한국을 잊어버려라.

 활주로 끝에 비행기는 섰다. 잠시 호흡을 가늠하더니 맹렬한 속도로 달리기 시작했다. 그러고는 어느 틈엔가 비행기는 떴다. 차창 밖으로 재빠르게 김포공항이, 서울이 뒷걸음질쳐 사라졌다. 그러고는 이내 구름이었고 그리고 파란 창공이었다.

나는 아슬아슬한 긴장감으로 아이들을 주의 깊게 내려다보았다. 생각 같아서는 잠든 아이의 귓속에 솜을 틀어막고 싶은 심정이었다. 그러나 놀랍게도 아이들은 두어 번 칭얼대더니 또 잠잠했다. 나는 마음이 놓였다. 연석은 자기 혼자서 벨트를 풀었다. 그러나 개의치 않기로 했다.

한 소년이 노래를 부르기 시작했다.

"리리릿자로 끝나는 말은 개나리·보따리·댑싸리·소쿠리·유리항아리."

그러자 연석이 따라 노래 불렀다.

"리리릿자로 끝나는 말은 노가리·아가리·종아리·머저리·우리 대가리."

딴 좌석에서는 난장판이었다. 우는 놈, 칭얼대는 놈, 의자에서 거꾸로 떨어지는 놈, 걸어 다니면서 노래 부르는 놈, 네 명의 외국 호송인들은 잘 훈련된 응급 처치반원처럼 쉴 새 없이 기저귀를 갈아주고 우유를 먹이고 그리고 갓뎀을 연발하였다.

그에 비하면 우리들은 완전한 평화였다. 켄터키 옛집이었다. 옥수수는 벌써 익었으며 여름날 검둥이 시절이었다.

하지만 그 검둥이 시절은 이제 곧 어려운 시절이 닥쳐올 불길한 평화에 불과하였다. 그러나 그렇다손치더라도 동경에 일단 도착할 때까지는 평온하고 무사무사하였다.

2

 비행기가 동경에 도착하고 손님들이 모두 비행장으로 일단 내렸어도 우린 그냥 기내에 머물고 있었다. 한 시간 정도 체류하고 떠날 때까지도 아무 일이 없었다. 일이 벌어진 것은 비행기가 시애틀을 향해 하네다 공항을 출발한 직후부터였다.
 그동안은 줄곧 연석과 이야기를 나눈 것이 내가 한 일의 전부였다. 나는 사실 무료했다. 가져온 몇 권의 책은 이미 따로 부친 백 속에 들어 있었고, 가져온 것은 세면도구가 든 조그만 백뿐으로 시간을 보낼 일은 아무것도 없었다.
 무심코 지나가는 스튜어디스에게 술을 한잔 달라고 했다가 나는 거절당했다. 그녀는 내가 고아들을 호송하는 책임을 맡은 이상 술은 줄 수 없다는 대답을 해주었다. 젠장, 나는 신경질이 났다. 담배도 마찬가지였다. 원래 피우지 못하게 되어 있지만, 정 피우지 않고 못 배길 때에는 일어서서 변소 쪽으로 가 황급히 몇 모금 빨고 돌아와야만 했다. 따로 할 일이 없었으므로 나는 자주 변소 앞에 쭈그리고 서서 담배를 피웠다. 그럴 때마다 스튜어드들은 내가 혹시 비행기 납치라도 시도할 녀석인가 눈을 날카롭게 빛내며 쏘아보는 것이어서 왠지 기분이 언짢았다. 담배는 그렇다 치더라도 술을 못 먹게 되어 있는 규정은 되어먹지 않은 규율이었다. 도대체가 비행기 내에서 싼값에 한 잔씩 맛볼 수 있는 맛있는 양주의 맛을 고아 때문에 포기하라니.
 별수 없이 나는 연석을 불러 세워 되지 못한 질문이라도 하면서 시간을 보낼 수밖에 없었다. 그러나 녀석은 아홉 살임에도 나이보다 두어 배는 조숙해 있었다. 조숙하다는 표현은 점잖은 표현이고 한마디로 발랑 까져 있다는 편이 맞는 표현이었다.

소년에겐 고아들 특유의 가면을 쓴 것 같은 무표정이 항상 준비되어 있었다. 늘 이마의 주름을 찌푸리고 못마땅한 자세로 주위를 노려보고 있었다. 적의에 불타고 있는 눈빛은 날짐승의 그것처럼 번득이고 있었다. 그러다가 또 엄청난 변화를 보이곤 해서 조용히 앉아 있다가 갑자기 큰 소리로 노래를 부르곤 했다. 그것도 도저히 입에 담을 수 없는 저속한 노래를.

　"짱꾸 아버지 짱꾸. 짱꾸 엄마 짱꾸. 짱꾸 아들 짱꾸. 짱꾸 대가리 짱꾸."

　가끔 스튜어디스들이 먹을 것을 갖다 주면 소년은 배가 고프지 않은데도 탐욕스럽게 두어 주먹씩 쥐어들고는 앞좌석 주머니에 불룩하게 저장해 두곤 했다. 그는 먹고 또 먹고 또 먹었다. 나중에는 스튜어디스가 지날 때면 큰소리로 "아줌마 배고파. 더 줘. 더 줘." 하고 소리를 고래고래 지르곤 했다. 그럴 때면 한국말을 알아들을 수 없는 스튜어디스는 내게 눈이 둥그래져서 왜 그러느냐고 물었고 나는 할 수 없이 배가 고파 그런다고 통역을 해줄 수밖에 없었다. 그러면 스튜어디스는 한 번도 불평을 하지 않고 그의 앞에 먹을 것을 갖다 주었으며 그는 그것을 모두 먹어치우곤 했다. 작은 몸뚱이 어디에 그 많은 양의 음식을 저장해 두는 곳이 있을까 싶게도 그는 그저 먹을 것만 찾았다. 지난 몇 년간의 굶주림을 한꺼번에 채우려는 듯이.

　하기야 나 역시 그러하였다. 피난 시절 나도 미군 지프차가 지날 때면 달려가 목이 멘 소리로 "기브 미 추잉껌. 기브 미 초콜릿."을 소리 지르곤 했다.

　"헬로. 헬로. 먹던 것도 좋아요. 헬로. 헬로. 씹던 것도 좋아요."

　내가 살던 피난민촌 언덕길을 올라가면 미군 부대가 있었는데 우리는 철조망 보초병의 교대 시간을 훤히 알고 있었다.

가령 검둥이 조는 인심이 나빠 철조망을 아무리 맴돌아도 껌 하나 주지 않는다든지 흰둥이 톰은 마음이 좋아 우리가 나타나면 주머니에 든 먹이를 뿌려준다는 사실을 환히 알고 있어서 톰이 보초를 교대할 시간이면 우리 조무래기들은 남보다 빨리 그를 만나러 언덕길을 물방개처럼 달려가곤 했다. 흰둥이 톰은 우리가 달려오면 새에게 모이를 주듯 준비한 과자를 던져주곤 했다. 우리는 와아—흩어져서 그것을 줍고 그리고 갈대숲이 우거진 바닷가 절벽 위에서 그것을 아껴 먹었다. 빨리 없어질까 조바심하면서 비스킷을 쥐처럼 갉아먹었다.

"오래 씹어라."

같이 달려간 작은누이는 내게 늘 말하곤 했다.

동산에 봄이 오면 누이와 나는 진달래 꽃잎을 따먹으러 산과 들을 헤매었는데 하루 종일 진달래를 먹다 보면 침이 피처럼 붉게 되었다.

"오래 씹어 먹어라. 꼭꼭 씹어 먹어라."

무엇을 먹을 때마다 누이는 내게 말했다.

연석의 탐욕적인 식욕은 이십여 년 전의 내 모습을 그대로 보여주는 것 같아 나는 게걸스런 저작을 볼 때마다 입맛이 씁쓸해졌다.

어느 정도 배가 부르면 소년은 한 바퀴 기내를 휘둘러보고 돌아오곤 했다.

"고향이 어디냐."

무료한 끝에 말벗이나 해야겠다고 나란히 내 옆에 앉히고 나는 물었다.

"몰라요."

소년은 대답했다.

"아빠 엄마 생각나니."

"몰라요."

그는 또 대답했다.

"너 어디 가는 줄 아니."

"알아요."

"어딘데."

"미국."

"좋으냐."

소년은 머뭇거렸다. 그는 앞좌석에 저장해 둔 사탕을 입 안에 처넣었다. 와드득 사탕을 깨물었다.

"좋아요."

"토머스 배란 이름은 누가 지어주었니."

"양아버지가요."

"만났니."

"작년에 만났어요."

"어디서."

"고아원에서요."

소년은 더 이상 이야기하기 싫다는 듯 발을 구르며 노래를 부르기 시작했다. 고래고래 소리를 지르며.

"리리릿자로 끝나는 말은 노가리·아가리·종아리·머저리·우리 대가리. 우리 대갈통."

서울서부터 동경까지는 텅 비었던 뒷좌석이 동경에서부터는 새로 탑승한 승객들로 꽉 차 있었다. 공기는 혼탁해졌으며 시끄러워졌다. 비행기가 이륙하기 시작하자 돌연 쌍둥이 중의 한 애가 갑자기 울기 시작했다.

너무나 죽은 듯이 조용하던 아이는 지금까지의 조용함을 보상이라도 하려는 듯이 큰 소리로 울었다.

나는 당황해서 그 아이의 울음이 무엇을 의미하는가를 생각하였다. 기저귀가 젖었는가 만져보았더니 놀랍게도 똥과 오줌을 한꺼번에 싸고 있었다. 나는 아이를 안고 뒤쪽으로 달려가 차곡차곡 개놓은 기저귀 중에서 하나를 꺼내 젖은 기저귀를 버리고 새로 갈아주었다. 쌍둥이의 신경은 보이지 않는 끈으로 연결되어 있는지 또 한 아이도 갑작스레 울기 시작해서 나는 한 애는 우유병을 물리고 한 애는 기저귀를 갈아주는 일을 정신없이 해치웠다. 그런데도 아이들은 울음을 멈추지 않았다.

분명 떠나기 전 내가 배운 육아 기초상식으로는 몸이 불편하지 않은 이상 어린애는 배가 고프거나 기저귀가 젖거나 둘 중에 하나의 이유로 울게 마련이라는 상식을 쌍둥이들은 깨뜨리고 있었다. 기저귀를 갈아주어도 아기는 울었으며 우유병을 물리고 거의 한 병을 다 먹어도 또 울었다.

겨우 울음이 멈췄다 싶으면 한참 기어 다닐 때라 아이들은 용트림하여 좁은 좌석을 벗어나 기내 카펫이 깔린 통로로 기어나가려 했다. 그것을 말리면 또 울었다. 그뿐이랴.

지금까지 낯선 풍경에 주눅이 들어 있던 연석은 이미 익숙해 만만해져 버린 기내를 함부로 돌아다니다 스튜어드에게 목덜미를 잡히고 끌려왔으나 잠시 한눈을 팔았다 싶으면 금방 어디론가 행방불명되어 버렸다.

한번 깬 아이들은 잠시도 가만있지 않았다. 물론 아이들을 탓할 수는 없었다. 생후 칠 개월이면 이제 마악 운동신경이 발달할 때이며 닥치는 대로 만지고 찢고 기어 다니고 똥을 싸고 먹어대는 한창 때이므로 얌전히 좌석에 앉아주기를 기대하는 것은 전혀 무리였다. 원칙대로 한다면 아이들은 제멋대로 기내 통로를 기어 다니게 하는 것이 현명한 방법이 아니겠는가.

쌍둥이는 필사적이었다. 안으면 안는 대로, 쥐면 쥔 대로, 잡으면 잡은 대로 손가락을 벗어나려는 산 생선의 요동처럼 발악하며 그리고 울었다. 내 앞 옆에서. 마치 내 몸 양쪽에 돋아난 지느러미처럼.

나는 땀을 흘리기 시작했다. 나는 웃통을 벗어버리고 필사적으로 한 아이 입에는 우유병을 물리고 한 아이는 기저귀를 갈아 주기 위해 통로를 비상 걸린 훈련병처럼 뛰었다. 그런데도 아이들은 울음을 멈추지 않았다.

서울을 떠난 지 다섯 시간이 넘었으므로 내 몸 역시 솜처럼 피곤할 무렵이었다. 비행기는 태평양을 넘어가고 있었다. 창밖으로 내려다보면 망망한 바다 위에 태양빛이 부서지고 있었다.

무심한 바다 그 수천 피트 상공 위에서 악전고투를 하고 있는 셈이었다.

갑자기 머릿속에 어느 잡지에선가 본 만화가 떠올랐다. 우는 아이를 달래기 위해 한 어른이 노래를 불러도 춤을 추어도 어린애는 계속 울었다. 마침내 어른이 엉엉 울어버리니까 아이가 방실방실 웃었다는 내용의 만화였다.

나는 내가 생각할 수 있는 온갖 모든 것을 다 동원해 보았다. 도리도리 짝짜꿍에서부터 잼잼잼. 캬쿵캬쿵. 혓바닥을 내밀기도 하고. 그러나 아이들은 더 울었다. 내 낯선 얼굴에 낯가림을 하던 차에 내가 행하는 기괴한 재롱이 더 공포심을 불러일으켰을까. 그들은 초대된 듀엣 쌍둥이 가수처럼 나란히 울었다.

나는 핸더슨에게 얻은 공갈 젖꼭지를 물려보기도 하고 딸랑이 장난감을 손에 쥐어주기도 했다. 그런데도 울었다. 겁을 주기 위해 눈을 치켜떴다. 더욱 울었다. 결국엔 나 자신이 울어버릴 수밖에 없는 것일까. 그 만화의 어른처럼.

어느 틈에 창밖은 어두워가고 앞쪽 스크린엔 영화가 상영되기 시작했다. 개가 인간을 구출하는 무용담의 내용이었다. 아이들은 잠시 눈앞을 스쳐가는 스크린을 쳐다보느라고 조용하다가는 다시 울기 시작했다. 여기저기서 악을 쓰고 울었다.

놀라운 것은 옆에 탄 승객들이었다. 그들은 절대 아이들의 울음을 시끄러워하거나 신경질적으로 받아들이려고도 하지 않았으며 또한 아랑곳하지도 않았다.

나는 지쳐빠지기 시작했다. 견딜 수 없는 고통이었다.

"위스키."

스쳐 지나가는 스튜어디스에게 나는 애원하듯 소리를 질렀다.

스튜어디스는 웃었다.

"노."

스튜어디스는 대답했다.

"술은 안 됩니다."

"딱 한 잔만."

"아엠 소리."

스튜어디스는 사라졌다. 나는 헐떡이며 내 얼굴을 할퀴는 쌍둥이의 엉덩이를 세차게 꼬집어 뜯었다. 아이는 불에 덴 듯 울었.

연석은 노래 부르기 시작했다.

"웃기지 마라. 웃기지 마라. 내 앞에서 웃기지 마라. 살살 웃기는 그 바람에 신세 조진 사나이다. 못 먹는 술 먹여놓고 살살 웃기는 그 바람에 그 많은 재산 다 팔아 조지고 신세 조진 사나이다."

"시끄러워, 이 자식아."

나는 소리를 질렀다.

연석은 나를 흘깃 보았다. 그 눈에 불꽃이 튀고 있었다. 그는 또 다시 노래를 불렀다.

"돌리지 마라. 돌리지 마라. 내 앞에서 돌리지 마라. 살살 돌리는 그 바람에 신세 조진 사나이다."

나는 분노가 치솟아 올랐다.

"따라와."

나는 비행기 통로를 걸어갔다. 돌아보니 소년은 엉거주춤 따라오고 있었다. 나는 변소 문을 열고 소년을 그 안에 밀어 던져버렸다.

나는 소년을 노려보았다. 생각 같아서는 당장 한 대 쥐어박기라도 하고 싶은 것이었다. 그곳에서 단숨에 그가 노래한 대로 그의 '대가리'를 쥐어박을 수도 있었지만 그러나 외국인의 눈이 있었으므로 여기까지 데려온 것이었다. 내가 만약 그곳에서 한 대 쥐어박는다면 그들은 나를 유아 학대하는 야만인 취급을 할 테니까.

소년은 나를 마주 노려보았다.

"이 자식아."

나는 속삭였다.

"한 번만 더 입을 나발거리다간 가만 두지 않겠어. 알겠어."

소년은 잠자코 서 있었다.

"대답해."

소년은 바지를 끌렀다. 그리고 내 앞에서 그의 성기를 꺼내 들었다. 그는 오줌을 갈기기 시작했다. 오줌은 수천 피트의 창공을 낙하하여 태평양 바다 위에 떨어질 것이다.

나는 먼저 변소를 나와 자리로 돌아왔다. 아이들은 자리에 없었다. 옆자리에 앉아 있는 하얗게 머리가 센 외국인 할머니가 어린애들을 어르고 있었다. 내가 돌아오자 할머니는 어린애를 내 손에 안겨주었다. 아이들은 다시 울기 시작했다.

나는 헐떡이며 떠날 때 김포비행장에서 받은 신상명세서를 펼쳐 보았다.

이름 : 이인순

생년월일 : 1976년 6월 26일

몸무게 : 6.2kg…….

성격 : 온순한 편. 우유만 제때 주고 잠만 잘 재워주고 기저귀만 잘 갈아주면 울지 않음. D.P.T. 예방접종 완료…….

나는 한숨을 쉬었다.

거짓말 마라. 성격이 양순한 편이라고. 어째서 이 자식의 성격이 양순한가. 다시 타이프 하라. 솔직히 써라.

성격 : 걷잡을 수 없음. 우유를 먹여줘도 울고 기저귀 갈아줘도 울음. 악질적임. 주크(Gook)의 표본임.

연석은 노래 부르기 시작했다.

"리리릿자로 끝나는 말은 노가리 · 아가리 · 종아리 · 머저리 · 우리 대가리."

창밖은 완전한 어둠이었다. 영화도 끝나고 식사도 끝났으므로 하나둘 좌석을 쓰러뜨리고 잠을 자기 시작했다. 스튜어디스가 준 담요를 둘둘 감고서.

그러나 사투는 아직 계속되고 있었다. 기내의 혼탁한 공기 때문일까. 아이들은 보채고 울고 내 얼굴을 할퀴고 그리고 우유를 토했다. 나는 몇 번이고 분수처럼 우유를 토하는 아이들의 순두부와 같은 더러운 오물을 얼굴에 뒤집어썼다. 내 몸에서는 어린애들의 똥과 오줌, 토한 오물로 더러운 가축의 냄새가 나고 있었다. 편도선이 부어오르고 있었다.

"맥주."

나는 거의 울 듯이 지나가는 스튜어디스에게 구원을 청했다. 스튜어디스는 나를 난감한 듯 내려다보았다.

"좋아요. 대신 딱 한 잔입니다."

"댕큐."

나는 눈을 감았다. 무엇이든, 어떤 일이든 공짜는 없는 법이로군. 이제 또다시 이런 일이 생긴다면 천 달러의 디스카운트가 아니라 십만 달러라 할지라도 나는 더 이상 이런 우스꽝스런 일은 하지 않을 것이다. 맹세코 하지 않을 것이다. 예수님의 이름을 빌려 맹세할 것이다. 아멘.

스튜어디스는 차디찬 맥주 한 잔을 내게 주었다. 나는 단숨에 그것을 삼켰다. 공연히 비감한 생각이 들어, 울고 있는, 한없는 울음을 계속하는 쌍둥이들을 말없이 우울하게 내려다보았다. 그 아이들이 갑자기 내 새끼들인 것 같은 느낌을 받았다. 이 아이들과 나는 버림받은 것이다. 이 아이를 낳아준 에미는 도망가 버리고.

"미스터 최."

누군가 나를 부르고 있었다. 돌아보니 핸더슨이었다. 나는 그의 곁으로 다가갔다.

"이걸 먹이시오."

핸더슨은 약봉지를 내게 주었다.

"우유에 한 봉지씩 먹이시오."

"뭡니까."

"수면제요. 한 서너 시간 잘 겁니다. 내일 아침엔 시애틀에 닿으니까요."

나는 그것을 받아들고 비행기 뒤편으로 걸어갔다. 더운 물에 우유를 타서 흔들며 나는 왜 출발할 때는 시끄럽던 아이들이 태평양 상공에서부터 줄곧 잠을 자고 있는 것일까 의아했던 의문점들이 그제서야 풀리는 것을 느꼈다. 그들은 이런 일에 두어 번 이상의 경험이 있기 때문에 아예 수면제를 타서 먹였던 것이다. 나는 분노가 치밀었다. 수면제를 섞는 손끝이 떨려왔다.

그것은 어린아이들에게 수면제를 타서 먹이는 비인간적인 행위 때문은 아니었다. 나는 들었다. 그들은 왕왕 어린아이들을 재우기 위해 수면제를 타서 먹인다는 소리를 들었다. 내가 화났던 것은 왜 그들은 나 혼자 거의 사투에 가까운 고통을 겪는 것을 수시간 보았으면서도 지금까지 개의치 않았는가 하는 데에 대한 분노였다.

주크. 너는 주크다.

까닭없이 우유를 타는 내 가슴 속에는 영어 단어 하나가 떠올랐다. 그 말은 전쟁터에서 미국인들이 우리나라 사람들을 한 마디로 표현하던 단어였다. 주크는 토인 혹은 바보, 황인종이라는 의미를 가지고 있는 미국 속어였다.

Gook. You are a Gook!

너는 토인이다. 너는 비열하고 더러운 황인종이다.

나는 돌아와 그들에게 우유를 먹였다. 수면제를 탄 우유를 나의 작은 주크들에게.

쌍둥이는 잘 받아먹었다. 그리고 놀라웁게도 이내 잠들어 버렸다.

비행기는 정적에 빠져 있었다. 캄캄한 밤이었으므로 고개를 빼 창밖을 보았지만 아무것도 보이지 않았다. 비행기는 검은 태평양을 지나고 있을 것이다. 망망한 바다. 고래가 숨 쉬는 바다 위를 지나고 있는 것이다. 그것을 넘어야만 미국이다.

나는 눈을 감으며 생각했다. 온몸은 쑤시고 솜처럼 지쳐 있었다.

미국은 너무나 우리와 멀리 떨어져 있다. 그런데도 우리는 그들을 형제처럼 믿고 있다. 이처럼 멀고 먼 거리를 넘어야만 만날 수 있는 미국을. 아니다. 미국은 단지 그 엄청난 거리로서만 우리와 떨어져 있는 것이 아니다. 미국은 거리뿐 아니라 사고의 개념 자체에서도 우리와 엄청나게 떨어져 있다. 우리가 아무리 산업사회로 줄달음친다고 하더라도 그들의 푸른 눈을 닮지 못하듯이 그들은 아무리 우리를 이해한다고 하더라도 우리 자체는 될 수 없다. 그들은 이방인이며 분명한 서양인이다.

우리가 운다면 그들은 우리에게 우유를 줄 것이다. 하지만 그 우유 속에 수면제가 섞여 있을지도 모른다. 현명한 미국인들은 절대 그 우유 속에 넣는 수면제의 양이 치사량을 넘어설 만큼 어리석은 짓은 하지 않을 것이다. 그들은 우는 아이를 잠재울 만큼 수면제를 탈 것이다. 그리고 우리들을 맹목의 잠 속에 빠뜨릴 것이다. 그것은 인도적인 수면제의 투여가 아니다. 그것은 재갈이다. 우리는 그들의 재갈에 물려 있다.

그들은 우리들이 왜 우는가를 알아야만 할 것이다. 귀담아들어야 할 것이다. 그 울음은 자아의 표시이며 인격의 표현이다. 그 울음소리가 시끄럽다고 해서 수면제를 주어서는 안 된다. 그것은 덫이며, 재갈이며, 가위에 눌린 꿈이다. 우리는 깨어나지 못한다.

어릴 때 우린 배웠다. 음악 시간이면 뉴똥치마 입은 담임 여교사가 찌그러진 풍금을 눌러대었다. 풍금을 두드리면 쉬익쉬익 바람 새는 소리가 나곤 했다.

싸악싸악 닦는다. 윗니 아랫니. 싸악싸악 닦는다. 윗니 아랫니. 이 잘 닦는 아이는 착한 어린이. 웃을 때 반짝반짝 보기 좋아요.

우리들은 그 노래를 합창할 때마다 모두 손가락으로 자기의 이빨을 닦는 시늉을 했다. 하지만 우리들 중에 칫솔을 사용하는 아이는 과연 몇 명이었던가. 한 번도 사용하지 못한 칫솔질을 우린 그 노래를 합창하면서 환상의 칫솔인 손가락으로 해대었다. 마치 손끝에 털이라도 난 것처럼.

우리들은 모두 굵은 강소금으로 이빨을 닦았다. 손가락에 듬뿍 소금을 묻혀 한여름 썩지 말라고 생선을 소금 저장하듯 잇몸을 세차게 문지르곤 했다. 매번 이빨을 닦을 때마다 잇몸은 상해 아까운 피가 입 안에 가득 차오르곤 했다. 그래서 우리 또래의 아이들 입에서는 누구든 조선간장 냄새가 나고 있었다.

어느 날인가 체육 시간에 한 대의 미군 지프차가 우리 학교를 방문했다. 미리 전달을 받은 우리들은 운동장에 늘어서서 그들을 박수로써 맞았다. 그들이 우리에게 나눠준 것은 치약과 그리고 칫솔이었다. 그것은 놀라운 경험이었다.

운동장엔 초봄의 햇살이 가득하고 뜰엔 개나리가 만발했다. 우리는 여담임교사의 구호대로 넓은 간격으로 늘어섰다. 손엔 치약과 칫솔을 들고서 반장이었던 나는 그들에게 모범을 보이기 위해 연단 위에 섰다.

우리는 추계 운동회 때 매스게임을 하듯 선생님의 구호에 맞춰 올바른 이빨 닦는 법을 실시하기 시작했다. 환상의 칫솔이 아닌 실체의 칫솔 위에 신비한 치약을 조금 짜서 우리의 늘 짠 소금 냄새에 젖어 있는 누런 이빨을 일제히 비비대기 시작했다. 향기로운 치약 거품이 입속에 가득 차 오르고 우리는 모두 입으로 정액을 뿜어대듯 광란의 환희에 떨고 있었다.

몇몇 아이들은 마구 치약 거품을 꿀떡꿀떡 삼키곤 했다. 뱉기엔 그 치약 거품이 너무 아까웠으므로. 마치 향기로운 비누로 얼굴을 씻은 후 그것을 닦아버리려 하지 않고 눈으로 들어가는 매운 비눗기를 양지바른 곳에 서서 인내로 참으면 이윽고 물기가 걷혀나가고 마침내는 얼굴에 비눗기만 매끄럽게 남아 오랜 시간 향기로운 비누 냄새가 나듯, 우리는 달콤한 치약 거품을 뱉어버릴 수 없었다. 그것을 삼킨다면 비눗방울을 밀집대로 날려 보내 무지개를 만들어내듯 우리가 말을 할 때마다 치약 거품이 입 안에서 한 방울씩 한 방울씩 민물게처럼 솟아나올 것이 아니겠는가.

나는 연단에 급우들과 마주 서서 칫솔질을 하며 거의 백 명에 가까운 친우들이 일제히 구령에 맞춰 흔들어대는 칫솔질을 우울하게 바라보고 있었다.

이때 치약과 칫솔을 준 미군은 우리들을 카메라로 찍기 시작했다. 나는 부끄러웠다. 그리고 구역질을 했다. 그들의 행위에 분노를 느낄 만큼 아직 크지 못했으므로 단지 칫솔대가 목구멍 깊숙한 곳을 찔렀기 때문에 웩웩 구역질을 했을 뿐이었다.

왜 선생님은 저들의 카메라를 막아서지 못하는가.

이제야 나는 안다. 과연 그들이 우리에게 치약과 칫솔을 준 것은 우리들에게 위생적 생활을 가르쳐주려는 인도적인 의미였을까 아니면 우리들의 희희낙락하는 꼬락서니를 카메라로 담기 위함인가.

마찬가지로 수면제를 먹고 잠든 열다섯 명의 고아는 무엇을 의미하는가.

해마다 크리스마스 날이면 우린 교회에 나갔다. 혹시 그들이 보내주는 헌 옷가지라도 얻어 입을 요량으로. 우린 헐벗고 굶주렸으므로 그들이 입다 버린 옷들을 부러워했다. 목사님은 한 사람 한 사람 불러다가 아무 옷이나 집어 우리에게 주었다. 우리는 그것을 입었다. 대부분 컸다. 옷은 따스했으며 질겼다. 어쩌다 주머니를 뒤지면 주머니 속에서 껌이나 과자가 나오기도 했다. 마치 우리가 먹었던 꿀꿀이죽 속에 어쩌다 만년필이 튀어나와 횡재하는 것처럼.

"벗어라."

내가 교회에서 얻어 입은 옷을 껴입고 집으로 돌아간 성탄절 날 어머니가 내 모습을 보고 고개를 돌리시면서 말씀하셨다.

"당장 옷을 벗어버려라."

내가 그래도 옷을 벗으려 들지 않자 어머니는 말씀하셨다.
"남의 옷을 빌려 입으면 남의 누명을 쓰는 법이란다. 남의 죄를 뒤집어쓴단다."
이 열다섯 명의 고아를 데려가는 미국인들의 심정은 과연 청교도적 휴머니즘 때문일까.
자식들은 일 년에 한 번 보내는 크리스마스카드 속에서나 만날 수밖에 없는 외롭고 쓸쓸한 은퇴한 미국인 노인들이 그들의 고독을 달래기 위해 돈을 모아 사들여가는 일테면 살아 있는 인형의 존재가 아닐까.
아니다.
나는 생각했다. 나는 왜 이처럼 모든 것을 비뚜로만 생각하고 있는 것일까. 그들의 인간적인 따뜻한 박애 정신을 왜 모독하고 있는가.
그때였다.
누군가 나를 흔들어 깨웠다. 나는 잠들어 있지는 않았다. 단지 꼬리를 무는 기억 속에 빠져 있었을 뿐이었다. 나는 눈을 떴다.
스튜어디스가 나를 내려다보고 있었다.
"잠을 자서는 안 됩니다. 당신은 잠을 잘 수 없습니다."
나는 신경질이 났다.
"난 잠을 자지 않았소."
"눈을 감고 있었잖아요."
"제기랄."
나는 한국말로 큰소리를 질렀다. 몸은 솜처럼 피로했지만 이상하게도 잠은 오지 않았다.
밝은 불은 다 꺼져 있었고 개인등만 조그맣게 켜져 있어서 기내는 어슴푸레한 어둠 속에 잠겨 있었다.

모두들 담요를 뒤집어쓰고 깊은 잠에 빠져 있었다. 시계를 보니 밤도 꽤 깊어 태평양 한가운데에서 시간을 변경하였지만 새벽 세 시가 넘어 있었다.

나는 주위를 둘러보았다.

쌍둥이는 곤히 잠들어 있었고 연석은 눈을 말똥말똥 뜨고 앉아 있었다.

나는 담배를 피우기 위해 좌석에서 일어나 복도를 걸어 비행기 뒤편으로 갔다. 담배를 피워 물고 불을 댕기기 위해 주머니를 뒤져 라이터를 찾았다. 그러나 놀랍게도 라이터는 없었다. 나는 모든 주머니를 열심히 뒤져보았다. 그런데도 라이터는 없었다.

이상한 일이었다. 비행기에 타고 나서 수십 차례 담배를 피우기 위해 자리에서 일어나 비행기 뒤편으로 오르내렸어도 라이터는 늘 주머니 속에 들어 있었다. 나는 자리로 돌아와 혹시 좌석에 떨어지지 않았나 살펴보았다. 주머니에 들어 있던 백 원짜리 주화가 카펫에 떨어져 있는 것을 발견했을 뿐 라이터를 찾을 수 없었다. 별수 없이 성냥을 빌려 불을 댕겨 물고 나는 비행기 뒤편으로 가 흡연을 하다가 문득 어쩌면 라이터가 저절로 없어져버린 것이 아니라 누군가에 의해서 없어진 것이 아닐까 하는 느낌을 받았다. 왜냐하면 라이터는 저절로 움직일 수 없는 무생물이었으므로.

나는 그 순간 지난 낮에서부터 연석이 내 라이터를 들고 몇 번 찰칵찰칵 켰다가 끄고 켰다가 끄고 반복해서 호기심을 보였던 모습을 머릿속에 떠올렸다.

나는 무언가 뜨거운 용암이 머릿속에 분출되어 솟아오르는 것 같은 분노를 느꼈다.

라이터는 분명 연석이 훔쳤을 것이다.

나는 절망했다.

담배를 재떨이에 눌러 끄고 될 수 있는 한 분노를 나타내 보이지 않으려고 애를 쓰면서 자리로 돌아왔다. 절대로, 절대로 이 비열한 일을 주위 사람들에게 눈치 채게 해서는 안 된다.

나는 연석의 등을 두드렸다. 소년은 나를 마주 보았다.

"일어나라."

"왜요."

퉁명스럽게 연석은 나를 보았다.

"일어나."

나는 강제로 소년의 목덜미를 끌어올렸다.

"아야야야. 아야야야."

소년은 느닷없는 비명을 질렀다. 몇몇 승객이 우리를 보았다. 나는 헐떡였다.

"일어나. 이 새끼야."

소년은 비틀대며 일어섰다. 우리는 복도를 지나 비행기 뒤편으로 갔다. 나는 변소문을 열고 소년을 밀어 넣었다.

"내놔."

변소 벽에 밀어붙인 후 나는 소년의 뺨을 가볍게 때렸다.

"뭘요."

소년은 덤빌 듯이 이빨을 보였다.

"훔쳐간 것 내놔."

"웃기시네."

소년은 웃었다.

"웃기지 마세요."

로스앤젤레스에서 스웨터를 짜며 누이는 말했다.

"한 달에 한 번씩 한밤에 깜둥이가 권총을 들고 들어온단다. 그럴 땐 절대 깜둥이 얼굴을 봐서는 안 된다. 보면 총을 쏴요. 그저 돌아서서 손을 들고 다 가져가라고 한마디만 해야지."
"너는."
나는 헐떡였다.
"이제 미국에 가서도 총을 들고, 강도짓을 할 참이냐. 깜둥이처럼."
"남이사."
소년은 웃었다.
"전봇대로 이빨을 쑤시든 말든."
"이 새끼가."
나는 소년의 뺨을 때렸다. 상상 외로 힘이 들어갔던 모양이었다. 소년은 뺨을 곤추세우면서 나를 노려보았다.
"내놔라. 훔친 물건 내놔."
소년은 떨면서 대답 없이 눈을 부릅뜨고 있었다.
"안 내놓으면 뒤지겠다."
소년은 서서히 손을 들어 보였다. 마치 항복하는 자세로. 나는 소년의 몸을 훑어가기 시작했다. 물론 내 행동이 몰상식한 행동임에는 분명하였다. 하지만 이제 마지막으로 떠나는 녀석에게 무언가 베풀어줘야 한다는 마음이 앞서 있었다. 나는 녀석의 나쁜 버릇을 마지막으로 꾸짖어야만 하는 최후의 증인이다.
나는 주머니를 뒤졌다. 사탕이 두 개 나왔다. 그리고 나무로 깎은 팽이가 한 개 나왔다. 몇 개의 유리구슬. 지남철 그러고는 없었다. 라이터는 주머니에 들어 있지 않았다.
"어디다 감췄니."
"없으면 됐지. 봤잖아."
"넌. 넌."
나는 이를 악물었다.

"넌 쓰레기다. 도둑놈이다."

나는 변소 문을 열고 자리로 돌아왔다. 분노가 좀처럼 가라앉지 않았다. 원하는 대로 할 수 있다면 녀석의 몸을 들어서 변기통 속에 던져버리고 싶을 정도였다.

이때였다. 갑자기 어린애가 깨어 울기 시작했다. 나는 고개를 젖히고 우는 아기를 노려보았다. 아이는 마치 작은 동물처럼 보였다.

나는 일어서서 빈 우유병에 우유를 가득 타서 저었다. 그리고 남은 수면제를 모조리 넣었다. 그리고 흔들었다.

자거라. 이 자식들아.

나는 우는 아이의 입에 우유병을 들이밀었다. 아이는 그것을 사납게 빨기 시작하였다. 그러고는 또다시 잠이 들었다. 몇 분 지나자 또 한 애가 울었다. 나는 미리 준비하였던 우유병을 물렸다. 그 아이 역시 독살당한 개처럼 이내 잠잠해졌다.

"도둑 아버지 도둑. 도둑 엄마 도둑. 도둑 아들 도둑. 도둑 손자 도둑."

제자리로 돌아온 연석이 나지막이 노래를 부르기 시작했다.

3

비행기는 오전 여덟 시경쯤 시애틀에 도착하였다. 비행기는 밤새 태평양을 건너 마침내 미국, 유나이티드 스테이츠 오브 아메리카에 도착한 것이었다.

도착하기 두 시간 전부터 쌍둥이는 깨어났고 그 여느의 울음을 터뜨리기 시작했다. 또다시 그애들의 울음을 잠재우기 위해 수면제를 먹일 수는 없었다. 핸더슨에게 수면제를 얻을 수는 있었지만 얼어온 많은 약을 이미 다 소비하고 한 번 더 얻는다는 것은 염치없는 일이었으며 또한 내게 주지 않을 것이 분명했기 때문이었다.

"안 됩니다. 더 이상 줄 수는 없습니다."

그는 소아과 의사처럼 내게 머리를 흔들며 대답할 것이다. 설혹 그가 순순히 내게 수면제를 다시 주었다 한들 그애들의 울음을 그치게 하기 위해서 수면제를 먹일 수는 없는 노릇이었다.

다소 감정적인 동요로 많은 약의 수면제를 타 먹이고 나서 나는 몇 번이고 잠든 아기들을 바라보며 반성을 했고 그들에게 후회했다. 어쨌든 그들이 내 비행기삯을 천 달러나 할인하게 해준 장본인이라는 고마움보다도 이제 그들이 내 곁을 떠난다면 영영 같은 핏줄을 나눈 사람의 품은 마지막이 아니겠느냐는 일차원적인 센티멘털한 동정 때문이었다.

나는 그들이 만날 수 있는 마지막 핏줄이며 그런 이상 그들에게 따스하게 대해 주어야 할 의무가 있었다.

쌍둥이는 동시에 깨어났으며 깨어나자마자 반사적으로 울었다. 비행기 안은 잠시 후면 미국에 도착한다는 기쁨으로 모두들 일찍 깨어 술렁이고 있었고 덩달아 연석도 고삐 풀린 망아지처럼 노래를 부르며 비행기 안을 뛰놀고 있었다. 모든 고아들이 한꺼번에 깨어나서 앙앙앙 울기 시작했으며 우리는 다시 바빠졌다.

창문으로 많은 햇살이 부챗살을 펴들었다. 떠나고 나서 한잠도 자지 못했다는 피로감이 햇살과 더불어 강렬히 다가왔다. 창밖은 아직도 망망한 바다였다. 아침 햇살이 바다 위에서 뜨거워진 프라이팬 위를 튀어 오르는 기름처럼 부서지고 있었다.

아이들은 기저귀를 갈아주어도 울었고 우유를 먹여도 울었다. 안아주어도 울었고 닥치는 대로 할퀴고 있었다.

악몽이다. 지옥이다.

나는 아이의 엉덩이에 묻은 푸른 똥을 휴지로 닦아내고 살갗 위에 젖은 똥은 기름 묻은 가제로 닦아 내리면서 자신을 비웃었다.
이것은 아비규환이다.
손에 묻은 똥과 오줌을 변소의 물을 틀어 닦으며 나는 중얼거렸다.
"미국이다."
창가 쪽에 앉아 있던 노파가 소리를 지르자 너도나도 창가로 몰려가 창밖을 내려다보았다.
환희에 찬 고함소리가 여기저기서 터져 나왔고, 과연 바다는 끝이 났으며 황금의 땅, 미국의 땅덩어리가 완만한 회전을 하면서 시야에 들어왔다. 바다와 육지가 마주한 경계선엔 하얀 파도가 부서지고 있었다.
사람들은 모두 짐들을 정리하고 시선이 마주치면 미소를 띠우는 아침 인사를 나누었다.
벨트를 매시오.
붉은 표시등의 불이 켜졌다.
담배를 피우지 마시오.
붉은 표시등의 불이 켜졌다.
나는 피로에 겨운 무거운 손을 들어 연석의 벨트를 죄어주었다. 나 역시 벨트를 매고 결박당한 사람처럼 앉아 있었다.
비행기가 점점 고도를 강하하고 있었다.
아이들은 발악적으로 울고 있었다. 연석은 그가 처음 도착하는 미국 땅에 대한 공포로 손등에 난 사마귀를 이빨로 물어뜯고 있었다.
"신사 숙녀 여러분."
아나운스먼트가 흘러나오기 시작했다.
나는 연석을 보았다.
이제 나는 그를 꾸짖을 자격이 없다. 왜냐하면 이제 그는 그의 땅에 온 것이니까. 이젠 내가 이방인이 되었으니까. 어린애들은 얼굴이 빨개져서 팔다리를 버둥거리며 울고 있었다. 아이가 처음 세상에 태어나면 울듯이 그들은 그들이 처음 맞는 미국 땅의 제일성을 울음으로 맞이하고 있었다.

비행기가 점점 고도를 낮추자 하늘만 보이던 창밖으로 땅이 너울거렸다. 점점 나무와 숲과 도시의 빌딩이 비대해져 갔다.

와아. 곤두박질치는 비행기로 땅이 한꺼번에 달려들었다. 무언가 금속성 소리가 났다. 활주로 위에 비행기 바퀴가 닿는 소리였고 저항하는 공기를 뚫는 비행기의 진저리치는 아우성이 고조되었다. 그러고는 서서히 비행기의 속력은 죽었다.

비행기는 그렇게 미국에 닿았다.

나는 피로에 지쳐 허리를 죈 벨트마저 풀어버리려고 하지 않고 우두커니 창밖을 내다보았다.

넓은 활주로에는 정박하고 있는 비행기들이 열대어처럼 누워 있었다. 관제탑에 씌어진 '시애틀 인터내셔널 에어포트'라는 문구가 눈에 들어왔다. 유리창으로는 미국의 아침 햇살이 반사되어 눈을 찌르고 있었다.

사람들은 한 사람씩 두 사람씩 짝지어 일어나 떠들썩거리며 사라지고 있었다. 몇몇 사람들이 지나가며 우는 아이의 볼을 웃으면서 토닥거리곤 했다.

우리는 그들이 다 나갈 때까지 움직이려 하지 않고 그냥 앉아 있었다. 우리는 언제든 비행기에 제일 늦게 타야 했으며 내릴 때는 제일 늦게 내려야만 했다. 그것은 우리들이 지켜야 할 규율이었다. 늦게 내릴 뿐 아니라 간단한 기내 청소까지 해야만 했다.

더럽혀진 기저귀들과 휴지, 과자봉지, 우유병들을 차례차례 챙겨들고 최소한 우리 주위의 청소를 완료하는 것이 임무였다.

사람들이 다 내리자 연석이 일어났다.
"앉아 있어라."
나는 목쉰 소리로 녀석을 불러 세웠다.
"다 왔잖아요."
"아직 멀었다. 서너 시간 더 가야만 한다."
"우라질."
연석은 투덜거리면서 앉았다.
"더럽게두 멀다."
그때였다. 한 떼의 중년 부인들이 한꺼번에 비행기로 몰려들어오고 있었다. 그녀들은 모두 또한 녹색의 가운을 입고 있었고 가슴에는 십자가 배지를 달고 있었다.
"수고했어요."
내 앞에 선 중년 부인이 손을 내밀면서 웃었다. 그 손에 빨간 매니큐어가 칠해져 있었다. 여인은 우는 아이들의 입에 고무젖꼭지들을 물리고는 익숙하게 안아들고 차례차례 비행기를 빠져나갔다. 연석은 졸랑졸랑 그 여인의 뒤를 시키지도 않았는데 따라가고 있었다.
인간은 환경의 동물인가. 벌써 그들에겐 본능적인 적응력이 생겨버린 것일까. 연석의 손은 그 중년 부인의 빨간 매니큐어 칠해진 손을 놓칠세라 꼭 붙들고 있었다.
나는 천천히 일어서서 좌석에 떨어진 물건들을 정리하였다. 아이들의 벗겨진 양말 조각 한 짝이 눈에 띄었다. 그것을 쥐어 들고 나는 비행기 트랩을 빠져나왔다.
"두 시간 후에 비행기는 출발합니다."
핸더슨이 내 곁을 따라오면서 말을 했다.
"그동안 공항 대기실에서 잠을 한숨 주무시지요. 어때요. 피곤하시죠."

"네."

나는 대답했다.

"처음엔 누구나 다 그렇습니다. 미국엔 처음인가요."

"아뇨. 두 번쨉니다."

"임무의 삼분의 이는 끝난 셈입니다. 자, 난 아이들의 입국수속을 하러 가겠습니다. 이제 그들은 미국 시민들이니깐요."

그는 사라졌다. 나는 줄을 서서 차례를 기다려 여권에 입국 도장을 받고는 대기실로 올라갔다.

아이들은 미국 여인들의 품에 안겨 한구석에 몰려 있었다. 조금 전까지만 해도 내 곁에서 앙앙거리고 울던 애라고는 생각들지 않을 정도로 그들은 나와 무관하여 보였다. 그들은 울기는커녕 기쁨의 소리를 지르면서 제멋대로 대기실 바닥을 기어 다니고 있었다.

나는 의자에 편한 자세로 앉았다. 비행기 내에서는 잠 한숨 못 자게 되어 있는 규정 때문에 쉬는 시간에라도 눈 한번 붙여 둘 필요가 있었기 때문이었다. 한꺼번에 피로가 몰려왔다. 건너편 의자에 연석은 앉아 있었다. 미국인 중년 부인이 주었는지 손에는 태엽을 주면 준 만큼 그림이 돌아가면 노래가 흘러나오는 장난감을 들고 있었다. 소년은 태엽을 주었다가 놓았다. 그러자 음악이 흘러나왔다.

"런던 브리지 폴링 다운. 폴링 다운. 폴링 다운. 런던 브리지 폴링 다운. 마이 페어 레이디."

소년은 태엽이 끊어지면 또다시 태엽을 돌려 음악을 틀었다.

그러나 내 머릿속에서는 소년이 비행기 속에서 부르던 노래의 가사가 떠올랐다.

"리리릿자로 끝나는 말은 노가리·아가리·종아리·머저리·우리 대가리."

우스꽝스럽게도 소년의 손에 든 장난감에서 흘러나오는 노래 곡조와 비행기에서 부르던 노래 곡조는 똑같았다. 단지 가사만 다를 뿐이었다. 원래 외국 곡에다가 가사만을 지어 아이들에게 동요로 불리었던 모양이었다.

이제 소년은 리리릿자로 끝나는 말을 찾지 않아도 된다. 조금 후면 소년은 유창한 영어로 노래를 부를 것이다. 리자로 끝나는 말은 잊혀질 것이다.

개나리. 소쿠리. 미나리. 코끼리. 병아리. 항아리……

그 대신 다른 가사의 노래를 부를 것이다. 곡조는 같으나 가사만 다른.

"런던의 다리가 무너집니다. 무너져. 무너져요. 무너져. 런던 다리가 무너진다구요. 귀여운 꼬마야."

나는 깊은 잠에 빠져들었다.

내 잠은 핸더슨에 의해 깨워졌다. 두 시간 동안 대기실에서 정신없이 잠 속에 빠졌던 모양이었다. 꿈도 꾸지 않고 잠이 들었던 숙면이었다.

"미안합니다."

핸더슨은 내 잠을 깨운 것이 미안한 듯 상냥하게 웃었다.

"비행기에 타야 합니다. 곧 출발합니다."

우리는 나란히 트랩을 걸어 비행기 속으로 들어갔다. 외국에서 오는 탑승객이 다 내리고 오직 시카고까지 가는 국내 손님들만이 탔기 때문인지 비행기는 텅텅 비어 있었다. 우리는 우리들 전용 좌석에 앉았다. 한 두어 시간 정신없이 잤던 탓인지 몸은 한결 개운해 있었다. 일단 미국까지 왔다는 사실로 긴장감이 풀려 피로도 가시고 있었다.

이제 세 시간 정도만 가면 내 임무는 끝나는 것이다.

나는 병사가 휴식 시간에 총을 분해 소제하듯 우유병에 데운 물을 붓고 우유를 타 흔들어 준비해 놓으면서 다짐했다. 돌연 미국에 도착해서 제일 먼저 했던 일이 대기실에서 정신없이 잠을 잔 일이라는 사실이 느껴졌고 그래서 나는 킬킬거리면서 웃었다.

고아들은 출발하기 직전에 시애틀에 도착했을 때 안고 떠났던 여인들에 의해 또다시 우리들의 좌석으로 돌아왔다.

"아주 귀여운 아이예요."

여인은 쌍둥이들의 머리를 가만히 쓰다듬어주었다. 나는 아이를 받아들었다. 그때였다. 나는 분명히 볼 수 있었다. 그 아이들이 약속이나 한 듯이 나를 보고 방실방실거리면서 웃는 것을 나는 보았다.

나는 믿어지지 않아 눈을 비비고 다시 그 아이들을 쳐다보았다. 분명히 아이들은 나를 보고 웃고 있었다. 그 웃음은 우연히 떠오른 웃음이 아니었다.

아이들을 싫어하는 나는 조카들을 잘 안으려 하지 않았다. 어쩌다 안아보려 하면 아이들은 불에 덴 듯 울었다.

"낯이 설어서 그래요."

형수는 민망한 듯 그렇게 대답하곤 했다. 내 손에서 벗어나 형수에게 돌아가는 조카들의 얼굴에는 언제 울었냐 싶게도 웃음이 피어오르고 안도의 기쁨이 충만하고 있었다. 그 웃음을 나는 쌍둥이의 얼굴에서 본 것이었다. 그들은 내 얼굴을 기억하고 있었던 것이다.

나는 충격을 받아 비행기가 출발할 때까지 벨트도 매지 않고 그 아이들을 쳐다보며 깊은 생각에 잠겼다.

눈시울이 뜨거워지고 그들이 태평양 상공 위에서 나를 괴롭혔던 만큼에 역비례한 기쁨이 용솟음쳐 올랐다.

이 아이들이 나를 기억하고 있다. 단 하루를 같이 지내준 전혀 낯선 사내의 얼굴을. 자기들의 울음을 멈추기 위해 두 번씩이나 수면제를 먹인 사내의 얼굴을 기억하고 있다.

 아이들은 더 이상 울지 않았다. 방실방실 웃으며 내 입에 고사리 같은 작은 손을 들이밀면서 까르르르까르르르 웃었다. 나는 혓바닥을 내밀어 보였다. 아이들은 웃었다. 꺄꿍꺄꿍해 보였다. 아이들은 까르르르 웃었다. 내가 조금이라도 반응을 보이면 아이들은 기다렸다는 듯이 까르르르 웃었다. 웃는 아이들의 몸에는 울며 떠나보내던 보모가 매준 복조리가 하나씩 매달려 있었다.

 그 복조리가 내 눈을 찔렀다.

 그래.

 너희들을 길러주었던 보모들은 너희들에게 복을 주기 위해 복조리를 매달아준 것이다. 이제 너희들은 나와 헤어진다. 너희들은 금세 잊어버릴 것이다. 너희들 가슴에 매달린 복조리와 내 얼굴을.

 나는 그애들이 오줌을 쌀 때마다 정성껏 기저귀를 갈아주었다. 기저귀를 갈아주기 위해 받침대에 누이고 엉덩이를 들어올리면 꼬마들의 엉덩이에는 매 맞은 자국처럼 푸른 멍 자국이 선명히 엿보였다. 그것은 몽고반점이었다.

 미국에는 인디언의 아이들에게서나 볼 수 있는 몽고반점이라던가. 그 몽고반점이 공연히 나를 센티멘털하게 만들었다.

 여권이 나와 미국 대사관에서 비자를 받기 위해 찾아갔을 때였다. 국제 결혼한 많은 한국인 부인들이 본국으로 철수하는 미군을 따라 미국으로 들어가기 위해서 수속을 밟고 있었다. 그 부인들 등에 어린애들이 업혀 있었다. 차례를 기다리는 내 눈에 등에 업힌 애기 엉덩이의 그 푸른 몽고반점이 보였다. 미국인 남편을 따라 떠나기 위해 찾아온 그네들의 등에 업힌 머리칼이 노랗고 눈알이 파란 아이들은 얼핏 보면 우리나라 아이 같기도 하고 얼핏 보면 외국 아이 같기도 했다. 그런데도 엉덩이에 매 맞은 자국처럼 파란 무청과 같은 몽고반점이 있었다.

  나는 무엇일까. 엉덩이에 푸른 몽고반점을 가진 나는 무엇일까. 나 역시 신체만은 한국인이며 머릿속은 외국 사고 개념으로 뒤범벅된 잡종 튀기가 아닐까.

  기저귀를 갈아주는 내 손은 매번 떨리고 있었다. 그 푸른 몽고반점이 나를 슬프게 했다.

  이 아이들은 평생 엉덩이에 푸른 반점을 가지고 살아갈 것이다. 껌을 씹으며 핫도그를 먹으면서.

  내 눈엔 낯선 빌딩의 숲을 걸어가는 외로운 쌍둥이의 실루엣이 떠올랐다. 거리의 네온은 번쩍이고 있고 자동차의 헤드라이트가 은박처럼 번득이는 화려한 도시 속으로 긴 그림자를 드리우고 걸어가는 쌍둥이의 모습이 떠올랐다.

  나는 때때로 고아처럼 느낀다.

  나는 때때로 고아처럼 느낀다.

  흑인 영아의 절규가 쌍둥이의 실루엣을 사로잡고 있었다.

  깊고 어두운 십이월의 어느 겨울날. 나는 외롭다.

  외국의 어떤 팝송 가수가 부른 노랫말 가사가 흑인 영가의 음률을 이어받고 있었다.

> 조용한 눈밭 속의 거리를
> 창문에서 내려다본다.
> 나는 바위. 나는 하나의 섬.
> 나는 깊고 견고한 벽을 쌓았네.
> 아무도 들어올릴 수 없게.
> 우정도 필요 없어요.
> 아픔만 주니까.

웃음도 사랑도 다 조소거리.
나는 하나의 바위, 하나의 섬.

4

헤어질 시간이 가까워오고 있었다. 여행은 끝나가고 있었다. 비행기는 넓은 미국 대륙을 가로질러 동부로 동부로 날아가고 있었다.
시카고가 마지막 기착지였으므로 사람들은 도착하기 삼십여 분 전부터 술렁이고 있었다. 나는 어린애들을 변소에 차례차례 데리고 가 얼굴을 씻겼다. 그들은 차디찬 물이 얼굴에 닿았음에도 울지 않았다. 비명을 지르고 내 얼굴을 쥐어뜯으며 웃었다.
잘 보여야지.
나는 그들에게 속삭였다.
너희들을 맡는 새로운 부모, 새로운 나라에게 잘 보여야지.
어린애들을 씻기고 돌아와 나는 연석을 불러 세웠다.
"얼굴을 씻어라."
"왜요."
소년은 퉁명스럽게 나를 쏘아보았다. 손에는 시애틀에서 받은 장난감을 꼬옥 붙들고 있었다.
"씻으라면 씻어."
나는 연석을 데리고 변소로 들어갔다. 연석과 들어선 세 번째 변소 행이었다. 한 번은 시끄럽게 노래 부르던 녀석에게 겁을 주기 위해서, 한 번은 훔친 라이터를 돌려받기 위해서. 이번엔 그의 얼굴을 씻어주기 위해서.
나는 세면대에 물을 틀어주었다.

"얼굴을 씻어라."

나는 소년에 대한 적의가 이미 깨끗이 사라진 것을 느끼고 있었다. 라이터 하나로 녀석에게 구타를 하였던 나는 얼마나 바보인가. 라이터는 얼마든지 새로 구할 수 있지 않은가.

소년은 우두커니 서 있다가 갑자기 얼굴을 씻기 시작했다.

"이빨도 닦아라."

나는 내 세면도구에서 새 칫솔과 치약을 꺼내주었다. 소년은 물기 묻은 얼굴을 수건으로 닦으려다 말고 나를 물끄러미 올려다보았다.

"괜찮아요."

소년은 대답했다.

"닦으라면 닦아라. 곧 새 엄마 아빠를 만나야 하지 않니. 얼굴 깨끗이 씻고 이빨 닦아 봐라. 깨끗한 네 모습에 엄마가 얼마나 좋아하겠니."

"하지만."

소년은 망설였다.

"이건 아저씨 칫솔이 아니에요?"

"괜찮아. 내겐 하나 더 있으니까."

소년은 묵묵히 치약이 잔뜩 짜여 있는 칫솔을 내려다보았다. 소년은 이를 닦기 시작했다.

그 언젠가 내가 생전 처음으로 미국 군인들에게 선사받은 치약과 칫솔로 소년은 이빨을 닦고 거품을 뱉었다.

세수를 하고 이빨을 닦자 소년의 얼굴은 한결 맑아 보였다. 머리까지 빗기고 나는 소년을 데리고 좌석으로 돌아왔다.

비행기는 곧 시카고에 닿았다. 몇 되지 않는 승객들이 내리자 시애틀에서처럼 같은 복장을 입은 중년 부인들이 한꺼번에 기내로 들어오고 있었다.

나는 내 손에 들린 쌍둥이를 내려다보았다. 나는 이 아이들의 얼굴을 기억할 것이다. 왜냐하면 우린 언젠가 또다시 만날 수 있을지도 모르므로.

"안녕."

나는 왼손에 들린 아이에게 속삭였다. 까르르르 아이가 웃었다.

"안녕."

나는 오른손에 들린 아이에게 속삭였다. 역시 아이는 웃었다.

"수고 수고 수고했어요."

여인이 다가와 내 손에서 아이를 받아들었다. 아이는 울기 시작했다.

"아저씨."

뜨거워지는 눈시울을 감추기 위해 돌아선 내 등 뒤에서 연석의 목소리가 들려왔다.

"나 갈래요."

소년은 소리쳤다.

나는 돌아보지 않았다.

그들이 사라져버린 후 우린 최후로 기내를 정리하였다. 서로 서로의 수고를 치하하면서 악수를 나누고 더러워진 시트를 치웠다. 그때였다.

나는 좌석 밑 구석진 자리에 내 라이터가 떨어져 있는 것을 보았다. 나는 망연히 그 라이터를 쳐다보았다. 감히 주우려는 마음조차 일지 않았다. 나는 부끄러웠다.

연석은 내 라이터를 훔치지 않았던 것이다. 라이터는 바지 주머니에서 미끄러 빠져 시트 바닥 구석에 떨어져 있었던 것이었다.

"아저씨."

헤어지는 연석을 될 수 있는 한 보지 않으려던 내 등 뒤에서 무언가 할 말이 있는 듯한 어조로 나를 불렀던 소년이 마지막으로 내게 하고자 했던 말은 과연 무엇이었을까. 그것은 단순한 인사말이었을까.

"나 갈래요."

그것이 우리들의 마지막 말이었다. 그 말을 하고 싶어 소년은 나를 불렀던 것일까. 나는 떨리는 손으로 라이터를 집어 들었다. 찰칵 눌러보았다. 불이 들어왔다. 나는 서둘러 주머니 속에 그것을 집어 넣었다.

"갑시다."

핸더슨이 앞장을 섰다. 우리는 트랩을 걸어 나왔다.

자동으로 돌아가는 회전대에서 우리는 나란히 임자 없이 돌고 있는 짐을 찾아 들었다. 우리가 맨 마지막 손님이었으므로 회전대 위에는 우리들의 짐밖에는 없었다.

서둘러 공항 복도로 빠져나왔다.

대합실은 붐비고 있었다. 열다섯 명의 고아들이 각기 제 부모들을 찾아갔는지 대합실은 대낮인데도 실내였으므로 플래시가 여기저기서 번쩍번쩍 터지고 있었다. 환호성이 일고 아이들의 울음소리가 공항을 쩡쩡 울리고 있었다.

나는 멀찌감치 떨어져 서서 내가 데리고 왔던 아이들이 어디만치에 있는가를 발돋움하여 보았다.

찾기는 쉬웠다. 쌍둥이 아기였으므로 두 아기를 안고 사진 찍는 부모를 찾으면 되었다. 다행히 마음 좋게 생긴 늙은 부부가 입이 찢어져라 웃으며 아기들을 안고 사진을 찍고 있었다.

연석은 한구석에 서 있었다. 어느 틈에 새로운 옷으로 갈아 입혀져 있었다. 카우보이모자까지 쓰고 있었고 손에는 카우보이 권총이 들려 있었다. 그는 이제 배연석에서 '토머스 배'로 탈바꿈해 있는 것이다.

나는 무엇이든 입으로 소리 내어 빌고 싶었다. 단 하룻밤 동안 신을 믿는 기독교인 행세를 하였으므로 단 하루 동안의 신에게 빌고 싶었다. 그들에게 신의 은총이 내리기를.

"갑시다."

핸더슨이 등 뒤에서 나를 툭툭 쳤다.

"수고했어요. 또 만납시다."

핸더슨은 내게 손을 내밀었다.

"만날 수 있을까요."

"물론. 살아 있다면 언제든."

우리는 손을 흔들었다. 그는 사라졌다. 나는 다시 한번 그들을 돌아보았다. 탕탕. 연석은 카우보이 권총을 들고 눈에 띄는 대로 뚜렷한 대상 없이 총을 쏘고 있었다.

탕탕 탕탕. 타앙 타앙.

나는 미로와 같은 시카고 공항을 헤엄쳐 나오기 시작했다.

문득 떠나기 전 S연맹 구내 교회에서 마지막 예배드릴 때 부르던 찬송가의 구절이 거짓말처럼 분명하게 기억되었다. 나는 중얼거려 보았다.

"우리 다시 만날 때까지 하나님이 함께 계셔 주의 크신 사랑 안에 지켜주시기를 바라네. 다시 만날 그때까지. 우리 서로 만날 때 다시 만날 그때까지 주님 함께 계심 바라네."

아멘.

밑도 끝도 없는 단어 하나를 나는 웅얼거렸다.

무서운 복수(複數)

> ……모든 나뭇잎이 그 흔들림이
> 아직 그대로 남아 있는
> 이 시월
> 무사무사(無事無事)의 이 침묵
> 아침, 거품 물고 도망가는 옆집 개소리
> 하늘을 보면 무슨 부호처럼
> 떠나는 새들
>
> 자 떠나자
> '무서운 복수(複數)' 로 떼지어 말없이
> 이 지상의 모든 습지
> 모든 기억이 캄캄한 곳으로
>
> ──황동규의 시 「철새」에서

1

내가 오만준을 만난 것은 문과대학 앞 계단으로 기억된다. 그때 그는 좀 무더운 봄날이었는데도 검은 작업복에 흰 고무신을 신고 있었다. 얼굴의 혈색은 매우 나빴고 머리는 스포츠형으로 짧게 깎고 있었다. 내가 강의실에서 나와 봄볕이 밝은 잔디밭 위에 앉으려고 했을 때 누군가가 내게로 다가왔다.

"실례지만 최준호 씨 아니십니까?"

하고 그는 물었다. 그 소리는 굵고 저음이었지만 어딘지 신경질적인 데가 있어 보였다.

"그런데요."

나는 그를 올려다보면서 웃었다. 그때 내가 웃은 것에 대해서 개의치 말아주기 바란다. 그것은 내가 군에서 거의 사 년 만에 제대하고 학교에 복교한 너희들 같은 후배들에게는 이처럼 웃는 일만이 어느 정도 거리를 두고 있는 것이다라는 느낌을 주려고 애를 쓰고 있었고, 때문에 나는 그 무렵 학교에서 만나는 이마다 솜씨 좋은 외무 사원처럼 웃음을 뿌리고 다니고 있었던 것이다. 사실 나는 학교를 거의 구 년째 다니고 있었기 때문에 학우들과 어울리면 강한 열등의식과 더불어 자신에 대한 혐오감을 동시에 느껴야 했던 것이다. 그래서 나는 개인적으로 아주 친한 경우를 빼놓고는 언제나 존댓말을 사용하고 있었고 학교에서는 늘 사무적인 표정으로 잘 봐달라는 식의 인심 후한 웃음만을 뿌리고 다니고 있었던 것이다.

"저 이번 달 잡지에서 최 형의 이름을 보았습니다. 최 형이 바로 잡지에 글을 쓰신 분입니까?"

그는 햇빛을 가리려고 눈을 가느다랗게 뜨면서 내 옆에 불쑥 앉았다.

"그렇습니다."

나는 이 친구가 국문과 생도가 아니기를 제발 바라면서 마침 배부된 교내 신문을 들척이고 있었다.

국문과에 재학 중인 고학년 학생들은 모두 까다롭고 의식적인 독자라서 내가 글을 쓰는 친구라는 것을 알게 되면 하나둘 저번에 쓴 소설은 어디어디가 이상합디다. 《현대문학》에 실린 작품은 헤밍웨이의 「킬러」라는 작품을 적당히 모방한 것 같은 생각이 듭디다. 알고 보니 최 형도 여간 재주꾼이 아니지, 재주가 보통이 아니야라는 식의 말을 종종 듣게 되었던 것이다. 그즈음 나는 내가 재주꾼이라는 말에 어느 정도 넌덜머리와 콤플렉스를 느끼고 있었는데 이러한 재주꾼이라는 평을 해주는 의식적인 독자들은 작품에 칭찬을 해주려는 심사보다는 마치 곡예에서 원숭이가 담배를 주면 피우고,

껌을 주면 껍질을 까서 씹는, 줄넘기를 보는 듯한 일종의 야유를 동반하고 있었다. 더구나 신춘문예 같은 데 두어 번 응모했다, 자기 작품이 최종예선에서 심사위원 사촌동생에게 정실로 떨어졌다라는 식의 자기 합리화가 강한 문학도들은 숫제 엿 먹어라 하는 심사로 최 형 거 재주가 통통 튀시누만, 최 형 거 요새 작품 평이 좋으니 술 좀 많이 산 모양입디다, 하는 따위의 평을 듣기에 지쳐 있었다.

그래서 나는 이 스포츠형의 머리를 깎은 친구가 제발 문학도가 아니기를 기원하고 있었던 것이다.

"저 부탁이 있는데 들어주시겠습니까?"

상대편은 잠시 망설이다 나를 쳐다보았다.

"무슨 종류의 부탁이신가요."

나는 상대편이 방심하는 가장 좋은 순간을 포착해 거절하리라고 적당히 웃으면서 주머니를 뒤져 담배에 불을 붙였다.

"짤막한 글을 하나 써주시면 됩니다."

사내는 좀 뻔뻔스럽게 뭐 다 알고 있지 않느냐는 투로 말을 했다.

"혹 연애편지 써달라는 부탁은 아니겠지요. 힛히."

나는 미국식 유머를 발휘하겠다고 농담을 하였지만 상대편은 웃지 않았다. 우스운 것은 가끔 내겐 글을 쓴다는 이유 하나로 어처구니없는 글 부탁을 받는 수가 왕왕 있다는 것이었다. 언젠가는 어느 친구가 내게 찾아오더니만 죄송합니다만 요새 원고료가 한 장에 얼마 가량 하지요. 백오십 원이나 이백 원 줍니다. 건 왜 물으시죠. 아닙니다. 저 이번에 학생회장에 출마할까 하는데 원고지 스무 장 정도의 연설문 좀 써주시겠습니까, 물론 원고료는 드리지요, 한 장에 삼백 원 드리겠어요, 라면서 마치 나를 각자(刻字) 쓰는 친구로 취급했던 적도 있었던 것이다.

"아닙니다. 그런 게 아닙니다. 오후에 시간이 있으십니까?"

"있습니다."

나는 대답했다.

"그럼 됐습니다. 한 여섯 시쯤 만납시다."

사내는 수월수월하게 말을 했다. 하지만 그는 오해를 했던 것이다. 내가 시간이 있다라고 했던 대답은 수업이 있어서 시간이 없다라는 뜻의 거절하는 대답이었는데 어떻게 상대편은 자기 나름대로 편리하게 생각했던 모양이었다.

그러나 나는 구태여 새삼스럽게 거절하지는 않았다. 실상 오후 내내 수업 시간은 비어 있었기 때문이었다. 단지 이 골치 아픈 친구를 피하려고 임기응변으로 꾸며낸 대답에 지나지 않았으니까.

"인사 소개가 늦었습니다. 전 철학과 삼 학년에 재학하고 있습니다. 이름은 오만준입니다. 이따 학교 앞 시장터에 있는 대머리집에서 만납시다. 그 막걸릿집을 알고 계십니까?"

"모릅니다."

나는 대답했다.

"왜 거 오른쪽 골목으로 들어가다 보면 수염 많이 난 털보가 하는 술집이 있습니다. 그 집이 안주가 싸고 또 양도 많습니다."

"아 거 돼지 껍데기 파는 술집 말입니까."

"맞습니다. 그리로 한 여섯 시쯤 나와 주십시오."

"알겠습니다. 그리로 나가겠습니다."

나는 에라 모르겠다, 시원스럽게 응낙을 했다. 그러자 오만준은 일어서서 툭툭 엉덩이에 묻은 마른 잔디풀을 털어 내리더니 가슴을 지나치게 편 걸음걸이로 사라져버렸다.

그즈음 학교 내엔 이상한 바람이 불기 시작했다. 작년 가을까지는 교련을 예비역 군인들이 실시하고 있었다.

사실 교련이라야 군대 갔다 온 친구들은 싱거워빠진 제식훈련이나 기껏해야 총검술을 하는 게 고작이었다. 집합하고 뒷머리 기른 교관이 소리 빽빽 질러도 거 쉬었다 합시다, 관둡시다라는 도저히 무슨 소린지 모를 군대놀이가 바로 그것이었는데 그래도 교련검열인가 뭔가 실시할 때는 제법 사열도 하고 '내려 막고 베어' 같은 어려운 목총놀이를 연기해 내는 것이었다.
　두 시간 하는 교련이면 휴식 시간 한 시간에 출석 부르는 것이 삼십 분, 정작 연습은 삼십 분에 불과한 것이었다. 그래도 나는 B 학점을 맞았는데 나같이 게으른 늙은 학생이 B 학점 이상 맞은 것은 셰익스피어의「한여름밤의 꿈」빼놓고는 교련뿐이었다.
　그런 것이 새 학기부터는 현역 군인으로 교체해서 교련을 실시한다는 것이다. 물론 학교 내에 현역 군인들이 없었던 것은 아니었다. ROTC 교관들이 바로 현역 군인들이었다.
　우리는 가끔 학교 수업을 마치고 긴 교정을 내려가노라면 눈을 들어, 눈을 들어, 앞을 보면서…… 하낫, 둘, 하면서 인근 로터리를 한 바퀴 돌고 학교 부근 주민들에게 우리가 다름 아닌 장교 후보생입니다라는 자랑스러운 명칭을 군가로부터 재확인시키며 동네 꼬마들의 선망의 대상이 되고는 의기양양하게 귀대(歸隊)하는, 공연히 지나가는 버스들이나 몇 분 정차시켜 버리는 군인 아닌 학생, 학생 아닌 군인 나으리들을 볼 수 있었다.
　참으로 미안하게도 그들은 학교 내에서 특이한 존재였던 것이다.
　그들이 가장 빛날 수 있던 때는 학교행사 때, 여왕 대관식에서 정렬하며 맞아들이는 때와 여름방학 끝마치고 얼굴이 새까맣게 타 와가지고, 풋내기들 앞에서 무용담 자랑할 때밖에 없었고 그 외는 늘 바쁘고 초조하고 도무지 안쓰러운 표정으로 학교를 오가고 있었던 것이다.

그래서 우리는 그들을 바·보·티·시 혹은 당구 용어인 로테이션 으로 부르고 있었다.

어쨌든 그들을 가르치기 위해서 학교에는 심심치 않게 파견된 군인들이 오고 있었던 것은 사실이었다. 그들은 마치 소돔의 성에서 유독 우리만은 십자군이라는 듯이 명동 다방에서도 어깨를 펴고 앉는 육사 생도보다 더 과장되게 군인같이 보이려고 애를 쓰는 것처럼 보였다.

장교들은 가장 군인다운 몸짓으로 걸으면서 한더위에도 정복은 꼭꼭 입고 있었다. 우리들은 도무지 이 교관들에 대해 신경 쓸 것은 없었다.

나처럼 군대 복무를 마친 친구라면 제대한 지 며칠 후까지도 장교 복장만 봐도 손이 언뜻언뜻 올라가긴 했지만 군대가 길고 짧은 지, 단지 쓴지 모르는 친구, 또 용케 수많은 대학생들이 그러하듯 군인 가는 길을 빼버린 약삭빠른 친구들에게는 그야말로 무관한 존재였던 것이다.

그러던 것이 새 학기 초부터 학교 내엔 현역 교관들이 부쩍 늘었던 것이었다. 그것도 우리와 무관한 군인 아저씨들은 아니었다.

바로 우리들의 생사를 쥐고 있는 학점을 주고 뺏고 하는 선생님으로서의 군인들이었다.

전의 예비역 교관처럼 어딘지 침몰한 폐선 같은 느낌을 주고 교정 내에서 입심 좋은 친구가 경례받으십시오라고 큰소리 치고는 군대식 경례를 한 번 붙여대면 캴캴캴 웃으면서 경례를 받는 마치 동회 서기 같은 교관들과는 판연 달랐다.

그들은 정말 군인 같았다.

생전 자기가 결혼할 때 이외는 웃지 않기로 작정한 사내들처럼 입을 꾸욱 다물고 평상시에 걸을 때에도 손을 허리까지 쳐올리면서 식당을 마치 각개 전투장같이 오가고 있었다.

더구나 그들은 상대편이 대학생이라는 것을 지나치게 염두에 두고 있는 모양이었다.

나는 그들이 가르치는 교련 시간에 한 번 들어간 적이 있었다. 시간도 한 시간이 늘어 도합 세 시간이었는데 그는 피로할 줄 모르는 수말처럼 세 시간 내내 서서 쉴 새 없이 제군들은 유능한 대학생입니다. 제군들은 대학생입니다라고 말끝마다 부언을 했는데 그러자 누군가가 소위 작년 예비군 교관단으로 착각을 하고,

"여보쇼, 누가 대학생이 아니랄까봐 그러쇼."
하고 야유를 했는데 순간 교관은 자기가 예하 부대의 부하들을 거느리고 있는 것으로 착각을 했는지,

"누구야, 지금 말한 건 누구야. 일어섯."
하고 소리를 버럭 질렀던 것이다.

물론 그는 상부에서 지금 현역 교관으로 바뀐 지 얼마 안 되니까 존대어를 사용하고 미소 작전으로 나와라라는 명령을 받았겠지만 그는 도저히 이런 식의 조롱은 감수해 낼 인내성이 결여된 듯 보였다.

그러니까 한 학생이 일어섰다. 그는 봐주쇼 하는 듯이 씨익 웃었다.

"웃지 마라."
하고 교관은 무표정하게 명령했다. 그래도 학생은 웃으면서 뒤통수를 슬슬 긁었다.

그것은 순전히 앞서의 행동을 질질 끄는 의도에서 나온 행동은 아니었다. 사실 그는 그렇게 악의에 차서 행동하리만치 생겨먹지도 않았고 그저 안경 쓰고 유약한 친구로 친구들을 웃겨 보려고 장난질한 것에 불과했던 것이다.

"웃지 마라."

그러나 교관은 두 번째 같은 어조로 명령했다.

그 소리는 이상한 느낌으로 우리를 사로잡아 뒷좌석에 앉아 잠을 자고 있던 친구, 친구와 음담패설을 하고 있던 친구들을 정색하게 만들고, 그래서 우리들은 교관의 얼굴에 혹 물고 늘어질 만한 웃음기가 있는가 어떤가를 보고, 혹 어딘지 물고 늘어질 웃음기가 있다면 가차 없이 힛히히 웃어버리고 같이 얼렁뚱땅 이 위기를 넘어가자고 교관을 쳐다보았으나 교관은 갑옷을 뒤집어쓰고 투구를 쓴 중세 십자군처럼 얼굴의 표정을 백지화하고 있었던 것이다.

"앉아."

교관은 실내 분위기가 완전히 압도당한 눈치를 채자 그를 앉히고 다시 그 여느 때의 미소 작전을 되찾았다.

그러나 우리는 어쩐지 그 웃음에도 같이 따라 웃을 만한 배짱은 이미 잃고 있었다.

그의 이 한바탕 해치우고 난 뒤에 보여준 웃음은 너무나 중류수 같은 웃음이었기 때문에 우리는 저 친구가 저렇게 웃다가도 우리를 오싹하게 만들기에 충분한 위엄을 소유하고 있구나 하는 재빠른 이해타산을 느껴 그가 자꾸 웃어도, 존대어를 써도, 정좌하고 앉아 있었던 것이다.

"제군들은 최고 학부에 다니고 있는 대학생입니다. 왜 그렇게들 딱딱하게 앉아 있나요. 자, 몸을 풀고 앉아서 들으십시오.(그러나 우리는 몸을 풀지 않았다.) 대학생이면 행동도 대학생다워야 합니다."

어느새 학교에는 이상한 유언비어가 충만하기 시작했다.

그 이야기인즉슨 이러하였다.

정부 당국에서 가장 귀찮게 생각하는 것은 학생들의 데모 사태이다. 고로 데모를 막기 위해서는 현역 교관을 파견해서 학생들을 군대식으로 묶어 즉 상부의 지시를 절대 복종하는 풍토를 만들어야 한다. 그럴 수 있는 최대한의 무기는 학점을 쥐고 있다는 것이다.

비록 일 학점밖에 안 되지만 필수과목이라 그들은 반항적이요, 일부 선동을 일삼는 학생들을 교련 학점으로 잡을 수 있다는 이야기였다.

그래서 우리는 마땅히 그들을 배척해야 한다는 것이었다.

참으로 우스운 일은 으레 대학가에서는 매년 봄부터 데모가 연중행사로 벌어지고 있다는 일이었다.

그것은 학생회장단이 새로 경질되는 이유에도 기인된다.

그들은 개학이 되자마자 인근 다방에서, 혹은 오십 원짜리 자장면집에 본부를 두고는 소위 선거운동을 시작하는 것이었다.

우리들은 매년 봄이면 이쪽에 불리어 가서 커피도 얻어먹고, 저쪽에 불리어 가서 자장면도 얻어먹는 풍토에 맛을 들여서 시골 아낙네들이 고무신 한 켤레에 표를 찍는다는 이야기를 실감하고 있는 정도였다.

물론 우리들은 아주 지능지수가 높아서 자장면 사준 녀석보다는 햄버거 스테이크를 사주는 녀석을 찍어주느냐 하면 천만에 말씀이다라고 평소에는 말을 하지만 역시 막상 투표를 하려면 햄버거 스테이크 사주며 최 형, 이건 예사의 햄버거 스테이크가 아닙니다, 최 형, 이건 최 형과 나 사이에 스스럼이 없다는 표시입니다라는 모 측의 선거 참모의 반 공갈적인 우정 약속을 생각해 보고는 별수 없이 자장면보다는 햄버거 스테이크를 찍어버리는 것이었다.

그러면서 막상 나오면 입으로는 자장면을 찍었다고 공언을 하지만 뱃속엔 그 꼭꼭 씹어 먹던 햄버거 스테이크가 소화가 잘 안 되어 곤두서 올라오면서 슬쩍 우울한 비애가 스쳐 지나가는 것이다.

우리들은 그렇게 해서 학생회장을 뽑으며 그 후에 우리들은 어떤 녀석이 학생회장인지 모르는 것으로 일 년을 지내고 우리 부모가 피땀 흘려 벌어 내준 망할 육만 원의 등록금을 찜쪄 먹든 회쳐 먹든 너희들 마음대로 처리해라 하면서 아예 수수방관해 버리는 것이다.

확인되지는 않았지만 학생회장이 뭐 그리 대단한 자리라서 어떤 녀석은 오십만 원 쓰고 어떤 녀석은 한 장을 썼다라는 소문이 떠돌고 그러는 것으로 보아 학생회장 자리가 본전은 넘어 생기는 자리겠지라는 은밀한 학생들 간의 귓속말이 떠돌면서 우리는 어쩌지 못하면서 조간신문에서 국회의원 행동에 신경을 곤두세우고 야단질 쳐야만 직성이 풀리는 것이었다.

그러니 새로 경질된 학생회장단은 으레 우리는 청렴결백한 여러분의 종입니다. 주인은 여러분이요, 우리는 여러분의 종일 뿐입니다라는 것을 확인시키기 위해서라도 대규모의 데모를 해야 하는 것이다. 언제부터인가 우리들은 데모를 하지 않으면 온몸이 쑤시는 버릇이 들었던 것이다.

그뿐인가.

새봄에는 새로 들어온 교양학부 학생들이 참 용감하기 짝이 없어서 그들은 말로만 들어온 데모를 실습하려고 잔뜩 벼르고 있었기 때문에 이 친구들이, 이 교양학부 학생들이 건재하는 한 데모전선엔 이상이 없는 것이었다.

더구나 정부에서는 대학생들이 조금만 손만 내둘러도 의기충천하고 불안해서 들입다 페퍼 포그를 들이미는 판이니 막는 측이나 미는 측이나 그야말로 무슨 살벌한 전쟁놀음 같은 아우성을 전개해야 했던 것이다.

언젠가 내가 교수 연구실에서 교수님에게 창 너머로 밀려가는 데모 떼를 보면서,

"데모에 대해서 어떻게 생각하십니까?"
하고 물었더니 선생님은 웃으시면서,

"거 좋은 거다, 좋은 거. 일본 측 학생 운동하고는 달라서 우리 학생들은 정도에 지나쳐 극렬하게는 하지 않는다. 소위 대학이라면 한편에서는 데모하는 측, 한편에서는 공부하는 측, 한편에서는 도서관에서 공부하는 측으로 어수선해야만 대학이지, 조용만 해서는 절대 대학이 아니다. 움직이는 대학 그것이 진짜 대학이다."
라고 말씀하셨는데 그때 나는,

"그럼 데모를 막는 측에 대해서는 어떻게 생각하십니까?"
하고 물었다.

그러자 선생님은 껄껄 웃으시면서,

"그들은 참으로 조그만 일에도 깜짝깜짝 놀라고 있는 셈이지. 남이 자기에게 무슨 말을 할까 하고 초조해지면 그렇게 경기 들린 애들처럼 놀라게 된단다."
고 대답을 하셨던 것이다.

어쨌든 대학가는 이 새로 파견된 현역 때문에 한바탕 대규모의 데모가 예상된다는 풍문이 풍겨지고 있었던 것이다.

그날 오후 여섯 시 반쯤 나는 그 술집으로 나갔다. 마침 연극반에서「세일즈맨의 죽음」을 연습하는 데 구경삼아 나갔다가 늦었기 때문이었다. 나는 연극을 지독하게 좋아해서 한때는 소도구 전문으로 수업 시간에도 안 들어가고 늘 무대 세트 만드는 데 나날을 보내고 있었던 것이다. 그때 내겐 연극만이 즐거운 일이었다.

대머리 술집 안은 사람들로 초만원을 이루고 있었다. 한 테이블에서는 술취한 학생들이 기타를 치며「사랑해」를 합창하고 있었다. 사랑해 당신을 정말로 사랑해, 에이, 에이, 에이, 에이, 에이, 에이.

오만준은 구석 테이블에 앉아 있었다. 둘이 앉아 있었는데 한 사내는 머리에 교모를 쓰고 있었다. 그들은 이미 소주로 한판 벌였는지 나를 보고 반갑게 손을 내미는 오만준의 눈은 풀어져 있었다.

"늦어서 미안합니다."

나는 사과를 했다. 하지만 미안할 것은 쥐꼬리만큼도 없는 기분이었다.

"인사하시죠. 이 친구는 정외과에 나가고 있는 김오진 군입니다."

"처음 뵙습니다. 난 영문과의 최준호입니다."

우리는 악수를 했다. 나는 살짝 잡았는데 그는 마구잡이로 내 손을 잡고 흔들었다. 나는 손이 아팠다.

우리는 잠시 딱딱하게 앉아서 무슨 말을 해야 할까 하는 식의 침묵을 동시에 느끼고 있었다.

"영문과는 실례지만 졸업하구 무얼 하는 과입니까?"

한참 만에 어색한 침묵을 깨뜨리며 김오진이 물었다.

"고등학교 영어선생 되는 과입니까, 아니면 외국인 상사에 취직해 딸라로 월급 받는 과입니까?"

"글쎄요."

나는 웃었다. 이 자식 지독스런 독설주의자로구나 하고 속으로 생각했다.

"그럼 정외과는 도대체 무엇을 하는 과입니까."

"데모하는 과—ㅂ니다."

그는 단숨에 얘기를 했다. 마치 묻기를 예측하고 준비해 두었다는 듯이. 그리고 그는 쿡쿡 어깨로만 웃었다.

"그럼 오 형의 철학과는 무엇을 하는 과입니까."

"아 할 게 좀 많아요. 우선 관상, 족상, 수상을 볼 수 있지 않아요."

당신이 내 곁을 떠나간 뒤에 얼마나 눈물을 흘렸는지 모른다오.

에이. 에이. 에이. 에이. 에이. 에이.

그들의 합창은 점점 고조되고 있었다.

"사실 저 최 형 작품 좀 읽었습니다."

김오진이 나를 정면으로 쳐다보았다. 나는 시작됐군 하고 혀를 찼다. 나는 특히 이런 좌석을 제일 싫어하고 있었다. 소설에 대해 아무런 관심도 없었던 친구들까지도 술좌석에 글을 쓰는 친구가 하나 앉아 있다는 것을 의식하면 마치 일급 비평가처럼 행세를 하려 들고 같이 공기놀음이나 하듯 말의 지적 유희라도 한판 벌이자는 데는 영 질색이었던 것이다. 나는 어느 편이냐 하면 술좌석에서는 음담패설이나 해야 한다고 생각하고 있었던 것이다.

"한마디로 엉터리입니다. 좀 공격해 볼까요."

"좋습니다."

나는 일부러 감지덕지하는 표정으로 수긍을 했다. 그리고 에라 모르겠다, 일찌감치 술에 취해 버리자. 소주를 벌컥벌컥 단숨에 들이켰다.

"최 형의 작품은 한마디로 스타일만 꾸며대고 문장만 매끄럽게 쓰려고 하는 당의정(糖衣錠)식의 작품이요, 도대체 역사의식 같은 것이 없단 말씀이에요."

"그런 거야 늙으면서 천천히 배워나갈 수 있잖아요."

나는 일부러 손을 비비대면서 헤헤헤 웃었다.

"이봐. 오 형. 지금 최 형 말하는 것 들었지."

김오진이 오만준을 쳐다보았다.

"지금 최 형이 말씀이야. 역사의식 같은 것은 늙으면서 천천히 배우시겠다고 그러셨단 말씀이야. 커어 그것 참 좋습니다. 거 좋지요."

"김 형은 좀 취했어."

오만준이 백조를 피워 물며 한마디 했다.
"아니지요, 오 형. 취하긴 천만에요. 난 도대체 우리나라 작품을 보면 도대체가 메스꺼워 죽겠거든. 우리들 독자의 마음을 하나도 충족시켜 주지 못하고 있단 말이에요. 자기네들끼리 훈장주고, 훈장받는 식이란 말이야. 전번에 무슨 잡지에서 보았는데 우리나라 요새 작품은 순수소설이다, 참여소설이다 싸우고 있는 모양인데 최 형은 도대체 어느 편이오."
또 시작되는군 시작돼 하고 나는 투덜거렸다. 이 순수니 참여니 꺼낸 친구들이 얼마나 지적 수준이 높은지는 몰라도 무어라고 한마디 하지 않으면 직성이 풀리지 않는 학생들에게 참으로 한 열 시간 계속해 지껄여도 끝이 나지 않을 귀에 걸면 귀걸이요, 코에 걸면 코걸이식의 위대한 쟁점을 주었다는 것은 참 위대한 일일 것이다.
"모르겠습니다. 난 아무 편도 아닙니다."
"커어. 그럼 최 형은 기회주의자 아니오."
김오진이 빈정거렸다.
"우리나라 소설은 모두 틀려먹었어. 한결같아. 김지하의「오적」어떻게 생각하쇼."
"좋더군요."
나는 대답했다. 원 제기랄, 벌써 몇 번째의 질문이요, 벌써 몇 번째의 대답인가. 술좌석마다 들어온 질문이요, 대답이었던 것이다. 왜 김지하의「오적」은 이토록 유명해져서 어디를 가든 나를 괴롭히는지 통 알고도 모를 일이었던 것이다.
"최 형, 저 언젠가 무슨 잡지에서 최 형 작품 읽어보았는데 최 형 아주 이미테이션에 도통한 사람 같아."
"이미테이션이라면 무슨 정거장 이름인가요."
"……헛허허 괜히 이러지 마시오."

나는 순간 이 자리를 뛰쳐나가고 싶었다. 왜 내가 이 좌석에 이처럼 앉아 있어야 하는가 하고 나는 생각했다. 그러나 나는 참기로 했다. 그것은 내가 철들고 배운 유일한 미덕이었다. 성질대로 한다면 녀석의 이빨이 부러지든지 내 코뼈가 휘어지든지 양판에 결단이 나야 하는 것이다. 그러나 이런 평안도 기질은 망할 놈의 군대에서 아예 주눅이 들어버렸고 나이를 먹으니까 아예 감감소식이었다. 그래서 나는 될 수 있는 한 술이나 빨리 퍼마시고 그리고 먼저 취해 버리려고 작정을 했다. 나는 연거푸 술을 들었다.

"당신네 글 쓰는 친구들은 사명이 있음을 잊어서는 안 돼요. 난 정말 그것을 꼭 최 형에게 얘기해 주고 싶어요. 당신네 붓들은 모두 사적인 얘기에 치우치고 있어요. 나이 먹은 축들은 옛날 대동강에 뱃놀이할 때가 좋았다고 쌍팔년도식 회고담이나 주절대거든요. 글은 모름지기 사회의 모순을 파헤치고 국민을 옳은 길로 각성 내지 계몽을 시켜야 된단 말씀이야. 그렇다고 무조건 사회의 부정을 쓴다고 수작(秀作)은 아니에요. 사회의 부정을 씁네 하면서도 대부분 아침 조간신문을 보고 글을 쓰더군. 누가 복어알 먹고 죽었다 하면 단박 그것을 쓰거든. 복돌 어멈과 복돌 아범을 등장시켜 말이오. 그러면 신문에 대서특필, 현실을 예리하게 파헤친 수작. 수작 좋아하네. 요컨대 무엇을 쓰느냐의 문제는 조간신문만 보면 수천 개라도 조달할 수 있지만 그 모순을 어떻게 보여주느냐의 문제에는 영 젬병이거든. 그저 복어알 먹구 콱 죽구, 평화시장에서 전태일이 자살한 이야기만 쓰면 현실을 고발한 것으로 안단 말씀이야. 그런 것은 아주 일상적인 것밖에 안 돼요. 요는 그 일이 일어날 수밖에 없는 경위를 가장 적절한 사건으로 형상화시켜야 되거든요. 그것은 그래도 좀 나아요. 최 형 작품 읽어봤는데 그게 뭐 어쨌다는 거요. 아내가 바람 좀 피웠고, 스푼이 허공을 좀 날기로서니 그게 뭐 어쨌다는 말씀이야. 그런 것은 불란서 자식들이 다 써먹었어. 최 형 뭐 여기가 불란서인 줄 아시오. 여긴 한국이오, 한국."

나는 그의 장광설을 제지할 생각은 않고 그저 술만 먹고 있었다.

"술 듭시다. 술 들어."

그때까지 무표정하게 앉아 있던 오만준이 한마디 했다. 그래서 우리는 또다시 술병을 기울여 투명한 소주를 안주도 없이 들이켰다. 김오진은 술이 취하면 취할수록 얼굴이 희어지고 있었다. 그는 딸꾹질을 시작했다.

"저 최 형 마지막으로 피격, 하나 묻겠는데 가장 쉽게 돈을 버는 방법에 대해서 알고 계십니까."

"글쎄요."

나는 깍두기를 집어들며 좀 뻣뻣한 눈길로 김오진을 쳐다보았다.

"오 형은 좋은 방법 없겠소. 한 달에 칠천구백 원 물고 일 년에 십만 원짜리 적금 타는 방법 말구요."

"있지요."

오만준이 싱긋 웃었다.

"아주 좋은 방법 있지요."

"그게 뭐요?"

김오진이 물었다.

"라디오의 프로듀서가 되는 길이지. 그걸 해서 심야방송 같은 프로를 맡거든요. 그래서 자기 회원들을 모집하거든. 아. 요새 고등학교 학생이나 대학교 학생들이 팝송이라면 굉장히 탐닉하지 않소. 목소리가 부드럽고 섹시한 여자 아나운서 하나만 기용하면 누워서 떡먹기 아니겠소. 헛허허."

"오 형. 그 방법은 틀렸소."

김오진이 시계를 들여다보며 웃었다.

"그것은 힘이 들어. 피격. 최 형, 뭐 적절한 방법이 하나 없겠소?"
"글쎄요. 하나 있기는 있습니다만."
나는 다시 술잔을 들면서 말을 했다.
"그게 뭐요."
"가난한 사내가 순식간에 일확천금을 버는 방법, 그거야 부잣집 무남독녀를 겁탈하는 방법이 아니겠소."
헛, 허허 오만준이 크게 웃었다.
"허지만 그 방법은 틀렸소."
김오진이 정색을 하고 덤벼들었다.
"우리 같은 친구들이 여보쇼, 부잣집 무남독녀들에게 어떻게 접근할 수 있단 말이오."
"그거야 가정교사로 들어가거나 여대생들과 영어회화 클럽을 조직하거나 그것도 아니면 하다못해 YMCA 같은 데 가서 가끔 주최하는 포크 댄스에 나가면 되지요."
"그것은, 그것은 저 오 형 무슨 적절한 표현이 없을까요?"
"글쎄요. 이상에 불과한 것이겠죠."
"옳습니다. 그건 이상에 불과해요. 아. 뭐 지금 시대가 신성일 엄앵란 시댄 줄 아쇼."
김오진이 비아냥거렸다.
"그럼 김 형은 무슨 묘안을 가지고 있소?"
오만준이 얼굴에 웃음기를 띠며 물었다. 셋이서 같이 마신 술이나 오만준은 술에 취한 것 같지 않았다.
"나야 기막힌 방법이 하나 있지요."
"기막힌 방법이라면 거 우리 같이 동업합시다."
오만준도 장난하는 어조로 말하고는 웃었다.
"이것은 절대 동업할 수 없는 거요."

우리는 정색을 한 김오진의 얼굴을 올려다보았다.

"그럼 마지막으로 제가 이 세상에서 가장 쉽게 돈을 버는 방법을 한 가지 말씀드리겠습니다. 피꺽. 제 얘기로 끝을 맺읍시다. 시간도 무척 늦었으니."

"좋습니다."

나는 큰 소리로 맞장구쳤다.

"가장 쉽게 버는 방법은……. 잠깐 변소에 갔다 와서 얘기합시다."

김오진이 재미있는 얘기를 꺼내기 앞서 약간의 침묵을 삽입시키려는 익숙한 재담가답게 비틀대면서 일어서서 문 쪽으로 걸어갔다.

"오늘 최 형을 오시라고 한 것은."

오만준이 둘이 남자 우울하게 천장을 쳐다보면서 굵은 목소리를 내었다.

"우린 멀지 않아 데모를 시작할까 합니다. 그런데 말씀드리기에 앞서 한 가지 물어보고 싶은데 교련에 대해서 어떻게 생각하십니까?"

그는 천장에서 시선을 거두어 정면으로 나를 향하면서 물었다.

"모르겠습니다."

나는 상대편에게 미안하다는 감정을 보이려고 애를 쓰면서 대답했다.

"난 소시민에 불과하니까요."

"최 형."

그는 갑자기 큰소리로 나의 말을 막고 오랫동안 타는 듯한 시선으로 나를 쏘아보았다.

"최 형은 교묘한 말솜씨를 가졌소. 언제나 중심화제에서 겉돌고 있어요. 우리 진지하게 한번 교련문제에 대해 의견을 나눠 봅시다. 어때요. 현역 군인들이 교련을 하는 사실에 대해 일말의 분노도 느끼지 않는다는 말씀이신가요?"

"모르겠습니다."

나는 대답했다.

"아마 제게 성명서를 부탁하려는 모양인데 그렇지 않습니까?"

"그렇습니다."

오만준이 분명하게 말을 받았다.

"써주시겠습니까?"

"전 원래 강경한 어조와 담백한 문장을 쓸 줄 모릅니다. 노력은 해보겠습니다. 하지만 큰 기대는 하지 말아주십시오."

나는 이 술좌석에서 적지 않이 지쳐 있었다. 때문에 한시 바삐 이 좌석에서 벗어나고 싶었다.

"고맙습니다. 내일모레 찾아뵙겠습니다."

그는 느닷없이 손을 내밀어 악수를 청했다. 나는 그의 손을 쥐었다.

술집 안은 텅 비어 있었다. 밤이 깊어 노래 부르던 친구들도 이미 사라져버린 모양이었다. 얼굴 전면이 털투성이인 주인이 술탁자 위에 의자를 올려놓고 물을 뿌리더니 조심스럽게 쓸어가기 시작했다. 우리는 멍하니 서로의 시선을 엇비끼면서 담배를 피우고 있었다. 한바탕 뜀박질을 하고 났을 때의 나른한 피로 같은 것이 밀려와 결국 오늘도 저물고 말았군 하는 식의 파장이 되고 만 안이한 안도감이 가슴에 충만하기 시작했다.

"시간이 다 됐는데요. 문을 닫아야겠습니다."

술집 주인이 청소를 끝내고 한구석에 몸을 기댄 채 우리들이 빨리 나가주기를 기다리면서 두어 번 하품을 하다가 못 참겠다는 듯 우리 탁자로 다가왔다.

"알고 있습니다."

오만준이 그를 쳐다보지 않은 채 대답했다.

무서운 복수(複數) 231

"변소에 간 친구가 돌아오면 가겠습니다. 헛허허, 그 친구는 돌아와서는 우리에게 가장 돈 벌기 쉬운 방법을 알려주고 떠날 것입니다. 오래 걸리지 않습니다."

"누구 말입니까?"

주인이 썰물 같은 소리를 냈다.

"여기서 같이 술을 마시던 친구 말입니다."

오만준이 고개를 들고 귀찮다는 듯이 그를 쳐다보았다. 그러자 술집 주인은 거추장스럽게 팔을 들어올려 커다랗게 기지개를 켰다.

"갔습니다. 아——암, 그 사람은 갔습니다."

"뭐라구요?"

우리는 놀라서 몸을 반쯤 일으켰다.

"갔다니까요. 벌써 한참 전에 갔는데요. 돈은 저 사람들이 물 겁니다 하고 가더군요."

헛허허, 오만준이 크게 웃었다. 나도 웃기 시작했다. 한 대 얻어맞았군. 근질근질한 웃음기가 풍선에서 바람이 빠져나오듯 흔들거리며 새어나왔.

"갑시다 최 형. 오늘 우린 이 세상에서 가장 쉽게 돈을 벌 수 있는 방법을 김오진에게서 배웠습니다 그려."

우리는 돈을 치르고 밖으로 나왔다. 시장 골목은 어둠과 밝은 빛이 적당히 배합되어 달착지근한 분위기를 조성하고 있었다. 다리는 휘청거리고 갑자기 일어선 길이라 구역질이 치받치고 있었다. 그는 내게 그 성명서를 꼭 써주실 것으로 안다고 재삼 확인하였다. 나는 글쎄요, 노력은 해보겠지만 정말 기대는 하지 마십시오 하고 말을 했다. 버스 정류장에서 우리는 헤어졌다.

그가 사라지는 것을 보다가 나는 불현듯 구역질을 느꼈다. 그래서 황급히 누구의 담일까 긴 담 밑에 고개를 꺾고 토하기 시작했다.

2

나는 성명서를 쓰지 않았다. 될 수 있는 한 어쩔 수 없이 글을 쓸 수밖에 없는 경우를 제외하고는 아예 펜을 들고 싶은 심정이 아니었다. 편지도 쓰고 싶은 심정이 아니었다. 펜을 들어 무언가 내갈긴다는 것은 참으로 고통스런 일이었다.

더구나 성명서와 같은 간결하고 선동적인 문구는 쓰는 재간이 없었다. 그러나 내가 성명서 따위의 글을 쓸 줄 모른다는 이유보다는 더 큰 이유가 있었다. 첫째로는 성명서를 쓰는 것으로 어쩌면 내가 그러한 학생 운동 따위에 본의 아니게 말려 들어갈지 모른다는 것이요, 둘째는 그리하여 어떤 화가 미칠지도 모른다는 것에 대한 소극적인 공포감 때문이었다. 언제부터인가 나는 무슨 일이든 할 때마다 최악의 경우만을 생각하고 그런 경우에만 자신을 맡겨버리는 버릇이 들어 있었던 것이다.

물론 조금쯤은 그 친구들의 부탁을 받은지라 백지를 앞에 놓고 써볼까도 시도를 해보았다. 그러나 펜을 들고 무언가 형상화시키려고 머리를 모으면 모을수록 이상하게도 한 가지의 사건이 상기되어 오는 것이었다.

군대에 있을 때였다. 토요일 오후 외출 나오려고 구두를 닦은 후에 외출증을 주번 하사관에게 받아 들고 체크 포인트를 지날 때였다. 저만큼 앞에서 같은 대대 고참인 하사 하나가 무언가 라면 박스 속에 가득히 집어넣고 혼자 어깨 위에 올려놓고 가고 있는 모습이 눈에 띄었다. 정훈관실에 근무하는 사병으로 평소에 내게 친절하고 가끔 기상나팔 부는 일을 내게 맡기고 인근 창녀 집에서 재미보고 들어오곤 하는 친구였다.

외출 차량이 다 끊어진 오후에 혼자 라면 박스를 둘러메고 나가는 그를 보며 그냥 지나칠 수는 없었다. 나는 별수 없이 그에게 가 인사를 하고 내가 그것을 들고 가겠노라고 자청을 했다. 그러자 그는 웃으면서 내게 그것을 주었다. 생각보다는 가벼웠다.

"뭡니까?"

나는 그것을 어깨에 둘러메면서 그에게 물었다.

"라면입니까?"

"아니."

그는 주머니에서 팔말 한 대를 뽑아 들더니 피워 물었다.

"빨랫감이야, 빨랫감."

그때 우리는 3/4톤짜리 차 한 대가 조종사 숙소를 돌아오는 것을 보았다. 운전사 옆에는 파일럿 복장을 하고 있는 조종사가 선글라스를 끼고 앉아 있었다. 우리는 멋지게 경례를 했다.

그러나 그 차는 세워주지 않았다. 그저 조종사가 멋지게 인사를 받았을 뿐이었다.

"제기랄."

그는 투덜거렸다.

"이걸 메고 투덜거리고 걸어갈 수는 없다. 나가는 차 아무거라도 붙들어보는 게 낫겠다."

우리는 잠시 활주로 끝 평퍼짐한 언덕 위에 앉아서 담배를 나눠 피우고 있었다.

하늘로는 꼬리가 빨간 노스웨스트 항공기가 방금 비상하고 있었다. 우리는 그 비행기가 저편 구름 속으로 사라질 때까지 바라보고 있었다. 그러더니 조용해졌다.

활주로 위로 따스한 봄볕이 아롱거리고 열대어 같은 비행기들이 누워 있는 먼 주기장 위는 봄빛으로 마치 물을 뿌려놓은 듯 번질거리고 있었다.

"야, 야. 최 일병. 온다 와."

김 하사가 담배를 눌러 끄면서 일어났다. 1/4톤 한 대가 나오고 있었다. 우리는 뛰어 내려가 멋지게 경례를 올려붙였다.

그러자 차가 끼익 섰다. 운전석에는 상사가 하나 앉아 있었다.

"외출길이냐?"

"그렇습니다."

하고 김 하사가 대답했다.

"그럼 타라."

우리는 라면 박스를 둘러메고 차 뒷좌석에 앉았다.

비행기용 제이 피 기름이 가득 든 오 갤런 통 두어 개가 뒷좌석에 숨겨져 있었고 그는 주기장에 세워놓은 비행기 배꼽에서 남은 기름을 빼다가 아마 그들 말대로 소위 두붓값 정도 벌려는 심산인 모양이었다.

차는 달리기 시작했다. 상사는 노래를 부르기 시작했다.

"가노라 하면 붙들고, 앉으라 하면 가노라네. 헤이야. 헤이야."

체크 포인트에 차가 섰다. 헌병들이 집총 자세로 다가왔다.

그중 하나가 경례를 올려붙였다. 나는 성급히 주머니에서 외출증을 꺼내 들었다.

헌병이 고개를 들이밀고 내가 주는 외출증은 숫제 검사할 생각도 안 하더니 뒷좌석에 있던 기름을 발견했다.

"이게 뭡니까?"

병장 계급장을 단 헌병이 무뚝뚝하게 물었다.

"기름이다. 왜."

상사가 말을 했다.

"안 됩니다. 이것은 가져 나갈 수가 없습니다."

"올 때 담배 한 갑 사다주마."

"거 뒤에 있는 라면 박스는 뭡니까?"

"빨랫감입니다."

김 하사가 말을 했다. 그리고 그는 웃었다.

"좀 봅시다."

"야. 야. 왜 구질구질하게 야단들이야. 올 때 내 만두 사다주마, 만두. 이 아이들은 우리 같은 대대에 있는 모범 사병들이야 모범 사병. 알겠어? 그럼 수고해."

상사가 액셀러레이터를 밟았다. 차는 달리기 시작했고 그는 다시 노래를 부르기 시작했다.

그제야 나는 내일 저녁 이십일 시까지는 자유의 몸이 된 것을 의식했다.

아, 아, 한 달 만에 나오는 외출이었다. 나는 나의 몸을 공처럼 벽에 부딪쳐 튀어 오르고 싶었다.

나는 그녀를 여관으로 끌고 가서 코피가 나도록 성교를 할 작정을 했다. 나의 성기는 사병답게 발기하기 시작했다.

나는 한 달 내내 전번 외출에서 내가 껴안은 그녀의 몸뚱어리가 과연 꿈속에 있었던 몽정에 불과했던 것인가, 진짜 내가 껴안았던 것인가 의아해하고 있었다. 나는 과연 그것이 꿈이 아니라는 것을 내 자신에게 확인시키기 위해서라도 결사적으로 그녀를 핥고 그리고 토하리라 이를 악물었다. 그때였다. 김 하사가 나를 쿡쿡 찔렀다.

"수고했다. 피워라."

나는 그가 내게 주는 것을 보았다. 파고다 담배였다. 그것도 하나가 아니었다. 자그마치 다섯 갑이었다.

우리는 공항 입구 버스 정류장에서 헤어졌다. 그는 영등포 쪽으로 사라졌고 나는 신촌 쪽으로 가야 했던 것이다. 외출 나온 단 하루의 외박은 지독한 고통이었다. 도대체가 내겐 군복 따위가 어울리는 녀석은 아니었다. 나는 어느 편이냐 하면 머리는 산발하고 담배를 짓씹으며 침을 퉤퉤 뱉어가면서 연극이나 해대고 애들에게 재미있는 음담패설이나 해주는 자유인에 어울리는 녀석이었다. 망할 놈의 거리는 군복을 입고 나서면 참으로 화려해서 나는 몇 번이고 내가 그 망할 놈의 부대 속에서 몹쓸 법정 전염병에나 걸린 환자처럼 격리되어야 할 이유가 무엇인가 억울해져서 죄 없는 그녀에게 쌍소리나 해대고 술 취한 군인 애들이 그리하는 것처럼 고래고래 악을 쓰면서 토요일 밤의 거리를 쏘다니고 있을 뿐이었다. 그리고 하루가 지나고 귀대하는 시간이면 나는 공연히 편도선이 부어오르고 이빨이 아파오는 것이었다. 그러나 귀대 시간이 오면 나는 부대 고참에게 외출턱으로 줄 담배와 약간의 캐러멜을 준비하고 정확한 시간에 귀대를 했던 것이다. 외출 나갔다 귀대한 다음날이었다. 청소를 끝내고 부랴부랴 일과 시간에 대느라고 차갑게 식은 보리밥을 꾸역꾸역 입안에 처넣고는 구보로 사무실에 돌아왔을 때였다. 사무실의 계장이 내게 무슨 일을 저질렀느냐고 외출 나가서 술을 퍼마시고 싸움질이라도 했느냐고 물었다. 나는 그런 일이 없다고 대답했다. 그런데 왜 부대 내에 있는 수사기관에서 너를 찾느냐고 물었다. 어쨌든 그곳에서 나를 급히 0.5초 내에 출두하라는 전갈이 왔으니 급히 가보라고 그는 얘기했다. 나는 보고를 하고 밖으로 나왔다. 원래 부대 내엔 규율을 전담하는 헌병대와 부대 내의 비위 사실을 취급하는 수사 계통의 파견대 두 가지가 있었다. 그들은 사복을 하고 다니고 있었는데 그들이 하는 일은 주로 큰 부정 사건들을 취급하고 있는 것이라는 것을 나는 막연하게 알고 있었을 뿐이었다. 나는 기지 병원을 돌아 수사기관으로 걸어갔다. 기지 병원 앞뜰에서는 간호사와 위생병들이 배구를 하고 있었다. 흰 볼이 그들이 올려 받을 때마다 포물선을 그리면서 오르락내리락하고 있었다. 좋은 팔자다. 저 새끼들은 계집년하고 배구를 하고 있는 팔자면 상팔자다. 상팔자.

수사기관은 아주 외딴곳에 있었다. 군견용 개 한 마리가 말뚝에 매여 있다가 나를 보고 공허하게 짖었다. 나는 그 개의 이름을 알고 있었다. 메리였다. 언젠가 추운 겨울 얼라트룸 근방에 밤보초를 나갔을 때 나하고 하룻밤을 지냈던 개였다. 그러나 군견이긴 했지만 똥개였던 모양으로 내가 좀 요령을 피우려고 활주로에 누워 잠을 자려고 하면 그 쌍놈의 개새끼도 개 된 주제에 내 가슴을 파고들면서 같이 잘 궁리를 하는 염치 좋은 개에 불과했다. 경례엄정, 복장단정, 복명복창이라고 입구에 씌어 있었다. 나는 복장을 매만지고 큰소리로 사무실 문 앞에서 소리를 질렀다.

"들어가도 좋습니까?"

그러나 안에서는 대답이 없었다.

"들어가도 좋습니까?"

컹컹이면서 메리만이 짖었다. 안에서 소리가 났다.

"들어오시오."

나는 문을 열고 들어섰다. 밝은 데서 어두운 데에 들어섰기 때문에 앞이 잘 보이지 않았다. 나는 호흡을 가라앉히고 잠시 방 안을 살펴보았다. 세 명의 사복을 입은 사내들이 앉아 있었다. 그들은 군인같이 보이지 않았다.

"뭐야?"

입구에 앉아 있던 친구가 내게 물었다. 그는 손안에 소형 완력기를 들고 그것을 부지런히 꺾고 있었다. 그가 힘을 주어 완력기를 꺾을 때마다 근육이 울퉁불퉁거렸다.

"부르심받고 왔습니다."

"뭐라구?"

그가 물었다.

"이 친구 뭐라구 그랬는지 아나?"

그는 옆에서 오징어발을 씹고 있는 동료에게 물었다.

"모르겠어."

하고 옆에 있는 친구가 대답을 해주었다.

"뭐라구 지껄였는지 모르겠어."

"관리처에 근무하는 일병 최준호. 부르심 받고 왔습니다."

나는 크게 소리를 질렀다.

"뭐냐?"

이번엔 안쪽에서 방 안인데도 선글라스를 쓰고 있는 좀 나이 들어 보이는 사내가 고개를 들었다.

"저 새낀 뭐 하는 자식인데 소리를 질러. 애 떨어지겠다."

"저번에 위문품 팔아먹은 자식입니다."

"오 그래, 니놈이 바로 위문품을 팔아먹은 녀석이라 이거지."

"옛? 무슨 소린지 잘 모르겠습니다."

나는 엉겁결에 비명을 질렀다.

"곧 알게 해주마."

하고 그는 대답했다.

"이봐, 미스터 황. 저자를 잘 모셔."

한 사내가 일어서서 내게로 왔다. 그는 나보다 어깨 하나가 더 컸다.

"이리로 오십시오."

그는 음식점 입구에 서 있는 보이처럼 상냥하게 말을 했다. 나는 옆방으로 인도되었다. 옆방은 한층 더 어두웠다.

"불을 켤까요?"

하고 그는 내게 물었다.

"아니면 그대로 놔둘까요?"

나는 그의 얼굴을 쳐다보았다. 대답을 해야 할 것인가 아닌가 잠시 생각했다. 그러나 대답하지 않기로 했다.

"앉으십시오."

사내는 의자를 내 앞에 밀어놓았다. 나는 의자에 앉았다. 사내는 자기도 의자에 앉으면서 서랍을 뒤지며 백지를 꺼내더니 잠시 맥빠진 눈으로 창밖을 내다보았다. 나는 그때야 그가 약간 사시인 것을 알았다.

"최 일병께서는 토요일 오후 위문품으로 들어온 파고다 담배 천 갑을 사병들에게 오백 갑을 노놔주구 나머지 오백 갑을 부정 유출하여 영등포구 엄지다방 옆 담배 가게에다 한 갑에 사십 원씩에 팔았습니다. 그렇지요?"

"예?"

나는 정말 놀랐다. 그래서 벌떡 몸을 일으켰다.

"앉으라니까, 앉으세요. 그냥 이 종이에다 상세하게 쓰시기만 하면 되는 거예요."

그는 내게 백지를 주었다.

"볼펜 있나요?"

"있습니다. 허지만 전 쓸 것이 없습니다."

나는 허덕이었다.

"나는 도무지 무슨 소린지 모르겠습니다. 나는 위문품을 부정 유출한 적 없습니다."

"알고 있습니다. 우리는 최 일병이 완전무결하게 결백한 것을 압니다. 어쨌든 쓰십시오. 그 백지에 쓰십시오. 단 석 장 이상은 쓰셔야 합니다. 띄어쓰기는 무시해도 좋습니다. 뒷장은 쓰지 않고 앞에만 쓰셔두 좋습니다."

나는 그를 올려다보았다. 그는 눈을 감고 팔짱을 낀 채 트랜지스터라디오의 이어폰을 귀에 꽂았다. 라디오에선 외국의 권투시합이 중계되고 있었다. 나는 별수 없이 백지에다 토요일 있었던 일, 김 하사의 라면 박스 속에 무엇이 들었는지 모르고 그냥 부대 고참이기 때문에 부하 된 도리로서 버스 타는 데까지 들어다 주었다는 사실을 썼다. 그러나 그것은 열 줄도 넘지 못하고 있었다. 나는 그에게 다 썼노라고 했다. 그러자 그는 이어폰을 낀 채 그것을 보았다. 그리고 그는 웃었다.

"글씨는 크게 써도 좋으니 석 장이라고 말씀드렸습니다. 다시 쓰십시오."

그는 서랍에서 새로운 백지 한 장을 꺼내 주었다. 그리고 그는 내가 쓴 종이를 북북 찢었다.

"종이가 모자라면 말씀하십시오. 얼마든지 드리겠습니다."

그는 다시 눈을 감았다. 나는 좀 곰곰이 생각해 보자고 생각했다. 내가 토요일 날 무엇을 했던가를. 그러나 나는 떳떳하였다. 잘못한 것은 쥐뿔도 없었다. 그래서 마음을 놓았다. 나는 다시 시작했다. 나는 아까 쓴 구절에다가 내가 그에게 담배 다섯 갑을 받은 사실을 썼다. 좀 나한테 불리한 느낌을 주었지만 모르고 한 일인 이상 죄가 될 것은 없고 그저 상세히 쓰면 될 것 같은 생각이 들었기 때문이었다. 하지만 아무리 글씨를 크게 쓰고 띄어쓰기를 자주 한다 할지라도 한 장 반 이상은 넘지를 못했다. 나는 최소한도 석 장을 채워야 한다고 한 그의 다짐을 생각해 내었지만 어쩔 수 없이 그에게 다 썼노라고 말을 했다. 그러자 그는 실눈을 뜨고 나를 보더니 몇 장 썼느냐고 물었다. 난 두 장이라고 대답했다. 그러자 그는 한 장을 마저 채우라고 말을 했다. 그때였다. 나는 옆방에서 무슨 소리가 나는 것을 들었다. 신음소리 비슷한 소리였다. 그리고 무언가 둔

탁한 소리로 마치 담요를 침대봉으로 두들길 때와 같은 소리가 이어졌다. 그 소리가 날 때마다 신음소리가 계속되었다. 나는 섬뜩해서 귀를 기울였다. 소리는 가늘게 이어지더니 뚝 끊어졌다. 그러더니 느닷없이 옆문이 열리며 김 하사가 다른 사내에게 이끌려 내가 있는 방으로 들어왔다. 그는 비틀거렸다.

"이 새끼 지독한 악질이로군. 영 그런 일이 없다는 거야."

씩씩대면서 사내가 우리 쪽으로 왔다.

"이 새낀 뭐야 공범인가?"

"아닙니다."

나는 대답했다.

"나는 공범이 아닙니다."

"뭐라구?"

순간 그의 주먹이 내 얼굴을 향해 들어왔다. 나는 무방비 상태로 의자 위에서 넘어졌다.

"내버려둬."

하고 트랜지스터 이어폰을 낀 사내가 눈을 감은 채 말을 했다.

"일어나."

사내가 명령을 했다. 나는 일어났다.

"차렷, 차렷, 차렷이다. 이 새끼야."

사내의 손이 내 가슴을 쥐어박았다. 나는 순간 호흡이 정지하는 것 같았다. 나는 다시 쓰러졌다. 그래서 나는 다시 몸을 일으켰다.

"얘기해 주십시오."

나는 허덕이었다.

"내가 무엇을 잘못 했는가 얘기해 주십시오."

"뭐라구, 이 새끼가. 이런 악질적인 새끼들 때문에 우린 위문품 하나 못 받아본다니까."

그가 다시 나를 후려쳤다. 코피가 터졌다. 나는 쓰러지면서 뜨거운 코피가 마룻바닥에 구르는 것을 보았다.

그러자 나는 울분 대신 눈물이 터져 나왔다.

"내버려둬."

앉은 사내가 잠꼬대처럼 말을 했다. 나는 어린아이처럼 울었다. 그리고 구석에 서 있는 김 하사를 쳐다보았다.

"김 하사님, 김 하사님, 얘기해 주십시오. 난 아무 죄가 없다는 것을 얘기해 주십시오."

"이 자식이 주접떨고 있어."

그가 내게 발을 걸자 나는 다시 넘어졌다. 그러나 나는 다시 일어났다. 다리가 후들후들 떨리고 뜨거운 땀이 후끈 솟아 있었다.

"사리를 가려서 처리해 주십시오."

나는 눈물과 코피가 뒤범벅된 얼굴을 들어 나에게 타격을 가한 사내를 쳐다보았다.

"데리고 나가 얼굴을 씻겨주어라."

앉아 있던 사내가 나를 보았다. 어두운 곳에서 그의 사시는 동물적으로 빛나고 있었다.

"이리 와."

나는 그가 이끄는 대로 수돗가로 갔다. 나는 얼굴을 씻었다. 입술이 터져 부어 있었다. 그래서 얼굴을 씻을 때마다 입술이 무겁게 타인의 입술처럼 무게가 느껴졌다. 그리고 쓰라리고 아팠다. 나는 다시 울기 시작했다.

"난 죄가 없습니다."

얼굴을 닦은 물기, 그리고 새로운 눈물이 흘러내려 나는 얼굴의 껍질을 벗겨내려는 듯이 함부로 얼굴을 훔치고 있었다.

그날 오후 우리는 똥통 사역을 하였다. 김 하사와 나는 똥통에다 추위에 굳은 똥을 바가지로 퍼내어 담아서 문밖 두엄장에 버리는 일을 하였다. 단둘이 되었을 때 김 하사는 내게 미안하다고 얘기했다. 나는 그에게 내게 잘못이 없는 것을 알면서도 왜 나를 물고 늘어졌는가를 물었다.

"김 하사님, 정말 이건 엉뚱한 일이라는 것을 알고 계신가요. 김 하사님."

나는 똥을 퍼 담으면서 울면서 그에게 호소하였다. 그러나 후에는 죄 없으면서 이처럼 얻어맞고 똥을 퍼 나르는 자신이 의식되고 그것은 새로운 비애로 다가와 나는 줄곧 고장 난 수도꼭지처럼 울고만 있었다. 똥처럼 비열한 자식이라고 자신을 혐오하였다. 너는 용감하게 덤벼들어야 했다. 무엇이 잘못인가를 밝혀라라고 오히려 큰소리치면서 덤벼들어야 했다. 그것이 용기 있는 자의 할 일이다. 나는 내가 지금껏 이십오 년이 넘도록 살아오면서 용기 있게 항의해 본 적이 있던가를 생각해 내려고 애를 썼다. 아직 넘치는 젊음이 있으면서 줄곧 비열하게 살아온 자신의 경우만이 생각되었다. 나는 결코 앞장서 본 적이 없었다. 나는 언제나 중간이었다. 그러자 나는 슬퍼졌다. 그날 오후 늦게 석방되면서도 나는 기쁘지 않았다. 그들은 나에게 미안하다고 말을 하면서 수사상 어쩔 수 없었다고 말을 했다.

나는 아주 그들이 내 혐의를 벗겨주어 기쁘다는 표정으로 서서 연신 꾸벅이며 고맙습니다라고 인사를 차리고 난 후 홀로 밖으로 나왔다. 그때 내 가슴에 충만한 것은 묵직한 기쁨보다는 묵직한 비애였다. 자신에 대해 침이라도 뱉어주고 싶은 모멸감이었다.

나는 내가 왜 성명서를 쓰려고 펜을 들었을 때 앞서의 사건이 상기되었는지 그 이유를 딱히 모른다. 하지만 본의 아니게 끌려들어가 당했던 그 지루하게 길었던 하루의 일은 이상하게도 내가 무슨 일을 하든지 나를 가로막는 것이었다. 즉 내가 의식하지 못하는 경우에도 무슨 일이 벌어질 수 있다는 느낌 같은 것이었다. 일테면 이런 식이었다. 내가 하는 일이 남들에게 말려들어가 이용당하는 경우가 아닌가 하는 느낌 같은 것이 언제나 어디서나 나를 사로잡고 있었다. 그래서 나는 늘 자신을 삼인칭으로 생각하고 있었다. 지금의 최준호가 하는 일이 과연 옳은 일인가 하는 식으로 자신을 삼인칭으로 보고 있었던 것이다. 서랍 속에 들어 있는 과도는 서랍 속에 있긴 했지만 언제나 내 의식 속에서 빛나고 있는 바로 그런 느낌이었다.

오만준은 약속한 대로 그 다음 다음날 내게로 찾아왔다. 나는 교수님의 연구실에 앉아 있었다. 그는 내게 꾸벅 인사를 하더니 전번엔 미안하게 됐노라고 사과하면서 어떻게 좀 쓰셨느냐고 물었다. 나는 쓰지 못하였다고 대답하였다. 나는 변명은 아니지만 도저히 성명서 따위의 담백하고 과격한 문장은 못 쓰겠다라고 말을 하고는 정확히 말하겠지만 나는 더 이상 당신네들 하는 일엔 참여하고 싶지도 않으니 그런 과분한 부탁은 하지 말아주시면 고맙겠다고 잘라 말했던 것이다. 그러자 그는 알겠습니다. 더 이상 부탁하지 않겠습니다라면서 뒤도 안 보고 나가버렸다.

3

그 후 나는 학교에서 수없이 오만준을 만났다. 그러나 우리는 만날 때마다 가벼운 목례만 했을 뿐 말을 나눈 적은 없었다.
어쨌든 학교 분위기는 점점 어수선해지고 있었다. 우선 교련을 반대한다는 성토대회가 거의 매일이다시피 열리고 뚜렷이 교련에 반대한다는 의견을 갖지 않은 학생들조차도 교련을 보이콧하고 있었다. 하지만 학생들은 일부 학생 운동하는 친구들의 주장에 그리 동조하는 기색은 아니었다. 일부 학생들이 주장하는 교련 교수진을 현역에서 예비역으로 환원하라는 소리는 하등의 실감을 불러일으키지 못하고 있었던 것이었다. 그들은 교련 수업에 참가하고 있지는 않았지만 성토대회에 참가하고 있는 것은 아니었다. 오히려 어떤 측들은 그런 교련쯤이야 건강상, 그리고 정신 무장상 있어도 좋지 않느냐는 의견을 가지고 있을 정도였다. 그래서 학교의 성토대회는 소인 집회에 불과했다.

나는 강당 앞을 지날 때마다 기껏해야 수백 명을 앞에 두고 몇몇의 사내가 단 위에 올라가 과격한 언사로 성명서를 낭독하고 있는 것을 종종 볼 수 있었다. 그 사내는 오만준이나 독설가였던 김오진이었다. 듣고 있던 사내들은 묵묵히 서서 마치 무슨 집합을 기다리는 죄수처럼 아랫입술을 깨물고 우리가 최후의 파수꾼이라는 표정으로 그 과격한 말들을 듣고 있었다.

많은 학생들은 그 광경을 웃으면서 혹은 슬슬 발걸음을 피하면서 지나가고 있었다. 집회가 끝나면 그들은 느릿느릿 변성기를 벗어나 마치 둔중한 강물이 흘러가듯 낮은 어조로 전우의 시체를 넘고 넘어를 합창하고 오만준에게 유도되어 학교를 한 바퀴 도는 시위행진을 시작하였다.

그들은 책가방을 든 채 학교를 순회하면서 모여라, 혹은 현역 교관을 축출하라는 고함을 지르며 학생들을 자기편으로 끌어들이려고 애를 쓰고 있었다.

그래도 학생들은 무관심하였다. 잔디밭에 앉아 뒹굴다가 그들이 지나가면 마치 혼잡한 버스 속에서 겨우 자리를 잡았을 때 재수 없게 나이 먹은 사람을 앞에 둔 경우처럼 될 수 있는 한 그쪽에 시선을 두지 않으려고 딴전을 피우고 있었을 뿐이었다.

그래서 그들의 고함소리는, 시위는 학교 속에 아무런 영향을 미치지는 못하고 있었다.

그러나 무시못할 사실은 그들의 그런 무모해 보이는 시위행위가 계속될수록 눈에 뚜렷이 띄지는 않았지만 점점 인원수가 불어간다는 것은 숨길 수 없는 사실이었다. 더구나 자기의 조직 세력을 데모에 모이는 인원수로 과시해 보려는 새로 뽑힌 총학생단에 의해서 데모는 수를 늘리고 귀에서 귀로 전해 가는 소문에 의하면 곧 대대적인 시위행위가 벌어질 것이라는 얘기였다.

학교 분위기는 이미 매년 초봄이 그러하듯 공부하는 분위기는 이미 상실되었다.

우리는 강의 시간을 알리는 벨이 울려도 들어가지 않고 무언가 저 봄볕이 따스한 거리로 스크럼을 짜고 소리를 고래고래 질러가면서 한바탕의 북새통을 치르고픈 욕망이 몸을 사로잡아 집단 수업 거부 같은 것을 강행하고 싶은 충동을 문득문득 느끼곤 하였다.

그즈음엔 벌써 학교에 올라치면 굴다리 입구 근처에 검은 스리쿼터가 서너 대 대기하고 있고 무술경관들이 투구벌레처럼 앉아서 담배를 피우고 있는 모습을 볼 수 있게 되었다.

그들은 정말 철저하게 무장되어 있었다. 머리 위엔 무슨 딱딱한 제물 탱크가 걸려 있었고 그들의 옆구리엔 방독면과, 우리의 데모 집회를 분산시키기 위한 곤봉, 혹은 신식 최루탄을 발사하기 위한 총으로 마치 과학전람회에서 보는 철로 도금한 로봇처럼 보였다.

등교하는 아침 햇살로 그들의 몸에 붙어 있는 철제들은 일시에 반짝거리고 있었다. 그들은 너희들 데모할 테면 해봐라 하는 듯한 위협감을 은연중에 풍기면서 우리들의 등교 발길을 흥분에 날뛰게 하였다. 그들도 우리들이 이미 그러한 전시효과로서의 위협에 떨어질 그런 순진성을 상실하고 있음을 잘 알고 있었고 더구나 바로 조금 후면 이 치들과 한판 밀리고, 던지고 후퇴하는 북새질을 벌일지도 모르는 판에 우리가 이렇게 의기양양하게 너희들 곁을 지나고 있다 하는 자만심으로 등교하는 우리들 가슴엔 오히려 이 친구들의 굳은 어깨와 침묵, 강한 의지, 우리를 막기 위해 고용된 듯한 직업의식, 이러한 참으로 만만치 않은 적을 보았을 때와 같은 투지감으로 충만되고 있었던 것이다.

아아, 참으로 이것은 페어플레이다. 페어플레이, 우리들의 가슴은 결코 뒤에서 적을 쏘아 죽이지 않는다는 서부 개척 시대의 건맨 같은 프라이드로 가득 차고 있었다. 결투를 앞두고 우리는 서로의 곁을 지나간다. 노려보지도 않고 적개심도 없이 다정한 사이처럼 스쳐 지나간다.

그때 눈에 띄는 것은 굴다리 벽보판에 붉은 글씨로 오늘 열한 시 노천강당에서 성토대회라는 플래카드였다.

그것은 마치 타이밍이 잘 맞는 적시타처럼 보여 우리의 가슴은 고동치는 것이었다.

가자, 우리의 아침 등교 발은 마치 무도의 신을 신어버린 여인처럼 날뛰기 시작하는 것이었다. 가서 젊은 혈기로 뒤끓는 친구의 어깨와 어깨로 스크럼을 짜고 그 아우성 속, 최루탄과 페퍼 포그, 고함과 안개에 어우러져 우리의 뇌리에 입을 대고 피를 빠는 광란의 축제, 그리하여 일체의 고독과 실의, 젊은 시절에만 느껴지는 좌절 의식은 털어버리자.

우리가 가는 변소 속에 혹 남은 몽당연필이라도 있으면 진지한 표정으로 낙서를 하자, 젊은이여 그대는 지금 변소에서 똥을 쌀 만한 여유가 없다. 젊은이여, 태양이 끓어오르는 가두로 나가자, 나가자.

우리는 모이기만 하면 교련에 대한 찬반을 주장하며 결말이 나지 않는 토의를 계속하였다. 그러나 벌써 우리들은 모른 척하고 있었지만 알 수는 있게 자라고 있었던 것이다.

대체로 우리들은 모두 교활해서 모른 척하고 있었지만 사실은 슬쩍 지나치기만 해도 저 곁에서 벌어지는 음모와 부정, 간통과 방화 이런 것을 한눈에 알아보는 것이었다.

정말이지 우리들은 너무나 약게 생겨 처먹었던 것이다. 마치 오른쪽 눈이 2.0, 왼쪽 눈이 2.0이었으면서도 군대 가기 싫어 징병검사에서 '가'를 '다'로 읽는 꾀병을 부리는 것처럼 우리는 잘 보이면서도 눈이 현미경처럼 좋아 박테리아균이 번식하는 것까지 보면서도 우리는 안 보이는 척하고 있었을 뿐이었다.

우리는 실상 아프지도 않으면서도 늘 아파 죽겠다는 표정으로 오가고 있었다. 그래야만 우리들은 무사통과할 수 있었다. 그래서 우리들은 이미 엄살에 능통해 있었던 것이다.

우리들에게 조금만 피해를 줘봐라. 이를테면 머리를 깎겠다고 덤벼들어 봐라. 우리들은 금세 움직이다가도 건드리면 죽은 듯이 몇 시간이고 꼼짝 않고 있는 벌레처럼 두문불출하는 것이다.

그러나 우리들은 죽은 듯이 보이지만 눈은 실눈을 뜨고 쉴 새 없이 곁눈질하고 있는 것이다. 우리가 어릴 때 잠만 자고 일어나면 호박순은 울타리로 움쩍 움쩍 자라곤 했다. 보이지 않는 곳에서 호박순 자라듯 그들의 눈을 피해서 우리들은 수음을 하고, 성교를 하고, 술을 마시고, 그들을 개쌍놈 하고 욕하고, 미니스커트를 욕하고, 국회의원을 욕하고, 그러다가 가슴에서 크는 질 나쁜 암세포처럼 혹이 돋는 것이다.

말하자면 우리는 육종(肉腫)이다. 잔인하고, 질 나쁜, 그러나 비굴하고 밤에만 크는 육종이다. 그들의 가슴속에 뿌리를 어느 틈엔

무서운 복수(複數) **249**

가 내리는 잡초처럼, 그리하여 그들의 양분을 빨아 크는 기생목처럼 우리는 크고 있는 것이다.

그뿐이냐. 우리는 스스로 세포분열까지 할 수 있다. 좀 어둡게만 해다오. 배양기 속에서 우리는 우리의 몸을 부숴 던져 또 하나의 우리를 만들어낼 수 있다.

확인되지는 않았지만 이런 소문도 있었다. 우리가 데모를 하면 데모를 막는 측에서 사진을 찍는다는 것이다. 수십 통의 필름으로 망원렌즈를 통해서 우리들의 얼굴을 찍는다는 것이다. 우리가 사진관에서 찍는 일부러 웃거나 일부러 상을 찌푸리는, 간혹 서툰 사진사가 내 못생긴 턱을 잡아당기는 그런 사진은 아니고 그야말로 움직이는 스냅이었던 것이다.

그 사진을 문제의 사나이는 어두운 암실에서 수백 장 현상한다는 것이다. 그리고 그 사진을 또 확대한다는 것이다. 그들의 사진 속에서 우리는 입을 치과의사 앞에서처럼 아, 벌리고 혹은 돌을 던지고 고함을 지르면서 정지되어 있다는 것이다. 이미 그렇게 해서 사진 찍힌 친구는 신세 조진다는 소문이었다.

국가 기업체에 취직시험을 치르면 시험은 아무리 잘 봐도 취직될 수 없고 군대에 가도 전방이라는 것이었다.

그러니 이런 말도 떠돌고 있었다. 심심풀이로 데모를 해도 앞장을 서지는 말라는 얘기였다. 즉, 꼭 가운데에 보이지 않는 우리의 제삼의 적, 보이지 않는 곳에서 고급 카메라로 우리들을 찍어 내리는 사진사는 될 수 있는 한 피하라는 얘기였다.

데모 군중은 점점 자라고 있었다. 부쩍부쩍 늘고 있었다. 아침에 등교하면 어젯밤 학생회장이 불려갔다가 오늘 석방되었다는 소리가 귀에서 귀로 전해지곤 하였다.

거의 매일이다시피 열한 시면 노천강당에서 성토대회가 벌어졌다. 신문사 차들은 학교 앞 교정에 늘 상주하여 사진을 찍고 취재를 했다. 본격적인 데모가 벌어진 것은 오월 초순부터였다.

오전 열한 시경 한 오백 명의 학생들이 스크럼을 짜고 성토대회를 마친 후 학교를 한 바퀴 돌았다. 그들은 강의실 앞에 모여 전우의 시체를 넘고 넘어를 합창하였다. 나는 그때 강의 시간에 들어가 철학과 과목인 예술철학을 듣고 있었다. 방금 교수님은 천재론에 대해 강의를 하고 있었다. 우리는 강의실 창문 바깥에서 목쉰 소리로 우리를 불러내려는 고함소리를 들었을 때 창피하고 부끄러운 기분으로 고개를 움츠리었다. 마치 오입하는 현장에서 아는 이를 만날 때와 같은 수치감에 낯을 붉히고 있었다.

"나와라. 나와."

고함소리는 문과대학 계단에서부터 울려 퍼져 온 건물을 쩡쩡 흔들고 있었다. 그러자 수업 도중인데도 강의를 듣고 있던 학생들이 우르르 남의 눈치만을 살피고 있다가 슬그머니 그 그룹에 끼여들었다.

수업 시간은 엉망이 되었다. 일어서서 나간 다수의 시위 행동으로 남아 있는 학생들도 주섬주섬 낭패한 기분으로 책을 챙기기 시작했다.

"제군."

교수님은 시계를 들여다보았다.

"아직 삼십 분이나 남아 있다. 수업시간이 끝나려면."

"휴강합시다."

누군가가 큰소리로 말을 했다.

"지금의 이 시간은 공부할 시간이 아닙니다."

"그럼 무엇을 할 시간인가?"

교수님은 안경도 벗어 들고 침침한 눈으로 웅성대는 학생들을 쳐다보았다.
"어쨌든 나가야 합니다."
"말리진 않겠어."
교수님은 떨리는 목소리로 말을 받았다.
"허지만 내겐 자네들을 열한 시 오십 분까지 가르칠 의무가 있다."
"저희들은 나가야 할 의무가 있습니다."
누군가 격앙된 소리로 소리를 질렀다. 그때였다.
강의실 문이 덜컹 열리더니 흰 띠를 두른 학생이 뚜벅뚜벅 들어왔다.
"선생님 아무래도 휴강을 시켜주십시오."
그 학생의 이마에선 구슬땀이 흐르고 있었다. 나는 그가 누군지 알았다. 그는 오만준이었다.
"용기를 보여주십시오. 선생님."
"노크를 하고 들어오게, 여기는 강의실이야."
교수님이 분필을 교탁 위에 놓으면서 될 수 있는 한 감정을 가라앉히려는 듯한 자제의 눈빛을 보이며 비교적 담담히 말을 하였다.
"모든 강의가 휴강이 되었습니다. 유독 선생님 강의 시간만이 계속되고 있습니다."
"그건 나와는 상관없는 일이야."
"그렇다면."
오만준이 이마에 솟은 땀을 함부로 손으로 씻으며 물었다.
"선생님과 상관 있는 일은 도대체 어떤 일입니까?"
"수업을 계속해야 한다는 것밖에 없네."
교수님은 닫았던 강의 노트를 다시 펼치셨다.
"나가고 싶은 사람은 나가도 좋아. 그 대신 강의를 듣고 싶어 하는 학생들은 불러내지 않기로 하세."

"알겠습니다."

오만준은 선선히 가볍게 인사를 한 다음 이미 서서 서성거리는 학생들을 쳐다보았다. 학생들은 하나둘 강의실 밖으로 나가기 시작했다.

전우의 시체를 넘고 넘어 앞으로 앞으로 낙동강아 흐르거라 우리는 돌진한다.

강의실 창문 밖에서 우렁차고 독기에 넘친 매운 합창이 새로 시작되었다. 그 소리는 새로 합쳐진 군중들의 고함으로 한층 고조되고 있었다. 나가려던 학생 대여섯 명이 다시 강의실 문을 열고 들어왔다.

"무슨 일인가?"

"출석은 어떻게 하실 겁니까?"

한 학생이 쑥스럽게 웃었다.

"출석은 부르지 않겠어. 결석으로 치지도 않겠어."

그러자 안심했다는 듯 그 학생들은 나가버렸다.

나는 그때 강의실에 남아 있는 것은 두 명의 여학생과 나뿐인 것을 알아차렸다.

교수님은 썰렁한 강의실 분위기 속에서 우울하게 지하실 창문으로 한 줌 새어들어온 햇빛에 잠시 가느다랗게 눈을 뜨신 채 앉아 계셨다.

"계속할까, 아까 내가 어디까지 강의를 했더라."

교수님은 교탁에 팔꿈치를 대고 무언가 딴 생각을 하시는 것 같은 표정으로 덤덤히 물으셨다.

"플라톤의 예술무용론에 대해서 말씀하셨어요."

앞자리에 앉았던 여학생이 맥 빠진 소리를 내었다.

"옳지, 그랬지 그랬어. 헌데 참 여기 남아 있는 세 사람은 왜 데모에 참가하지 않는지 그 이유를 모르겠군."

교수님은 먼발치에 앉아 있는 나를 보셨다. 나는 부끄러워 킥킥 웃었다.

"어디 최 군 그 이유를 말하지. 왜 데모에 참가하지 않는가?"

나는 더욱 부끄러워 얼굴을 가리며 웃었다.

"이번 학기엔 불과 두 시간밖에 정상수업을 하지 못했어. 제군들은 노트를 몇 페이지 했지."

"두 페이지예요."

여학생이 역시 맥 빠진 소리를 냈다.

"자, 그만하지."

갑작스레 선생님은 벌떡 일어나셨다. 그리고 주섬주섬 강의 노트를 추리셨다.

"최 군 나와서 칠판 좀 지워."

나는 재빨리 의자와 의자 사이를 빠져나와 지우개를 들었다.

나는 칠판에 씌어진 '플라톤'을 지웠다. '이상국가'를 지웠는데 우선 받침만을 지웠다. 그러자 '이사구가'라는 기묘한 글씨로 변하였다. 나는 다시 이번엔 '이사구가'에서 '이'를 지웠다. 그러자 '사구가'만이 남았다. 사구가, 사구가 나는 중얼거리다 얼핏 봄철에 피는 사쿠라를 연상해 내었다. 사쿠라 그러자 나는 공포를 느꼈다. 그래서 누군가 날 노려보지 않는가, 주위를 얼핏 돌아보며 얼른 흑판을 지웠다.

'유토피아'를 지우고 '도덕적인 면에서'라는 낱말도 지웠다. 그러니 칠판은 깨끗하여졌다.

나는 손에 묻은 분필가루를 털면서 철 늦은 오버를 치렁치렁 걸치고 걷는 교수님의 뒤를 부지런히 쫓아 걸어갔다. 교수님과 나는 지하 강의실 복도를 말없이 걸었다. 쿨럭쿨럭 선생님은 기침을 하셨다.

"감기 걸리셨군요."

나는 역시 부끄러워서 킥킥 웃으면서 말을 걸었다.

"그래, 여름 감기에 걸렸어."

"감기엔 콘텍 육백이 좋아요. 저두 저번 감기에 걸렸을 때 그걸 먹고 나았어요."

"알구 있어."

선생님은 대답하셨다.

"나두 그 약이 좋은 약인 것은 알고 있어."

우리는 말없이 계단을 올랐다. 잠시 말이 없었다.

"아까 그 학생이 내게 용기를 보여주십시오, 하고 말을 하였을 때."

선생님은 쿨럭이면서 말씀을 꺼내셨다.

"내 표정이 어땠어?"

선생님은 주머니에서 더듬더듬 은단을 꺼내어 한입 털어 넣으시면서 나를 쳐다보았다.

"영화배우 같으셨습니다. 핫하하."

"겨우 그건가?"

선생님은 나의 농담에 따라 웃지도 않으시면서 무표정하게 물었다.

"모르겠어, 뭐가 뭔지 모르겠어."

"뭐 말씀이십니까?"

"그들이 내게 요구하는 용기라는 것이 말일세. 진정한 의미의 용기란 것은 과연 무엇일까?"

"글쎄요."

나는 헛기침을 하였다.

"모르겠어요. 어쨌든 선생님과 그 학생들 간엔 크나큰 벽이 있는 것 같아 보였어요. 정말이에요. 지척지간인데도 수만 리 멀리 보였어요. 이런 얘기 그만둬요."

나는 얼핏 화제를 피하면서 말꼬리를 돌렸다.

"참 최 군 친구 중에 텔레비전 장사 하는 친구 없나?"

선생님은 오랜 침묵 끝에 생각나는 듯 물으셨다.

"왜요."

"텔레비전을 갈아야겠어. 집의 것이 너무 낡았어."

화랑 담배 연기 속에 사라진 전우야. 한 떼의 고함 소리가 멀리 멀리 흘러가고 있었다. 그 소리는 마치 너울너울 아득히 보이지 않는 곳으로까지 흘러가려는 필사의 안간힘으로 삐죽삐죽 솟아오르고 있었다.

"최 군은 데모에 참가할 생각인가?"

"글쎄요."

나는 시선을 떨어뜨렸다.

"뚜렷한 계획은 없어요."

"그럼 우리 방에 가서 커피를 마시기로 하지. 커피가 알맞게 끓었을 거야."

"한쪽에선 데모하구 우리는 커피를 마시는군요."

"그렇군."

선생님은 수긍인지 부정인지 뜻 모를 끄덕임을 하셨다.

"그리고 여름 감기를 걱정하고 말야."

"또 텔레비전을 바꿀 생각을 하고 말입니다. 핫하하."

우리는 교수님의 연구실 소파에 앉아 커피를 들었다. 커피 맛은 무지하게 좋았다. 그러나 설탕이 부족하였다.

"최 군은 6·25 때 몇 살이었지."

문득 선생님은 교수실 창밖으로 주욱 내뻗친 교문까지의 길을 소리소리 지르며 내려가는 수천 명의 데모 군중을 보시면서 내게 물었다.

"글쎄요. 예닐곱 살로 기억됩니다."

"6·25에 대한 기억은 나나?"

교수님은 창에서 들어온 초여름의 햇살이 선인장 위에 오글오글 맺히는 것을 바라보셨다.

나는 선생님을 올려다보았다. 선생님은 요 몇년 새에 더욱 나이 들어 보이셨다.

"기억납니다."

나는 대답했다.

"허지만 아주 조금 납니다."

"저 학생들은 그때 몇 살이었을까?"

"글쎄요."

나는 안 본 새에 몇천 명으로 굉장히 불어난 학생들이 노래를 소리소리 높여 불러가며 백양나무가 오월의 햇살에 반짝이는 포장된 길을 행진하여 나가는 것을 발돋움하여 내다보았다.

멀리 굴다리로 기차가 지나가고 있었다.

"아마 전란 중에 태어난 아이들일 것입니다. 그런데 그런 것은 갑자기 왜 물으십니까? 선생님도 벌써 그 나이 하나로 젊은이들을 단순한 철부지에 불과하다라는 위압감을 주시고 싶으십니까?"

나는 웃었다. 그러자 선생님도 따라 웃으셨다.

"최 군, 가세."

선생님은 캡을 눌러 쓰시면서 나를 돌아보았다.

"최 군, 우리 데모 구경이나 가세. 오늘 데모는 큰 것 같아. 타 대학에서도 이 시간에 데모를 벌인다더군. 최 군은 언제 이 대학에 입학했지."

"육십사 년도에 입학했습니다."

나는 부끄러워져서 웃었다. 내키는 김에 그 특유의 웃음을 힛히 히 하고 웃으려다가 참았다.

"그동안 데모는 몇 번 했나?"

"무지무지하게 했지요. 한일회담 반대, 국민투표 반대, 부정선거 반대, 교련 반대, 저 대학교 일 학년 때는 우리 데모대가 국회의사 당까지 갔지요. 우리는 이효상 국회의장하구 토론까지 했지요. 군 대 삼 년 반 빼놓구 일 년이라도 휴업령이 없었던 때가 없었어요."

우리는 나란히 걸어 나왔다. 벌써 먼 곳 굴다리 쪽에서 최루탄을 쏘는 소리가 펑펑 나고 흰 연기가 치솟고 있었다.

나는 자꾸 지껄이고 싶었다. 그래서 혼자서 들으시거나 마시거 나 지껄이었다.

"전 해방둥이입니다. 참 묘할 때에 세상에 태어났거든요. 잘못하 면 창씨개명까지 할 뻔했는데 말이에요. 6·25도 생각나요. 지금도 잊혀지지 않는 기억이 있어요. 얘기를 할 테니 들어보세요. 우리는 무지하게 가난했어요. 매일 매일의 끼니 걱정을 했으니까요. 난 누 이가 밥을 먹으면서 내게 이런 말을 했던 것이 생각나요. 그때 내 식욕은 굉장해서 밥 한 사발쯤은 순식간에 해치웠거든요. 그런데 누이는 그러지 않았어요. 늘 아껴서 먹곤 했어요. 내가 내 몫의 밥 을 다 먹어치우고 허기져 있는 모습을 보면 누이는 숨겨두었던 찬 밥덩이를 마치 소중한 것인 양 조금씩 주곤 했어요. 그러고는 이렇 게 말하는 것이었어요.

"얘. 꼭꼭 씹어 먹어. 천 번두 넘게 씹어 먹으란 말이야."

어느 날인가 그날도 우리 식구들은 굶고 있었어요. 아버지는 시 내에 나갔다 들어오셨지만 우리의 모이를 구해 오시지는 못했거든 요. 우리는 모두 방에 누운 채 바닷물이 성이 나서 철썩거리며 방파제를 두드리는 소리를 듣고 있었어요. 너무나 배가 고파 잠두 잘 수 없었지만 그것보다도 우리에겐 행여 미군 부대에 나가는 누이가 혹시 미군들이 먹다 남은 칠면조라도 갖고 올지 모른다는 기대감에 잠겨 있었던 것이지요. 아버님은 시내에 나갔다 오신 후로 줄곧 벽쪽을 향해 바라보시면서 주무시는지 아무런 말도 없으셨어요.

작은누이는 피난통에 어쩌다 버리지 않고 들고 온 축음기에 태엽을 주고 「이태리의 정원」을 틀고 있었어요. 축음기 옆에는 큰 나팔이 달려 있었는데 그 속에서 가냘픈 여인의 목소리가 연상 컴 투 마이 가든 인 이태리를 부르고 있었어요. 중학교에 다니고 있던 큰형이 그것을 설명해 주었어요. 이태리의 정원으로 오세요. 그리고 나를 보세요. 어젯밤처럼.

그러자 작은누이가 영어도 모르는 국민학교 학생인 주제에 그 노래를 따라 부르기 시작했어요. 컴 투 마이 가든 인 이태리, 엔 시 투 미 라이크 어 예스터데이. 나도 지지 않고 그 노래에 합창하기 시작했어요. 그러면서 나는 저 축음기의 태엽이 어서 빨리 풀리기를 기원하고 있었어요.

그 태엽이 풀릴 때 일순 무너지면서 스스로 눈을 감아버리는 맥풀린 소리, 그리고 그것이 어느 틈엔가 정지해 버리는 침묵 같은 것에 나는 기막힌 매력을 느끼고 있었거든요.

바로 그때 아버지는 우리들의 시끄러운 합창을 막아버리듯 불쑥 건넛마을 같은 피난민 방 씨 집에 갔다 오라고 분부하셨고 거기 가서 쌀을 달라고 하면 줄 거다라는 말을 하셨어요. 그래서 우리는 어둡고 축축한 바깥으로 나왔어요. 나는 그날의 일을 잊어버릴 수가 없어요.

하늘엔 별도 없었지요. 파도가 바람에 휩쓸려 우리에게 물보라를 끼얹고 있었고 밤의 파도는 인광을 발하면서 미친 듯이 모래사장을 훑고 있었어요. 물새 한 마리가 바람에 날리어 사라져 갔어요.
　우리는 옷을 여미며 들어오는 바람을 막으려 하였지만 막무가내로 바람은 우리를 가두어 우리는 약속이나 한 듯 뒷걸음으로 걷고 있었어요. 뒤로 걷는다는 것은 무척 편안한 일이었어요. 우리는 몇 번이나 도랑에 빠지고 몇 번이나 진흙에 푹푹 빠지면서 교회당 뒤를 돌아 방 씨네 집으로 갔어요.
　방 씨네 집은 우리가 다니는 국민학교 뒤쪽에 있었어요. 그 국민학교는 어물 창고를 칸막이해서 피난민들을 상대로 가르쳤던 학교였기 때문에 한쪽에서 바람아 불어라 대추야 떨어져라 하면 한쪽에서는 보셔요 꽃동산에 봄이 왔어요가 노래 불려졌고 언제든 생선 비린내가 나고 있었어요.
　그러나 그곳은 우리의 학교였어요. 종이 하나 달려 있어 수업 시간마다 깡깡깡 울리는 육 학년도 오전반 오후반으로 갈라져 있는 우리 학교였어요. 서울에서 피난온 선생님 셋이서 우리를 가르치고 있었어요. 남선생 한 분이 교장이었는데 늘 염색한 군복 바지를 입고 있었어요.
　우리는 수업 시간에 앞서 일어서서 운크라에서 기증한 국민학교 교과서 맨 뒤에 있는 '우리는 대한민국의 아들딸 죽음으로써 나라를 지킨다.'는 우리의 맹세를 합창하여야만 했어요. 그 얘긴 그만하고, 방 씨네 집은 불기가 없었어요. 누이가 먼저 들어서서 방문을 두드렸지요. 우리는 너무 추워서 이미 체온을 잃고 있었어요.
　나는 연신 사타구니 속에 손을 집어넣고 발을 동동 구르고 있었어요. 사타구니 속은 나의 유일한 따뜻한 곳이었거든요.
　한참 만에 안에서 등불을 든 여인네가 나왔어요.
　"안녕하세요."
　누이가 공손히 인사를 했어요.

"안녕하세요."

나도 공손히 인사했어요.

"오 너희들 변호사집 애들이구나. 웬일들이냐?"

여인네가 하품을 하며 물었어요.

"아버지가 쌀 좀 꿔주십사 해서 왔어요."

누이가 말을 했어요. 집 뒤에 있는 돼지우리에서 돼지가 꿀꿀거리면서 울었어요.

"쌀이 없다."

여인네가 말을 했어요.

"전번에두 얘, 한 되 꿔주었잖니."

"알아요."

누이가 대답했어요.

"알구 있어요."

나도 맞장구쳤어요. 다시 집 뒤의 돼지가 꿀꿀 울었어요.

"그래두 아버지가 우리가 가면 주실 거랬어요."

누이가 손을 비비며 말을 했어요.

"없다."

하고 여인네가 대답했어요.

"우리도 먹을 것이 없단다. 얘야."

"아버지가 곧 갚아주신댔어요."

누이가 단조로운 목소리로 말을 했어요.

하늘 위로 비행기가 지나갔어요. B29다. 나는 소리만 듣고 알아냈어요.

"정말이에요."

나는 얘기했어요.

"아버지가 곧 사건 하나 맡으시면 돈이 생기신댔어요."

"안된 소리지만 너희들 사료라도 먹을 테냐."

"사료라니요?"

누이가 반문했어요.

"닭 모이 말이야. 정말 우리도 쌀이 없어. 그거라도 괜찮다면 가져가지만 늬들 부모님이 우리를 욕하실 게야. 그러니 어쩔 테냐?"

"좋아요."

내가 누이가 대답하기 전에 먼저 말을 가로챘어요.

"그거래두 주세요."

그러자 여인네가 집으로 사라졌어요. 우리는 어둠 속에서 있었어요. 누이가 여인네가 사라지자 내게 물었어요.

"사료가 뭐냐. 먹을 수 있는 거냐?"

"몰라."

나는 모르는 척 대답했어요.

"닭이 먹을 수 있으니까 우리도 먹을 수 있겠지."

우리는 어둠 속에 잠겨서 무언가 골똘히 바라보기 시작했어요. 그러나 사방엔 빛이라곤 하나도 없이 우리는 마치 간밤에 꾼 악몽 가운데 빠져버린 기분이었어요.

"여기 있다."

여인네가 무언가를 들고 나왔어요.

"한 되뿐이다. 가서 아버님께 이런 것을 주었다고 꾸중하지 마시라고 전해라. 우리도 이것밖에 없으니."

"알겠어요."

누이가 두 손으로 받으면서 싹싹하게 대답했어요.

"가서 전하겠어요."

"조심해 가거라."

"안녕히 계세요."

"안녕히 계세요."

봉지는 누이가 들었어요. 그러나 나는 아무래도 내가 남자고 힘이 세니 내가 들어야 한다고 우겼어요. 그래서 그것을 내가 들었어요.

나는 가만히 손끝을 봉지 속에 넣어 만져보았어요. 그것은 마치 소금처럼 깔깔한 감촉으로 좀 후에 나는 그것이 닭에게나 주는 좁쌀인 것을 알았어요.

나는 누이의 눈을 피해 그것을 한 줌 한 줌 입에 넣고 그리고 우물우물 씹기 시작했어요. 따스한 온기가 입 안에 감돌고 풀기가 감미롭게 차올랐어요. 나는 뛰기 시작했어요. 누이도 나를 따라 뛰었어요. 우리는 약속을 하지는 않았지만 누가 먼저 집에 도달할 것인가 내기를 한 것처럼 숨이 가쁘게 뛰었어요.

"뛰어라, 뛰어라, 깜둥이 뛰어온다. 뛰어라 뛰어라. 달걀귀신 쫓아온다."

우리는 모래사장 쪽으로 나와서도 뛰었어요. 차갑고 축축한 모래를 발로 차자 모래는 우리의 종다리를 향해 달라붙었어요.

그때 나는 모래에 걸려 땅에 쓰러졌어요. 순간 봉지가 터지고 좁쌀이 모래사장에 엎질러져 버렸어요. 순식간의 일이었어요.

나는 너무 놀라서 일어설 생각도 하지 않고 쓰러진 채 어둠 속에서 좁쌀이 섞여 사금파리처럼 빛나는 것을 보았어요. 울음을 터뜨린 것은 누이였어요.

"어떡하니, 얘."

누이는 그대로 주저앉더니 투정부리는 애처럼 발을 버둥대며 울었어요.

그제야 나도 같이 따라 울기 시작했어요. 막연하게 우리의 가슴 속으로 공포감이 덤벼들었어요.

이 빛이 없는 어둠 속 둘만이 차가운 모래사장 위에 앉아 있다는 사실, 그리고 좁쌀을 엎질러버렸다는 사실이 실감되어 오고 우리는 이윽고 눈물보다는 더 큰 공포감에 와들와들 떨고 있었어요.
　한바탕 울기를 끝마쳤을 때 느껴지는 지나치리만치 고요한 주위의 정적 속에서 누이는 조심조심 어림짐작으로 모래 위에 엎질러진 좁쌀을 주워 담기 시작했어요.
　봉지는 이미 터져 있었으므로 우리는 주머니에 그것을 담기 시작했어요. 그러나 우리는 좀 후에 그만 작업이 얼마나 무의미한 일인가를 알아차렸어요.
　좁쌀은 이미 모래와 섞여 우리는 차라리 모래를 주워 담는 셈이었던 것이었어요.
　그러자 우리는 그 작업을 멈추고 앉아 멍하니 바다보다 큰 하늘, 하늘보다 큰 바다, 하늘과 바다보다 더 큰 어둠을 노려보기 시작했어요.
　그러자 누이가 느닷없이 좁쌀이 쏟아진 모래 쪽을 발로 걸어차기 시작했어요. 그것은 심술과 같은 억지였음을 나는 알아차려 놀란 나머지 말리려 했으나 좀 후에는 나도 같이 모래를 발로 차기 시작했어요.
　"에이 망할 놈의 쌀 귀신이나 먹어라."
　누이가 침을 퉤퉤 뱉으면서 소리 질렀어요. 바람 속에 누이가 지르는 소리는 진폭이 짧아 싹뚝싹뚝 끊겼어요.
　"고시레, 물귀신 고시레."
　나는 모래를 한 줌 들어 바다 쪽을 향해 던졌어요. 그냥 이런 얘기예요. 허지만 난 지금도 이 기억을 좀체 지울 수가 없어요.
　이상하게도 이 기억이 두고두고 나를 사로잡는 것이에요. 선생님 나이 또래만 고생을 겪었다는 이야기는 하지 마세요. 그러니 젊은 너희들이 무엇을 알 것인가 탓할 필요는 없어요. 보고 겪는 것은 우리 나이 때에도 처참했으니까요."

나는 얘기를 끝마치며 웃었다.

"그것 거짓말 아닌가. 난 자네 같은 글을 쓰는 친구들은 너무나 상상력이 풍부한 나머지 거짓말을 밥 먹듯이 하는 것으로 알고 있거든."

선생님이 허허, 웃으시면서 내게 물었다.

"아닙니다. 정말 있었던 일이에요. 올 겨울에 학교 애들 부산에서 공연한다고 해서 따라갔다가 그곳에 한 번 들렀지요. 그랬더니 무슨 큰 목재공장이 들어섰더군요. 꼭 공룡의 늑골 같은 침목들이 내가 모래를 던지던 바다 위에 둥둥 떠 있었어요. 그리고 그 국민학교는 엑스 자로 굳게 닫혀 있었어요."

벌써 매운 기가 우리들의 코를 자극하고 있었다. 눈이 퉁퉁 부은 학생들이 뒤로 물러서면서 뒷걸음질쳐 지나갔다.

"지독하군. 난 벌써부터 눈이 매워."

"눈이 매워도 비비진 마세요. 그러면 더 눈이 아려요. 그냥 눈을 꾸욱 감고 계세요. 바람 부는 쪽에 눈을 대고 말이에요."

"최루탄 베테랑이군."

선생님은 연신 껄껄대면서 웃으시었다.

에취, 에취, 연거푸 선생님이 재채기를 하셨다.

우리는 눈을 가늘게 뜨고 무언가 광물기가 둥둥 떠서 흐르는 듯한 햇빛과 매운 기 속에서 수많은 학생들이 경찰대와 대치하고 있는 후미까지 갔다.

학생들이 손에 돌을 들고 경찰관을 향해 던지고 있었다. 그러면 경찰들은 투석 방어용 방패로 그것을 막았다.

엇샤 엇샤.

전진 선발대가 다시 스크럼을 짜고 그들을 향해 돌격하였다.

그러자 그들은 페퍼 포그를 틀어 온 시야를 운무로 가리기 시작했다.

몇몇 학생들이 질식하듯 쓰러졌다.

한 친구가 눈물을 질질 흘리면서 눈을 비비며 소리를 지르면서 돌을 던지고 있었다.

나는 굴다리 입구와 철로길 위 요새에서 마치 메뚜기 얼굴 같은 방독면을 쓰고 우리들을 내려다보는 경찰대들을 바라보았다.

그들은 얼핏 본 어린이용 만화영화에서 본 황금박쥐와 흡사한 몰골이었다.

방독면을 쓴 얼굴은 제 자식을 잡아먹는 육식동물의 눈빛처럼 빛나고 있었다.

도무지 학생 데모대는 그들의 방어선을 뚫지 못하고 있었다.

"지독하군. 저것이 뚫리긴 뚫리나 모르겠군."

교수님이 눈을 손수건으로 비비면서 내게 물었다.

선생님의 눈이 벌써 사납게 부어 있었다.

"왜요. 한때는 뚫리기도 했어요."

펑펑 사방에서 최루탄이 터졌다. 그 연기는 한 조각의 연기마다 살아 있는 넋처럼 우리의 몸을 향해서 달라붙었다.

엇샤 엇샤.

새로운 한 떼의 학생들이 스크럼을 짜고 운반차에다 건축용 자갈을 실어 나르더니 집중 투석을 시작했다.

정 못 참겠다는 학생들은 후미에 길어다 놓은 바께쓰 소금물에 눈을 씻고 있었다.

그러나 나는 그 학생들이 소금물로 눈을 닦았을 때 얼마만큼 눈이 아리고 쓰린가를 잘 알고 있었다.

그때였다.

나는 그곳에서 오만준을 보았다. 그는 맨 앞에서 한 손에 돌을 들고 이리저리 성난 말처럼 뛰고 있었다.
"저 친구가 누군지 아나?"
교수님이 내게 물었다.
"예. 언젠가 술을 마신 적이 있어요. 학생 운동하는 친구더군요."
나는 점점 아무런 의미 없는 눈물을 흘리고 있었다.
벌써 인근의 상가는 철거를 하고 쇼윈도 앞에 두꺼운 판자막을 대고 있었다.
"학생들은 과연 이렇게 과격한 데모를 할 만큼 자기 자신의 판단이 냉철하고 또한 사회의식에 밝다고 생각하는가?"
교수님은 연거푸 재채기를 하면서 말을 하셨다.
"하는 측이나 막는 측이나 둘 다 맹목적인 것 같다."
나는 그때 누군가가 경찰대를 향해 뛰어가는 것을 보았다. 그것은 마치 발작과도 같은 뜀박질이었다.
나는 그가 누군가를 알았다. 오만준이었다. 그러자 잠시 주춤했던 학생들도 그 뒤를 따라 맹렬히 뛰어가기 시작했다.
새로운 생기가 잠시 후퇴한 듯싶었던 군중에서 피어올랐다.
엇샤 엇샤. 물러섰던 데모대가 다시 스크럼을 짜서 그들의 무리로 맞덤벼들었다.
삽시간에 수라장이 되었다. 치고받고 하는 난투극이 벌어졌다. 몇몇 학생들이 몽둥이에 맞아 쓰러지고 피를 흘리는가 싶더니 경찰대는 순식간에 후퇴하여 다시 굴다리 못 미처 상가 중간 지점에 2차 방어선을 구축하였다.
그러자 학생들은 손에 돌을 들고 굴다리 위 철길 위로 새까맣게 몰려들었다.
"올라가 보시겠습니까?"

나는 교수님을 돌아다보았다.
"그러지."
우리는 언덕을 올라 철길 위로 올라섰다. 철길의 두 선은 햇빛을 받아 번뜩이고 있었고, 위에서 본 아래 도시는 초여름의 빛나는 태양으로 꿈결처럼 타고 있었다.
멀리 한강이 내려다보였다.
학생들은 쉴 새 없이 돌을 던지고 있었다.
나는 손을 내려 철길 침목 옆에 구르는 자갈을 집어 들어 교수님께 드렸다.
"한번 던져보시겠습니까?"
그러자 교수님은 그것을 받아 들었다.
"단단하군 차돌이야."
"한번 던져보세요."
나는 웃었다.
"누가 누구에게 말이야?"
"선생님이 저들에게 말이에요. 바닷가에서 납작한 돌을 주워 몇 번 물결을 뚫는가 내기해 보신 적이 있으세요?"
"있지."
교수님이 웃으셨다.
"허지만 저들이 바다가 아니잖아. 저들에게도 죄가 없어. 난 오히려 학생들보다도 저들이 더 가엾군."
"그걸 학생들이 모르는 줄 아세요. 서로 가엾게 생각하는 거예요. 난 가끔 데모할 때마다 울어요. 그것은 우리가 불쌍하기도 하지만 저들도 불쌍해서 우는 거예요. 그들도 아마 우리가 느끼는 심정과 마찬가지일 거예요. 그러면서도 우리는 서로에게 돌을 던지는 거예요."

나는 손에 쥐었던 돌을 그들을 향해 던졌다. 그 돌은 그들 앞에 미치지도 못하고 떨어졌다.

"우리들은 이제 심장만 걸어다니는 것 같아요."

"저들이 도대체 무엇을 잘못했다는 거야."

"몰라요. 신문에서 부정부패 어쩌구 떠들지만 우리는 그런 것을 몰라요. 그저 돌을 집어 던지는 거예요. 자 던지세요."

나는 그때까지 내가 종전에 집어 쥐어준 돌을 애완용 기물처럼 만지작거리고 있는 교수님을 올려다보았다.

"저들이 바다가 아니라구요. 천만에요. 저들은 바다예요. 맹목의 바다예요. 자 던지세요. 우물쭈물하지 말고."

"못 던지겠군."

선생님은 팔을 추켜올리셨다 힘없이 내리셨다.

"아까 선생님이 제게 물으셨죠. 진정한 의미의 용기가 무엇이냐구요. 우리들에게 진정한 의미는 이런 것으로 알려져 있다고 그렇게 생각하고 있어요."

나는 두 번째의 돌을 인파, 아니 바다를 향해 던졌다.

바다여 그대가 거울과 같은 바다라면 깨어지는 소리를 내어 다오. 쨍그렁하고 부서지는 소리를 다오.

"아무래도 자신 없군."

선생님은 슬쩍 쥐었던 돌을 떨어뜨리셨다.

"난 저들에게 돌을 던질 수 없어. 학생들 모두들도 내겐 소중하지만 저렇게 무서운 집념으로 데모를 막고 있는 저들도 내겐 소중해. 두 쪽이 모두 내겐 소중하단 말야."

"기회주의자시로군요."

나는 내가 언젠가 들었던 말을 선생님에게 함부로 했다.

"우리나라엔 ○냐, 아니면 ×냐. 둘밖에 없어요."

"난 최 군은 이런 현실에 신경이 무딘 친군 줄 알았는데."

"무디죠. 허지만 일단 데모를 하면 무언가 적개심이 끓어올라요. 그건 내 생리와 무관한 거예요. 그저 물고, 뜯고, 그리고 쓰러지고 싶어요. 현역 교관 반대, 그것은 핑계에 불과해요. 교련 반대가 아닐지라도 우리는 또 다른 핑계를 만들어서라도 데모를 했을 거예요."

"그것은 비겁한 행동이야."

교수님은 최루탄 연기로 인해 울면서 부르짖었다.

"학생은 그래선 안 돼."

"알아요."

나도 마침 총공격을 가해 오는 최루탄에 눈물을 흘리면서 말했다.

"그런 것을 알면서도 우리는 약아빠져서 합리화를 잘 시키거든요. 저들이 저렇게 강경하게 나오면 더 큰 데모가 벌어지는데 틀림없이 몇 학생이 구속당할 거예요. 그러면 더 큰 데모가 일어나요. 현역 교관단 반대가 아니라 구호가 교련 철폐로 바뀔지도 몰라요. 저런 식의 방어는 곤란한 것이에요."

"경험에서 우러나온 진리인가?"

교수님이 껄껄 웃으셨다.

"선생님, 스물일곱의 나이에 너무 많은 것을 경험했어요. 이젠 피기도 전에 늙어버린 기분이에요. 자 이제 돌아가요. 데모대가 밀리는군요."

"그러지."

교수님이 말을 받으셨다. 그러고는 연거푸 받은 재채기를 하셨다. 우리는 쫓기는 사람처럼 황황히 뒤도 돌아보지 않고 학교로 되돌아왔다.

나의 그 예언은 적중하였다. 바로 그날 데모에서 네 명의 학생이 구속되었다. 그중에 오만준과 김오진 군도 끼여 있음은 물론이었다. 그리고 또 하나의 예언도 적중하였다. 학생들의 데모도 더욱더 치열해지고 있었던 것이다. 그들은 구속학생 석방하라 혹은 교련 철폐를 부르짖으면서 연일 데모를 벌였다. 사실상 학교의 기능은 마비되었다. 수업은 폐지되었고 우리는 매일 데모를 하려고 학교에 나가는 셈이었다.

데모는 흔히 오전 열한 시부터 시작해서 오후 세 시까지 계속되었다. 우리는 우리와 이미 친숙해진 경찰대들이 거리에 눕거나 가로수에 등을 기댄 채 담배를 피우고 있는 모습을 보면서 등교를 했고 그들과 정해진 시간에 끝이 나지 않는 싸움을 전개하고는 다시 거리에 깔린 무질서한 돌자갈들, 아직 채 연소되지 않은 최루탄의 흰 가루 등을 쓸어내리려는 불자동차 물줄기를 받으면서 퇴교하였다. 그때 우리는 또 한번 울어야만 했다. 그 최루탄의 매운 기가 이미 구석구석에 배어 있는 그 굴다리 주변은 바람이 불 때마다 아린 감각을 주어 와서 우리는 언제부터인가 그 벽을 '통곡의 벽'으로 부르고 있었다. 오만준이 구속되었다가 석방된 후 처음 만난 곳은 학교 앞에 있는 다방이었다. 그는 내게 시커먼 등사 잉크 묻은 손을 내밀어 악수를 청했다. 나는 그 손을 잡았다.

"지하신문을 등사하다가 왔습니다."
하고 그는 첫마디를 해댔다.
"한번 보시겠습니까, 이미 우리 신문은 삼십 호를 발행하였습니다."
"주간입니까?"
"예, 한 부에 십 원씩입니다."
나는 주머니에서 십 원을 꺼내주었다. 그러나 그는 웃으면서,
"사양하지는 않겠습니다."
하더니 탁자 위에 놓인 신문을 주었다. 나는 그 신문을 받아들었다.

물씬 잉크 냄새가 났다. 신문은 총 십육 면이었는데 삼십 호 특집 때문이라고 오만준이 설명했다. 나는 일 면을 보았다. 그곳엔 다음과 같은 사설이 나와 있었다.

——오늘날 우리 사회에서 가장 문제시되고 있는 것은 집권층의 횡포이다. 민주주의에서 주인이 국민이라는 가장 기본적인 사실을 그들은 망각하고 있다. 그들은 그들 자신이 마치 선택된 인간인 듯한 착각에 빠져 있다. 그들은 민심의 소재가 어디에 있는 것인가를 모르며 알려고도 하지 않는다. 요새 각처에서 일어나고 있는 집단 항의를 그들은 단순한 집단 난동으로 보고 있다. 그것은 얼마나 전근대적인 비판인가. 그들은 국민의 의사가 절대 소수의 횡포에 의해 반영되지 않을 때 집단항의라는 최후의 방법을 구사한다는 기본적인 것도 망각하고 있는 것이다. 그리고 그들은 단순히 사탕을 주듯이 소비가 미덕이라는 사치 풍조만을 조장시키고 있는 것이다——.

"어떻습니까?"

그는 내게 물었다.

"글쎄요."

나는 주머니에서 담배를 빼어 물었다.

"명문장이로군요. 허지만 좀 지나친 감도 있군요."

그러자 오만준이 껄껄 웃었다.

"김오진 군의 글입니다. 기막힌 독설이죠."

다방 안은 어둡고 흐느끼는 듯한 음악이 흘러넘치듯 흔들리고 있었다.

"어때요. 전번에 구속되었는데 한 일주일 간이었나요?"

"닷새였어요."

오만준은 다 식은 커피를 한 잔 들었다.

"그 얘기는 묻지 말아주세요. 괴로운 일이니까. 참 최 형 조금 있으면 우리 애인이 오는데 한번 만나보시겠어요?"
"영광인데요."
나는 과장의 제스처를 쓰면서 웃었다.
"투사의 애인을 뵐 수 있다는 영광으로 가슴이 떨려 오는데요."
헛허허 오만준이 웃었다.
"한 대 얻어맞는 기분이군요. 모두 날 그런 식으로 봐줘요. 날 무슨 투사 식으로 보는 거예요. 졸업이나 하구 나와서 어느 당에 들어가 학생 운동했다는 경력으로 정치나 한번 하려는 그런 의도 아래 데모하는 것으로 말이에요. 우스운 일이에요. 최 형 난 당분간 데모를 할 수 없게 되었어요. 더 데모하면 무슨 벌이라도 감수하겠다는 각서를 썼어요. 그리고."
그는 담배를 피우면서 잠시 다방 한구석에 놓여 있는 활엽수를 멍하니 바라보았다.
"나두 가끔 솔직히 말씀드려서 회의를 느낄 때가 있어요. 내가 하는 행동이 과연 내 투철한 신념에서 나오는 일인가 하고 말이에요. 물론 난 심사숙고 끝에 행동에 옮겨요. 허지만 주위의 모든 사람은 그렇지 않아요. 나는 가끔 주위에서 소외되었다는 느낌을 받곤 해요."
그때 한 여학생이 오만준의 옆에 오더니 잠시 서성거렸다. 나는 재빠르게 그녀를 올려다보았다. 아주 예쁘게 생긴 여인이었다. 그녀는 가슴에 한가득 책과 공책을 안고 있었다.
"앉어. 왜 그렇게 서 있지?"
오만준이 한눈에 그녀와 나를 동시에 바라보면서 애매한 웃음을 웃었다. 여인과 나는 오만준의 소개에 의해서 눈으로만 서로 인사를 나누었다.
"최 형, 우리 애인 어떻게 생각하세요?"

오만준이 장난꾸러기처럼 낄낄거리면서 나를 보았다.
"굉장한 미인이시로군요. 질투가 납니다."
그러나 여인은 나의 이 서구식 유머에도 웃지 않았다.
"이 친구가 최 형, 요즈음에 선을 본다는 거예요. 나야 동갑이고 좀 있으면 군대 갔다 와야 하고 결혼하려고 자리 잡으려면 서른 살이 가까워야 하는데 그때까지 이 치는 기다릴 수 없다는 거예요. 허지만 최 형, 최 형도 알다시피 어디 결혼이라는 게 알 두 개와 스틱 한 개만으로 할 수 있는 것인가요?"
나는 좀 당황했다. 그의 이런 유의 농담을 어떻게 받아들여야 할까 망설이며 그녀를 보았으나 오히려 그녀는 이런 말에 익숙해 있다는 듯 잠잠히 웃고만 있었다.
"그래서 이 치 부모들이 서둔다는 거예요. 올해 이 치가 대학교 삼 학년 그러니까 스물하고도 한 살이거든요. 그러니까 무슨 회사가만 있자. 어이 영미. 그 친구가 무슨 회사랬지."
오만준이 커피를 마시고 있던 여인에게 물었다.
"왜요? 삼성물산이에요."
"옳아, 그래요. 최 형, 삼성물산에 무슨 과장이래요. 글쎄 월급이 본봉까지 합쳐서 칠만 원이 넘는다는군요. 더구나 차남이고 나이가 글쎄 서른한 살이라는 거예요. 헛허허."
오만준이 크게 웃었다.
"천만에 서른두 살이라고 나는 분명히 얘기했는데."
"헛허허. 그래. 그래 서른두 살이었지. 서른두 살."
나는 그들과 덩달아 따라 웃으면서 새삼스레 우리 세대와는 다르구나 하는 느낌을 받고 있었다. 실로 나는 제대해서 복교한 이후로 비록 나이 차이는 대여섯 살밖에 안 되지만 우리가 대학교 다닐 때하고는 많이 달라지고 있구나 하는 느낌을 받고 있었던 것이다.

그것은 어처구니없는 일이었지만 사실이었다. 우리 세대는 사실 그 한창 자라나야 할 나이에 눈칫밥을 얻어먹어야 했으므로 같은 나이 또래끼리 모이면 어딘지 궁상맞고 좀 구질구질한 얘기를 나누다가 헤어지기가 보통인데 이 친구들은 수월수월하고 또 구태여 자기의 생활을 우리처럼 감추려고 애를 쓰지 않고 시원시원하게 드러내 보이는 것이었다.

우리 나이 또래는 무슨 일에든 깜짝깜짝 놀라고, 소심하고, 자로 재고, 무게를 달고 틀림이 없어도 일단 다시 한번 최악의 경우를 생각해 보고 자기 자신을 객관화시켜 삼인칭으로 보고 있었지만 이 사람들은 무슨 일에든 대범하고 자로 재기 이전에 실행해 버리고 최악의 경우는커녕 최선의 경우만을 생각하고 철저히 자기 자신을 일인칭으로 주관화시키고 있었던 것이다.

간혹 재학생들과 어울려서 술집에 들어가보면 그들은 미리 주머니를 털어 돈을 모아서 집에 갈 차비를 빼놓은 한도 내에서 술을 마시는 것이 보통이었던 것이다. 그것은 우리 때와는 달랐던 것이다. 우리 때는 상대편이 돈이 있건 없건 무조건 들어가 술을 퍼마시고 나중 계산할 무렵에 돈이 모자라면 영어사전이라도 맡기고 나오는 일에 익숙해 있었던 것이다. 그래서 이 학생들과 어울리다 보면 나는 오히려 우리들이 얼마나 비굴하고 교활한 시대에 살고 있었던가를 새삼스럽게 느껴야 했고 그들의 건강하고 발랄한 행동과 도저히 발맞추어 나갈 수 없는 한계에 부딪치게 되었던 것이다.

"언젠가 이 치의 부모들을 만나본 적이 있어요."

오만준이 그답지 않게 짓궂은 화제를 계속했다.

"나 참 더러워서. 자기 딸이 뭐 재클린이라도 되는 줄 아는 거예요. 거참 헛허허."

"어떻게 아가씬 오 형이 군대 갔다 올 때까지 기다려주실 의향이 있습니까?"

나는 더 이상 곤란한 말이 나오지 않게 말을 막으면서 물었다.

"누가 이 사람을 기다려요. 밤낮 데모만 하는 사람을 누가 기다려요."

"헛허허, 관둡시다. 최 형 관둡시다."

오만준이 손을 내저으면서 숨이나 끊어질 듯이 웃어젖히는 것이었다.

계절이 여름으로 접어들자 학교는 서서히 정상을 되찾았다. 정부에서는 선거 때 내건 공약으로 교련 시간을 많이 줄이고 괄목할 만한 보장을 해주겠다는 약속을 했던 것이다. 그러나 그것보다도 데모가 수그러든 이유로는 학생들에게 은밀히 전해지는 얘기가 있다. 즉, 데모를 어느 정도 국가에서 봐준 이유가 있다는 것이었다. 그 이유로는 데모가 자주 일어나면 일어날수록 국민에게 어떤 의식 같은 것이 형성되어 오히려 선거 때 여당에게 유리한 작용을 하게 된다는 것이었다. 또 다른 이유로는 젊은 층들을 건드리면 건드릴수록 부동표인 젊은 층 표를 깎아먹게 되니까 가만있었지 일단 선거가 끝난 후엔 데모를 해도 강경하게 막을 것이라는 소문이 떠돌고 있었던 것이다. 꼭 이런 이유 때문은 아니었지만 데모는 수그러들었고 사실 데모를 하는 축들인 학생들도 이미 적지 아니 지쳐 있었던 것이다. 그러나 여전히 우리는 교련 시간에 들어가지 않고 수업을 거부하고 있었다. 우리는 어느 편이냐 하면 이렇게 집단적으로 수업을 거부하면 모조리 F 학점을 주어 낙제시키지는 못할 것이라는 신념에 뙤약볕에 서서 오랜 시간을 참아야 하는 귀찮은 교련을 무엇 때문에 수강하여야 하느냐를 일종의 두둑한 배짱으로 가지고 있는 편이었다. 데모를 주동하던 학생들도 잠잠해지고 총학생회에서는 그동안 밀렸던 축제를 연달아 열기 시작했다. 거의 매일이

다시피 여학생들을 동반한 축제가 열리고 도서관은 다가오는 기말
시험 준비를 하는 학생들로 만원을 이루고 있었다. 나는 여름방학
전까지 오만준을 서너 번 만났다. 식당에서 또는 도서관 이 층에서
또는 문과대학 벤치에서 만나 우리는 자주 얘기를 나누었다. 나는
으레 그를 만나면 그 아가씨와의 청춘사업은 잘 됩니까로 말문을
열었고 그러면 그는 껄껄 웃으면서 요새 잘 크고 있습니다라면서
말을 받는 것이었다. 기말시험이 끝나고 종강 파티가 문과대 학생
회 주최로 인근 로터리 술집에서 벌어졌을 때 나는 오만준을 그곳
에서 만났다.

"최 형은 방학 때 무엇을 할 예정입니까?"

오만준이 수많은 학생들 사이를 뚫고 내게로 술잔을 가져와 술
을 한잔 따르면서 물었다.

"글쎄요."

나는 내 전매특허가 된 애매모호한 대답을 했다. 나는 벌써 대학
생들로부터 글쎄요 선생으로 불리고 있었다.

"글을 쓰시겠죠, 물론. 요즈음 뭐 쓰고 계시나요?"

"황진이 얘기 쓰고 있어요."

나는 웃었다.

"동짓달 긴긴 밤을 한허리 둘혀내어 춘풍 서리 밑에 구비구비 넣
었다가 우리 님 오시는 날이어들랑 구비구비 펴리라는. 황진이 그
거 참 좋지요."

난 그즈음 누구든 요새 무슨 글을 쓰느냐고 물으면 황진이를 쓴
다고 대답을 하고 있었지만 우스운 것은 막연히 조선 시대의 아름
다운 낭만, 황진이의 행각을 그야말로 탐미적인 분위기로 그려보겠
다는 크나큰 욕망만 가지고 있을 뿐 착수조차 하지 못하고 있었던
것이다.

물론 형상화시켜 보려고 붓을 든 적은 수없이 많았다. 그러나 막상 쓰려고 붓을 들면 머릿속에 들어 있는 황진이에 대한 이미지가 너무 벅차게 덤벼들어 어디서부터 끄집어내야 할 것인가 당황하게 되고 달(月)이라든지 달빛 비친 한옥 창문에 비친 매화꽃 그늘 같은 요염스런 분위기에 침전되어 그만 의욕뿐인 비애에 밤을 새우곤 하였던 것이다. 그러면서도 이상한 것은 써야만 한다는 욕망이 데모에 참가할 때마다 또는 술을 마실 때마다 아침 조간신문에서 끔찍한 사건을 볼 때마다 거의 유행화되어 있는 집단 항의소동을 볼 때마다 강렬하게 치밀고 있었다.

"오 형은 뭐 할 것입니까?"

나는 그에게 물었다.

"전 계몽 운동이나 떠날까 합니다."

오만준이 말했다.

"낙도에 가서 봉사 활동이나 할까 합니다."

"꾸준하시군요."

나는 진심에서 우러난 말을 중얼거렸다.

"마침 동대문시장에서 낡은 이발 기계를 하나 샀어요. 그것을 들고 낙도에 내려갈 겁니다. 그래서 어린애들 머리나 깎으면서 한여름을 보내고 오겠어요."

"그럼 건강하게 개학 후 뵐 수 있도록 빌겠습니다. 참 애인도 동반하시나요?"

"걘 해운대에 가서 돈이나 쓰고 오겠다고 하더군요. 헛허허 중 제 머리 못 깎는 모양이지요. 그리고 최 형 주소 좀 적어주세요. 제가 편지할게요. 답장은 하지 마세요."

방학 때 나는 아무 데도 내려가지 않았다. 무더운 여름을 땀을 뻘뻘 흘리면서 소일하고 있었다. 팔월 초순에 나는 오만준에게서 편지를 받았다. 우표가 붙어 있지 않았기 때문에 나는 우표값의 두 배를 벌금으로 물었다. 그는 내게 존경하옵는 최 형에게라는 서두로 짧은 사연의 편지를 썼다. 그는 남해의 섬 추자도에 있다고 밝힌 후 아침저녁 눈에 뵈는 것은 바다와 하늘, 바람과 돌뿐이다라고 썼다. 그리고 그는 우리가 하는 말이라는 것은 얼마나 무의미한 것인가를 느꼈다면서 차라리 이 세 치의 혀를 자르고 침묵으로 일관된 생애를 마칠 수 있으면 얼마나 좋을까 하고 썼다. 나는 그의 편지를 읽으면서 돌풍이 세찬 초가집 초롱불 밑에 웅크리고 있는 그의 모습을 생각해 냈다. 그러자 웬일인지 나는 울컥 기묘한 슬픔이 목 위로 치솟는 것을 느꼈다.

그러나 나는 그와의 약속대로 답장을 쓰지 않았다.

나는 그 여름을 줄곧 황진이라는 작품을 써야 한다고 생각하면서 지내고 있었다. 써야 할 텐데 써야 할 텐데라는 초조감으로 늘 미열에 들떠 있었다. 황진이가 지족선사를 파계시키는 장면을 멋지게 표현해야 할 텐데 황진이가 이생과 둘이 금강산으로 유람하는 광경을 현학적으로 표현해야 할 텐데. 그러나 여름이 다 가도록 나는 황진이에 대해서는 아무것도 쓰지 못하였던 것이다.

4

오만준이 내 생활 속에 깊숙이 침투되어 버린 것은 여름방학 이후에 비롯된 것이었다. 그전의 우리는 사무적인 우정을 벗어나지 못하고 있었다. 비록 자주 만나 얘기는 나누었지만 그 얘기의 화제는 일상적인 것을 넘지 못하고 있었다. 그러나 오만준이 그 남해의 낙도에서 불쑥 새까맣게 탄 얼굴로 어디서 알았는지 약도를 들고 우리 집으로 찾아온 이후로 우리는 비로소 일상생활에서 벗어난 우정을 맺을 수 있게 되었던 것이다. 그가 집을 찾아올 때면 우리는 소주 한 병과 오징어를 사들고 슬리퍼를 질질 끌면서 집 뒤 약수터로 가 그것을 마시면서 수많은 얘기를 나누었다. 우리가 무슨무슨 얘기를 나누었는가는 쓸 필요성을 느끼지 않는다. 우리는 다만 우리가 젊은 나이에 여자 얘기 다하기도 벅찬 세상에 이처럼 현실에 대한 얘기를 하고 앉아 있다는 사실이 슬퍼진다는 것에 깊은 일치점을 찾아내고 있었다. 그는 자기가 외아들이고 그의 형 둘이 6·25 때 전사하였다는 것을 덤덤한 표정으로 얘기해 주었다.

나는 가끔 풀숲에 비친 햇빛이 그의 얼굴에 투명한 빛을 반사하고 짙은 그늘을 이루게 할 때마다 그가 도저히 최루탄을 뚫고 학생들을 이끌던 사내로 보이지 않는 사실에 놀라곤 하였다. 그는 나보다 어느 면에서 유약하였다. 언젠가 그와 나는 무심코 얘기 도중에 풀섶에 앉아 있던 메뚜기를 잡아 성냥불로 태워 죽인 일이 있었다. 그와 나는 저녁노을을 바라보고 있었는데 이상한 기척에 놀라서 그를 보니 얼굴 한가득히 눈물을 흘리고 있었다. 그는 자기가 죽인 메뚜기가 불쌍해서 울고 있노라고 말을 했다. 그것뿐만이 아니었다. 가끔 그와 내가 시내로 나갈 일이 있어 육교를 건널 때면 그는 과자 몇 개를 앞에 놓고 팔고 있는 노인네들을 보고 느닷없이 울기도 하였다. 내가 그에게 왜 우느냐고 물으면 이 세상에 있는 모든 늙은이들이 자기를 슬프게 하고 그 노인 앞에 놓인 한 줌의 과자가 더욱 자기를 슬프게 한다는 말을 하였다.

새 학기가 시작되고 처음 며칠간 학교 안은 무척 평온하였다. 그러나 최초의 술렁임이 시작된 것은 우리가 일 학기 성적표를 받았을 때였다. 이미 대부분 짐작은 하고 있었지만 교련 성적란은 빈칸으로 남겨져 있었다. 교련을 이수해야만 성적을 준다는 것이었다. 새 학기가 시작되었을 때 우리는 교련 보충시간표가 게시판에 엄중한 문구로 씌어 있고 그 밑에는 붉은 글씨로 '주의하십시오. 이것이 마지막 기회입니다.' 라는 문구가 특별 추신되어 있는 것을 볼 수 있었다.

그러나 우리는 거의 모두 보충수업까지도 기피하고 있었다. 단지 사 학년생 몇 명만이 혹 성적을 따지 못하면 졸업을 못 할지 모른다는 우려 아래 목총을 비껴들고 거무튀튀한 교련복을 입은 채 학교 운동장에서 서투른 제식 훈련을 실시하고 있을 뿐이었다.

새로운 데모설이 대두된 것은 바로 그즈음이었다. 여느 때와 같은 소규모의 성토대회가 다시 교내 곳곳에서 벌어지기 시작했다. 그러자 새로운 견고한 무장을 한 경찰대들이 교문 앞 공터에 진을 치고 우리들의 아침 등교길을 맞고 있었다. 무언가 심상치 않은 분위기가 삽시간에 학교를 휩쓸고 있었다. 우리들은 막연하게 미구에 또다시 데모의 와중 속으로 틀림없이 빠져들어갈 것이라는 예감을 하고 있었다.

오만준이 개학하고 처음 나를 찾아온 것은 바로 그즈음이었다. 나는 그때 교수 연구실에 앉아 빈 연구실을 지키고 있었다. 누군가 노크 소리를 내기에 들어오시오 하고 응답을 했더니 오만준이 들어오고 있었다. 그는 얼굴이 부석부석 부어 있었다. 우리는 악수를 나누었다.

"물어볼 게 있어서 왔습니다."

그는 지난봄처럼 내게 같은 말의 서두를 꺼냈다. 그리고 작업복 주머니에서 백조 담배를 꺼내 피워 물었다.

"또 성명서 써달라는 것이오?"

나는 웃으면서 그를 쳐다보았다.

"아닙니다."

라고 그는 무뚝뚝하게 말을 받았다.

"다른 부탁이 있어 왔습니다."

그는 잠시 창밖을 내다보았다. 나는 그의 눈을 쫓아 그 눈이 끝간 데를 따라 보았다. 그곳엔 푸른 가을 하늘이 가득히 펼쳐져 있었다.

"요새 전 건강이 좋지 않습니다."

불쑥 오만준이 시선을 창에 둔 채 말을 했다.

"몸 어딘가에 고장이 난 모양입니다."

"몸조심하세요."

나는 일어서면서 물었다.

"커피 한 잔 드릴까요?"

"아니 괜찮습니다."

"안색이 좋지 않은데요."

"요새 불면증에 걸렸습니다. 밤을 연거푸 새웁니다. 이상한 것은 밤중에 듣는 소리 하나하나가 무척 예민하게 다가온단 말이에요. 그런데 최 형."

오만준은 안색이 나쁜 얼굴로 우울하게 나를 응시했다.

"혹시 어떤 것이 진정한 용기라고 생각하십니까?"

오만준의 눈이 후광을 받고 음울하게 빛나고 있었다.

"이 말을 꼭 최 형에게 묻고 싶었습니다. 오늘 제가 최 형에게 온 것은 이 말을 묻고 그리고 대답을 듣고 싶었기 때문입니다."

"글쎄요."

나는 시선을 피하면서 대답했다.

"그것은 오히려 저보다 오 형이 더 잘 알고 있을 텐데요."

"최 형은 지금껏 자신이 용기 있다라고 생각할 만큼 자기를 떳떳하게 내세워본 적이 있습니까?"

그는 새로운 담배에 다시 불을 붙이면서 내 얼굴을 올려다보았다. 나는 잠시 그가 묻는 말이 무엇을 의미하는가 생각해 보았다. 문득 어둡고 축축한 습지에 웅크리고 앉아 온통 땀을 흘려가며 자신의 털을 자신의 혀로 핥아 내리는 자신의 환영이 불쑥 떠올랐다. 나는 뜨거운 침을 삼켰다.

"다음 월요일부터 다시 데모가 벌어집니다."

오만준은 내 대답을 기다리지 않고 말을 이었다.

"내가 하는 행동이 옳은가 그른가 나 자신도 잘 모르겠습니다. 이 사실은 정말 우스운 일이에요. 최 형, 갑자기 데모를 한다는 사실이 두려웠습니다. 교활한 얘기인지 모르지만 교련이 어떤 의미에서는 필요한 것처럼 생각 들기도 합니다. 나는 이제 정도(正道)를 모르겠습니다."

"그럼."

나는 그의 말을 막았다.

"왜 데모를 하려 하십니까?"

"그것은."

오만준은 두어 번 기침을 했다.

"그들이 내게 그렇게 하기를 원하는 것 같아요."

"그게 무슨 뜻입니까? 그들이 오 형에게 데모를 권한다구요?"

"최 형, 소위 천적이라는 말을 압니까? 본능적으로 서로를 해쳐야 하는 자연계의 현상 말입니다. 나는 요새 데모를 할 때마다 바로 그런 천적 의식을 느껴요. 뚜렷한 적개심도 없는데 이를 악문다는 사실이 말이에요. 물론 지난여름 구속되었을 때 다시 데모에 참가하면 어떠한 벌이라도 감수하겠다는 각서를 쓰고 나온 것은 사실입니다. 차라리 그런 각서 같은 것이 두려워진다면 오히려 다행한 일이에요. 하지만 이젠 제 자신이 무서워진다는 말이에요. 데모를 할 때마다 미래에 대한 희망이 부서지는 그런 기분 이해하실 수 있겠습니까?"
"알 것 같군요."
나는 멍하니 그의 얼굴을 쳐다보았다. 그는 지쳐 있군 하고 나는 생각했다.
"어릴 때 이런 놀이 해본 적 있어요? 여우놀이 말이에요."
"아, 있어요. 저 술래는 여우가 되고 나머지 아이들은 개구리가 되는 놀이 말입니까?"
"예, 그래요. 데모를 할 때마다 나는 어릴 때의 그 여우놀이를 하고 있는 것처럼 착각이 들어요."
그는 천천히 자신의 얘기를 시작했다.

달도 없는 캄캄한 밤이었다. 공터에서 동리 아이들이 놀고 있었다. 계집애가 세 명, 남자 아이가 일곱 명 합쳐 열 명의 아이들이 별도 없는 암흑의 그 조그마한 분지에서 놀고 있다. 오직 있는 빛이란 산비탈에 우뚝 선 외등뿐인데 그 벌거벗은 전구는 동리 못된 녀석의 돌팔매질로 하루가 멀다 하고 깨져버렸으나 오늘은 다행히도 희뿌연한 빛만 발하고 있다. 그러나 그 빛은 너무나 미약하여 그 주위만 조금 밝힐 뿐, 그래서 우리는 번번이 그 등불 밑에 떨어진 동전을 찾지 못하고 만다. 그런데도 그 공터에서 아이들은 소리를 지르면서 놀고 있다. 아이들은 외등의 밖을 바라볼 수 없다. 보이는 것은 오직 잔영 같은 외등의 이쪽, 그곳에서만 아이들은 놀고 있다. 그들은 놀이에 열중한 나머지 숙제를 잊고 있다. 이미 밤이 깊어 돌아갈 시간인데도……

그런데 아까부터 한 소년만이 술래를 계속하고 있다. 계속해서 계속해서 소년은 술래만 하고 있다. 소년은 이제 너무 술래놀이에 피곤해서 술래놀이에 땀을 흘리고 있다. 그것은 지쳐서일까, 아니다. 그것은 무서워서이다. 그것은 여우놀이였다. 술래인 소년이 애들을 중심으로 가운데 서면 아홉 명의 아이들이 소년을 중심으로 원을 그리고 서 있다. 소년은 외등의 빛을 진하게 받고 있으나 빙 둘러선 친구들은 모두 어둠 속에 웅크리고 서 있다. 그들은 밤박쥐처럼 잔인한 눈빛을 번뜩이고 있다. 한 고개 넘었다. 아이들은 일제히 한 발씩 술래를 중심으로 뛰어 들어온다. 원이 좁혀진다. 이제 아이들은 어둠 속에서 갑자기 빛 속으로 뛰어든 것처럼 보인다. 때문에 술래에게 아이들이 모두 탈 쓴 사람처럼 보인다. "두 고개 넘었다." "세 고개 넘었다." "네 고개 넘었다." 아이들은 합창을 하며 빛 속으로 좁혀든다. 소년들의 얼굴은 이 희뿌연한 등불에 번질번질거리고 소녀들의 치마폭이 들짐승의 날개처럼 크게 보인다. "여우야, 여우야, 뭐하니?" 일제히 아이들이 함성을 지르기 시작했다. 여우라고 불린 술래는 그러나 여우같지 않게 생긴 소년으로서 조그맣고 기죽은 목소리로 "잠잔다." 하고 대답한다. 그는 벌써 같은 대답을 수십 번 반복해 온 것이다. "잠꾸러기." 일제히 아이들이 소리를 지른다. 잠꾸러기 여우는 잠꾸러기다. 여우는 잠꾸러기다. 그러나 음흉한 잠꾸러기다. 아이들은 이윽고 서서 다시 깡충 뛰기를 시작한다. 한 고개 넘었다. 두 고개 넘었다. 세 고개 넘었다. 네 고개 넘었다. 아이들은 점점 술래에게로 좁혀든다. 술래는 이제 어둠 속에서 불쑥 튀어나와 강인한 친구들의 익살스런 얼굴들이 불상처럼 구릿빛으로 빛나고 있는 것을 보고 그들의 숨결이 씩씩거리면서 자기의 등에 얼굴이 닿는 것을 느낀다. "여우야, 여우야, 뭐 하니?" "세수한다." 소년은 가느다랗게 대답한다. "멋쟁이." 하고 애들은 소리를 지른다. 그들의 소리는 어둠 속으로 녹아 사라져간다. 다시 아이들은 고개를 넘기 시작한다. 한 고개, 두 고개, 세 고개, 네 고개를 넘는다. 원은 더욱 좁혀들어 술래와 아이들은 한 뼘 차이다. 아이들의 눈빛은 아슬아슬한 긴장 속에 숨이 달아오르기 시작한다. "여우야, 여우야, 뭐 하니?" "밥 먹는다." 소년은 대답한다. "무슨 반찬?" "개구리 반찬." 소년은 대답한다. "죽었니? 살았니?" 아이들은 다음 말이 무엇일까 긴장해서 술래의 눈을 노려본다. 술래가 죽었다 하면 그들은 자리에서 꼼짝도 하지 말아야 하는 것이다. 그러나 살았다 하면 그들은 와아 도망쳐야 하는 것이다. 왜냐하면 술래는 여우고 그들은 개구리이기 때문에. 더구나 여우는 죽은 짐승은 먹지 않는다. 오직 산 짐승만 먹고 있다. 뛰어라, 여우야, 살았다 하고 뛰어라, 그래야만 개구리들은 천방지축으로 필사의 도망을 할 것이다. 그들을 잡아라. 그들이 이 조그마한 공간을 비추고 있는 외등 저 바깥의 어둠 속으로 뛰어간다고 해도 그들을 뛰어가서 잡아라. 그래야만 넌 그를 술래 대신으로 앉히고 산 개구리를 먹을 수 있지 않느냐. 그것도 아니면 죽었다 하고 대답하고 도망가려고 멈칫거렸던 아이들을 대신 술래로 잡아들이기만 하여라. 그래야만 너는 이 지루하고 무서운 놀이를 끝낼 수가 있지 않느냐, 왜 너는 대답을 못 하고 있는 것이냐.

   소년은 입이 타고 목이 타 온다. 그는 둘 중에 한 가지를 고르려고 자기의 눈을 뚫어져라 노려보고 있는 친구들을 하나씩 하나씩 훑어본다. 눈이 짐승의 그것처럼 빛나고 있다. 먹히지 않으려는 노력으로 아이들의 몸에서 냉기가 흐른다. 흐린 불빛 밑에 아이들의 그림자는 길게 늘어져 어둠 속으로 빠져 달아나 버리고 아이들이 움직일 때마다 긴 그림자는 우쭐우쭐 춤을 춘다. 술래는 악몽 같은 어둠을 노려보며 또다시 땀을 흘리기 시작한다. 그는 개구리에게 사형선고를 내릴 수가 없다. 물론 그들에게 죽었다 하고 사형선고를 내릴 수 있다. 그러나 그는 아이들이 웃음도 참고 뻣뻣이 서서 눈을 부릅뜨고 장승처럼 목각처럼 꼼짝도 않고 서 있는 것을 무서워 볼 수가 없다. 그것은 산 자의 유희 같지 않게 유령과 유희를 하는 기분인 것이다. 그렇다고 그들을 살았다 하고 도망치게 내버려 둘 수는 없다. 그들은 이를 악물고 뛰어갈 것이다. 빛 바깥으로 저 어둠 속으로. 그는 과연 그들을 쫓아서 어둠 속으로 빠져나갈 수 있을 것인가. 소년은 땀을 흘리기 시작한다. 그는 그럴 때도 아닌데도 오한을 느끼기 시작한다. 그는 다시 술래를 자청한다. 그에겐 이 두려운 순간이 풀어지고 새로운 놀이가 시작되는 편이 나은 것이다. 그러자 이번엔 친구들이 싫증을 느끼기 시작한다. 그래서 그는 서서히 친구들의 놀이로부터 따돌림을 당하고 만다.

"그때 술래였던 나는 그 놀이를 생각할 때마다 무언가 섬뜩해지는 두려움을 느끼곤 해요. 그 놀이란 것은 산 것은 삼키고 죽은 것은 뱉어버리는 잔인한 본능 의식을 우리에게 가르쳐주는 것이었거든요. 데모를 할 때마다 나는 문득문득 그 놀이가 생각나고 차라리 지는 한이 있더라도 영원히 술래가 되어버리고 싶은 심정을 맛보곤 하는 거예요. 내가 죽은 것이 아니라 살아 있다는 것을 보이기 위해서라도 나는 술래를 해야 할 것 같아요. 바로 그런 점이 두려운 거예요. 우리의 용기란 것은 젊은이답지 않게 이처럼 치사하고 비열한 것이에요. 차라리 요즘엔 군대에 가서 이북을 바라보며 밤을 새우는 보초 노릇을 하고 싶어요. 난 모범 사병이 될 수 있을 것 같아요. 허지만."

오만준은 몸을 일으켰다.

"그들이 내게 술래이기를 바라고 있거든요. 그들은 내게 데모를 하라고 쉴 새 없이 요구하고 있어요. 이것은 어릴 때의 그 놀이처럼 놀이에 불과하지는 않아요. 이것은 어디까지나 싸움이에요. 난 술래 노릇을 해야 할 것 같아요. 이것은 나의 비열한 용기에요."

그는 내게 어두운 미소를 지어 보였다. 그리고 그는 천천히 밖으로 사라졌다. 교정을 가로질러 도서관 쪽으로 사라져가는 것을 창문을 통해 내다보았다. 그의 그림자는 초가을의 햇살로 길게 드리워져 있었다. 철 이른 낙엽이 두어 잎 그의 뒷등으로 떨어져 내렸다.

다음 주 월요일부터 정말 데모는 재개되었다. 이번의 데모는 충분한 휴식 기간인 여름방학이 지난 후였으므로 지쳐 빠지고 우울한 것이 아니었고 생생하고 수면을 향해 비상하는 물고기의 비늘처럼 생동하는 물결이었다. 더구나 우리들 가슴속에는 이상하리만치 축적된 불만이 이글이글 타오르고 있었던 것이다. 상대에 재학하고 있는 친구들은 열띤 어조로 경제 상태와 물가고를 반박하였고 법대에 나가고 있는 학생들은 급변하는 국제 정세에 예민한 반응을 보이고 있었다. 방학 중에 일어난 세계정세는 우리를 지극히 당황하게 만들어대고 있었던 것이다. 우리는 모두 공산주의자들은 제 아버지를 반동이라고 고발하고 결혼도 허가를 맡아야 하며 날마다 초근목피로 연명하고 있다라는 교육을 받아왔다. 우리는 마땅히 대한민국의 아들딸로서 죽음으로써 나라를 지키고 백두산 영봉에 태극기 날리며 우리에게 부과된 사명은 오직 무력으로 북진통일이라는 교육을 받아왔으나 세계는 우리 곁에서 기묘한 움직임을 보내고 있었던 것이다.

우리의 우방 미국은 중공과 연애를 걸기 시작했고 그들의 힘을 일본에게 분산시키고 있었다. 우리는 오히려 이북 공산당보다도 일본 친구들을 생리적으로 더 싫어하고 있었는데도 몇년 전에 우리는 바로 그 일본과 통상을 재개했고 우리는 곳곳에서 일본인과 만나는 이상야릇한 꼬락서니에 봉착하게 되었던 것이다.

미국인들은 결코 언제까지나 우리를 사랑해 주지 않을지도 모른다는 결론은 우리의 가슴을 실연당한 사춘기 소년처럼 달아오르게 하고 있었던 것이다. 미국은 중공과 열애에 빠졌으며 상상할 수 없는 현실이 하루아침에 다가왔던 것이다. 그러자 우리의 가치관은, 우리가 배워온 진리는 당황할 수밖에 없었다. 어제의 적은 우리 친구의 친구가 되었고 우리의 친구는 버림을 받았다. 이런 불확실한 현상은 비단 정치적인 면뿐만이 아니고 사회적인 곳에서도 일어나고 있었다. 우리는 세계열강들이 우리들을 우습게 취급하고 있구나 하는 느낌으로 가슴이 터질 듯한 분노에 차 있었고, 때문에 우리들의 관심은 오직 사회적인 것으로 눈을 돌릴 수밖에 없었던 것이다.

우리가 배워온 모든 것은 쓰레기에 불과한 것이었다. 그것은 정말이었다. 우리는 우리가 노력한 만큼의 대가도 받지 못하고 있었다. 우리들의 가슴은 아무리 비싼 등록금을 내고 대학교를 졸업해도 취직할 자리가 없다는 현실적인 슬픔으로 이미 멍들고 있었다. 신문마다 기업체는 불경기로 올해는 예년의 절반밖에 사원을 뽑을 수밖에 없다고 엄살을 부리고 있었으며 그 말은 정말 실현되었다. 우리는 우리가 쓸데없는 휴지 조각에 불과한 것처럼 냉대를 받았다. 그런데도 거리는 홍청거리고 있는 것이었다.

거리에 나서 보면 무언가 좋은 세상임에 틀림없다는 느낌이 들어오고 우리는 날로 치솟아가는 빌딩과 빌딩 사이에서 기막힌 열등의식을 느끼고 있을 뿐이었다.

우리들의 눈은 점점 이상하게 독기에 번득이게 되었다. 우리들은 황황이며 눈 부라리고 무에 우리에게 시비를 거는 자식들이 없나 하는 똘마니 깡패처럼 눈 부릅뜨고 이를 악물고 거리를 오가고 있었다. 우리들 대학생들은 쇼 무대 앞에서 댄서들을 향해 혀 꼬부려 기묘하고도 음탕한 휘파람 소리를 내는 건달패와 다를 바 없었다.

　우리가 배운 국사는 정말이지 아니꼽고 더럽고 메시껍고 치사한 얼룩진 것이었다. 사대주의, 당쟁, 모함, 음모, 살인, 부정, 독선, 방화, 반정, 더럽다, 더러워. 퉤, 퉤. 우리는 국사를 배울 때마다 구역질을 느꼈다. 그러면서도 우리는 조국은 우리에게 얼마나 불쌍한 존재였던지 우리는 줄곧 민영환의 유서를 읽을 때마다 그만 울곤했다. 그야말로 분노의 복합체였다.

　데모는 유일한 우리의 구원이요 합창이었다. 데모를 하려고 서로의 굳은 어깨에 어깨를 대면 상대편의 핏속으로 튀어 들어와 수혈(輸血)이 되고 젊음이 평소에는 퇴색되어 그 빛을 찾을 수 없던 젊음이 새삼스레 번쩍이며 빛을 발하기 시작하는 것이었다. 그리고 그때에 우리 가슴속에는 평소의 분노, 이를테면 미래에 대한 불안이라든가, 사회적인 관심거리, 버스삯, 군대라는 관문, 부모의 지나친 기대, 증빙서, 추천서, 본인은 이 학생을 추천합니다. 인감도장, 사이렌 소리, 보이지 않는 감시, 맹목적인 조국애, 성욕, 수음 끝의 허탈, 새로 짓는 호텔, 주간지 화보에서 본 호주 여인의 배꼽, 유부녀를 유혹하는 법, 관능적인 남성이 되는 법, 더러운 중공, 더러운 빨갱이, 고집불통인 김일성, 비겁한 미국, 교활한 일본, 일백 번 고쳐 죽어도 변하지 않는 샤머니즘, 망할 놈의 조간신문 기사, 난동사건, 시궁창 물로 만든 탁주, 집단자살, 버스 사고, 시체를 들고 조의금을 인상하라 외치는 유가족의 벌린 입, 국회의원의 골프, 십 억이 넘는다는 개인집들, 미국에서 박사 학위를 받고 온 인텔리의 서구식 사고방식, 키에르케고르, T. S. 엘리엇, 철야로 여는 고고 댄스홀, 미니, 맥시, 미디, 도박, 포커 게임, 한 달에 칠천구백 원씩 부어 삼백육십오 일을 기다려야만 탈 수 있는 십만 원짜리 적금, 부실기업, 특혜, 올해의 수출목표액 십삼억 오천만 달러, 가발, 임질, 매독, 곤지름, 아이 백 유어 파든 서, 늦기 전에 늦기 전에 돌아와 줘요. 우리는 월남의 중립문제니 새로 생긴다는 혁신정당 이야기를 하고 있었지만 아아 비겁한 민주주의여 안심하라. 우리는 정치 이야기를 하고 있었던 것은 아니야.

 이러한 모든 것들이 한데 어우러져 저수지의 물이 좁은 구멍으로 한꺼번에 빠져나가려고 아우성치는 것처럼 우리는 곤두박질치며 부서지며 치솟으며 짓밟으며 또 짓밟히며 새벽의 분수처럼 온갖 분노들이 한꺼번에 터져 흐르는 것이었다.

 데모를 해야만 직성이 풀리는 마약과도 같은 습관이 우리에게 젖어 있어, 이 초가을에 벌어지는 데모는 굉장한 규모로 진행되고 있었다. 언제부터인가 벌써 터지는 최루탄, 싸늘한 연기, 매운 눈물, 질식과도 같은 고통, 이러한 한바탕의 북새질은 우리에게 다정한 벗이었던 것이다. 우리는 강의와 시험을 보이콧하고 모두 백 미터 경주하듯 햇빛 속을 달리고 있었던 것이다.

 며칠 후 학교는 자진해서 문을 닫았다. 우리는 책가방을 들고 어슬렁어슬렁 학교에 왔을 때 학교 정문 게시판에 커다랗게 씌어진 문구를 보았다. 그곳에는 학원이 안정될 때까지 무기한으로 자진 휴업하겠다는 내용의 문구가 씌어 있었다. 그러나 우리는 그 이야기가 실감이 나지 않아 책가방을 옆구리에 낀 채 서성이면서 그 문구를 서너 번 반복해서 읽어 내렸다. 몇몇 학생들은 왔던 걸음을 되돌려 다시 밖으로 나가고 있었지만 대부분 어슬렁어슬렁 학교 안으로 들어와 교정에 누워 음담을 하거나 여학생이 지나가면 후익후익 휘파람을 불기도 하였다. 상대적으로 도서관은 초만원을 이루고 있었다.

나는 휴학 기간 동안 교수 연구실에 매일 나가고 있었다. 교수님에게 말씀드려 열쇠를 빌렸던 것이다. 나는 빈 교수 연구실에 앉아 책을 읽거나 지난봄부터 쓰려던 황진이의 얘기를 구체화시키려고 낑낑대고 있었던 것이다.

그러나 황진이의 이미지는 쓰려고 노력하면 할수록 형상화는 되지 않았고 나를 괴롭히고 있을 뿐이었다. 나는 애를 써서 원고지 오십 장 정도로 황진이의 얘기를 썼다. 그러나 다음날 그것을 읽고 나는 찢어버렸다. 차라리 황진이를 학대하고 그녀의 목에 이빨을 들이대고 피를 빠는 한 마리의 거머리와도 같은 단세포 동물 이야기를 쓰고 싶었다. 황진이는 죽어서 나를 지독하나 괴롭히고 있었다. 우리는 죽은 자를 망각한다. 그러나 죽은 자는 우리를 학대한다고 나는 생각하였다.

그리고 망연히 담배를 피워 물었을 때였다. 나는 내가 지금 꿈을 꾸고 있는 것이 아닐까 하는 착각을 받았다. 군인용 트럭이 지프차의 호위를 받고 헤드라이트를 켠 채 학교 안을 질주해 들어오고 있었다. 트럭 위에는 무장한 군인들이 가득가득 만재해 있었다. 나는 불길한 예감으로 커튼을 내리고 커튼 틈으로 숨죽여 그들을 바라보았다. 그들은 동상 앞 공터에 차를 세우더니 트럭에서 내려 민활한 동작으로 사방으로 분산되기 시작했다. 그들은 다짜고짜로 벤치에 혹은 잔디밭에 뒹굴고 있던 학생들을 잡아들이기 시작했다. 순식간의 일이었다. 그들의 머리에서는 철모가 햇빛에 번득이고 있었다. 그러자 수많은 학생들이 도서관 쪽으로 뛰어가면서 용감한 축들은 돌을 던지기 시작했다. 창문을 굳게 닫았으므로 그들의 소리는 들리지 않았다. 소리가 들리지 않는 행동은 우리가 공중전화 부스 안에서 무어라고 손짓하는 타인의 생경한 행동을 보는 것처럼 단조로우나 그러나 더욱 섬뜩한 느낌이었다.

나는 두려움에 떨면서 그들 군인들이 뒷걸음질쳐 도망가는 한 무리의 학생들을 따라 도서관 비탈길을 재빠르게 쫓아 올라가는 것을 보았다. 학생들은 도서관 문을 안으로 잠그고 도서관 안으로 피신해 버리고 말았다.

  교정에선 군인들이 학생들을 집합시키고 무어라고 격앙된 어조로 말을 하고 있었다. 지휘관으로 보이는 장교가 선글라스를 쓴 채 초라하게 군(群)을 이루고 있는 학생들 앞에 서서 지휘봉을 휘두르고 있었다. 나는 그가 무슨 말을 하고 있는가를 알아차릴 수 있었다. 돌을 던진 학생들을 가려내기 위한 시위 같았다.

  "손을 들어라. 사나이답게 손을 들어라. 제군들은 최고 학부를 다니고 있는 대학생들이다. 벌은 주지 않겠다. 손을 들어라."

  나는 그가 그런 말을 하고 있는 것으로 간주했다.

  도서관 쪽에서는 열 명도 넘는 군인들이 도서관 문을 발길로 차고 있었다. 도서관 삼사 층에서는 학생들의 머리가 유리창 밖으로 나와 무슨 일인가 내다보고 있었다. 그러자 한 군인이 그들에게 내려오라고 손짓을 했다. 그러나 학생들은 아무도 내려오지 않았다. 한 군인이 휴대용 나팔을 입에 대고 도서관 쪽을 향해 오랫동안 중얼거렸다. 아마 몇 분 이내로 내려오지 않으면 최루탄을 발사하겠다는 경고의 선언이었던 모양이었다. 그래도 도서관 쪽에서는 아무런 대답도 없었다. 군인들은 방독면을 쓰고 집총자세를 취했다.

  이쪽 교정엔 여전히 불안한 대학생들을 앞에 두고 지휘관이 얘기를 계속하고 있었다. 그러나 그 침묵은 오래지 않아 깨졌다. 흰 연기가 도서관 쪽에서 피어오르기 시작했다. 군인들이 환기창 안으로 최루탄을 집어넣은 모양이었다. 그러자 최루탄 연기는 도서관 창문에서 천천히 새어나왔고 그것은 흡사 거인이 담배를 피우는 모습처럼 보이고 있었다.

나는 그때 누군가 내 방문을 두드리는 소리를 들었다. 나는 문을 열어줄까 말까 망설이다가 문을 열어주었다. 문밖에는 한 여학생이 불안하게 서 있었다.

"좀 숨겨주세요."

하고 그녀가 말했다. 나는 말없이 눈짓으로만 그녀를 들어오게 한 다음 다시 문을 잠갔다. 그녀는 방 안에 들어오자 느닷없이 아이처럼 울기 시작했다.

"불쌍해요."

하고 그녀가 울면서 소리 질렀다.

"어쩜 저럴 수가 있을까요. 어쩜 저럴 수가 있을까요."

나는 순간 이 자그마한 여학생을 붙들고 포옹하고 싶은 충동을 받았다. 같이 뒹굴고 기나긴 입맞춤을 하고 싶었다. 나는 말없이 그녀의 앞이마에 흩어진 머리칼을 올려주면서 울지 말라고 타일렀다. 나는 그녀가 내 딸 같기도 하고 동생 같기도 했고 누이와 어머니 같기도 했고 할머니 같기도 했다. 그녀는 얌전히 소파에 앉아 숨죽여 울음을 계속하고 있었다.

나는 다시 창가로 다가갔다. 이미 밖의 상황은 달라져 있었다. 도서관 문은 활짝 열려 있었다. 수많은 학생들이 눈을 가리며 비틀대면서 걸어 나왔다. 군인들이 그들에게 손을 들 것을 명령했는지 그들은 하나같이 손을 위로 높이 쳐들고 있었다. 그러한 모습은 전쟁 포로같이 보였다. 군인들은 그들을 한곳에 모으더니 갑자기 제식훈련을 시키기 시작했다. 복장이 일치되지 않았기 때문에 그들의 행동은 덜 훈련된 가축처럼 무질서하게 보이고 있었다. 여학생 축들은 한구석에 모여 이 기묘한 제식훈련을 보고 있었다.

"뒤이로 돌아갓, 뒤이로 돌아갓, 우이향 앞으로 갓, 하나, 둘, 하나, 둘."

나는 그들이 학생들에게 그렇게 명령을 내리는 것을 알 수 있었다. 학생들은 그들이 명령을 내릴 때마다 느릿느릿 그러나 어느 정도 조화를 이루면서 좌로 혹은 뒤로 돌아가고 있었다. 그러다가 그들은 앉았다, 일어섰다, 앉았다, 일어섰다를 수십 번 반복하였다. 그중에 누군가 하나가 불평하는 것을 발견했던지 불려가 구타를 당하였다. 학생은 비틀거리면서 넘어졌다. 그러나 그는 곧 일어나 툭툭 털며 대열로 들어왔다.

그 이후에 실시되는 제식훈련은 좀 전보다 한결 빨라진 감이 있었다. 학생들은 일순에 돌고 일순에 앉고 일순에 일어서고, 일순에 뒤로 돌았다. 그때 트럭이 백 해서 학생들 대열 앞에 정거하였다. 군인들이 학생들에게 머리를 땅에 대고 두 손을 허리께에 올려붙일 것을 명령하였는지 학생들은 땅에 몸을 붙이고 기묘한 자세를 취하고 있었다. 한 사람 한 사람 학생들은 트럭에 실렸다.

나는 목구멍이 타올라 침을 삼킬 수가 없었다. 나도 어느새 뜨거운 눈물을 흘리기 시작했다. 다른 학생들도 교정을 어슬렁거리며 돌아다니고 있었으나 투석의 혐의를 벗어난 때문인지 학교 측 직원의 권유로 비교적 자유롭게 집으로 돌아가고 있었다.

나는 그들이 모두 트럭에 탈 때까지의 긴 시간을 한눈도 팔지 않고 바라보았다. 군인들은 그들이 모두 트럭에 타자 출발을 명령하였다. 트럭은 발동을 걸고 학교 밖으로 사라져버렸다.

학교 교정은 군인들로 채워져 있을 뿐 삽시간에 고요한 정적 상태로 변하고 말았다. 누가 급한 김에 버린 것일까, 빈 교정엔 흰 운동화 한 켤레가 가을 햇빛을 반사하면서 유리 조각처럼 빛나고 있었다. 나는 그때 교내 방송국 스피커를 통해 다음과 같은 소리가 나는 것을 들을 수 있었다.

"아아. 마이크 시험 중 하나, 둘, 셋, 넷, 잘 들립니까. (잠시 침묵)

온 교내에 계시는 ○○인 여러분. 정부에서는 오늘 부로 위수령을 발동하였습니다. 때문에 당분간 본 군인들이 학교에 주둔하여 방위 임무를 맡게 되었습니다. 교내에 남아 있는 학생들은 속히 모두 퇴교해 주시고 교직원 여러분들은 평소와 다름없이 근무에 임하여 주시는 대신에 총무과에서 재직증명서를 발부받아 주시기를 바랍니다. 아, 아, 마이크 시험 중 하나, 둘, 셋, 넷, 잘 들립니까. 잘 들립니까. (잠시 침묵) 온 교내에 있는 ○○인 여러분……."

나는 그 소리가 교내 아나운서의 부드럽고 상냥한 목소리가 아님을 알았다. 그 소리는 무뚝뚝하고 군인다운 충실감으로 넘쳐 있었다. 그것은 가끔 밤중에 인근 교회 스피커를 통해 예비군 소집시간을 알리는 갈라진 중대장의 목소리와 유사했다. 그 소리는 자꾸자꾸 반복되어 텅 빈 학교를 온통 흔들어대고 있었다. 나는 학교 방송실에 앉아 워커를 신은 채 마이크를 잡은 스튜디오 안 군인의 모습을 상상하였다. 그는 자기의 목소리가 생방송으로 온 교내를 쩡쩡 울리고 있다라는 희열감으로 숨이 가빠 있을 것이다. 그의 목소리는 내가 중학교에 다닐 무렵 어느 날 아침인가 혁명공약을 낭독하던 방송처럼 건조하고 메마른 건성이었다. 마이크 소리는 밤새 진주한 군인의 목소리처럼 피로와 권태에 갈라져 있었지만 무언가 복종을 강요하는 저의로 일관되고 있었다. 그는 자꾸 마이크 시험 중을 반복하였고 후렴처럼 수신인도 없는 아, 아, 잘 들립니까, 잘 들립니까라고 크게 스피커를 통해 물었다. 그 간간이 삽입되는 질문은 마이크 기계에 압도된 사람이 자기가 앉아 있는 곳이 다름 아닌 마이크 앞이라는 사실을 자기 자신에게 재확인시키려는 것처럼 과장되어 있었다.

나는 언젠가 소설책에서 읽은 전쟁 장면을 생각해 내었다. 전몰된 대원들의 시체를 앞에 두고 소대장이 비틀대면서 점호를 취하는 장면이었다. 그는 울면서 생존한 사람은 대답하라. 생존한 사람은 대답하라고 쉴 새 없이 외치고 있었는데 얼핏 마이크 소리에서 그 살벌한 전장터를 생각해 낸 것은 매우 기묘한 일이었다. 그들은 우리에게 대답을 요구한다. 그러나 우리는 대답할 수 없다. 왜냐하면 우리 모두는 전몰되었기 때문에.

마이크 소리는 느닷없이 행진곡으로 이어졌다. 그것은 우리가 점심시간에 들을 수 있는 가벼운 경음악이 아니었다. 우리 국군의 무운장구를 비는 맹호부대 용사들아를 외치는 시끄럽고 감격적인 행진곡이었던 것이다. 그것은 참으로 장난과도 같은 행진곡이었다. 골라잡아 한 곡조 꽝 하는 식의 예고도 없는 행진곡이었다.

기분 내고 있다. 방송실의 군인은.

그러자 나는 갑자기 웃고 싶어졌다. 근질근질한 웃음기가 뱃속에서부터 벌레처럼 기어오르고 있었다. 그래서 나는 웃음이 채 몇기도 전에 이내 킬킬대고 웃기 시작했다. 나는 울다가 웃었다. 내 모습을 보고 여학생이 불안한 시선을 보냈다.

"아가씬 무슨 과예요?"

"간호학과입니다."

라고 여학생이 대답했다.

"점심을 먹으러 나왔던 길이에요. 아, 아, 이건 정말 너무한 일이에요."

아, 아, 마이크 시험 중 하나, 둘, 셋, 넷, 잘 들립니까. 잘 들립니까.

"그럼 식사하세요. 제가 더운 물을 끓여드릴게요."

"같이 하시겠어요?"

여학생은 건강하게 좀 전의 슬픔을 씻은 듯이 잊어버린 듯 웃었다.

"그럴까요. 숨어 있는 자여. 그대는 맹렬한 식욕을 느끼노라. 어

무서운 복수(複數) **297**

떻습니까. 제 말이 그럴듯합니까?"

나는 연극 대사를 읽듯이 극적인 어투를 썼다.

갑자기 나는 맹렬한 식욕을 느꼈다. 그래서 우리는 머리를 맞대고 여학생용 작은 도시락을 순식간에 해치웠다. 반찬은 김치와 건어였다. 우리는 참으로 맛있고, 그리고 다정하게 그것을 먹었다.

"어떻게 될까요. 학교는."

여학생이 빈 도시락을 싸면서 나를 올려다보았다.

"학교라니요!"

나는 킬킬거렸다.

"학교가 어디 있는데요?"

우리는 뜨거운 엽차를 후후 불면서 마셨다. 나는 여학생의 마른 목이 물을 들이켤 때마다 해부용 개구리처럼 수축하는 것을 보았다.

"난 집으로 내려가겠어요."

여학생이 침울하게 말을 했다.

"집이 어딘데요?"

"목포예요."

여학생이 말을 했다.

"고향이 있다는 것은 참 좋은 일일 거예요."

나는 진실로 신음하면서 말을 받았다.

"난 순수한 서울내기거든요. 고향이 지방인 아이들은 그만큼 실의에 빠지면 아, 아 내겐 고향이 있구나 하는 구원이라도 느끼게 되지 않습니까. 고향은 말하자면 최후의 구원이 아니겠습니까?"

"난 몰라요."

여학생이 웃었다.

"난 그런 어려운 말을 몰라요."

"저 이를테면 말입니다."

나는 갑자기 그 여학생의 단순성을 파괴해 버리고 싶은 충동이 성욕처럼 일어나는 것을 느꼈다. 나는 그 여학생의 건강을 질투하고 있었다.

"우리가 무엇 때문에 살아가느냐는 것은 차치해 두고서라도 말입니다. 우리에게 어떤 향수감을 줄 수 있는 일테면 어머님의 자궁 속 같은 아늑한 고향이 있다는 말하자면 플라톤의 유토피아가 말씀인데요, 아니지 플라톤의 이야기인지 아닌지는 잘 모르겠지만 어쨌든 고향이 있다는 것은 원 제기랄."

나는 자꾸자꾸 웃음이 빠져나오는 것을 금할 수 없었다.

"어쨌든 부럽군요. 부러워."

"아니 누가 말이에요?"

여학생이 도시락을 털실 주머니에 넣으면서 명랑하게 물었다.

"아가씨가 말입니다."

아, 아, 마이크 시험 중. 하나, 둘, 셋, 넷, 잘 들립니까. 잘 들립니까. 잘 들리구 말구요. 잘 들리구 말굽쇼. 나으리.

"나갑시다. 이젠 어느 정도 사태가 가라앉은 모양입니다."

"괜찮을까요?"

여학생이 다시 불안하게 속삭였다.

"괜찮겠지요. 물론."

나는 가방을 들고 스위치를 내렸다. 곧로 불을 끄고 천천히 밖으로 나왔다. 학교 안은 텅 비어 있었다. 복도에는 우리들이 걷는 발소리가 낭랑하게 울리고 있었다. 누군가 이층 계단에서 내려오다 우리 발걸음과 맞부딪치자 황급히 피하는 것이 눈에 띄었다. 나는 짓궂게 그쪽으로 올라가 보았다. 아는 학생이었다. 그는 피하려다 말고 나를 보고는 계면쩍게 웃었다.

"애 떨어질 뻔했습니다. 최 형."

"나갑시다."

하고 나는 말을 했다. 우리들 셋은 햇빛이 찰랑이는 교정으로 나왔다. 교정은 너무나 쓸쓸하고 적적해서 한겨울의 고궁 같았다. 낡은 건물들이 넝쿨에 뒤덮여서 한결 퇴락해 보이고 있었다.

동상 앞에서 군인들이 양팔 벌려 간격으로 떨어져 태권도를 실시하고 있었다. 그들은 좀 쌀쌀한 날씨인데도 온통 웃통을 벗어던지고 있었다. 그들의 맨몸은 금속 부분처럼 빛나고 있었다. 그들의 근육은 우람하고 거대하였다. 그들은 태권도 교관의 명령에 따라 좌로 혹은 우로 돌면서 허공을 찌르고 있었다. 그들이 얏, 얏, 기합을 주면서 허공을 찌를 때마다 온 학교가 쩌렁쩌렁 흔들리고 있었다. 그들은 학교 교정이 그들의 연병장으로 가장 적당한 곳이라는 것을 벌써 알아차리고 있는 것 같았다. 그들은 보이지 않는 적이랄지라도 가차 없이 처단하겠다는 듯 그들의 주먹은 위압적으로 문과대학을, 학교 본부 건물을, 우리 학교를 세워준 인물의 동상을 향해 일종의 기왓장 깨뜨리기 연습을 실시하고 있는 것처럼 보였다. 나는 그들의 주먹에 의해서 학교 건물이 기왓장 부서져나가듯 깨지는 환영을 보았다.

우리는 조심스럽게 그들을 피하며 걸어 나왔다. 길 양옆에는 오보 간격으로 집총자세를 취한 군인들이 깎아 세운 인형처럼 정렬해 있었다.

"최 형, 학교 학생회 간부들이 모두 구속되었답니다."

학생이 속삭였다. 나는 얼핏 오만준을 생각해 내었다. 그 친구도 필경 구속되었으리라. 최 형 진정한 의미의 용기를 무어라고 말하실 텝니까. 그들은 내게 술래이기를 요구하고 있어요. 난 피할 수는 없어요.

나는 묵묵히 책가방을 추켜들었다. 학교 정문엔 바리케이드가

처지고 총을 어깨 위로 세운 군인들 네댓 명이 길을 차단하고 있었다. 그들은 우리들에게 무엇 때문에 지금까지 학교에 남아 있었느냐고 투덜거렸다. 우리는 상냥하게 죄송하게 되었다고 사과를 했다. 학교 밖으로 나오자 여학생은 아주 고마웠다고 내게 인사를 한 다음 의과대학 쪽으로 걸어가 버렸다. 나는 버스 정류장에 서서 버스가 오기를 기다리며 나도 어디론가 철새처럼 떠나고 싶은 느낌을 받았다. 고향이 있으면 좋겠군 하고 나는 중얼거렸다.

5

나는 휴교 기간 중 줄곧 황진이를 써야만 한다는 압박감에 시달리고 있었다. 그러나 황진이에 대한 이야기는 도무지 씌어지지 않았다. 나는 빈둥거리면서 천장의 무늬를 세기도 하고 벽면을 기는 개미의 행방을 몇 시간이고 좇으면서 황진이에 대한 집념으로 매일 보내고 있었다. 신문은 연일 학원사태를 보도하고 있었다. 문제는 구속학생을 제적시키는데 그것이 교수회의를 통과하여야 한다는 것이었다. 나는 구속된 학생들 중에 김오진과 오만준의 이름도 들어 있는 것을 보았다. 그러나 나는 그들이 교수회의에 의해서 제적이 될 것이라고는 생각하지 않고 있었다. 왜냐하면 그들은 데모를 주동하긴 했지만 학생회 간부들은 아니었기 때문이었다. 그리고 설마 제적된 학생들을 다시 종전처럼 구제하지는 절대 않는다는 방침인데, 교수들 측은 자기가 가르친 학생들이라면 한 명이라도 구제하려고 애를 쓸 것이 분명하기 때문이었다.

그러나 며칠 후 나는 조간신문 제적학생 명단에서 오만준과 김오진의 이름이 포함되어 있는 것을 보았다.

그것은 놀라운 충격이었다. 두툼한 둔기로 뒤통수를 한 대 얻어맞은 기분이었다. 나는 신문을 들고 신음을 연상 발하고 있었다. 그뿐만이 아니었다. 제적된 학생들은 곧 군대에 입영된다는 소리였다. 나는 성급히 일어나 전화통으로 달려갔다. 전화번호부를 뒤져 교수님의 전화번호를 찾아내었다. 나는 떨리는 손으로 다이얼을 돌렸다. 전화는 두어 번 신호가 가자 떨어졌다.

"여보세요."

교수님의 잠이 덜 깬 듯한 소리가 수화기를 통해 들려왔다.

"저 준홉니다. 최준호입니다."

"오 최 군 웬일인가?"

교수님이 반겨주셨다.

"어찌 된 일인지 모르겠습니다. 선생님, 열다섯 명이 제적되었더군요."

나는 헐떡이기 시작했다.

"오늘 아침 신문에서 보았습니다, 선생님."

"그 때문에 전화 걸었나?"

한참 만에 교수님이 부드럽게 물으셨다.

"그렇습니다."

나는 수화기를 빵처럼 뜯어먹고 싶은 충동을 느꼈다.

"너무나 놀라니까 선생님 생각이 나더군요."

"최 군 전화를 끊자구. 그 얘긴 더 이상 하지 말자구."

"선생님 한 마디만 한 마디만 얘기하겠습니다. 선생님은 용기란 것을 어떻게 생각하십니까. 진정한 의미의 용기란 것을 무엇이라고 보고 싶습니까?"

나는 대들 듯이 소리쳤다. 그러자 저쪽에서는 아무런 대답도 없었다.

"어렵군."

교수님은 오랜 후에 힘없이 말을 하셨다.

"참 어려운 질문이야. 최 군 우리 등산이나 가세."

선생님은 일부러 지으시는 듯한 밝은 목소리를 내셨다.

"가까운 백운대에라두 올라 가자구. 가겠나?"

"가죠. 가구말구요. 가겠습니다."

"그럼 이따 세 시쯤 다방으로 나올까?"

"알겠습니다. 그리로 나가겠습니다."

나는 전화기를 놓았다. 그때 나는 식모애로부터 내게 온 편지를 받았다. 나는 편지의 겉봉을 보았다. 그곳엔 학교 이름이 한자로 인쇄되어 있었다. 나는 봉투를 뜯고 긴 내용의 편지를 읽어 내려가기 시작했다.

사랑하는 ○○학생 여러분.

지난 10월 15일 이후 여러분이 없는 텅 빈 학교(學校)를 지킨 지 이십여 일 만인 11월 9일 다시 팔천여 ○○학생들이 가을 아침 밝은 햇빛을 한가슴에 안고 학교로 걸어 들어오는 날이 왔음을 알려드립니다.

돌이켜보면 지난 이십여 일은 우리들 ○○인뿐만 아니라 우리나라 모든 대학인(大學人)이 처음 겪었던 가슴 아픈 나날이었으며 이런 쓰라린 경험(經驗)은 두 번 다시 있어서는 아니 될 유감된 일이었다고 생각됩니다.

지난 얼마 동안 우리 학생들은 대학에서 공부한 지식(知識)을 바탕으로 하여 국가발전(國家發展)과 민주주의 신장(伸張)을 위한 순수한 입장(立場)에 서서 행동으로 현실참여(現實參與)를 시도(試圖)하였으리라고 짐작됩니다. 그러나 대학은 행동의 집단(集團)이기 전에 원숙(圓熟)한 사색(思索)과 이지적(理知的)인 사고(思考)의 집단이어야 함을 우리는 또한 간과(看過)해서는 안 될 것입니다. 대학은 지성과 이성의 초석(礎石) 위에 세워진 학문의 전당(殿堂)이기 때문에 비지성적이며 또한 비이성적인 자세는 지양(止揚)되어야 할 것입니다.

사랑하는 열다섯 명의 우리 학우들은 정든 모교의 품을 떠나 있게 되었음을 가슴 아프게 생각합니다. 그러나 우리는 이들 길 잃은 양을 언제까지나 버려둘 수는 없습니다. 나는 이들이 우리 ○○동산에 다시 돌아올 수 있도록 온갖 노력을 다할 것입니다. 이것이야말로 길 잃은 한 마리의 양에게 쏟은 훌륭한 목자(牧者)의 사랑을 가르친 기독교(基督敎) 정신(精神)이며 참된 교육이라는 것을 믿고 있습니다.

이제 우리는 과거의 쓰라림을 교훈으로 삼고 내일을 위한 새로운 결의(決意)를 굳게 하여야 하겠습니다. 학생은 그 어느 때보다도 더욱 학업에 정진(精進)하고 인격도야(人格陶冶)에 힘쓰며 스승을 존경하고 비판정신(批判精神)을 함양하여야 할 것입니다. 스승은 또한 학생의 어버이로서 따뜻한 사랑과 폭넓은 이해로써 지도할 것입니다. 이렇게 함으로써 ○○인은 더 큰 긍지(矜持)와 용기를 가지고 좌절감(挫折感)을 극복하고 민족문화 창조의 역군이 되며 진리(眞理)와 자유(自由)의 햇불을 높이 들고 민족의 선두에 설 수 있을 것입니다.

지금 세계정세는 급전하고 있으며 새로운 역사는 잠시도 쉬지 않고 창조(創造)되고 있습니다. 이 우렁찬 역사의 흐름 속에서 팔천여 ○○학우는 잠시도 쉴 수 없습니다. 우리는 지난 팔십여 년의 빛나는 ○○의 전통(傳統)을 거울삼아 다시 전진(前進)과 창조의 대오(隊伍)를 가다듬어야 할 것입니다.

국가와 민족 나아가서 세계는 우리가 좀 더 빛나는 학문적인 공헌(貢獻)과 건설적인 봉사를 해줄 것을 기대하고 있습니다. 이러한 기대를 저버리지 않는 유일한 길은 스승과 제자가 사랑과 희망을 갖고 대학의 자율(自律)과 자주를 찾아 대학 본연의 자세로 돌아가는 것입니다.

○○학생 여러분!

이제 다시 ○○의 동산에서 따뜻한 재회(再會)의 정을 마음껏 펴면서 흩어진 우리의 마음과 뜻을 모아 ○○학원 재건이라는 공동 의식을 가지고 ○○인 다 함께 매진(邁進)합시다.

1971년 11월 6일
○○대학교 총장(總長)

그날 저녁 나는 친구 녀석들과 술을 마셨다. 고등학교 선생 하는 친구와 잡지사 기자로 있는 친구들과 어울려서 청계천 근처 단골 술집에서 술을 퍼마셨다. 그들은 요새 내가 무엇을 하고 지내느냐고 물었다. 나는 글쎄 내가 무엇을 하고 지내는지 모르겠다라고 대답하였다. 그들에겐 벌써 생활인 냄새가 나고 있었다.

우리들은 술집 계집애들을 옆에 앉히고 술을 마셨는데 그녀들은 굉장히 음탕한 년들이었다. 우리가 한 되를 마실 때마다 비싼 안주를 추가해서 자기들 마음대로 시켰다. 그러고는 자기들 나이의 반밖에 안 되는 우리들에게 마구 아양을 떨었다. 우리들은 그녀들의 치마 속으로 손을 넣어 맨살을 만지고 국부를 만지면서 낄낄거렸다. 처음에는 그래도 친구들의 눈을 피해 슬슬 했으나 술이 취하자니 거 내 거 가리지 않고 마구잡이로 만지고 비비기 시작했다. 나는 그녀의 입에다 입을 비비면서 오늘 밤 같이 자자고 했다. 그러자 그녀는 좋다고 말을 했다. 얼마면 되느냐고 물으니 이천 원은 받아야 되겠다고 지분거렸다.

 엿 먹어라 하고 내가 그녀의 코를 쥐어뜯었다. 이천 원이면 이년 아 김장 담그겠다, 라고 욕지거리를 했다. 그러면서도 나는 연상 그녀의 몸을 핥고, 그리고 빨았다. 나는 그러면서도 이 여인에게 내가 하등 성욕을 느끼고 있지 않음을 알았다. 나는 단지 물고, 빨고, 깨뜨리고, 할퀴는 상대만 있으면 족할 뿐이었다.

 우리는 밤 열 시까지 마시고 집이 먼 친구가 두어 명 있었으므로 일찍 일어나기로 했다. 계산을 치르고 대문까지 전송 나온 계집들을 다시 한바탕 물고 빨고 그러고는 팁까지 주고는 밤이 광기에 어우러진 도시로 걸어 들어갔다. 나는 친구들에게 이차를 가자고 했다. 그러나 그 녀석들은 집이 멀다고 하면서 하나둘 빠져 도망가 버렸고 좀 후에는 나 혼자 남게 되었다. 나는 비틀대면서 혼자 걸었다.

 거리는 뻔뻔하고 현란했다. 참으로 좋은 세상이로구나라는 느낌이 불쑥불쑥 치밀었다. 반액 대매출이라고 쇼윈도마다 붙여져 있었다. 나는 주머니에 손을 찌르고 쇼윈도 안을 불쑥불쑥 넘겨다보면서 발길이 닿는 대로 흘러가고 있었다. 거리는 네온의 불빛과 여인들의 향수 냄새로 충만해 있었다. 사람들은 모두 취해서 고래고래 소리를 지르면서 오줌을 질질 깔기면서 지나가는 여인들에게 욕지거리를 퍼부어대고 있었다. 누군가 내 어깨를 쥐었다. 내가 고개를 돌리자 똘마니 같은 녀석이 히히 웃으면서 사진 좋은 것 있는데 사지 않겠느냐고 유혹했다. 나는 보고 좋으면 사고 싫으면 사지 않겠다고 얘기했다. 그러자 녀석은 쾌히 승낙하고 나를 데리고 무릎쯤의 위치까지 철문이 닫힌 빌딩 안으로 들어갔다. 그는 주머니에서 사진들을 꺼내어 부챗살 펴듯 펼쳐들었다. 미국 것을 원하십니까, 일본 것을 원하십니까, 아니면 한국 것을 원하십니까. 우리나라 것하고 내가 말을 하였다.

그러자 녀석은 내게로 사진을 불쑥 내밀었다. 나는 열쇠 구멍을 통해 남의 정사를 들여다보듯 사진을 봤다. 좋지요 하고 녀석이 기승을 부렸다. 나는 천천히 모두 감상하였다. 그리고 녀석에게 도로 사진을 돌려주었다. 왜 안 사시겠습니까. 시시해 하고 내가 말을 했다. 그까짓 것은 너무 시시해. 그럼 동물하고 사람하고 노는 것을 보여드릴까요. 싫어하고 내가 큰소리로 소리 질렀다. 여보쇼 하고 녀석이 눈을 부라렸다. 냄새를 맡긴 했으니 냄새 값이라도 줘야 할 것 아니겠소. 뭐야 이 새끼 하고 내가 큰소리쳤다. 거 왜 반말이쇼, 내가 당신 아들인 줄 아시오. 뭐 이 새끼가. 나는 녀석의 멱살을 쥐고 벽에다 쿵쿵 두어 번 부딪쳤다. 순간 녀석의 주먹이 내 얼굴을 강타하였다. 나는 쓰러졌다. 눈앞에 별이 번득이었다. 녀석은 후닥닥 도망가 버렸다. 나는 퉤퉤 침을 뱉어보았다. 입 안에 비린내가 확 풍겨오고 있었다. 나는 피 섞인 침을 뱉어가며 다시 거리를 걷기 시작했다. 술이 취한 우수 사이로 얼핏 희고도 공허한 공간이 스쳐 지나갔다.

  버스 정류장엔 수많은 버스들이 손님을 부르고 있었다. 나는 버릇처럼 신촌행 버스에 몸을 실었다. 자리가 하나 비어 있었다. 나는 차창에 부옇게 떠오른 나의 얼굴을 멍하니 쳐다보았다. 내 얼굴 뒤로 달리는 버스 밖의 거리가 투명하게 스쳐 지나가고 있었다. 나는 버스가 정류장에서 오래 정차할 때마다 악을 쓰며 가자, 어이 운전사, 가자구, 어이, 차장 가자니까, 가재두 하고 소리를 질렀다.

  그러다가 불쑥 구역질을 느꼈다. 나는 웩웩 구역질을 시작했다. 창밖으로 고개를 내미시오 하고 옆자리에 앉은 사내가 투덜거렸다. 나는 차창 밖으로 고개를 내밀었다. 그러나 토하지는 않았다.

  차에서 내려 골목길에다 나는 토했다. 부쩍부쩍 토하면서 축축한 땅에 머리를 부딪고 있었다. 얼마만큼 토하자 정신이 들고 거리의 수은등이 번쩍이면서 다가왔다.

집에 돌아왔을 때 나는 내게 마침 전화가 왔노라고 식모애가 전해 주는 소리를 들었다. 나는 비틀대면서 수화기를 받았다.

"벌써 세 번째 전화예요. 오늘 도합 세 번 왔어요."

그애가 말을 했다.

"여보세요."

나는 큰 소리로 소리를 질렀다.

"전화 바꿨습니다."

"저 영미예요, 노영미. 최준호 씨죠."

"가만 있자. 노영미 씨라니."

"저 언젠가 오만준 씨하고 같이 봤던 사람이에요."

"오, 노영미 씨 알겠습니다."

나는 수긍을 했다.

"이거 웬일이십니까. 이 밤중에 웬일이십니까?"

"오만준 씨 부탁으로 전화 거는 거예요. 낮부터 찾았지만 안 계시더군요."

"무슨 일로 전화를 거셨습니까?"

나는 될 수 있는 한 분명한 어조로 발음하려 애쓰면서 물었다.

"오만준 씨가 내일 군대에 나가요."

"아니 오만준 씨가 내일 입영한다구요?"

"그래요."

여인이 한참 만에 대답했다.

"새벽차예요. 용산 역에서 새벽 다섯 시 오십 분 차로 출발한대요. 바쁘시겠지만 꼭 좀 나와 주십사 해서 전화 걸었어요. 오만준 씨가 꼭 좀 뵈었으면 하더군요. 나와 주시겠어요?"

"물론이죠."

나는 크게 대답했다.
"나가구 말구요. 아가씨는요?"
"저두 나갈 거예요. 그런데 늦어도 다섯 시 반까지는 역 구내로 들어가서야 될 거예요."
"알겠습니다. 그럼 내일 아침 뵙기로 하죠."
"안녕히 계세요."

전화는 끊겼다. 나는 벌컥벌컥 냉수를 들이마시면서 자리에 누웠다. 오만준이 드디어 군대에 끌려가는군, 하고 나는 중얼거렸다. 좀 곰곰이 생각해 보자고 눈을 감았다. 무엇이 어떻게 진전되고 있는 것인가를 좀 곰곰이 생각해 보자고 머리를 모았다. 그러나 나는 잠이 들었다.

다음날 눈을 뜨자 벌써 새벽 다섯 시였다. 나는 세수도 못 하고 겨울용 스웨터를 들쳐 입고 아직 잠이 덜 깬 상태로 밖으로 뛰쳐나왔다. 간밤에 마신 술기운이 아직 남아 있었다. 지독한 고통이 가슴을 울렁이게 하고 있었다. 나는 헛구역질을 하면서 꿈결과 같은 수은등이 켜져 있는 거리로 나왔다. 거리엔 아무도 없었다. 찬 새벽 공기가 나의 몸을 떨게 하고 이른 우마차가 쩔렁이면서 이슬에 젖은 도로 위를 지나가고 있었다. 아주 오랜만에 나선 새벽 거리는 텅 비어 있었다. 나는 지나가는 택시를 잡아타고 용산 역으로 달렸다. 추웠으므로 차 안의 문을 닫았다. 그리고 아직 깨어 있다는 실감이 오지 않은 채로 어슴푸레한 빛과 새벽의 어둠이 한데 어우러진 지쳐빠진 거리를 실눈으로 쳐다보고 있었다.

용산 역에 내린 것은 다섯 시 이십 분이었다. 나는 역 앞에 차가 서자 역 구내로 뛰어들었다. 새벽 기차를 타고 온 승객들과 군인들로 역구내는 흥청이고 있었다. 헌병이 군인들을 일일이 체크하고 있었다. 개찰구가 어딥니까 하고 나는 헌병에게 물었다. 저쪽으로 가보쇼 하고 그는 보지도 않고 대답했다. 나는 그리로 뛰어 들어갔다.
"여보쇼."
개찰원이 나를 제지했다.
"어디 가는 거요?"
"안으로 들어갑니다."
"입장권을 사야 되지 않겠습니까?"
제기랄, 나는 투덜거리면서 매표소로 뛰어갔다. 매표소엔 많은 사람들이 줄을 지어 표를 사고 있었다. 나는 맨 뒤에 서서 내 차례가 오기를 기다리고 있었다. 역의 비치용 시계가 다섯 시 이십오 분을 가리키고 있었다.
입장권을 사들고 나는 개찰구 안으로 들어왔다. 역 안은 어둠 속에 서 있는 기차 석탄 냄새, 부우연 가등, 새벽 행장을 차리고 나온 단단한 복장의 승객들, 냄비우동을 팔고 있는 장사치들로 혼잡을 이루고 있었다. 나는 제적당한 학생들이 타고 있는 칸이 어디인가를 찾으려고 기차 안을 들여다보면서 허덕이며 달리고 있었다.
나는 맨 앞쪽 칸쯤에서 학생들로 운집된 환송객들을 발견할 수 있었다. 그들은 조용히 서서 손을 흔들면서 교가를 부르고 있었다.
"아! 우리들 구원의 우리들 영원한 사랑의 전당이다. 진리의 샘 여기에 솟고……."
차 안에 탄 승객들이 차 안에 탄 채 바깥으로 고개를 내밀고 재미있다는 듯이 교가를 부르는 학생들을 내다보고 있었다. 머리에 흰 수건을 두른 학생들이 차 안에 탄 채 바깥으로 고개를 내밀고 묵묵히 교가를 듣거나 교가를 낮은 목소리로 따라 부르고 있었다. 몇몇 교수님들도 나와 있었고 그들도 노래에 맞추어 입을 움직이고 있었다.

나는 그때 영미라는 여인을 발견하였다. 그녀는 두툼한 복장을 하고 한구석에 혼자 서 있었다.

"늦었습니다."

하고 나는 웃었다.

"오만준 군은 어디에 있습니까?"

뽀옥, 뽀옥 기적이 울었다. 선로를 비추는 불빛이 머플러를 두른 그녀의 얼굴 위에서 한 줌 쓸쓸히 비끼고 있었다.

"저쪽이에요."

여인은 손으로 차창 안을 가리켰다. 나는 그곳에서 이쪽으로 시선을 두지 않은 사내가 앉아 있는 것을 보았다. 오만준이었다. 나는 뛰어 들어가 차창을 두드렸다.

오만준이 나를 쳐다보았다.

"오셨군요. 기다렸습니다."

오만준은 씨익 웃었다. 흰 이빨이 반짝이었다. 나는 차 안으로 들어가려고 승강구로 갔으나 헌병이 지키고 있었다. 그는 나를 완강하게 제지했다. 별수 없이 도로 창문께로 갔다. 나는 무슨 말을 꺼내야 하는가 잠시 망설였다. 그러나 우리는 아무런 말을 하지 않는 편이 나을 것 같은 침묵 속에서 우울하게 서로의 시선을 붙들고 있었다.

"최 형. 우리 집에 한번 들러주세요. 영미에게 우리 집을 알려주었으니까요. 집에서는 제가 입대하는 줄 아직 모르고 있으니까요. 알리고 싶지 않았습니다."

오랜 후에 오만준이 입을 떼었다. 다시 뒤쪽에서는 학생들이 고래고래 악을 쓰듯 교가를 합창하고 있었다.

"저 급하게 오느라고 아무것도 사오지 못했습니다. 오 형."

나는 그것이 나의 책임이나 되는 듯 부끄러워하면서 말을 했다.

"괜찮아요. 도시락이 있어요."

오만준은 손에 든 도시락을 들어 보였다. 아마 영미라는 여인이 준비해 온 도시락인 것 같았다.

"건강하세요."

나는 한참 만에 입을 떼었다.

"뭐라구요?"

교가의 구호를 외치는 시끌시끌한 소음 속에서 우리들의 대화는 차단되고 있었다.

"건강하시라구요."

나는 소리를 질렀다.

"문제없어요."

오만준이 소리 질러 받았다.

"모범 군인이 되어볼 테예요. 최 형, 오히려 지금의 나는 마음이 편해요. 군대에서 눈 부릅뜨고 보초를 설 테야요. 우리의 적은 과연 안에 있는 것일까 아니면 밖에 있는 것일까 볼 테예요."

"축하합니다."

나는 웃었다.

"오 형, 건강한 사병이 되어 보세요. 더욱더 많은 것을 얻을 수 있을 거예요. 상관의 말에 충실히 복종하는 졸병이 되어 보세요."

"고맙습니다. 영미 편지해."

오만준이 나와 연인 쪽을 한꺼번에 보면서 소리 질렀다.

"저에게두요. 영미 씨 면회두 오셔야 합니다."

느닷없이 김오진 군의 얼굴이 차창 밖으로 빠져나오더니 소리를 질렀다. 우리는 서로 손을 내밀며 손을 쥐어흔들었다. 기적이 급하게 두어 번 울고 기차는 가는 진동을 보이면서 출발하려는 기미를 보였다. 학생들은 우르르 차창으로 밀려들어 그들과 손을 잡거나,

소리를 지르면서 주소를 교환하거나, 부모들은 울면서 그들에게 먹을 것을 건네주고 있었다.

나는 오만준의 얼굴을 올려다보면서 우리들에겐 너무나 많은 간격과 거리가 있음을 알았다.

그에게 신의 은총이 있기를 하고 나는 막연한 신을 향해 은밀한 기도를 올렸다. 기차는 덜컹덜컹 진저리를 치기 시작했다. 세차게 뿌욱뿌욱 기적이 울리더니 쇠와 쇠가 부딪치는 녹슨 소리를 연발하고 있었다.

"최 형, 편지 하세요."

김오진이 두 손으로 브이 자를 그려 보였다.

"영미 씨두요."

"안녕히 계세요. 또 만나겠죠. 휴가 나오면 막걸릿집에서 코삐 뚫어지도록 마십시다."

옆의 학생이 소리를 지르고 있었다. 우리는 말없이 차창에 바짝 다가가 차례차례 악수를 나누었다. 오만준의 손은 땀에 젖어 있었다.

"정말 건강하세요. 나는 군대가 오 형에게 새로운 인생관을 줄 것이라고 믿고 있어요."

"고맙습니다."

오만준이 활짝 웃었다.

"나두 지금 큰 기대를 걸고 있어요. 군대가 내게 무언가 새로운 것을 줄 것 같아요."

"편지해요."

영미가 손에 들었던 종이 조각을 오만준의 손에 쥐어주었다. 만세, 만세, 만세 학생들이 느닷없이 만세를 부르기 시작했다. 차가 스르르 미끄러지기 시작했다. 안녕, 안녕히. 차창에서 손이 테이프처럼 흔들거리었다. 나는 우뚝 선 채 오만준의 손이 사라져가는 차창 바깥에서 이쪽을 향해 쉴 새 없이 흔들고 있는 모습을 보았다. 나는 멍하니 그의 손에 맞추어 손을 흔들었다.

기차는 천천히 그러나 빠르게 사라져버렸다. 흰 연기를 남기며 무질서한 밤의 어둠 속으로.

보내는 자들은 기차가 사라져버리자 역등에 뱀처럼 길게 드리워진 철로와 기차가 사라진 후 밀물처럼 몰려오는 어둠을 오랫동안 응시하고 있었다.

그러다가 그들은 하나 둘 역을 빠져나가기 시작했다.

여인과 나는 떼를 지어 말없이 빠져나가는 무리 속에서 역 구내의 계단을 걷고, 그리고 긴 낭하를 걸어 아직 새벽 기운이 기승을 떨치고 있는 역 광장으로 나섰다.

"삼 년을 기다려 주시겠죠. 오만준 군을 말입니다."

나는 웃으면서 여인을 내려다보았다.

"글쎄요."

여인도 애매하게 웃었다.

"더 좋은 사람 나타나지 않으면 기다리겠죠."

우리의 아침 걸음은 가벼우나 무겁고 힘차나 맥 빠져 있었다. 우리는 조심해서 한 걸음 한 걸음 줄 위에 매달린 물방울이 낙하할 듯 말 듯한 아슬아슬한 침묵 속으로 천천히 침전해 들어가고 있었다.

"저것 보세요."

갑자기 여인이 밝은 목소리로 전선 주위를 가리켰다. 여인이 가리킨 손끝 간 데를 바라보았다. 그곳 전선 위엔 가지런히 새들이 앉아 있었다.

"참 오랫동안 못 보던 새로군요."

여인은 감탄하면서 오선지 위의 음표처럼 나란히 정좌해 있는 새들을 잠시 서서 보았다.

"철새로군요."

나는 여인과 같이 서서 고개를 들어 새들을 바라보았다.

"곧 떠날 겁니다. 떼를 지어서 말입니다. 남양 지방으로 가겠지요."

"꼭 무슨 부호(符號) 같지 않아요?"

"그렇군요."

우리는 다시 걸음을 재촉하였다.

아침 버스들은 역 손님들을 기다리고 있었고 차장들은 소리를 지르고 있었다.

새로운 아침이 조용히 기지개를 켜고 있었다. 나는 무심코 고개를 들어 그 전선 주위를 쳐다보았다.

그때 나는 새들이 후닥닥 떼를 지어 새벽의 하늘 위로 튀어 오르는 것을 보았다. 그리고 그 새들이 그 어디론가 따스한 그러나 머나먼 곳, 기억이 캄캄한 곳으로 사라져버리는 것을 오랫동안 멍하니 지켜보고 있었다.

가면무도회

　이문후가 다시 신문사로 돌아온 것은 오후 네 시가 훨씬 지나서였다. 예정보다 늦은 시간이었다. 더군다나 이문후는 오늘 야근이었고 때문에 될 수 있으면 일찍 돌아와서 야근 시간 때까지 목욕탕에 들어가 칸막이 한증실에 틀어박혀 땀을 빼고는 한두 시간 정도 잠을 자리라 마음먹었던 것이 틀려진 것이었다.
　별수 없이 문후는 진통제를 한 알 사 먹고 신문사로 돌아올 수밖에 없었다. 이젠 꼼짝 못 하고 기사를 써서 데스크에 넘겨야 하며 곧장 눈 한번 붙여보지 못하고 꼬박 밤을 새워야 할 판이었다.
　문후는 적잖이 지쳐 있었다. 추석을 며칠 앞둔 신문사들에서는 올 추석을 해방 삼십 년의 민족적 비극에 초점을 맞추리라고 보고 기획을 세웠으며 때문에 과잉 취재경쟁이 벌어지고 있었다. 그래서 문후는 방금 통일로를 다녀오는 길이었다. 색도인쇄용에 대비해서 컬러 슬라이드 필름을 넣고 사진기자와 함께 떠난 것은 오전 열한 시경이었는데 한참 달리다 보니 차가 발동이 꺼져버렸다.

운전사는 뒷좌석의 문후와 사진부 기자를 돌아보면서 미안하지만 내려서 밀어달라고 흰 이를 드러내 보이며 웃었다.

별수 없이 문후와 사진부 기자는 지프를 밀고 끌며 거의 두 시간을 보내야만 했다.

"젠장."

겨우 발동이 걸리고 나자 운전사가 낄낄거렸다.

"신속, 정확한 기사두 좋지만 차 좀 바꿀 생각은 왜들 안 하는지 모르겠소. 젠장."

갈 때부터 맥이 빠진 길은 현장에 도착하고 나서도 마찬가지였다. 도착하고 보니 다른 신문사의 기자들이 와서 통일로를 배경으로 기사취재를 하고 있었다. 가장 쉽고도, 당연하고도 안이한 아이디어였다.

추석을 앞두고 통일로에 서서 고향을 그리는 실향민의 표정 따위는 해마다 연중행사처럼 취급되는 손쉬운 취재 대상이었던 것이다.

문후는 털털거리는 지프에 실려 회사로 돌아오면서 몇년 전 화려하게 진행되었던 적십자회담을 생각하였다. 지금은 중단되어 이미 화석화되고 사문화되었지만 그때 각 신문사들이 취재경쟁에 혈안이 되어서 동분서주하던 일을 상기했다.

점점 사람들이 사는 여유가 생기고 생활의 여유가 높아지자 신문사 측들은 일반 시민 독자들이 원하는 기사에 대해 신경질적으로 예민해서 평양에 다녀온 기자들이 식사할 때도 승용차로 다녔고 평양 시민과는 한마디도 얘기를 나눠볼 수 없었다는 사실을 상세히 보도하면 시민들은 우월감 섞인 조롱으로 그들이 서울에 오면 자유롭게 서울 시내를 돌아다니게 하자는 여론과 그들에게 청진동 해장국집, 하다못해 청계천 연변의 판잣집도 보여주자는 여론이 폭등하고 있었던 것이다.
 때문에 신문사 측은 오히려 기사 한 줄 한 줄에 과민한 반응을 보이는 독자들을 만족시켜 주기 위해 피투성이 취재경쟁을 벌이곤 했는데 그럴 때마다 부장은 써온 기사를 들여다보면서 고함을 꽥꽥 지르곤 했다.
 "나가 죽으쇼. 나가 죽어. 이런 걸 기사라고 쓰쇼. 이러구두 기자야. 걷어치우쇼. 집어치우고 나가서 아이스크림 장사나 하쇼."
 부장이 걸핏하면 꺼내는 아이스크림 장사라는 얘기엔 이유가 있다. 전임 부장이 어느 날 갑자기 신문사를 그만두더니 자기 집 근처에 식료품점을 내고 아이스크림을 팔기 시작한 뒤부터 부내에서는 걸핏하면 "에잇, 이놈의 기자 때려치우고 아이스크림이나 팝시다." 라는 자조적인 유행어가 퍼졌던 것이다.
 하기야 삼십 년 동안 두꺼운 벽에 가로막혔던 북쪽에서 손님이 온다는 것은 획기적인 일이었다. 우리가 객기 비슷한 향수심으로 일기해설 시간에 이북 평양의 내일 날씨는 비가 오고 바람이 불겠습니다라는 직접 가서 확인할 수 없는 일기해설을 꼬박꼬박 내고, 전국체전에는 선수단은 없고 임원단만 있는 이북 5도의 입장식을 빼놓지 않고 거행하고, 지리시간엔 함경남도의 도청소재지는 함흥이라는 것을 배우고 있긴 하지만 막상 눈 들어 바라보면 삼십 년 동안 전쟁이라는 피비린내 나는 대결을 치르고 저쪽에서는 아들이 아버지를 반동이라고 고발하고 마르고 여윈 국민들이 동무 동무 해가면서 새벽별보기 운동이나 하는 아비규환의 지옥이라는 것만 피상적으로 알고 있는 그곳에서 사람이 온다는 것은 상상조차 할 수 없는 일이었다.
 그래서 각 신문사들은 눈이 벌개져서 취재경쟁을 벌이고 있었던 것이다. 최근의 일반 시민 독자들은 입맛이 까다로워서 상투적인 기사에는 이미 타성화되어 있었다. 기업주들은 신문사의 부장급들에게 버튼을 눌러 독자들의 일반 관심거리가 무엇인가 알아내기를 쉴 새 없이 때려대고 있었고 부장급들은 상대적으로 기자들을 채찍질하고 있었다.

"이봐, 신문사라는 게 양력을 음력으로 바꿔 말해 주는 곳이 아니잖아."

하루에도 신문사에는 양력을 음력으로 바꿔 가르쳐달라는 문의 전화가 걸려오는 것을 빗대어, 부장은 기자들에게 큰소리로 고함을 치고 있었다.

그것은 일리가 있는 얘기기도 했다.

요즈음 독자들은 춘천호에 버스가 굴렀다는 기사보다는 배우가 간통을 했다는 기사에 더 흥미가 있어 하였으며 스포츠와 일반 레저 기사에 관심이 있는 경향이 뚜렷해지고 있었다.

몇년 전 심야에 고층빌딩 꼭대기에 자리 잡은 나이트클럽에서 화재 사건이 일어났던 적이 있었다. 그때 마침 문후는 야근이었는데 전화를 받고 부리나케 화재 현장으로 나갔다.

수년 전 일어났던 대연각 화재 사건 이후에 고층빌딩의 화재사건은 빈번하게 일어났고 그때 크리스마스 날 황금 프로를 제치고 마치 스포츠 중계나 하듯 텔레비전이다, 라디오다, 신문사다 모두 총동원되어 사람이 우수수 낙엽 지듯 떨어져 죽는 것을 본 뒤로는 지금 시민들은 황금 프로인 가수들의 노래라든가, 춤 따위보다는 현장감 있고 자극적인 것을 보기 좋아한다는 결론에 도달하였던 것이다.

그것은 엄중히 말해서 몇 시간 동안 텔레비전 카메라를 들이댈 성질의 것은 아니었다. 분명히 큰 사건이긴 하지만 저녁 뉴스에 상세히 보도해 주어야 할 것이지, 사람이 죽는 현장을 보여준다는 것은 대중의 맹목적인 사디즘 자학취미에 매스컴이 단순히 놀아난 결과밖에 되지 않았다. 그것은 엄격히 말해서 사형장을 중계한 꼴밖에 되지 않았기 때문이었다.

물론 한 사람 생존하고 있었던 중국 사람의 끈질긴 삶의 투쟁이 후에는 뉴스의 초점이 되었지만 아무리 아나운서가 "그렇습니다. 우린 중국 사람의 끈질긴 침착성을 배워야 합니다." 하고 해설했다 손 치더라도 그것은 자기들의 잔인한 중계를 인간적인 휴머니즘으로 감춰보려는 저의에 불과하였던 것이다.

문후가 현장에 도착했을 때는 고가 사다리로 사람들이 막 대피하고 있었다.

그중 놀라운 일은 팬티 하나만 걸친 웬 여인이 고가 사다리에 매달려 구출되어 나오는 모습이었다.

밤에 고고클럽에 드나드는 젊은 부류는 마땅히 두들겨 패야 할 성질의 것이었다. 또한 일반 독자들도 신문이 두들겨 패면 유쾌하게 생각하곤 하였다. 고고클럽은 두들겨 패기에 매우 합당한 곳이었으므로 고고클럽에서 일어난 불은 두들겨 맞아도 무방하였다.

더구나 여관이나 호텔은 독자들의 상상력을 불러일으키기엔 충분하게 음습한 곳이었다. 그곳에서 팬티 하나만 걸친 여인이 젖가슴이고 무엇이고 다 벗어 붙이고 헐레벌떡 도망쳐 나온 사실은 분명 큰 뉴스였다.

말할 것도 없이 취재하고 있는 각 신문사들의 플래시는 그 여인에게 집중적으로 터졌으며 다음엔 그 여인의 신원이 누구인가 하는 호기심에 충만되기 시작하였다.

다음날 조간신문에는 클로즈업된 여인의 나신이 사회면을 장식하였다.

고고클럽과 호텔과 벌거벗은 여인의 나신은 사회적 흥미거리를 충분히 만족시켜 주었으며 아울러 벌거벗은 육체를 공개함으로써 그 여인 개인의 프라이버시가 침해당한다는 사실은 신문사 측이 현명하게도 고고클럽 드나드는 철부지와 그것이 퇴폐적 온상이라는 마땅히 지탄받아야 할 대상임을 강조함으로써 비난을 벗어날 수 있었던 것이다.

야근을 끝내고 문후는 해장국집에서 조간신문을 들여다보다가 부장에게 이건 너무하지 않은가고 한마디 던졌다. 왜냐하면 단순히 여인의 벌거벗은 사진이 공개된 것뿐 아니라 그 사진 밑에는 '필사적으로 탈출하는 L 양'이라는 사진 설명이 붙어 있었는데 그 사건으로 입원한 환자 중에는 여인이 셋밖에 없었고 이니셜이 L로 시작되는 여인은 딱 한 사람밖에 없어서 주의 깊은 독자라면 고가사다리에 매달린 L 양과, 기사 본문 중에 입원한 환자의 본명과 주소까지 명기된 이(李) 양은 동일 인물임을 알아낼 수 있었던 것이다.

결론적으로 얘기하면 어찌 되었든 그 여인의 벌거벗은 육체는 한 개의 고깃덩어리처럼 근수가 매겨져서 저울대 위에 내팽개쳐버린 결과였던 것이다.

그러자 부장은 큰 몸통을 흔들거리며 화물열차처럼 크게 웃었다.

"아침신문 들여다보는 사람들 모두 흥분하고 있을걸. 다 그런 거야."

물론 신문사로는 다소의 항의 전화가 있긴 있었다. 그러나 그 항의 전화는 일반 대중의 관심이 집중되었다는 척도로서도 충분히 가치가 있는 일이었다.

문후가 신문사에 돌아와 부장에게 다가갔을 때 부장은 코감기에 걸렸는지 데스크 위에 발을 올려놓고 비약(鼻藥)을 코로 들이 맡아 막힌 코를 뚫으려고 노력하고 있었다.

"다녀왔습니다."

문후가 맥 빠진 소리를 내자 부장은 막힌 코가 뚫렸는지 연거푸 재채기를 연발하였다.

"늦었어."

"차가 고장났습니다. 밀고 당기고 끌고 야단한 게 두 시간입니다."

"그래 괜찮아?"

그가 묻는 괜찮느냐는 질문은 일테면 뭐 냄새 맡았어, 혹은 한 기사 건졌어 따위의 의미가 들어 있는 물음이었다. '괜찮아'는 그의 별명이었다.

"괜찮지 않습니다."

"아니 왜?"

"뻔합니다. L신문사가 벌써 도착해 있었습니다."

"젠장, 정말 괜찮지 않군."

부장은 연거푸 재채기를 했다.

"어떡한다? 촬영은 했나?"

"했습니다."

"어떡하지? 안 되겠어. 색도인쇄 컬러판을 똑같은 내용으로 내보낼 수야 있나. 그러다간 사쪼가 신경질 낼 걸. 그만두구 아이스크림이나 팔라구 말야."

부장은 김이 나는 호빵을 먹기 시작하였다. 경찰서 출입했던 기자들이 수금한 월부 책장수들처럼 돌아와서 서성이며 저녁 한때의 시장기를 메우고 있었다.

그들은 지방 첫판 신문이 나오길 기다리고 있었다. 그들에겐 그것을 보고 나서야 퇴근하는 습성이 있었다. 꼭 정해진 규율은 아니었지만 언제부터인가 내려오는 지켜야 할 규칙으로 굳어져 있었다.

경찰 출입 하는 기자 중의 하나가 웃으면서 부장에게로 다가왔다. 자연 대화가 끊겼다.

"부장님, 이것 한 대 태워보슈."

"이게 뭔데."

"한 대 뺏어왔어요. 젊은 애들 피우는 대마초랍니다."

"그으래. 이게 그거야."

부장은 그가 준 것을 펴보았다.

"이건 담배 아냐. 청자인데 그래."

"담배는 담밴데 피우면 천국 본다구 그래요, 젠장."

"그래. 천국이나 갈까."

부장은 장난기로 그것을 입에 물었다. 그에겐 이런 천진스러운 점이 있었다. 경찰 출입기자 출신인 부장은 그런 유아 같은 천진스러움과 다른 한 면의 끈덕진 강인함의 양면을 동시에 가지고 있었다.

"깊숙이 빨아야 한답니다."

기자가 싱글싱글 웃으며 말했다.

부장은 불을 붙이더니 힘껏 그것을 들이마셨다. 순간 그는 요란스럽게 구식 기차처럼 담배연기를 내뿜었다. 그러고는 냅다 기침을 해대었다. 기침은 한참 계속되었다.

열심히 들여다보던 기자들 모두가 한꺼번에 웃음을 터뜨렸다.

"퉤, 퉤, 퉤. 안되겠어."

"천국 보기가 그리 쉬운 줄 아십니까?"

담배 준 기자가 크게 웃었다.

"갖다 버려. 젠장. 한 모금 피웠다구 나 목 잘리는 것 봐야겠어?"

그는 문후를 쳐다보았다.

"지독한 풀이야. 왜 저따위 것을 피우고 있지. 염소라면 뜯어먹기나 할 텐데."

부장은 다시 비약을 들이마셨다.

"어디까지 얘기했지. 옳아. 통일로까지 얘기했지. 이봐요. 이 형은 어떻게 했으면 좋겠어?"

"글쎄요."

부장은 고개를 숙이고 무엇인가 생각하는 것처럼 코밑에 난 조그만 사마귀점을 쥐어뜯었다.

"좌담회는 어떨까?"

"이북 출신 명사들 말입니까. 아니면 이북 5도 지사들 좌담회 말입니까?"

"그건 흔해빠진 거구. 해방둥이 좌담회가 어떨까?"

"그건."

문후는 맥이 풀린 소리로 말을 받았다.

"지난 광복절 때 했지요."

"젠장."

부장은 쿨럭쿨럭 기침을 했다.

"아무래두 이놈의 감기 없애려면 고무신 하나 남의 집 담에 집어던져야 할까봐."

부장은 기사철 용지에 무엇인가 끄적였다.

"안 되겠지. 이것도 안 되겠지."

그는 자기가 말하고 자기가 대답하였다.

"뭐 없을까? 민족의 비극을 상징시킬 수 있는 무슨 사건이 생긴다면 근사할 텐데. 사건에다 초점을 맞추면 근사할 텐데. 일테면."

부장은 문후를 올려다보았다.

"저번에 뭣이더라, 무슨 대학교 교수가 그랬잖아. 철새 실험 하는데 철새 발에다 메모를 해두었다가 하늘에 날려 보낸 후 이듬해 봄에 돌아와 잡고 보니 자기의 아버지인가 형인가 철새 발에다 메모를 해서 보냈다는 얘기 말야. 그것 참 근사하잖아. 어때. 새는 자유로이 남북으로 오가는데 인간은 이데올로기에 걸려 오가지 못한다는 얘기가 사건으로 부각될 수 있거든. 이야기가 있어야 하는데 말야. 직접적인 회고담보다는 스토리가 있어야 하는데 말야."

부장은 담배를 피웠다.

"밤낮 통일로 통일로, 아니면 녹슨 철마 달려야 기차야. 기적을 울리고 신의주까지 달려라. 민족의 염원이 뭉쳐진 통일로. 이거야 참 수천 번 해댄 소리 아니냔 말야."

마침 사환애가 데스크마다 잉크 냄새 풍기는 첫판 신문을 놓고 갔다. 다들 우르르 신문을 펼쳐서 들여다보았다. 부장도 신문을 들여다보았다.

"톱이 뭡니까?"

"부정식품이야. 두부에 횟가루를 넣었대. 죽일 놈들. 이런 자식들은 자손만대 횟가루를 처먹어야 한다니까."

부장은 대충대충 훑어보더니 신문을 던져버렸다.

"참 이 형, 오늘 야근이지?"

"예."

"잘됐어. 나두 야근인데 오늘 저녁때 생각 좀 해봅시다. 어때요, 몸은?"

"여전합니다."

"거 젊은 사람이 왜 그리 빌빌해. 왜 그래. 아, 아."

부장은 밑도 끝도 없이 기지개를 켰다.

"눈만 뜨면 야근, 눈만 뜨면 야근. 도대체 언제나 아이스크림 장사할꼬."

오후 일곱 시쯤 되자 기자들은 한 사람씩 두 사람씩 빠져나가더니 편집실 안은 철 지난 바닷가처럼 한산해졌다.

지방부 쪽에서는 지방에서 걸려온 장거리 전화를 받는지 야근기자의 악쓰는 소리가 들려오고 있었고, 저녁 뉴스를 듣기 위해 라디오를 틀어놓은 두 고함 소리만 썰렁한 편집국 안을 시끄럽게 하고 있을 뿐 편집국 안엔 바둑을 두는 두어 명의 기자와 외국에서 전송되어오는 외신의 털털거리는 전신을 받는 사람 몇 사람으로 텅 비어 있었다.

열린 창문으로는 차량의 경적 소리가 들려오고 있었고 초가을의 스산한 바람이 책상 위의 기사철들을 날리고 있었다.

문후는 원고지를 꺼내 만년필을 쥐어 들었다. 아무래도 오늘 안으로 초고라도 만들어두어야만 할 것 같았기 때문이었다. 진통제 한 알 먹은 것이 효과가 있었는지 오후 무렵만 되면 뒤통수를 때리는 엷은 고통감이 덜해졌지만 그러나 침침한 편집실의 흐린 불빛 밑에서 원고지를 쓰려고 만년필을 쥐어 들자 절로 권태감이 문후를 사로잡고 있었다.

담배를 두어 대 갈아 피우고 나서야 문후는 두어 줄 기사를 써 갈기기 시작할 수 있었다. 그러나 마음에 드는 기사는 아니었.

며칠 뒤로 다가온 추석 특집을 통일로를 취재함으로써 메워보려던 기획은 낡고 또 매우 안이한 생각이라는 것이 막상 만년필을 들고 나니 더 확실하게 느껴지고 있었다.

"식사 안 하겠어요?"

두어 장 파지를 찢어버리고 새 담배에 불을 피워 물려는데 부장이 문후의 어깨를 툭툭 쳤다.

"먹었습니다."

"벌써."

"오다가 통일로 근처에서 냉면으로 때웠습니다."

"잘돼요?"

부장은 책상 위에 놓인 문후의 담뱃갑에서 담배를 한 대 빼어 물고는 뚱뚱한 몸을 비스듬히 기울여 문후가 써 갈긴 두어 장의 원고지를 들여다보았다.

"난 식사 좀 하겠어. 곧 끝나겠지? 끝나면 한잔하지. 와요. 기다리고 있을 테니까."

"끝나면 가겠습니다."

부장은 사라져버렸다.

문후는 세 번째의 파지를 쓰레기통에 던졌다. 오후의 흐린 머리로 기사를 이어간다는 것은 무리였다. 문후는 맥이 빠져 아까부터 혼자 벨을 울리고 있는 전화를 노려보았다. 으레 대기하고 있어야 할 신입기자는 전화 받을 생각은 하지 않고 바둑 두는 것을 선 채로 물끄러미 들여다보고 있었다. 문후는 울화통이 치밀었다.

"어이, 이 형."

그러자 신입기자는 바둑판을 들여다보다가 이쪽으로 고개를 돌렸다.

"전화 좀 받지."

문후는 침침한 눈을 손가락으로 심하게 비볐다.

그때였다.

누군가 문후 옆에 서서 말을 걸어왔다.

"실례합니다."

처음에 문후는 자기에게 말을 걸어온 것은 아닐 거라는 생각으로 손을 뻗쳐 길게 기지개를 켜고 아, 아, 아, 아 하품을 시원스레 하는데 재차 실례합니다 하는 두 번째의 말을 듣고서야 문후는 앉은 채 소리 난 쪽을 올려다보았다.

낯선 사내가 문후의 옆자리에 서 있었다. 체크무늬의 신사복을 단정히 입고 있는 사내였다. 저녁이었는데 그는 엷은 색안경을 쓰고 있었다.

"저 말입니까?"

문후는 낯선 사람 앞에 보인 기지개 끝의 무안함을 감추기 위해서 상반신을 얼핏 곧추세우며 사내에게 물었다.
　"예."
　사내는 조심스럽게 대답하고는 손을 모았다.
　"저 기자님이시죠?"
　"그렇습니다만."
　"저어 바쁘시지 않으면 시간 좀 빌릴 수 있겠습니까?"
　사내는 필요 이상의 예를 갖추고 있었다. 문후는 절로 양미간이 찌푸려졌다. 이런 유의 방문객은 늘 있게 마련이었다. 자신의 처지를 과장되게 선전하여 보도를 통한 협조를 부탁하는 사람들이거나, 아니면 개인적인 원한을 신문사라는 곳에 호소하여 보도해 주기를 부탁하는 개인 용무의 사사로운 방문객은 편집국 안에 늘 있는 손님이라서 문후는 상대방의 틈을 보아 적당히 거절할 요량으로 자기가 바쁘다는 것을 간접적으로 알리기 위해서 잠시 밀어두었던 원고지를 잡아끌며 만년필을 쥐어 들었다.
　"아, 사실 좀 바쁩니다. 기사가 밀려놔서요."
　"압니다."
　사내는 얼굴이 벌개지면서 눈 위를 가렸던 색안경을 벗었다. 마치 자신의 색안경이 문후에게 행여 건방지거나 무례한 인상을 주었다면 용서라도 해달라는 듯이.
　"바쁘신 줄은 알고 있습니다. 잠깐이면 됩니다. 지금 바쁘시면 이따가 퇴근 무렵에 잠깐 뵈어도 좋겠습니다."
　"오늘은 야근인데요."
　문후는 흘깃 사내를 쳐다보았다.
　안경을 벗자 사내의 얼굴은 분명하게 드러나 보였다. 중년에서 이제 막 노년으로 접어들려는 초로(初老)의 나이로 매우 단정하고 지성적인 얼굴이었다. 인상만으로는 사내가 이런 신문사를 찾아다니며 개인의 입장을 호소하거나 보도를 의뢰하는 정체불명의 자선 기관 사람은 아닐 것 같은 인상을 받았다.

잘 빗은 머리칼은 귀 옆 부분에서부터 희뜩희뜩 눈처럼 빛바래 있었고, 생김생김만 우리나라 사람이었지, 옷차림이라든가 제스처라든가 한마디 한마디 매우 조심스럽게 골라서 하는 품이, 오랫동안 외국에 나갔던 사람들이 오랜만에 고국에 돌아와 무심코 사용하는 외국어에 신경질적이라는 것을 주의하면서 잊었던 단어들을 기억해 내며 대화를 해나가는 듯한 안쓰러운 기색이 엿보이고 있었다.

그의 말 속에는 어딘지 서양식 발음투가 잠재되어서 'R' 자 발음이 심하게 드러나고 있었다.

"그럼 제가 기사를 다 쓸 때까지만 기다려주시겠습니까?"

"예."

사내는 빠르게 말을 잘라 받았다.

"기다리겠습니다."

"요 앞에 가면 구내 다방이 있습니다. 아니, 지금 시간엔 닫았을 테니까 요 앞 한길에 나가시면 우정 다방이라고 있습니다. 거기서 기다려주십시오. 삼십 분 내에 가겠습니다."

그러자 사내는 갑자기 안심이 되었다는 듯 딱딱했던 몸 자체를 유연하게 허물어뜨리고는 고개를 숙였다.

사내가 사라지자 문후는 잠시 밀어두었던 원고지를 들여다보았다. 방해꾼들과의 대화로 중단되었던 기사의 맥을 잇기 위해서 문후는 자신이 쓴 원고지를 다시 한번 읽어보았다.

"해마다 맞는 가을이요, 해마다 맞는 추석이지만 올 추석을 맞는 분단된 실향민의 슬픔은 더욱 크기만 한 것 같다.

돌이켜보면 해방된 조국을 맞은 지 어언 삼십 년. 그때에 태어난 해방둥이들은 이제 청년에서 중년기로 접어들었다. 그런데도 북녘 하늘은 멀기만 하고 고함쳐 불러도 헤어진 부모형제에게서는 메아리조차 대답이 없다."

문후는 아까부터 연거푸 파지를 석 장이나 만들고 있는 마지막 문장에 대해서 신경이 여전히 거슬리고 있었다. 그 문장은 기사문체라기보다는 약간 센티멘털한 문장체였기 때문이었다. 물론 색도용 기획기사는 정확하고 간결한 신문 기사체를 요구하는 것은 아니었지만 '고함쳐 불러도 메아리조차 없다.' 라는 문장은 자신이 생각해도 낯간지러운 데가 있었다.

문후는 네 번째의 파지를 내었다.

그리고 원고지를 이어나가기 시작하였다.

대충 막혔던 맥이 풀리고 문후는 속필로 열다섯 장의 원고지를 완성하였다. 마음에 들지는 않았지만 내일 아침 데스크에 넘길 때 다시 한번 고쳐보리라 마음먹었다.

"전화는 뭡디까?"

문후는 시큰둥 빈 의자에 앉아서 《타임》을 들여다보고 있는 신입기자를 쳐다보았다.

"시경 캡한테서 전환데요."

"뭐 있답디까?"

"메모해 뒀습니다. 강도 사건입니다."

문후는 대충 메모한 기사를 들여다보았다.

큰 사건은 아니었다. 복면을 한 강도가 금품을 뺏어갔다는 얘기였다.

이제 또 경찰을 두들겨 팰 때가 되었군. 경찰은 뭣 하고 있는가. 시민만이 범인을 잡는가. 경찰은 뭘 하고 있는가.

문후는 천천히 일어났다. 사내와의 약속이 어언 한 시간 가까이 흘러가 있으므로 당초 약속과는 한 삼십 분 늦게 나가는 셈이었다.

문후는 편집국을 나와 긴 복도를 걸어가면서 그제서야 자신이 배가 고프다는 사실을 상기했다. 돌아오는 길에 냉면 한 끼로 시장기를 때웠다고 해도 밤을 새우기 위해서는 무엇이든 먹어주지 않으면 안 되었다.

신문기자들치고 위가 상하지 않은 사람들은 없었다. 워낙 때를 거르는 식사에다가 줄담배, 거기다가 빈 시간이면 퍼마시는 술에 위를 상하지 않은 사람은 없었다. 문후 역시 공복이면 위가 쓰렸고 무엇을 먹어둬야만 편안해지고 그랬다. 그가 무엇을 먹는다는 것은 시장기를 메우기 위해서라기보다는 공복 시의 무시무시한 고통을 메우기 위한 먹음이었다.

문후는 신문사를 걸어 나와 사내와 약속한 다방으로 들어갔다. 다방 안은 신문사와 같은 체인을 맺고 있는 방송국 직원들과 그들의 손님으로 가득가득 차 있었다. 손님들 중에는 방송국 용무로 온 낯익은 가수들과 배우들도 앉아 있었다.

문후는 사내가 빈 구석자리에 앉아 있는 것을 보았다.

"늦어서 미안합니다."

문후는 그러나 별로 미안해하지 않으면서 자리에 앉았다.

"뭐 시키시겠습니까?"

사내는 문후가 앉자 자기가 취할 가장 최선의 방법이라는 듯 상냥하게 말을 붙여왔다.

"커피. 아니, 난 반숙을, 그래 반숙을 줘요."

문후는 시장기와 더불어 하루 종일 커피를 도합 여섯 잔이나 마셨다는 사실을 상기했다.

"용건이 무엇인지요?"

문후는 사내를 쳐다보며 단도직입적으로 물었다.

문후는 낯선 사람과 사람이 서로의 용건을 털어놓기 위해서는 불필요한 인사치레부터 지루하게 나눠야만 대화가 무르익는다는 사실을 잘 알고 있었으므로 또 그러한 과정 자체가 하등 소용없는 것이며 일에 오히려 지장을 주는 것이라는 것을 잘 알고 있었으므로 예의가 아닌 줄 알지만 불쑥 용건부터 물었다. 그것은 문후가 기자생활을 하며 익히게 된 버릇이었다.

"저, 저, 제 소개부터 하겠습니다."

사내는 조용히 말을 꺼냈다.

"전 지금 브라질에 살고 있습니다. 그러니까 해외, 해외."

그는 단어를 생각해 내려는 듯 손가락을 머리에 갖다대었다.

"해외동포입니다."

동포란 말이 겨우 떠올랐는지 사내는 갑자기 말을 꺼냈다.

"이민이십니까?"

"오우, 아닙니다. 저는 반공포로 석방 때 브라질로 갔습니다. 그러니까 벌써 한 이십 년 되지요. 지금은 브라질 리우데자네이루에서 조그만 개인사업을 하고 있습니다."

"언제 오셨습니까?"

"어제 이곳에 왔습니다."

사내는 조용히 말을 받았다.

"사업차 오셨나요?"

"오우, 아닙니다. 용건이 있어서 왔습니다."

그는 비교적 이십 년간 해외에 있었던 사람치고는 정확하게 회화를 구사하고 있었다.

"그 용건 때문에 선생님을 뵙자고 한 것입니다."

반숙이 왔다. 문후는 섬유질을 씹듯이 그것을 삼켰다.

"무슨 용건이십니까?"

딱딱한 반숙을 씹어 삼키고는 문후는 사내를 올려다보았다.

"얘기를 꺼내기 앞서 우선해야 할 말이 있습니다. 저는 이십여 년 전 반공포로 석방 때 이북도 이남도 아닌 제삼국을 택했습니다. 제 부모는 전쟁 통에 돌아가셨습니다. 그러니까 저는 완전히 혼자였습니다. 제가 갈 곳은 아무 곳에도 없었습니다. 그럴 바엔 조국을 버려야겠다고 생각했습니다. 그것보다도 제가 조국을 떠난 결정적인 이유로는 제겐 그때 사랑하는 약혼자가 있었습니다. 그 약혼자가 죽었다는 소식을 나는 풍문에 전해 들었던 것입니다. 부모님의 죽음은 내가 직접 보았고 약혼자의 죽음까지 고향 후배에게 들었을 때 나는 제삼국으로 떠나야겠다고 결심했습니다. 그 여자만 살아 있었다면 나는 조국을 버리지는 않았을 것입니다. 나는 심한 고생을 했습니다. 하루에도 수십 번씩 고국 생각이 나서 바다에 몸을 던져 죽을까고도 생각했습니다. 그러나 나는 그것을 견디어냈습니다."

문후는 그가 자신의 입장을 미화시킨다는 생각이 났다. 그러자 짜증이 났다.

"그래서요?"

"난 이번에 사람을 찾아서 온 것입니다."

사내는 고통스런 격앙감을 감추려고 길게 한숨을 내쉬면서 말을 꺼냈다.

"아까도 말씀드렸습니다만 제겐 약혼자가 있었습니다. 제가 이곳을 떠날 땐 난리 통에 그 여인이 죽었다는 소식을 들었습니다. 만약에 그녀가 살아 있었다는 얘기를 들었다면 나는 조국을 떠나지는 않았을 것입니다. 생각해 보십시오. 부모님도 전쟁 통에 돌아가셨고 약혼자마저 죽었다면 도대체 전쟁이 끝났다고 해도 누굴 만나기 위해 포로수용소를 나설 것입니까. 그런데……."

사내는 담배를 피워 물었다. 자신의 지나간 추억을 더듬는 일에 약간 흥분했는지 담배를 쥔 손이 가늘게 떨리고 있었다.

"그런데…… 몇달 전 브라질 대사관에서 우리 대한민국을 소개하는 공보용 팜플렛을 하나 얻어 볼 기회가 있었습니다. 조국 대한민국은 내겐 잊혀진 고향이었습니다. 처음 혼자서 브라질에 도착했을 때는 정말 나 혼자뿐이었습니다. 그러던 것이 몇 년 전 이민 온 사람들이 하나 둘 늘어가고 그들과 자연 어울리다 보니 문득문득 잊혀졌던 고향이 피를 끓게 하기 시작했던 것입니다. 대사관에서 얻어 본 팜플렛은 이십 년 지난, 너무나 놀랍게 달라져버린 조국의 모습을 내게 보여주었습니다. 나는 반갑고도 감격스러워서 고층 빌딩이 늘어선 거리의 풍경이라든가, 농촌 풍경을 열심히 들여다보았습니다. 그러다가……."

사내는 잠시 말을 끊었다. 담배를 눌러 끄고 나서 다시 말을 이었다.

"우연히, 정말 우연히 서울 거리를 찍은 사진을 들여다보노라니까 거리를 지나가는 여인 중의 하나가 옛날에 저와 약혼했던, 제가 죽었다고 믿었던, 그래서 마침내는 조국을 떠나게 했던, 그 약혼자가 우연히도 찍혀 있는 것을 발견했던 것입니다. 물론……."

사내의 말이 떨리고 있었다. 그리고 자신의 격해지려는 감정을 중단시키지 않으려는 듯 말이 빨라지고 있었다.

"물론 우연히 거리를 걷다 찍힌 그 여인이 옛날의 약혼자인지 아닌지는 분명치 않습니다. 거의 이십 년이 지났으니까 제가 잘못 보았는지도 모릅니다. 더구나 그 조그만 사진 중에서 우연히 잡힌 그 여인의 모습이 정확하지 않을지도 모릅니다. 하지만 그 여인을 본 순간 저는 심장이 멎어버린 것 같은 느낌을 받았습니다. 너무나 우연한 일이지만 그 조그만 여인의 얼굴을 보았을 때 나는 잊혀졌던 조국이, 잊혀졌던 기억이, 추억이, 고향이 한꺼번에 달려들었던 것입니다. 그동안 나는 살아야 한다는 생각 때문에 결혼조차 하지 않고 지냈습니다. 내 한 목숨을 언어가 통하지 않는 외딴곳에서 지켜 나가기가 그렇게 쉬운 일은 아니었습니다. 그 사진은 내게 조국을 찾아오게 만들었습니다. 그리고 나는 이제 그 여인을 찾아보고 싶습니다. 제가 잘못 생각했건 잘못 보았건 그건 중요한 일이 아닙니다. 제가 고향을 찾았다는 그 사실만으로도 이제는 나는 기쁨을 얻었습니다."

사내는 문후를 쳐다보았다.

"이제 제가 선생님을 찾아온 용건을 말씀드리겠습니다."

사내는 말을 이었다.

"제가 선생님을 찾아온 것은, 다만 그 여인이 살아 있다면, 내가 우연히 보았던 그 사진의 여인이 내 잊혀졌던, 죽었다고 믿었던 약혼자임에 틀림없다면 나는 조국에 온 김에 그 여인을 만나고 싶습니다. 선생님은 신문사에 계시고 또 선생님이 속한 신문사는 방송국이란 매체도 아울러 가지고 있는 기업체임을 알고 있습니다. 그러니까 어느 정도 도움을 청할 수 있다고 생각이 들었습니다. 저는 조국에 아무도 친척을 가지고 있지 않습니다."

"언제 여기에 도착했다고 하셨죠?"

문후는 주머니에서 만년필과 메모지를 꺼내 들었다. 문후가 메모지를 꺼내 든 것은 사내의 이야기가 중요한 기삿거리가 될 수 있을 것이라는 기대감 때문은 아니었다. 다만 사내에게 최소한의 성의는 보여주어야 한다고 생각했다.

"어제 도착했습니다."

"며칠간 계실 예정이십니까?"

"저는 일주일간 틈을 냈습니다. 그 이상은 제가 하는 장사 일에 지장이 있어서 무렵니다."

"지금 계신 곳은?"

"D호텔입니다. 602호실에 묵고 있습니다."

"실례지만."

문후는 사내가 대답하는 말을 꼬박꼬박 메모하기 시작했다. 잘하면 일요판 화제 정도로는 무난할 기사 같기도 해보였다. 그러나 정신이 쨍하도록 신나는 기삿거리는 아니어서, 문후는 어느 정도 맥이 풀려 있었다.

"선생님 이름은 무엇입니까?"

"황철진입니다."

"연세는요?"

"마흔네 살입니다."

"약혼자분의 성함은요?"

"수경, 정수경이었습니다."

갑자기 사내의 눈가가 붉어지기 시작하였다.

"나이는 저보다 세 살 아래였습니다. 그러니까 지금 살아 있다면 마흔한 살일 겁니다."

사내는 애써 슬픔을 참으려는 듯 억지로 얼굴에 미소를 띠어 올렸다.

"그 당시 수경은 제 애를 배고 있었습니다. 그 수경이가 살아서 그애를 낳았다면 그애가 지금쯤 스무 살은 훨씬 넘어 있을 겁니다. 물론 살아 있다면 말이지요."

"살아 있다고 믿으십니까?"

사내는 머뭇거렸다. 그러다가 아주 조심스럽게 말을 꺼냈다.

"나는 수경이가 살아 있으리라 믿습니다. 이유는 없습니다. 하지만 그 생각은 틀림없으리라 믿고 있습니다."

"좋습니다. 살아 있다면, 그리하여 우연히 만나게 되신다면 어떻게 하시겠습니까?"

　문후는 내친김에 한마디 덧붙여서 물었다.

　"황 선생님 말처럼 그분이 살아 있다 하더라도 이십 년이 흐른 지금 그 여인은 분명 남의 부인이 되어 있을 겁니다. 그 사실을 원망하셔서는 안 됩니다."

　"원망하지 않습니다."

　사내는 분명하게 말을 받았다.

　"살아 있다면 그럴 것이 틀림없는 사실이죠. 하지만 원망하지는 않습니다. 죄는 제게 있습니다. 제가 무슨 자격으로 수경이를 원망할 수 있겠습니까. 남의 부인이 되어 있다면 전 수경이를 만날 필요가 없습니다. 단지 수경이가 살아 있다는 그 사실 하나만을 확인하고 돌아갈 예정입니다. 그것으로도 충분합니다."

　사내의 눈에서 이슬이 반짝였다. 그는 위 포켓에 꽂아두었던 색안경을 꺼내어 썼다. 그리고 주머니를 뒤져 무엇인가를 꺼내었다.

　"이건 내가 간직하고 있는 수경이의 유일한 사진입니다. 개성에서 약혼식 날 찍은 사진입니다. 선죽교에서 찍었습니다. 제 고향은 개성이었으니까요."

　문후는 사내의 손에서 그 사진을 받아 들었다.

　"아주 옛날 사진입니다. 제가 가지고 있는 유일한 사진입니다."

　문후는 사진을 들여다보았다. 사진은 부옇게 빛이 바래 있었다. 구식 퍼머를 하고 흰 저고리에 검정 치마를 입은 여인이 선죽교에 몸을 기대고 꽃처럼 환하게 웃고 있었다. 사진 밑에는 '단기 4281년 10월 선죽교에서 약혼을 기념하고' 라는 글이 인쇄되어 있었다. 사내는 또다시 주머니에서 무엇인가를 꺼내었다.

　"이것은 아까 제가 말씀드렸던 대사관에서 얻은 팜플렛입니다."

　문후는 사내가 꺼낸 팸플릿도 받아 들었다. 그것은 외국인들을 위한 해외 홍보용 안내책자였다. 대한민국의 발전상을 소개한 문구와 선전 화보들이 가득한 책자였다.

"이게 아까 말씀드린 그 사진입니다."

사내는 책을 들춰서 한 페이지를 가리켜 보였다.

그 사진은 서울의 거리를 찍은 사진이었는데 퇴근 무렵의 스냅이었는지 수많은 사람들이 오고 가고 있는 거리 풍경 사진이었다. 그 사진 중에서 사내가 가리킨 여인의 얼굴은 횡단보도 맨 앞에서 선물꾸러미를 들고 방금 파란 불이 켜지기를 기다리고 있는 여인의 얼굴이었다.

그 여인은 이 사내를 이십 년 만에 조국으로 뛰어오게 만든 여인이었다. 그 사진이 이 사내의 잊혀졌던 고향을 되살려 기억하게 만든 사진이었다. 그러나 익숙한 거리, 낯익은 거리 풍경에 젖어 있는 문후로서는 단순히 그 거리 풍경은 잘 찍혀진 선전 자료에 불과해 보였다.

더구나 단기 4281년에 찍은 빛바랜 부연 사진과 세월을 거의 삼십 년이나 껑충 뛰어넘은 단기 4308년, 서기 1975년의 사진과는 도대체 어떠한 연관이 있을 수 있단 말인가. 그것은 단지 두 장의 사진이었을 뿐이었다.

한 개인의 비극과 고통과 슬픔의 과거는 모두 생략되어 버린 두 장의 사진 속에는 한 장엔 젊고 꽃 같은 미소를 띤 여인의 얼굴이 담겨 있었고, 더구나 그곳은 갈 수 없는 북의 고향이 배경되어 있었고, 다른 한 장에는 삼십 년을 껑충 뛰어넘어 눈부시게 솟아오르고 있는 서울의 한 모퉁이에 서 있는, 이제 막 늙어가고 있는 중년 여인의 얼굴이 찍혀 있을 뿐인 것이다.

아니다.

문후는 생각하였다.

아니다. 이것은 단지 개인의 비극뿐만 아니다. 이것은 거대한 역사의 비극에 희생된 한 개인의 슬픔이 숨어 있는 두 장의 사진이다.

문후는 언젠가 《라이프》에서 아마추어 사진사가 일생을 두고 찍은 딸과 아버지의 사진 다섯 장을 본 기억이 있다. 그 사진은 어린 딸을 옆에 두고 선 아버지의 사진에서부터 시작하여 십년 후, 이십년 후, 삼십 년 후를 똑같은 포즈로 찍은 사진이었는데 아버지는 늙어가고 있었고 딸은 나무처럼 자라고 피어오르고 끝내는 중년의 여인으로 서 있는 인생유전의 한 단면을 그려주는 사진이었다.

자신의 돌 사진을 자신이 들여다볼 때의 기묘한 위화감 같은 것을 그 사진을 들여봤을 때 문후는 느꼈다. 만약 사내의 말이 정확하여 그 두 장의 사진인물이 동일인물이라면 그것은 우연에 그치지 않는 한 인간의 긴 이야기를 함축성 있게 표현한 사진이었다. 더구나 그것은 단순한 딸과 아버지의 사진이 아니라 그 사진 뒤에 담겨있는 의미는 한 개인의 비극을 넘어서서 민족의 비극과 역사의 잔인성이 한꺼번에 내포돼 있었다.

"이걸 제게 잠시 맡겨주실 수 있겠습니까?"

문후는 빛바랜 사진과 팸플릿을 들어보였다.

"물론입니다."

"좋습니다. 힘닿는 데까지 도와드리겠습니다."

문후는 일어서며 말을 마쳤다.

갑자기 공복 시의 고통스런 아픔이 뱃속에서부터 달려들기 시작했기 때문이었다. 무엇인가 먹어두지 않으면 안 된다.

"D호텔이라고 하셨죠?"

"예. 602호실에 묵고 있습니다."

"어떻습니까?"

둘이서 다방을 나오면서 문후는 사내를 쳐다보았다.

"거의 이십 년 만에 보신 대한민국이 어떻습니까?"

"놀랐습니다."

사내가 대화 중에 보이지 않던 서양식 몸짓으로 말을 받았다. 그는 이십 년 동안 반은 외국사람으로 변해 있었다.

"너무나 변해서 이상할 정도입니다. 제가 알고 있는 서울은 전차가 달리는 남대문밖에 떠오르지 않습니다. 제가 묵고 있는 호텔에서 남대문이 보이죠. 허지만 그 남대문은 이십 년 전의 남대문이 아닙니다. 저 역시 그만큼 변했다는 이야기겠죠."

그는 웃었다.

"연락드리겠습니다."

거리에서 둘은 헤어졌다.

사내는 네온이 번득이는 거리로 천천히 빠져 들어갔다. 한때는 폐허였던 도시로, 한때는 전차가 달리고, 한때는 가로수마다 매미가 울던 거리로 사내는 등 뒤로 번득이는 네온과 양쪽에 밀집한 고층 빌딩이 엮는 도시의 그림자를 받으면서 사라져버렸다.

문후는 뛰듯이 걸어서 부장이 기다리고 있는 왜식집 이층으로 들어갔다.

부장은 술을 마셨는지 얼굴이 벌개져 있었고 한복 입은 여인의 손금을 봐준답시고 아예 그 여인을 껴안고 있었다.

"뭐야, 이 사람 늦었잖아."

부장은 문을 열고 들어서는 문후를 보자 반쯤 계면쩍어서 과장된 고함을 질렀다.

"아휴. 잘 오셨어요, 이 선생님. 어찌나 짓궂게 구시는지. 아휴, 지긋지긋해라."

가끔 분식날 면을 싫어하는 사람들이 사정사정하면 자기들이 먹던 밥을 차려다주는 마담이 문후에게 호들갑을 떨었다.

"나하구 살림 차리재요."

"홀아비가 과부보구 살자는 게 뭐 나빠."

부장이 문후에게 눈을 찔끔찔끔해 보이더니 술을 마셨다.

"총각 좋아하시네. 홀아비 좋아하시네. 시퍼런 사모님이 계시면서."

"총각입니다."

문후가 앉으면서 한마디 덧붙였다.

"아휴. 이 선생까지 저러셔. 그러니까 남자들은 한패라니까."

"잔소리 말구 술이나 따라요."

부장이 회를 하나 집어 들면서 소리를 질렀다.

"술 생각 없습니다. 밥이 급합니다."

"이거 왜 이래?"

부장이 잔을 기울여 정종을 따랐다.

"위가 빵꾸났습니다."

"아이스크림 팔면 돼."

위가 나빠서 고생하던 전임 부장이 아이스크림을 팔자 씻은 듯이 위가 나았다는 얘기를 빗대어서 부장은 문후 앞에 잔을 철철 넘치도록 따랐다.

"후래자 삼배야."

문후는 빈속에 술을 연거푸 들이켰다.

"무슨 일 없지요?"

"없습니다."

"내가 여기 있는지 알 테니까 무슨 일이 있으면 연락이 오겠지."

"자 그럼 많이 드세요."

주인마담이 문후가 오자 잘됐다는 듯 일어섰다.

"어디 가?"

"돈 벌어야죠."

"내가 있잖아. 앉아. 우리 낼 단풍놀이나 가지, 어때?"

부장이 일어선 마담의 손을 쥐려는데 그녀는 하얗게 눈을 흘기면서 아이구 주책 하고는 사라져버렸다.

"기사 다 썼어요?"

"썼습니다."

문후는 웃었다.

"쓴 게 아니라 그린 게지요."

헛허허 부장이 웃었다.

"왜 늦었어요."

"누굴 만나느라구 늦었습니다."

문후는 이야기가 나온 김에 조금 전에 만났던 사내의 얘기를 대충대충 꺼내놓기 시작하였다. 처음엔 별 흥미를 보이지 않고 비스듬히 앉아 술잔을 연거푸 들이켜던 부장이 얘기 중간에서부터 몸을 바로 세워 앉아 문후의 얘기에 귀를 기울여 흥미를 보이기 시작했다.

얘기를 모두 끝내자 부장은 담배를 피워 물며 문후를 쳐다보았다.

"괜찮아요? 이 형 생각은 어때, 괜찮냐구?"

"글쎄요."

문후는 망설였다.

"잘하면 일요판 화제 정도는 되지 않을까 생각합니다."

"아냐."

부장은 천만의 말씀이라는 듯 머리를 강하게 흔들었다.

"잘하면, 잘하면 그 정도는 넘을 수 있지."

도대체 언제 술을 마셨는가 싶게 부장은 눈을 번득이고 있었다.

"사진 좀 봐."

부장은 손을 내밀었다.

문후는 사내에게서 받은 팸플릿을 꺼내 보였다. 부장은 열심히 사진을 들여다보았다.

"이 형은."

열심히 들여다보던 부장은 갑작스레 사진에서 눈을 떼더니 문후를 쳐다보았다.

"이 여인이 살아 있다구 생각하나? 그 사람이 믿듯이."

"글쎄요."

문후는 애매하게 머리를 저었다.

"이십 년이 흐른 뒤니까요."

"살아 있다. 살아 있다구. 그건 틀림없어."

부장은 천만의 말씀이라는 듯 소리 질러 문후의 말을 막았다.

"됐어. 요걸 써먹자구. 어때? 통일로는 집어치워. 요걸, 이번 추석의 특종기사로 취재하자구. 어때? 이 사진은 단순한 사진이 아니라, 여러 가지 뜻이 있다. 첫째……."

부장의 눈이 사냥개의 눈처럼 빛나기 시작했다.

"이 사진엔 민족의 비극이 있다. 더구나 이 사람은 반공포로 석방 때 자유의 몸이 된 포로가 아닌가. 됐어. 이야기가 충분히 있어. 이건 단순한 이야깃거리가 아냐. 사랑이 있다. 로맨스가 있어. 이걸 기획기사로 하자구. 텔레비전에도 알려 주자구. 이 사진 확대해서 내일 아침 기사에 내지. 기사는 이 형이 쓰지."

"자신 없습니다."

문후가 맥 풀린 소리로 받았다.

"이거 왜 이래. 이건 가만히 앉아서 주운 특종이라니까 그래. 충분한 스토리가 있어. 일부러 만들래두 힘든 얘기야. 바다를 건너 찾아온 사랑의 여행. 사랑을 찾아 돌아온 조국."

부장은 일부러 치기만만하게 연극 대사 외듯 소리를 높였다.

"하지만."

문후는 부장을 올려다보았다.

"무턱대구 아침에 이 여인의 사진이 나간다면, 만약 그 여인이 살아 있다면, 지금 그 여인의 입장이 어떤지 모르면서 자칫하면 이 여인의 사생활을 우리가 침범하게 될지도 모르는 일이 아닙니까. 혹시 이 여인이 다른 사람과 결혼했을지도 모르지 않습니까."

"그럴지도 모르지. 하지만 그렇다고 해서 이 여인의 사진을 싣지 않을 수는 없지 않소."

부장은 숨을 들이켰다.

"이 형은 좀 곤란해. 지난겨울에도 내게 고층 빌딩 화재 때 사다리 타고 도망쳐 나오는 벌거벗은 여인의 신원이 밝혀졌다고 해서 항의했지, 아마. 하지만 우리야 현장에서 주울 수 있는 가장 획기적인 것, 독자들의 심중을 꿰뚫을 수 있는 가장 자극적인 것을 보여줘야 하지 않는가. 신문의 생명은 단 하루뿐이야. 이틀 전의 신문은 사과봉지로밖에 쓰이지 않아. 목적을 위해서는 작은 부작용은 감수해야만 해. 물론 이 형의 말은 맞지. 하지만 이 사진이 나간다고 해서 이 여인의 사생활은 침범되지 않아. 왜냐하면 이십 년 전의 사진이니까. 자기 여편네의 이십 년 전 얼굴을 기억하고 있는 남편은 없어."

"물론 그렇겠죠. 하지만 기억할지도 모르지 않습니까. 그런 가능성도 우린 존중해야 합니다. 저번에 벌거벗은 여인의 사진이 게재될 때도 부장님은 그 여인의 얼굴이 보이지 않는다고 해서 문제없을 것이라고는 하였지만 그렇지만 그 여인의 육체는 적나라하게 보여졌습니다. 벗겨졌습니다."

"나는."

부장은 신경질을 냈다.

"희박한 가능성 따위로 반짝 나타난 기사를 서랍 속에 썩이고 싶지는 않아. 이봐요. 우린 많은 사람들에게 '잊혀진 조국의 비극'과 '민족의 슬픔'을 무디어진 그들의 감성을 벗겨내고 확실하게 보여 주자고 지금 머리를 싸매고 있는 거야. 큰 것을 위해서는 작은 것쯤 무시돼도 좋아. 몇달 전에 건널목을 과속으로 달리다 어린애를 치어 죽인 사건이 있었어. 그때 우린 그것을 특종으로 다뤘지. 다음날 학교에 가서 우린 그 학생이 앉았던 자리에 꽃을 놓고 사진을 찍었어. 기사내용으로는 반 친구들이 죽은 자기 친구를 슬퍼하며 빈자리에 꽃을 놓고 공부한 것으로 되어 있지만 사실은 사진기자의 조작이었어. 그 꽃은 선생님 책상 위에 놓인 꽃을 임시로 그 빈자리에 놓고 찍었을 뿐이야. 물론 그 꽃의 작위성에 대해 옳은 짓이라고는 말할 수는 없겠지. 하지만 목적을 위해서는 빈자리에 조작된 꽃이라도 우린 꽂아두어야만 해. 우리의 기사 목적은 그 꽃에 있는 것이 아니니까. 우린 교통의 무질서와 뺑소니 차량에 대한 경고, 건널목에 대한 행정당국의 배려를 촉구했을 뿐이야. 이 형은 단지 그 목적을 보지 못하고 그 꽃 한 송이의 조작에 대해 왈가왈부하고 있는 거야. 독자들은 신문을 믿으려 들지도 않고 신문기사에 무디어져 있어. 그들에게 주의를 환기시키기 위해서는 텅 빈자리에 꽃을 임시로라도 조작해 두어야 하는 거야."

부장은 사진을 챙겨 들었다.

"이 형이 쓰지 않겠다면 내가 쓰겠어. 그 사람 연락처 있나?"

"있습니다."

"같이 가서 만나기로 하지. 자, 일어나."

"전 밥을 먹어야 합니다."

문후는 당황해서 말을 빨리 받았다. 아까부터 괴롭히던 위통은 두어 잔의 알코올 기운으로 잊혀지긴 했지만 문후는 그것이 단지 임시방편에 불과한 것이라는 것을 잘 알고 있었다.
"그럼 먹구 빨리 와요. 난 이 사진 넘기구 차 한 대 내달라구 할 테니까."
부장은 일어섰다.
문후는 혼자 앉아서 회덮밥을 시켜 먹었다. 영 당기지 않는 입맛으로 겨우겨우 한 그릇을 비우고 신문사로 돌아오려니까 신문사 정문에서 지프차의 경적이 빵빵 울었다.
부장이 사진기자와 둘이서 차 속에 앉아 있었다. 문후는 차에 올라탔다. 차는 호텔로 달리기 시작했다.
평소에 낄낄거리고 농담을 좋아하는 부장은 그러나 막상 일이 닥치면 무서운 집념을 보이고 있었다.
문후가 식사하는 짧은 시간을 기다리지 못하고 그새 신문사로 돌아와 사진을 확대해 주기를 부탁하고 사진기자를 불러 떠날 준비를 완료하고 있었던 것이다.
그것이 그의 놀라운 장점이었다.
"이 형은 좀 곤란해."
지프에 몸을 기대고 부장은 뒷좌석의 문후를 비스듬히 돌아보았다.
"일요판 화제 정도라고 생각했더라도 사진 한 장 찍어놨어야 했을 거야. 안 그래요?"
"글쎄요."
문후가 웃었다.
차는 혼잡한 시내로 자꾸 빠져 들어갔다. 시내로 들어갈수록 차는 밀리고 밀려서 자주 서곤 했다. 그들은 지프에 앉아 물끄러미 거리에 넘쳐나는 사람들 위로 번득이는 형광불빛과 네온의 불빛을 올려다보았다.

"신나는 토요일이군."

사진기자가 무심코 혼잣말처럼 중얼거렸다.

"전화는 미리 걸어두셨습니까. 저희들이 찾아간다고 말입니다."

"아니."

부장이 고개를 흔들었다.

"생각난 김에 그냥 찾아보는 거야."

D호텔 앞에 차를 내려 세 사람은 호텔 로비로 들어섰다. 데스크에 얘기를 꺼냈더니 방 열쇠가 없는 것으로 보아 어디 밖에 외출한 것 같지는 않다고 말을 하였다. 그러나 데스크에서 602호실로 전화를 걸자 받는 사람은 없었다.

"이상한데요. 나가시는 걸 보지 못했는데요."

전화를 받지 않자 전화 수화기를 내려놓으며 보이는 고개를 갸우뚱거렸다.

"젠장."

부장이 한숨을 쉬었다.

"이렇담 전화를 걸고 찾아오는 건데. 이거 언제까지 기다려야 해. 여기 커피숍 없어요?"

"문 옆 라운지에 있습니다."

셋은 커피숍에 들러서 쓴 커피를 마셨다.

"밤 안으로는 돌아오겠지. 돌아오면 연락해 달라고 했으니까 기다려야지."

"전 곤란한데요."

사진기자가 부장을 쳐다보며 애매하게 웃었다.

"야근조 한 명이 집 제사 지내구 온다고 했는데 만약 무슨 일이 생기면 전 여기 있다가 꼼짝없이 찜바당하는 건데요."

"염려 없어요. 염려 없다니까."

그때였다.

문득 문후의 머리에 사내의 말 한마디가 떠올랐다. 서울에 돌아와 보니 낯익은 것은 남대문 하나밖에 없다는 사내의 말이 귓전을 때렸던 것이다. 그러나 그것도 어제의 남대문이 아니었다라고 말한 사내의 말 한마디가 머리를 스쳐 지나갔다. 문후는 혼자 일어나 호텔 밖으로 빠져나왔다.

그리고 뛰듯이 호텔 앞에 주차하고 있는 차들을 피해 언덕길을 내려가 보았다. 한 번도 의식해 보지 못했던, 늘 거기 있었으나 스쳐가는 차 속에서도, 옆 보도를 걸어 지나갈 때에도 한 번도 의식해 보지 못했던 남대문은 도시의 숲 사이에서 다소 우울하게 그러나 여전한 위엄으로 열리지 않은 문을 완강히 닫은 채 몸 안에 여기저기 환한 수은등을 가득 채우고 앉아 있었다. 그 거대한 문은 이제는 아무런 쓸모가 없어 보였다. 단지 역사적인 유물이라는 것 이외에는 백여 년 전까지만 해도 장안과 밖을 연결해 주던 거대한 대문은 완강하게 닫혀 있었으며 이제는 다만 존재하는 화석(化石)으로서 그곳에 누워 있을 뿐이었다.

"서울은 너무나 변해서 이상할 정도입니다. 제가 알고 있는 서울은 전차가 달리는 남대문밖에 떠오르지 않습니다. 제가 묵고 있는 호텔에서 남대문이 보이죠. 하지만 그 남대문은 이십 년 전의 남대문이 아닙니다."

사내의 말 한마디가 남대문을 의식한 순간 문후의 머리를 때렸다. 문후는 천천히 언덕길을 내려가 보았다.

수많은 차들이 남대문 주위를 번득이는 헤드라이트를 켜고 맴돌고 있었다. 서울에 몇 군데 남지 않은, 점점 솟구치는 빌딩에 밀려 차차 흔적도 없이 사라져가는 옛 유물들, 일테면 창경원의 담이라든가, 남대문, 비원의 뜰, 그러한 것들이 언덕길을 내려가는 문후의 마음속에 마치 박물관에서 본 조선 자기의 잔영처럼 떠오르고 있었다. 새삼스럽게 문후는 의식의 녹을 벗기고 남대문을 바라보았다.

그때였다.

문후는 언덕길 아래에서 낮에 만났던 사내가 우두커니 우물 밑을 바라보듯 남대문을 내려다보고 있는 모습을 발견하였다. 육감과 같은 어림짐작으로 호텔을 나와 사내를 찾아본 것이긴 했지만 막상 언덕길에서 사내의 옆모습을 발견하자 문후는 충격을 받았다.

사내의 모습은 다 타버린 잿더미 속에서 무엇인가 흔적을 찾으려는 사람처럼 보이고 있었다.

그는 주위의 번득이는 야경과 동떨어지게 보였으며 그래서 그는 매우 낯설게 보였다. 때문에 그를 불러 세운다는 것은 마치 깊이 잠든 사람의 잠을 깨우려 들듯이 부담 가는 행동이었다.

문후는 잠시 망설이다가 조용히 사내를 불렀다. 그러자 사내는 언덕 위를 올려다보았다. 뚜렷한 현실감이 오지 않는 목소리로 사내는 문후에게 말을 꺼냈다.

"웬일이십니까?"

"뵈러 왔습니다."

사내는 걸어 올라왔다.

"신문사에서 선생님을 뵈러 왔습니다. 다행히 선생님을 도와드릴 수 있게 될 것 같습니다. 선생님의 얘기를 저의 신문사에서 매우 크게 취급할 것 같습니다. 그래서 보충할 얘기도 더 듣고 그것보다 선생님의 사진을 찍으러 온 것 같습니다. 방해가 되지 않겠습니까?"

"아니오."

사내는 웃었다.

"어차피 나는 아무것도 할 수 없었으니까요. 혼자 술을 마시는 것도 그렇구 또 사실 술도 맛을 잊어버렸습니다. 이십여 년 동안 술을 거의 입에 대지 않았으니까요. 거리는 낯설고 만날 사람은 아무도 없습니다. 나는 그저 밥을 먹구 그리고 잘 수밖에 없었으니까요."

문후는 사내와 둘이 호텔로 돌아왔다. 부장은 커피를 마시고 있었다. 문후는 두 사람에게 사내를 소개시켜 주고 나서 회사로 가야겠다고 부장에게 말을 했다. 부장은 문후가 돌아가겠다는 것을 별로 탐탐하게 생각지 않는 눈치였지만 그러나 심하게 만류하지는 않았다. 인터뷰는 사내의 빈방에서 하기로 하고 엘리베이터를 타면서 부장은 문후에게 소리쳤다.

"무슨 일이 있으면 이리로 연락해 주시오."

문후가 신문사로 돌아왔을 때는 거의 자정이 가까워오고 있었다. 멍하니 빈 데스크에 앉아서 문후는 좀 전에 마친 원고를 꺼내 읽어보았다. 그리고 그는 그것을 꾸겨 휴지통에 던져버렸다. 어차피 그 원고는 유치했고 부장의 말마따나 이미 휴지화된 기획기사였으니까. 그는 저만큼 떨어진 휴지통에 휴지를 꾸겨 던져 그 휴지통에 제대로 들어갈 것인가 말 것인가를 한 장 한 장 시험해 보았다.

그는 열다섯 장의 원고를 썼으므로 열다섯 번이나 휴지통과 씨름하였다. 그러나 한 번도 휴지통에 제대로 들어가지는 못하였다.

부장은 새벽 한 시쯤 야근차를 빌려 타고 돌아왔다. 사내와 몇 잔의 술을 더 마셨는지 거나하게 취해 있었지만 그는 서울 판 신문에 맞추기 위해서 돌아오자마자 무서운 속도로 원고를 내리갈기기 시작했다. 전화를 미리 걸어놨는지 아예 사회면에는 그 기사를 위해 지면을 비워놓고 있었다.

아침, 야근을 끝내고 문후는 부장과 해장국집에서 아침을 들었다. 잉크 냄새나는 조간신문을 그제서야 펼쳐보았다. 놀랍게도 사내의 기사는 일요신문 사회면의 톱으로 장식되어 있었다.

간밤에 찍은 사내의 사진은 밤의 남대문을 뒤로 하고 찍혀 있었고 그것은 참으로 적당한 배경을 바탕으로 하고 있었다. 그리고 사내의 기사 밑에는 이십 년 전의 여인 얼굴이 확대되어 나란히 실려 있었고 또한 해외홍보용 팸플릿 사진도 실려 있었는데, 기사는 명문장으로 알려진 부장의 솜씨가 곳곳에 발휘된 미문으로 가득 차 있었다.

다소 센티멘털한 제목이 기사의 첫머리를 장식하고 있었고 그 제목은 이러하였다.

'바다와 시간을 초월한 비극의 사랑'

평소에 감명 깊게 본 영화를 그리어 가슨인가가 주연한 「마음의 행로」로 말하고 있던 부장은 어떤 의미에서 기자라기보다는 소설가 지망생답게 멋을 부린 흔적이 있었다.

그러나 그보다도 더 문후가 기사를 읽다가 놀란 것은 여인의 이름이 가명도 아니고 버젓이 본명으로 등장하고 있다는 사실이었다.

그것은 정말 생각지도 않았던 충격이었다. 그것이 어젯밤에 그가 말했던 것처럼 목적을 위해 장식하는 죽은 소녀의 의자에 꽂힌 꽃 한 송이인가 하고 부장을 향해 분노의 신음소리를 내면서 쏘아보았다. 단지 화제만을 노리기 위해 이름까지 밝혀버린다면 그 이후의 후유증에 대해서는 책임을 지겠느냐고 문후는 이를 악물었다.

그것은 어쩌면 화제를 위해 인기인들의 스캔들을 보도할 때 신문사 측에서는 책임 회피를 분명히 하기 위해서 K양, Y양 하고 이니셜이나 가명을 쓰지만 교묘하게 기사 밑에 복선을 깔아 읽는 사람으로 하여금 과연 그 기사의 주인공이 누구일까 하는 것을 알게 해주는 방법보다는 차라리 나을지도 모르는 일이었다.

눈가림의 가명을 쓰거나 어설픈 가명을 쓰는 것보다는 부장의 기사대로 정수경이라는 여인을 분명히 밝힌 것이 차라리 솔직한 기사였다.

부장의 말대로 그 사진, 이십여 년 전의 사진을 게재한다는 것은 그 당사자 이외에는 누구일까 식별하기에 힘이 들 테니까 다소 모험이 따르지만 그리 심한 사생활 침해라고는 생각할 수 없는 일이었다.

그러나 그것을 번연히 알고 있으면서도 그 여인의 이름까지 내보낸 것은, 그 여인이 이십여 년 전 한때의 사랑 그리고 이별 이후에 어떻게 달라졌는지도 모르면서 이름을 내보낸 것은 문후로서는 견딜 수 없는 분노를 불러일으켰다. 그것은 분명한 호명(呼名)이 아닌가.

더구나 브라질에서 이십 년 만에 돌아온 사람은 어떤 의미에서 우리나라 실정엔 백지와 다름없는 존재였다. 그는 정신적인 불구자에 불과하였다.

그가 알고 있는 조국은 단지 전쟁과 한때의 사랑 그뿐이었고 그가 알고 있는 서울은 굳게 닫혀진 남대문에 불과하였다.

그는 완전한 이방인이었다. 그리고 그는 일주일 만에 영원히 조국을 떠날 일시적인 방문객에 불과하였다.

"난 이해할 수 없습니다."

문후는 신문을 접으며 부장을 쏘아보았다.

"이 여인의 본명까지 내버린 것은 정말 이해할 수 없습니다."

부장은 상대조차 하기 싫다는 듯 담배를 피워 물었다.

"너무 신경질적인 반응을 보일 필요는 없어요. 우리는 보도해 줄 의무가 있어."

"보도해 주어도 괜찮을 만한 상대에 한해서만 까발라 벗기는 것이 기사입니까?"

문후는 소리를 높였다.

"그건 편견이야."

부장은 잘라 말을 받았다.

"편견은 금물이야."

부장은 일어서며 문후를 돌아보았다.

"어때요, 집에 들어가겠어? 아무래도 한잠 자두는 게 좋을 텐데."

두 사람은 일어서서 새벽 기운이 충만한 아침거리로 걸어 나왔다.

로터리에서 두 사람은 헤어졌다. 문후는 얼마만큼 혼자 걸었다. 곰곰이 생각해 보자고 문후는 머리를 모았다. 그러나 아무것도 생각할 수가 없었다.

그가 몸담고 있는 신문사에서 발행한 신문을 외치는 신문팔이 소년들의 고함소리가 아침 공기를 찢고 있었다. 버스를 기다리는 사람들의 손에 신문은 잉크 냄새를 풍기면서, 생선처럼 펄펄 뛰고 있다.

열심히 그 바쁜 출근길에서도 많은 사람들은 열심히 신문들을 읽고 있었다. 그들이 돈 주고 산 삼십 원어치만큼 읽고 그들은 그것을 꾸겨버릴 것이다. 아무런 미련 없이.

신문기사 뒤에 숨겨진 갈등과 맹목적인 분노, 고통과 오해, 그런 것은 조금도 짐작조차 못 하면서.

문후는 집으로 돌아가는 버스에 몸을 흔들리며 신문을 열심히 들여다보고 있는 사람을 쳐다보았다. 그는 흔들리는 차 속에서 코를 박듯이 신문에 밀착시키고는 방금 부장이 쓴 기사를 들여다보고 있었다.

부장이 쓴 기사는 의외로 큰 반응을 일으켰다. 부장이 짐작했던 대로 얼핏 멜로드라마를 연상시킬 수 있는 사랑이 가미된 민족의 비극은 독자들의 반응을 불러일으키기에 충분하였다. 독자들은 생활 속에서 극적인 감동에 너무 굶주려 있었으므로 예민한 반응을 보이고 있었다. 연일 신문사로 질문 전화가 쇄도하고 있었다.

그리고 신문사 자체 측에도 의외로 그 기사에 대한 반향이 크게 번져가자 민첩하게 텔레비전을 통해서 그 여인의 사진과 여인의 행방을 묻는 보도를 연일 계속 보내기 시작하였다.

그뿐 아니라 사내가 일주일 동안만 서울에 머무른다는 시한부의 기일을 정하고 있었으므로, 마치 사내가 찾는 여인의 행방은 하루하루가 지나갈수록 초조해지고 급박한 불안감이 그 기사를 읽는 독자들의 마음을 사로잡고 있었다.

신문사 측에서도 처음엔 추석에 때맞춘 특종쯤으로 다뤘지만 차차 기한 안에 그 여인의 행방을 찾지 못한다면 신문사 자체의 공신력 문제와 같은 것과 직결되어 그냥 흐지부지 얼버무릴 수 없는 입장이 되고 말았다. 그것은 마치 에베레스트산 등반을 주최한 신문사에서 어쨌든 등반대원이 산 정상에 자사(自社)의 깃발을 꽂아야만 공신력을 확인하는 것과 마찬가지였다.

독자들 눈에는 산 정상에 꽂힌 깃발이야말로 곧 신뢰와 직결되고 있었다.

더구나 일반 사람의 반응이 크면 클수록 신문사의 입장으로서는 어쨌든 그 여인의 행방을 찾아야 하는 부담이 커가고 있었다. 텔레비전에서도 별수 없이 일반 오락 프로에서도 사회자가 자연스럽게 그 여인의 행방을 묻는 짤막한 얘기를 자주 하게 되었다.

신문에 기사가 나가고 사흘이 지난 후였다.

우연히 문후가 전화를 받았을 때 전화기 저편에서 웬 여인의 목소리가 들려왔다. 대뜸 굉장히 망설이다 걸음직한 기색이 대화 중에 엿보였다. 여인은 신문사를 확인하고는 그러고는 머뭇거렸다.

"무슨 일이신가요?"

문후는 고통스러운 목소리로 물었다.

망할 놈의 위통이 공복의 위장을 날카롭게 긁어대고 있었기 때문이다.

"저 죄송하지만."

여인은 이윽고 결심했다는 듯 말을 꺼냈다.

"황철진 씨가 계신 곳이 어딥니까?"

처음에 문후는 여인이 묻는 황철진이라는 사내가 누구인가 생각하였다. 그러나 곧 사내가 며칠 전 신문사로 찾아왔던 그 사내임을 알아차렸다.

그렇다고 해서 전화가 걸려온 그 여인에게 무턱대고 그 사내가 묵고 있는 D호텔을 가르쳐줄 수는 없었다. 사실 신문기사가 나가고 나서부터 심심풀이의 전화를 비롯하여 별 용무도 없는 사람들의 전화가 쇄도하는 판이라 신문사 측에서 신경을 쓰고 있었던 것이다. 문의해 오는 사람들한테마다 모두 사내의 소재지를 가르쳐준다면 꼭 그런 사람이 아니더라도 사내의 행방을 찾는 사람 중에 질 나쁜 사람이 없으리라는 보장은 없었다. 더구나 그 사내는 국내사정엔 백지와 다름없으므로 혹 질 나쁜 사람이 하려고만 든다면 얼마든지 속일 수 있는 상대였기 때문이었다.

문후는 수화기를 든 채 망설였다.

"알려드릴 수가 없습니다."

그러자 전화를 걸어온 여인은 무얼 생각하는 듯 잠시 말을 끊었다가 다시 말을 이었다.

"정말 안 되는가요?"

"안 됩니다."

문후는 잘라서 말을 받았다.

"실례지만 어떻게 되는 사람이신가요?"

문후가 묻자 여인은 역시 망설임 끝에 결심했다는 듯 말을 이었다.

"제가 바로 정수경입니다."

"예?"

문후는 정신이 번쩍 들었다.

왔다. 드디어 오고 말았다. 수없는 전화가 걸려왔지만 그 많은 무관한 전화 중에서도 본인 자신이라고 걸려온 전화는 이것이 처음이었다. 그리고 여인의 목소리에는 몇 마디 되지 않지만 엄격한 품위와 지적인 태도가 엿보였다. 그냥 허드레로 전화 장난을 해올 그런 여인은 분명 아닌 것으로 느껴졌다.

"정수경 씨. 맞습니까?"

"그렇습니다."

하지만 육감으로 전화를 걸어온 그 여인이 분명 정수경임에 틀림없다고 해도 만나보고 확인해 보지 않는 한 무턱대고 그 여인에게 사내의 소재지를 전화로 가르쳐줄 수는 없었다.

"죄송하지만."

문후는 메모지를 당겨놓고 전화를 받았다. 그것은 그의 오랜 버릇이었다.

"바쁘시지 않다면 만나 뵐 수 없겠습니까?"

"꼭 그래야 하나요?"

여인이 차분하게 말을 이었다.

"왜냐하면, 용서하십쇼. 저희 측에서도 정수경 씨를 확인해야 할 필요가 있으니까요."

"물론 그러실 테죠."

여인은 망설였다. 오랜 침묵이 왔다. 그러더니 이윽고 여인이 말을 꺼냈다.

"좋아요. 나가겠습니다. 한 시간 후에 스카이웨이에 있는 커피숍에서 만나 뵙도록 하죠."

"알겠습니다."

전화가 끊겼다.

문후는 고개를 돌려 부장을 찾았다. 부장은 마침 외출에서 돌아오는지 편집실로 들어서고 있었다. 빗방울이 떨어지는지 들어선 부장의 옷 위에 빗방울이 송글송글 맺혀 있었다.

문후는 부장이 앉기를 기다려 부장에게로 다가가 좀 전에 받았던 전화의 내용을 보고하였다. 부장은 얘기 도중에도 낫지 않는 코감기로 막힌 코를 뚫기 위해 비약을 들이마시고 있었다.

"됐어."

부장은 용수철 튀기듯 앉은 자리에서 몸을 일으켰다.

"드디어 찾았다. 드디어 찾았어."

그는 전화 다이얼을 돌려 텔레비전의 보도국을 찾았다.

"이봐. 김 부장 있어. 김 부장 없어요? 들어오면 강 부장한테 전화 왔다구 전하쇼."

전화를 끊고 나서 부장은 문후를 쳐다보았다.

"이 형 당분간 이 사실은 비밀로 합시다."

"예?"

문후는 의아해서 부장을 쳐다보았다.

"이틀간만 비밀로 합시다."

"왜요."

"그럴 이유가 있어. 설마 이 형 그 여인에게 황철진이라는 사내가 어느 호텔에 묵고 있는가 가르쳐주지 않았겠지."

"가르쳐주지 않았습니다."

"잘했어."

부장은 연거푸 재채기를 했다.

"잘한 일이야."

"왭니까."

"두고만 보라구. 내가 하는 일을 두고만 보라구."

시간이 다 되자 부장은 문후를 눈짓으로 불러 세웠다. 둘은 신문사 차를 빌려 타지 않고 택시를 탔다. 가을을 재촉하는 비가 촉촉이 뿌리고 있었다.

"드라이브 좀 합시다."

부장은 택시 운전사에게 기세 좋게 소리를 높였다.

차는 번잡한 시내를 빠져나와 스카이웨이 쪽으로 달려가기 시작했다.

"이번 추석 기획기사는 우리 것이 최고일걸."

부장은 엄지손가락을 내밀어 보였다.

"축하합니다."

문후는 부장을 쳐다보며 웃었다.

"특종은 이 형 거야. 만년필 하나 타도록 내 잘 애기할게."

특종을 낸 기자에겐 만년필 하나 준다는 사내의 보상 제도를 빗대어서 부장이 농담을 했다. 둘은 크게 웃었다.

서울이 내려다보이는 산꼭대기에 떨어져 있는 B커피숖에 둘은 내렸다. 다방 안은 텅 비어 있었다.

멀리 내려다보이는 서울 시가는 가을비에 바닷속처럼 가라앉아 있었고 창 위로 빗방울이 맺혀 굴러 떨어지고 있었다.

"약속시간이 넘었어."

부장은 시계를 얼른 들여다보고 짜증을 부렸다.

"무슨 여자가 이따위야. 한 시간 후라고 했으면서."

"조금 더 기다리십시다."

약속 시간보다 삼십 분 더 지난 무렵 한 대의 검은 승용차가 언덕길을 올라와 주차장에 멎었다. 그리고 우산을 쓴 여인이 천천히 돌계단을 올라오고 있었다.
"저 여잔가?"
둘은 우산으로 가려진 여인의 모습을 보기 위해 고개를 길게 빼었다.
여인은 비가 내리는 돌계단을 걸어 올라오고 있었다. 층계를 올라올 때마다 우산이 해파리처럼 떠오르고 있었다.
구태여 목을 빼 들어서 확인하지 않더라도 이처럼 호젓한 곳으로 찾아오는 사람은 두 사람이 기다리는 정수경이란 여인임에 틀림없었다.
여인은 유리문을 열고 들어와 우산을 접고 밝은 곳에서 갑자기 어두운 곳을 쳐다보았을 때의 그런 어릿어릿한 표정으로 실내를 한 번 돌아보다가 이쪽을 발견했는지 천천히 다가오고 있었다.
두 사람은 자리에서 일어나 여인을 맞았다.
"미안합니다."
여인이 문후와 부장의 존재를 확인하지 않고 침착하게 먼저 말을 꺼냈다.
"늦어서 미안합니다."
여인은 핸드백 속에서 빛깔 좋은 손수건을 꺼내 이마에 젖은 빗방울을 닦았다.
그것은 빗방울이라기보다는 땀방울이었다.
나이는 갓 마흔을 넘었을까. 중년의 여인임에도 눈부시게 아름다운 기미가 엿보였다. 침착하고 지성적인 분위기가 한복을 입은 여인의 몸에서 풍겨 나오고 있었다.
"언제 신문을 보셨습니까?"
"이틀 전에 보았습니다."

여인이 대답했다.

"참 뭐들 마셨나요?"

"마셨습니다."

부장이 담배를 피워 물었다.

"이틀 전에 신문을 보셨다면 왜 오늘에야 전화를 걸어오셨습니까?"

부장은 여인을 쳐다보았다.

"이제 그 사람은 내겐 잊혀진 사람이기 때문입니다."

여인이 가져온 주스를 들면서 분명히 말을 받았다.

"오래전의 사람이기 때문입니다. 우리 나이 또래 사람이면 누구든 그런 슬픔쯤은 가지게 마련 아닌가요?"

"그야 그렇지요."

부장이 진심에서 수긍을 했다. 여인과 부장과는 거의 동시대의 사람으로서 여인의 말 한마디가 은연중에 부장의 공감을 불러일으킨 모양이었다.

"나는 그분이 전쟁 통에 돌아가셨다는 소식만 들었습니다."

"황 선생 역시 그러더군요. 정 여사가 전쟁 통에 돌아가셨는 줄만 알고 있었다구요."

"부질없는 짓입니다."

여인이 한숨을 쉬며 수건으로 콧등에 맺힌 땀을 찍었다.

"두 사람은 다 죽은 사람들인데요, 뭘."

여인은 담담하게 말을 꺼냈다. 그녀의 모습은 애써 지난 사실을 부정하려는 것이 아니라 고통을 이겨낸 사람의 담담한 한(恨) 같은 것이 깔려 있어 보였다.

놀라울 정도로 그녀는 가라앉아 있었다.

"이틀 전에 보았을 때 저는 그 사람이 공연한 짓을 하고 있다고 생각했어요. 이제 와서 살아 오셨다면 도대체 저는 어떡하란 말인지……."

여인은 말을 끊었다. 그리고 가만히 이마에 흘러내린 머리칼을 쓸어 올렸다. 그 손에 반지가 번득이고 있었다.

"이십 년의 세월은 짧은 세월이 아닙니다."

"그야 물론 그렇지요."

부장이 기침을 했다.

"제겐 다른 생활이 있습니다. 그분이 돌아가셨다는 소식을 들은 후 저는 이쪽에 넘어와 처음 몇 년간은 그대로 살아 계시겠거니 그래서 찾아오시겠거니 하고 기다렸습니다. 삼 년이 지나자 저는 그분이 분명히 돌아가신 거라고 믿었습니다."

여인은 가만히 비 오는 시가 위로 눈을 들었다.

"저는 이제 남의 부인이 되었습니다."

여인은 낮게 그러나 또렷하게 말을 끝냈다.

"다 부질없는 짓입니다."

부장과 문후는 침묵 속에 앉아 있었다. 너무나 여인의 말이 침착하고 담담했으므로 무어라고 얘기를 꺼내 여인이 주는 분위기를 깨뜨릴 수가 없었다.

"하지만."

오랜 후 부장이 말을 꺼냈다.

"부인께서는 전화를 거시지 않으셨습니까. 물론 이틀 지난 후에 전화를 거신 것입니다만."

"토요일 날 떠나신다구요?"

여인이 부장을 보았다.

"예. 일주일밖에 머무르지 못하신답니다."

"영영 떠나시는 건가요?"

"그렇게 되겠지요."

"그렇담 꼭 삼 일밖에 남지 않았군요. 오늘이 수요일이지요?"

"그렇습니다."

"참 이상해요."

여인이 미소를 띠어 올리면서 말을 이었다.

"잊혀졌던 제 옛 얼굴이 신문에 나왔을 때 저는 마치 남의 일처럼 그것을 들여다보았습니다. 그리고 그 기사를 읽고 나서도 다 지난 일이니 잊어버리자고 무관심했습니다. 저는 이제 남의 사람이 되어 있고 또 행복합니다."

문후는 그 여인의 미소가 너무나 소중해서 경탄할 정도로 마음의 동요를 느꼈다.

"그런데 오늘 아침에야 비로소 그분을 끝내 홀로 보낼 수 없다고 느낀 것입니다. 왜냐하면 제겐 그분과의 사이에 난 아들이 있습니다."

여인은 역시 담담하게 말을 이었다.

"그분과 헤어질 때 저는 애를 배고 있었습니다. 아들에겐 자기 아버지의 얼굴을 보여주어야만 한다는 생각이 불현듯 떠올랐기 때문입니다. 저는 행복합니다. 그애를 낳고 두 살이 되었을 때 저는 지금의 애아버지를 만났습니다. 그이는 나를 이해해 주셨고 용서해 주었습니다. 처음에 저는 그애에게 아버지가 다르다는 것을 조금도 가르쳐주지 않았습니다. 그이도 극진히 그애를 귀여워해 주셨기 때문에 클 때까지도 그애는 자기의 출생을 모르고 자랐습니다."

여인은 주스를 들었다.

"그런데 그애가 스무 살이 되었을 때 우연한 기회에 그애는 자기의 아버지가 다른 곳에 있음을 알아차렸습니다. 누구든 우리 쪽에서 가르쳐준 적은 없었습니다. 놀랍게도 그애는 자기 스스로 그것을 알아차린 것입니다."

여인은 말을 이었다.

"물론 누구든 얘기하지 않았다고 해도 제가 지금 애아빠와 결혼할 때 그애가 두 살하고도 육 개월이었으므로 무언가 어릴 때의 기억이 남아 있는 것일지도 모릅니다. 아니면 또 누군가 우리가 아니었다고 하더라도 애아빠의 친척 중의 어떤 분이 그런 낌새를 주었을지도 모르죠. 어쨌든 그애가 스무 살 되어 대학교에 들어갔을 때 그것을 내게 물어왔고 저는 솔직하게 대답해 주었습니다. 너를 낳은 아빠는 지금의 아빠가 아니다. 그는 죽었다. 돌아가셨다고 대답해 주었습니다."

여인은 다시 비 오는 시가 쪽으로 고개를 돌렸다.

"그것이 아들애에게 어떤 영향을 주었는지는 모르겠습니다. 물론 얼마간 괴로웠겠죠. 그러나 곧 큰애는 그것을 잊고 일어섰습니다. 그애가 지금 스물여섯입니다. 군대도 갔다 오고 대학교 졸업반에 재학하고 있습니다. 만약 그애가 자기의 출생 비밀을 모르고 있었더라면 저는 그분이 다시 해외로 떠나갈 때까지 모른 체하리라고 생각했습니다. 하지만 갑자기 그애가 자기의 출생을 알고 자기 아빠가 돌아가신 것이 아니라 살아 계신 것이라면 한번쯤 혈육을 만나보게 하는 것이 도리가 아닌가 하는 생각이 들었던 것입니다. 그래서 저는 전화를 걸었습니다. 그리고 바쁘신 것을 알면서도 뵙자고 청한 것입니다."

여인은 말을 끊었다.

침묵이 왔다. 주위는 호젓하여 그냥 간단없는 빗소리만 바닷속처럼 가라앉고 있을 뿐이었다.

"만나보셔야죠."

부장이 침묵을 깨뜨렸다.

"제가요?"

"부인도 만나보셔야죠."

"그건."

여인은 말을 잘랐다.

"부질없는 일입니다. 이젠 모두 지난 일입니다. 제겐 바깥양반과 그분에게서 낳은 두 애가 있습니다."

여인은 조용히 웃었다.

"아드님은요?"

"그래서 전화를 걸었잖아요."

여인은 문후를 쳐다보았다.

"그분이 계신 곳을 알고 싶습니다. 그것은 제가 그분을 뵙고 싶어서가 아니라 아들에게 그분, 아버지의 얼굴을 보여주고 싶기 때문입니다."

"지금 애기아빠께서는 이 사실 알고 계십니까?"

"모릅니다. 해외에 여행을 떠나셨습니다. 두 달 계시다 돌아올 겁니다. 하지만 아신다고 해도 별로 놀라지 않으실 것입니다. 오히려 현국이, 현국인 아들 이름입니다. 현국에게 만나게 하지 않았다면 제가 꾸중 들을지도 모릅니다. 그분이 계신 곳이 어딥니까?"

여인은 문후와 부장을 동시에 쳐다보았다. 부장은 침묵 공간을 메우기 위해 담배를 갈아 물었다.

"모릅니다."

부장은 분명하게 대답했다.

"우리는 그분이 어디 계신지 모릅니다."

문후는 놀라서 부장을 쳐다보았다.

모르다니, 그럴 수가 없는 것이다. 황철진이라는 사내가 어디에 있는지 모르다니. 분명 알고 있다. D호텔에서 묵고 있음을 분명 알고 있다. 호텔 602호실에 그는 묵고 있는 것이다.

문후는 그러나 부장의 대답이 너무나 확실했기 때문에 그의 말을 가로막고 나설 수는 없었다.

"그러셨던가요?"

여인의 얼굴에 실망의 빛이 떠올랐다.

"물론."

부장은 재빠르게 말을 받았다.

"처음엔 알고 있었습니다. 하지만 지금은 어디로 옮기셨는지 모릅니다. 쓸데없는 전화가 걸려와서 우리도 모르게 황 선생님은 거처를 옮기셨습니다."

문후는 스카이웨이로 달려오던 택시 속에서 이 일을 이틀간만 비밀로 부쳐 두자던 부장의 말을 상기했다.

문후는 또다시 고통스런 공복감이 위를 긁어내리는 아픔을 느꼈다.

"하지만."

부장은 여인을 쳐다보았다.

"내일 모레 황 선생님은 우리 회사로 나오시기로 했습니다."

"회사로요?"

"예. 텔레비전 방송국으로 나오시기로 했습니다. 만나실 의향이 있으시다면 텔레비전 방송국으로 일곱 시까지 나와 주시면 됩니다."

여인은 의아한 표정으로 부장을 쳐다보았다.

"황 선생을 모시고 텔레비전 방송국에서 특별좌담을 벌입니다. 정각 일곱 시까지 텔레비전 방송국으로 나와 주시면 됩니다."

"하지만."

여인은 당황해서 손에 들었던 주스 잔을 내려놓았다.

"그건 안 됩니다."

여인은 떨리는 손으로 이마에 흘러내린 머리칼을 쓸어 올렸다.

"저는 이제 남의 아냅니다. 공공연하게 그런 프로에 나갈 수는 없어요. 오늘 이렇게 떨어진 곳에서 만나 뵙자고 한 것도 다 그런 이유 때문입니다. 어떻게 알 수 없을까요. 잠깐만 만나면 됩니다. 제 아들 녀석에게 잠깐만 아버지의 얼굴을 보여주면 됩니다. 신문사 측에서 알아내려고만 한다면 금방 알아낼 수 있지 않아요?"

"모릅니다."

부장은 분명하게 대답했다.

"저희도 황철진 씨가 어디로 숙소를 옮기신 것인가 모릅니다. 단 이틀 후 일곱 시에 텔레비전 방송국으로 나오신다는 것만 알 뿐 만나실 수 있는 기회는 단 그때뿐입니다."

문후는 부장을 노려보았다.

그러나 부장은 벌써부터 문후의 시선을 애써 피하고 있었다.

"저희도 도와드리고 싶습니다. 하지만 불가능합니다."

부장은 애매하게 담배를 피워 물었다. 그는 필터 쪽에 담배를 피워 물었다. 그는 심한 기침을 하고 담배를 비벼 껐다.

문후는 부장이 지금 이 순간 무엇을 노리고 있는가를 알 수 있을 것 같았다.

그는 한마디로 애써 얻은 특종을 쓰레기화하고 싶지 않은 것뿐이었다. 또한 신문사의 공신력으로서는 연일 보도했던 기사를 한마디의 변명 없이 흐지부지 휴지로 만들 수는 없었다.

그는 지금 교묘하게 그 여인과 그리고 그의 아들을 뉴스의 현장으로 끌어내려고 애를 쓰고 있는 것이다.

문후는 부장이 여기로 오기 전에 여인을 찾았다는 이야기를 듣자 텔레비전 보도국에 전화를 걸었던 것을 상기했다. 벌써부터 부장은 포커 판에서 마지막 카드에 승부를 거는 사람처럼 텔레비전

측과 묵계를 벌이고 있었던 것이다.
　부장은 그 여인을 뉴스의 현장으로 끌어내기 위해서는 그 여인의 사생활쯤은 무시해도 좋다는 신념을 갖고 있었다.
　부장은 여인의 전화가 걸려왔다는 것을 들었던 순간, 벌써부터 배수진을 쳐놓고 있었던 것이다. 여인이 공공연하게 그 사내를 만날 수 없으리라는 것을 벌써부터 짐작하고 그 여인을 뉴스의 소용돌이로 끌어내기 위해서는 일단 그 사내의 존재를 미로 속에 던져버려야 한다는 것을 계산하고 있었던 것이다.
　부장은 그 기사를 낼 때부터 벌써 그 여인의 입장이 사내를 공공연히 만날 수 없는 입장이라는 것을 예견하고 있었을지도 모른다.
　그렇다.
　이십 년이 흐른 지금에 개인적인 사정을 가지고 있지 않은 사람은 없을 것이다. 그러나 그렇다 하더라도 독자들은 그 결말을 보지 않고서는 쉽사리 물러서지 않을 것이라는 것도 부장은 잘 알고 있는 것이다.
　그래서 그는 사내의 존재를 애매하게 흐려버린 것이다. 그리고 마지막 카드 한 장의 도박을 벌인 것이다.
　이틀 후까지 부장은 승부를 연장한 것이다.
　만약 그 여인이 그녀의 말대로 자기 아들에게 혈육의 정으로 아버지를 만나게 해주려 한다면 목적한 대로 텔레비전 방송국으로 나와 뉴스 속에 던져질 것이요, 그렇지 않고 지금의 자기 입장, 즉 남의 아내라는 입장을 감안해서 기어이 나오지 않는다면 부장은 지나친 판돈을 벌인 결과가 되는 것이다.
　말하자면 그는 대승부를 마지막 판에 건 것이었다.
　"어떻게 하시겠습니까?"
　부장이 여인을 쳐다보았다.

"황 선생은 이십 년 만에 바다를 건너 정 여사를 만나러 오셨습니다. 그것을 무시할 수 있겠습니까?"

여인은 멍하니 비 오는 시가 쪽으로 고개를 돌렸다. 더운 날씨가 아닌데도 여인의 콧등엔 땀방울이 맺혀 있었다.

문후는 부장을 쏘아보았다. 고문하고 있다.

문후는 부장의 얼굴을 쳐다보고 생각하였다.

그는 지금 한 여인에게 정신적인 고문을 가하고 있는 것이다.

여인은 한동안 비 오는 시가 쪽에서 고개를 돌리지 않았다. 빛깔 고운 손수건으로 콧등의 땀을 찍어내고 나서 여인은 이쪽으로 고개를 돌렸다.

"나갈 수 없습니다."

여인은 애써 웃었다.

"부질없는 짓이에요. 우린 어차피."

미소 띤 얼굴에서 이윽고 반짝이는 이슬이 보였다.

"죽은 사람들이니까요."

문후는 고통을 느꼈다.

망할 놈의 위, 망할 놈의 위장.

"하지만."

부장은 소리를 높였다.

"아드님에겐, 아드님은 엄연히 산 사람 아닌가요. 이제 겨우 스물여섯 살입니다."

"없던 걸로 해두면 됩니다."

여인은 이제 이슬이 맺혀 흘러내리는 눈물을 애써 감추려 들지 않았다.

"이런 일이 없었던 걸로 해두면 됩니다. 그애는 지금 사춘기의 소년이 아닙니다. 군복무를 끝낸 대학 졸업반의 성인입니다. 아무런 일이 없었던 걸로 생각하면 됩니다."

여인은 핸드백을 집어 들었다.

"미안해요. 바쁘신 중에 뵙자고 해서."

여인은 일어섰다.

부장도 일어섰다.

"어쨌든."

부장은 마지막으로 말을 했다.

"모레 일곱 시입니다. 이틀만 더 생각해 보시길 바랍니다. 황 선생이 이제 여길 떠난다면 고국과는 마지막 이별이니까요."

세 사람은 비 내리는 북악산으로 나섰다.

나뭇잎은 아직 낙엽 빛깔로 물들지는 않았지만 어딘지 탄력이 죽어 있었다. 가는 가을 빗줄기가 자욱이 시야를 가리고 있었다.

아주 먼 시가 쪽에서 한꺼번에 얽혀 뭉뚱그려진 도시의 소음이 들려오고 있었다. 한때는 폐허였던 도시 위에서 도시의 숲 속에서 산 위에서 바라보면 저 도시 속에서 벌어지는 광기와 분노, 건설과 파괴, 욕망과 공허, 그런 도시적인 음침한 음모들이 아주 무관하게 펼쳐져 보이고 있었다. 그러나 그곳은 그들이 살아가고 있는 도시였다.

낮잠을 깨우는 옆집의 라디오 소리, 신문에서 떠드는 배기가스, 공해문제, 미터기를 올리기 위해 질주하는 차들의 속력, 껄껄거리며 부딪치는 술잔 소리, 열심히 두드리는 타이프 소리, 째각거리는 시계 소리, 그 모든 것, 흘러내리는 한강, 남산의 번득이는 불, 그 모든 것, 버스를 타기 위해 달려야 하는 아침 출근길, 그 모든 것.

산 위에서 바라보면 살아야 하는 직업과 연결된 분주한 뜀박질, 전화벨 소리, 그 모든 것들이 한꺼번에 죽을 것은 죽고, 유별나게 살아야 할 소리만 살아서 이리저리 혼합되어 들려오는 불협화음의 소리가 깊이와 내용을 알 수 없는 신음소리처럼 들려오고 있었다.
 도시는 한꺼번에 앓고 있었다. 신음소리를 내면서. 한때엔 폐허였던 도시가 바람도 없는데 펄럭이며 날리는 깃발처럼.
 세 사람은 계단을 내려갔다.
 "신문사까지 바래다 드리겠어요."
 승용차 앞에 오자 여인이 두 사람을 쳐다보았다.
 "괜찮습니다."
 부장이 승용차의 문을 열어주며 대답했다.
 "타세요."
 "걱정하지 마십시오."
 부장은 승용차문을 닫았다.
 아주 짧은 시간에 닫힌 차창 너머로 여인의 눈이 두 사람을 쳐다보았다. 그러더니 이윽고 차는 달려가기 시작했다.
 "젠장."
 차가 사라지자 부장은 계단을 뛰듯이 내려가면서 문후를 쳐다보며 툴툴거렸다.
 비는 조금 그쳐 있었다. 그러나 가는 비는 쉴 새 없이 뿌리고 있었다.
 "꼼짝없이 걸어가게 되었군. 빈 택시가 여기까지 올 게 뭐야."
 달려오는 차들이 없는 것은 아니었으나 대부분 두 사람을 무시하고 무서운 속도로 달려가고 있었다. 하지만 두 사람은 무슨 차든 지나갈 때마다 손을 휘저으면서 동승해 줄 것을 표시하곤 하였다.
 "관두자."
 부장은 포기했다는 듯 몸을 돌리면서 언덕길을 걸어 내려갔다.
 "조금만 걸으면 돼."
 두 사람은 묵묵히 비를 맞으면서 아스팔트길을 내려가기 시작했다.

"놀랐습니다."

얼마만큼 걷다가 문후는 아까부터 참아온 질문을 마침내 부장을 향해 터뜨렸다.

"부장님은 이제 보니 완벽한 사기꾼이로군요."

"헛허허."

몸을 젖히면서 부장이 웃었다.

"다 그런 거지 뭐, 다 그런 거야."

"난 이해할 수 없습니다."

"이해할 수 없으면 이해하지 않으면 돼."

"그건 도박입니다. 비정한 도박입니다."

"우린 어차피 도박꾼인걸."

부장은 평소에 흥분하기 쉬운 문후의 성격을 알고 있었으므로 될 수 있는 대로 문후의 대화에 말려들어가지 않으려고 무책임하게 대화를 자르고 있었다.

"기사 하나 건지기 위해서 그 여인의 가정을 파괴해도 좋단 말인가요?"

"애써 얻은 기살 버릴 수야 없잖은가. 그냥 얼버무리기엔 이미 너무 나발을 불어대었어. 어떻게든 마무리를 져야 하게 되어 있어."

"그 여인의 입장에서 보세요."

문후는 부장을 노려보았다.

"마찬가지야. 그 남자의 입장에 서면 간단해. 아니 그보다도 구태여 남의 입장에서 볼 필요는 없어. 우린 기자의 입장에만 완벽하면 돼."

"아닙니다."

문후가 머리를 흔들었다.

"이건 단지 흥미를 노리기 위한 수단밖에는 되지 않습니다. 난 그렇게 생각합니다. 물론 또 한 가지 덧붙일 구실은 있겠죠. 일테면 민족의 비극을 표출해 내자는. 하지만 그건 책임을 면하려는 비겁한 수단밖에는 되지 않습니다."

문후는 담배를 피워 물었다.

"우린 마땅히 그 여인으로 하여금 비밀리에 그 남자를 만나게 해주는 것으로써 그 사진과 손을 떼야 합니다. 그것이 우리가 할 수 있는 최상의 방법입니다."

"그러기엔."

부장은 땅 위에 구르는 돌멩이를 걷어찼다.

"우린 너무 비싼 투자를 했어."

"만약 그 여인이 내일모레 방송국으로 나오지 않으면 어떻게 하실 작정이십니까?"

"텔레비전 프로를 내보내지 않으면 돼. 결정은 우리가 하는 게 아냐. 그 여인으로 하여금 결정하게 하면 돼. 나오느냐 마느냐는 그 여인에게 달려 있어."

"그건 고문입니다."

"너무 어려운 말 쓰지 마시오. 난 간단한 게 좋아. 이봐요, 이 형. 늘 최후의 마지막 보루까지 우린 버틸 수밖에 없는 입장이야. 나도 이 형처럼 순수한 감정은 가지고 있어. 허나 그 자리에서 내가 할 수 있는 최선의 방법은 그것뿐이었어. 내가 그 여인에게 뉴스의 현장으로 나오라고 강요할 수는 정말 없었어. 이봐, 내게두 마누라와 두 새끼가 있어. 그렇다구 한순간의 감정으로 지금까지 연일 보도해 온 것을 휴지조각처럼 버려야 해? 그건 곤란해. 난 그 여인에게 칼자루를 쥐어준 것이야. 이제 이틀 동안의 시간이 남아 있어. 결정은 그 여인이 해줄 거야. 우린 그 여인에게 결정권을 줘야 한다, 그것뿐이야. 내가 잘못했다는 건 한 가지뿐이야. 사내의 소재지를 숨긴 것뿐이지."

"그 여인이 나올 거라고 믿습니까?"

"나와."

부장은 명료하게 대답했다.

"틀림없이 나와. 나오게 되어 있어."

"확신하십니까?"

"내길 걸어두 좋아. 피는 물보다 진한 법이니까. 동물들도 제 새끼는 가려낸다."

"인간은 동물이 아닙니다."

문후는 부장을 정면으로 쳐다보았다.

"관둡시다. 됐어. 차가 오는군."

부장은 언덕길 위쪽에서 빈 택시가 한 대 오는 것을 발견하고는 달려가서 택시를 잡았다. 자연 대화는 끊겼다.

둘은 비를 흠뻑 맞고 회사로 돌아왔다.

문후는 아까부터 쓰려오는 위를 달래기 위해서라도 무엇이든 먹어두지 않으면 안 되었다. 문후는 회사 앞에 차를 세우고는 깔깔한 입맛으로 우동을 한 그릇 먹어 삼켰다. 무엇이든 위 속에 집어넣으면 거짓말처럼 위장이 편안해진다. 문후는 자신의 위가 자신의 몸에 분명히 존재하고 있으면서도 자신의 몸 일부가 아닌 것처럼 느껴졌다. 그것이 뻔히 해로운 줄 알면서 그날 저녁 퇴근 후에 문후는 무지무지하게 술을 마셨다. 마치 자신의 위를 학대라도 하려는 듯.

다음날 문후는 숙취로 늦게 출근하였다. 혼탁해진 머리로 시간을 다투어야 하는 신문사 일은 무리였다. 문후는 하루 종일 거의 벌벌 기다시피 취재와 씨름하였다. 저녁 무렵 문후가 신문사에 돌아와 지친 몸을 의자에 앉히고 망연히 창밖을 내다보고 있으려니까 누군가 문후 앞에 와서 섰다.
"실례합니다."
문후는 소리 난 쪽을 쳐다보았다. 그곳엔 젊은 사내가 서 있었다. 처음 보는 낯선 사내였다. 손에는 두툼한 가방을 들고 있었고 가슴에는 배지를 달고 있는 것으로 보아 대학생임에 틀림없었다.
"여기가 사회붑니까?"
"그런데요."
"저어."
청년은 망설였다.
"바쁘시지 않으면 시간 좀 빌릴 수 있겠습니까?"
문후는 앉은 채로 청년을 올려다보았다. 문득 청년의 목소리가 무척 낯익은 것 같았기 때문이었다. 그러나 분명 청년은 문후가 한 번도 마주친 적이 없는 사내임에 틀림없었다. 혹시 서클 관계의 단신(短信)을 부탁하러 오는 대학 후배 학생인가도 생각해 보았다. 하지만 그런 것을 부탁하러 온 것이라면 문화부로 갈 것이지 사회부로 찾아올 리가 없는 일이었다. 하지만 이상하게도 청년의 목소리는 낯이 익었다.

그리고 올려다보는 청년의 모습이 어딘지 전혀 생경하지만은 않아 보였다. 똑같은 대화와 똑같은 몸짓으로 서 있었던 같은 구도의 상황이 전혀 낯설지가 않아 문후는 이상한 느낌으로 몸을 돌려 청년과 마주하였다.

그때였다.
번개처럼 돌연 문후의 뇌리 속을 한 가닥의 확신 같은 것이 번득였다.
그렇다. 저런 말투, 저런 포즈를 며칠 전에 똑같은 상황 아래 마주친 적이 있다. 일주일 전에 찾아온 황철진이란 사내도 꼭 저런 모습을 하고 있었다. 그렇다. 분명 청년은 그의 아들임에 틀림없었다.
　전혀 마주치지 않고 전혀 만난 적 없는 두 사내가 똑같은 말투에서부터 신중하고도 상대방에게 폐를 끼치지 않으려는 필요 이상의 예의를 갖추고 있는 태도까지 닮아 있었다.
　그뿐인가.
　생김생김까지도 너무 닮아 있었다. 일주일 전 찾아온 사내의 얼굴은 양 옆머리가 희끗희끗하게 빛바래고 얼굴에 깊은 주름이 패 있었지만 그의 얼굴에서 세월의 연륜을 없애버린다면 상상할 수 있는 쌍둥이 같은 모습으로 청년은 서 있었다. 젊어서. 눈부시게 젊은 모습으로.
　그것은 참으로 기묘한 충격이었다.
　문후는 혈육의 준엄함을 느끼기보다는 돌연 그곳에서 이십 여년 전의 젊은 황철진 씨를 본 기분이었다.
　황철진 씨가 이 청년의 어머니와 헤어진 것은 청년의 나이보다 더 어렸을 때였을 것이다. 이 청년의 어깨 위에 빛나는 견장과도 같은 젊음은 그때 이 청년의 아버지도 가지고 있었을 것이다. 불행한 세대에 태어나서 비록 그 청춘이 재처럼 스러지긴 했지만.
　그 시대의 젊은이와 오늘날의 젊은이가 한 상징적 의미로 문후의 시야로 가득 차 다가왔다.
　"황철진 씨를 만나러 왔습니다."
　아주 당당하게, 그러나 무례하지는 않고, 힘찬 목소리로 얼굴에 미소까지 띠면서 젊은 청년은 장발의 머리칼을 다소 계면쩍다는 듯이 긁었다.
　문후는 얼핏 부장석을 돌아다보았다. 부장은 자리를 비워놓고 있었다. 그것은 다행한 일이었다.
　문후는 부장에게 자그마한 저항을 기도하리라 마음먹었다. 그러기 위해서는 빠르게 그를 신문사 밖으로 유도해야 한다고 생각하였다.
 문후는 청년과 둘이 신문사를 나왔다. 인근 다방에 앉아서 문후는 커피를 마셨다.
 청년은 자기의 소개에서부터 대충 어제 그의 어머니를 만났을 때 들었던 이야기를 꺼내놓기 시작하였다. 그의 얘기에는 나이든 사람들의 신중함이나 겸손함은 없었지만 밝고 눈부시도록 당당한 태도가 엿보였다.
 자기의 불행(그렇다. 그것을 객관화시켜 보지 않고 그의 입장에서 본다면 그는 얼마나 불행한가.)을 얘기할 때도 그는 망설이지 않고 모든 것을 털어놓았다.
 "어머니는 이 사실을 알고 계실까요?"
 문후는 대충 이야기가 끝나자 청년에게 물어보았다.
 "모르십니다."
 청년은 대답했다.
 "아마 모르실 겝니다."
 청년은 어제 그의 어머니와 문후가 만났던 것을 모르고 있는 모양이었다. 청년의 어머니조차도 그 사실을 아들에게 감추고 있었던 모양이었다.
 "하지만 알려드리고 싶지는 않습니다."
 청년은 웃었다.
 "어머니는 아버지가 돌아가셨다고 믿고 계시니까요. 그리고 지금은 행복하게 사시고 계십니다. 이건 저 혼자만의 문제입니다. 제 동생들은 모두 김씨지만 제 성만은 황씨기 때문입니다."
 청년은 또다시 계면쩍은 듯 긴 머리칼을 긁었다.
 "물론 지금의 제 이름은 김현국입니다만."

청년은 웃음을 거뒀다.
"저는 두 개의 성을 가지고 있는 셈인 겁니다."
대화가 끊겼다. 청년은 무심코 성냥통의 성냥알을 부러뜨리고 있었다. 손가락에 잉크 자국이 묻어 있었다. 앉아 있는 청년의 체격은 당당하고 군복무를 끝내고 대학 졸업반에 다니고 있는 학생답게 의젓하였다.
"사흘 전에 저는 이 사실을 알았습니다. 저는 저대로 사흘 밤낮을 고민하였습니다. 어머니에게 이 사실을 알려드려야 옳은가, 어쩔까를 고민하였습니다. 그러나 이제 나는 나 혼자만 아, 아버님을 만나야겠다고 마음을 굳혔습니다."
"무슨 괍니까?"
문후가 화제를 돌리기 위해 말을 붙였다.
"사회학과에 다니고 있습니다. 사학년입니다."
"갑시다."
문후가 일어서면서 청년의 어깨를 두드렸다.
"아버님을 만나러 갑시다."
문후는 한 가닥 남아 있던 부장에 대한 미련을 순간 던져버렸다.
이제 만약 문후가 청년을 이끌고 D호텔로 찾아가 황철진 씨와 청년을 만나게 한다면 부장의 의도는 완전히 빗나가는 것이었다. 그것은 부하직원으로서 도저히 해서는 안 될 행동이었다.
하지만 문후로서는 자신의 행동이 절대 옳다고 생각하였다. 이들의 비극은 마땅히 어둠 속으로 가려져야 할 성질의 것이었다.
한때 문후가 출입하던 서대문 경찰서의 수사계장은 문후와 늘 사이가 좋지 않았고 사사건건 문후와 시비를 걸 정도로 언짢았는데 언젠가 한번 그 수사계장의 용단에 감탄을 하고 나서부터 그와 매우 친해진 적이 있었다.

한 이 년 전에 살인사건이 일어났던 적이 있었다. 서대문 관내에서 한 아버지가 자기의 아들을 물에 빠뜨려 죽인 사건이 있었다.

그 아들은 태어날 때부터 백치로 일곱 살 때까지 어떻게든 키워보려고 무진 애를 쓰다가 그 아버지는 어느 날 그 아들을 한강에 빠뜨려 죽게 하였던 것이다. 그리고 아버지는 행방불명되어 도망해 다녔는데 부하 형사들이 그 아버지의 소재지를 알아차리고 덮치려 들자 수사계장은 그것을 만류하고 죽은 아이 어머니를 통해 자수하기를 권유했던 것이다.

물론 그 행위는 경찰서 수사계장으로서는 용납할 수 없는 행위였으며 부하 형사들은 며칠간의 잠복근무 끝에 잡으려는 자신들의 공적을 자수라는 명목으로 격하시키고 싶어하지는 않았다. 하지만 수사계장은 얘기했다.

"이봐. 제 애새끼 목졸라 죽이고 싶은 애비가 어디 있어. 나두 두 새끼의 애비다. 잡는 것만 능사가 아냐. 젠장. 개백정두 개 잡을 땐 다 법도가 있는 법이야."

청년을 끌고 D호텔로 가는 문후의 머릿속에는 그 수사계장의 말이 자꾸 떠오르고 있었다.

이제 자신의 저항행위를 부장이 안다면 별수 없이 그 수사계장의 행동을 도용할 수밖에 없게 되었다고 문후는 생각하면서 쓴웃음을 띠었다.

차에 몸을 싣고 두 사람은 D호텔로 갔다. 차 속에서 청년은 아무런 말도 하지 않았다. 문후 역시 별말을 걸지 않고 차창 밖으로 시선을 피하고 있었다.

생전 처음 이루어지려는 운명의 만남을 받아들이기 위해서는 어느 정도 마음의 준비가 필요할 테니까 문후는 그를 침울 속에 혼자 내버려두는 편이 나을 것이라고 생각하고 있었다.

차는 혼잡한 시내 쪽을 비늘 돋친 생선처럼 달렸다. 신호등에 막혀 설 때마다 퇴근 무렵의 사람들이 그들이 탄 차 앞을, 옆을 가면을 쓴 것 같은 무표정한 얼굴로 이리저리 빠져 갔다.

차에서 내려 두 사람은 D호텔로 들어갔다. 호텔 앞 계단에서 갑자기 청년은 허리를 굽혔다. 문후는 그를 돌아보았다. 청년은 책가방을 아스팔트 위에 놓고 허리를 굽혀 구두끈을 매고 있었다.

별로 헐거워 보이지 않는 구두끈을 청년은 양쪽 모두 천천히 그리고 매우 꼼꼼하게 매고 있었다. 이제 막 뜀박질을 하려는 단거리 선수처럼.

문후는 청년이 구두끈을 다 매는 것을 지켜보았다.

그리고 그가 구두끈을 다 매는 것을 기다려 호텔로 들어갔다.

호텔 프런트에서 문후는 며칠 전에 보았던 보이를 만났다.

"손님을 좀 만날까 하는데."

"몇 호실입니까?"

"602호."

"602호?"

사내가 문후를 쳐다보았다.

"602호는 호텔을 나가셨습니다."

"뭐라구요?"

문후는 큰 소리로 되물었다.

"나가셨습니다. 오늘 오전에 짐을 들고 가셨습니다."

"어디로 갔습니까?"

"모릅니다."

사내는 대답했다.

"제 생각으로는 공항으로 나가신 것 같지는 않구 딴 호텔로 가신 것 같습니다."

"혼자 나가셨습니까?"

"아뇨."

사내는 이상하다는 듯 문후를 쳐다보았다.

"전번에 602호실 손님을 만나러 오시지 않으셨습니까?"

"그런데요?"

"그때 같이 오신 분과 같이 호텔을 나가셨습니다. 왜요, 모르셨나요?"

문후는 대답 없이 돌아섰다. 날카로운 철제 기구로 뒤통수를 때린 것 같은 충격이었다.

용의주도한 부장의 솜씨에 문후는 차라리 비애를 느꼈다. 한발 늦었다.

한발 늦고야 말았다.

문후는 공중전화 부스로 걸어가서 신문사로 전화를 걸었다. 그는 부장을 찾았다.

"전화 바꿨습니다."

부장의 목소리가 흘러나오자 문후는 몸을 바로 세웠다.

벌써부터 위통이, 공복의 위를 긁어내리는 고통이 느껴지고 있었다. 간밤에 마신 술의 숙취와 무리해서 오전 근무를 했던 탓으로 온몸은 물에 빠진 듯 맥 풀려 있었다.

"이 형?"

"이 기잡니다."

"웬일이야?"

"황철진 씨는 도대체 어디로 갔습니까?"

"왜 그래?"

부장이 잠깐 사이를 두었다가 물었다.

"이 형이 황 씨를 찾을 필요가 없을 텐데."

"어디로 갔습니까?"

"몰라."

부장이 대답했다.

"말씀하십쇼. 도대체 어디로 갔습니까?"

"왜, 없어? 그럴 리가 없을 텐데."

시치미를 떼고 있다. 부장은 시치미를 떼고 있다.

"거기 어디야?"

"호텔입니다. D호텔입니다."

"거긴 왜 갔어?"

"황 씨를 만나러 왔습니다."

"그런데 없어?"

문후는 짜증이 났다.

"시치미 떼지 마십시오. 도대체 어디다 숨겼습니까?"

"숨기다니."

부장이 웃었다.

"지금 장난하자는 건가. 도대체 거기가 어딘데?"

"D호텔 안입니다."

"거길 왜 갔어요?"

부장이 말을 받았다.

"이 형이 혼자 갔을 리가 없을 텐데."

"호텔 보이가."

문후는 부장이 자꾸 화제를 바꾸려는 것으로 생각되어 말을 찔러 물었다.

"부장님과 그 사내 둘이 오전 중에 호텔을 옮겼다고 그랬습니다."

"내가?"

부장은 농담조로 말을 이었다.

"그랬을지도 몰라. 어쨌든 한 가지 분명한 것은 나도 그 사람이 어디 있는지 모른다는 거야."

부장이 대답했다. 뚜뚜뚜 전화신호음이 들려오고 있었다.

"내일 저녁 일곱 시에 텔레비전 방송국에 나온다는 것밖에는."

"농담이 아닙니다."

문후는 소리를 질렀다.

"나도 농담은 아냐."

"정말 이러깁니까?"

"도대체 누구하고……."

전화가 끊겼다.

문후는 또 하나의 동전을 집어넣어 끊어진 대화를 이어가려다가 그만두었다. 전화를 걸어도 부장은 대답해 주지 않을 것이다. 용의주도하게 오전 중에 호텔까지 옮겼다는 것은 특히 문후 자신의 평소 흥분하기 쉬운 성격을 생각해 취한 행동이었음에 틀림없었다. 문후뿐 아니라 신문사 내의 모든 기자들이 알고 있듯이 사내가 D호텔에 묵고 있다는 사실은 일단 숨겨둬야 할 성질의 것이었다. 적어도 부장의 도박이 성공하기 위해서는.

그는 황철진을 D호텔에서 나오게 했을 것이다. 물론 여러 가지 이유는 붙일 수 있었을 것이다. 무엇보다도 황철진은 국내에서 본다면 백치와 다름없는 존재니까. 부장은 황철진을 자기 발로 D호텔을 걸어 나오게 했지만 실상은 납치한 것과 조금도 다름없다.

부장만이 알고 있는 비밀스런 장소에 황철진이라는 사내는 숨겨져 있을 것이다. 단 한번의 플래시를 위해서 두꺼운 열쇠 저편에 갇혀 있을 것이다.

그는 손발이 묶이지도 않았으며 입에 재갈도 물리지 않았으며 눈에 안대가 가려져 있지도 않다. 말하자면 그는 자유인이다. 적어도 그렇게 느끼고 있을 것이다. 그러나 그는 알지 못한다. 자신의 주위에 어떤 구속감이 어떤 속박이 차차 다가오고 있는가를.

 인형의 손발이 움직이는 것은 보이지 않는 사람이 조종하는 질긴 끈의 움직임 때문인 것처럼 사내는 완전한 인형이 되어 거대한 조직의 힘이 실상 치밀하게 계산되어 자신을 조종하고 있다는 사실을 까마득히 모르고 있는 것이다.

 그는 단지 결정적인 순간에 보여주기 위해 사육되는 한 개의 표본이나 견본처럼 얌전히 덫에 갇혀 있는 것이다.

 문후는 청년과 호텔을 나섰다.

 "없어요."

 문후는 가볍게 청년을 보고 웃어 보였다.

 "어제까지만 해도 여기 계셨는데 오전 중에 옮기셨답니다."

 "어디로 가셨는가요?"

 "글쎄요."

 문후는 애매하게 대답했다.

 "어디로 옮기셨는지 모릅니다."

 둘은 언덕 위에서 도시를 내려다보았다. 그것은 하나의 거대한 미로와 같아 보였다.

 겉으로는 불을 밝히고 춤을 추고, 혀를 내밀고, 박수를 치고, 악수를 하고, 명함을 교환하지만 그 내부로는 음모와 광기가 벽면에 낀 이끼처럼 존재하는 도시의 야경이 탐욕적인 혀를 날름거리면서 밝아오고 있었다.

 "찾겠습니다."

 갑자기 청년이 문후를 올려다보았다.

 "아버지를 찾으러 떠나겠습니다."

 청년은 남산 중턱으로 올라가는 언덕길 위에서 찬란하게 타오르는 야경을 내려다보면서 말했다.
"어떻게요?"
문후가 공허하게 물었다.
"이 근처 호텔부터 뒤지면 되잖아요. 중심가의 호텔을 모두 뒤져 보겠습니다. 내친걸음입니다."
청년이 또 허리를 굽혀 구두끈을 죄었다. 별로 헐거워 보이지도 않는데. 마치 막 출발하려는 뜀박질 선수처럼.
"오늘 고맙습니다."
청년은 구두끈을 죄더니 허리를 펴고 문후에게 손을 내밀었다. 문후는 사내의 손을 마주 잡고 흔들었다.
"애써 주셔서 감사합니다."
"천만에."
문후는 고개를 흔들었다.
"만나게 되길 빕니다. 오늘 밤 안으로."
"만나게 되겠죠."
손을 풀고 청년은 몸을 돌이켰다.
그러고는 마치 우물을 내려가듯 시가 쪽으로 차츰차츰 떨어져 내려갔다. 문후는 청년의 뒷모습을 줄곧 지켜보았다.
아버지를 찾기 위해서 그는 도대체 어디로 가야 할 것인가. 어디를 방황해야 할 것인가. 얼굴도 모르면서. 아는 것이란 단 한 가지 이름뿐. 그것 하나로 도대체 어떻게 하겠단 말인가.
문후는 청년의 뒷모습이 이윽고 차단된 무거운 어둠 속으로 빨려 들어가는 것을 보았다.
그래.
문후는 필터까지 타들어간 꽁초를 던져버리고 심호흡을 했다.
그는 숨바꼭질을 떠난 것이다. 술래가 되어서. 단순하게 벽장 뒤, 장독 뒤에 숨는 숨바꼭질이 아니다. 이것은 위선과 가면 속에 숨겨진 보이지 않는 숨바꼭질이다. 청년은 모든 도시를 다 기웃거릴 것이다. 머리카락 행여 보일라 기웃거릴 것이다.

그리고 결국엔 발견할 것이다.

술래인 청년이 찾으려는 대상은 결국엔 그의 아버지라든가, 어머니 같은 것이 아니라 인간이 인간을 신뢰하는 믿음, 서로가 서로를 아껴주고 쓰다듬는 사랑, 그런 소중한 것이라는 것을 청년은 발견할 것이다. 그것이 이 시대 젊은이들이 걸인처럼 구걸하며 동냥하여야 할 유일한 것임을 청년은 발견하게 될 것이다.

다음날 출근하여 문후는 부장을 마주칠 기회가 좀처럼 없었다. 하루 종일 경찰서를 뛰어다녔기 때문이다. 일 년 전까지만 해도 경찰들은 조그만 사건이라도 우연히 슬쩍 나중에 자기에게 책임추궁이 오지 않는 한도 내에서 교묘한 방법으로 기사 소스를 주곤 했다.

지나는 길에 마주치면 "어디 한번 가봐."라는 따위의 눈치를 보여주곤 했는데 요즈음엔 전부 완전하게 입을 다물고 있었다. 다 알려진 현장검증에 고개를 내밀려고 해도 그 장소조차 가르쳐주려 하지 않았다.

야근 중에 지프를 타고 밤의 경찰서를 순례해도 그저 야경비 받으러 오는 동회 직원 대하듯 안면을 바꾸고 있었다. 정말 이러기야 딱딱거려도 자기네 목을 가리고는 혀를 깨물고들 있었다.

더군다나 경찰들의 비리 사실이 과장되어 노출된 후부터는 요소요소에 새 얼굴이 자리해서 어쩌다 노크도 없이 들어서면 한 대 쥐어박을 정도로 인상까지 쓰고 있었다.

때문에 별수 없이 사건이 터지면 부지런히 뛰어다니는 수밖에 없었다. 상대편은 상대편들대로 침묵과 묵비로 일관되어 있었기 때문에 그저 닥치는 대로 뛰어들어 떨어진 휴지조각이라도 주울 수밖에 없었다. 때문에 문후는 아주 조그만 사건 때문에 거의 저녁 무렵까지 뛰어다녀야만 했다.

회사로 전화를 통해 송고를 하고 나서 겨우 늦은 점심을 먹고 문후는 천천히 회사로 돌아왔다.

부장은 자리에 없었다. 빈 데스크에 앉아 문후는 멍하니 담배를 피워 물었다. 겨우 일을 끝내고 났을 때의 허탈감 같은 것이 맥 풀리게 온몸을 나른하게 감싸고 있었다.

"이 형."

누군가 옆에서 문후를 불렀다.

"부장 봤어요?"

신입기자가 고개를 내빼고 문후를 보았다.

"아니 못 봤는데."

"아까부터 찾았는데."

"어디 있는데."

"텔레비전 방송국으로 오랍니다. 오는 즉시. 보도국으로."

문후는 하루 종일 무언가 가슴속에 찌꺼기처럼 남아 있었던 끈적끈적이는 불쾌감이 도대체 무엇 때문일까 생각하고 있었다.

이상하게 아침에 우연히 부른 유행가 곡조 한 소절이 하루 종일 반복되어 마음속에 되풀이되고 있듯이 바쁘게 뛰어다니면서도 마음속엔 한 가닥의 불쾌한 씨앗이 차지하고 있었다.

그것을 문후는 애써 규명하지 않으려고 바쁠 땐 바쁜 핑계로, 일이 끝난 후엔 피로 탓으로 그저 멍청하게 앉아 있었는데 신입기자의 전갈을 받고 나자 문후는 하루 종일 그의 마음을 괴롭히던 것은 다름 아닌 부장의 도박이 마지막 판가름되는 시간이 가까워온다는 초조감에서 비롯되는 것임을 알았다. 마치 해야 할 일이 너무 밀려 있을 때 느닷없이 필요 이상의 잠 속에 빠져 안주하고 싶은 심리가 되는 것처럼 저녁이 다가오는 것을 문후는 애써 모르는 척하려고 노력하고 있었을 뿐이었다.

문후는 시계를 보았다. 편집국 벽에 걸린 시계는 다섯 시 십 분 전을 가리키고 있었다. 문후는 십 분만 더 그 문제와 상관하지 말자고 생각하였다. 그래서 담배를 다시 한 대 갈아 물었다.

나하고 상관없는 일이다.

문후는 눈을 감고 생각하였다. 이제 부장이 부른 것은 최초로 황철진을 만난 사람이 나이므로 예의상 부른 것이 아니라 자신의 도박이 얼마나 멋지게 맞아떨어지려는가를 보여주기 위해 부른 것이며, 또한 어제 전화가 끊긴 후 다시 걸지 않았던 문후의 분노를 무마시켜 주려는 이중의 의도가 숨어 있는 것이다.

잠깐 새에 괘종시계가 다섯 번 울리기 시작하였다. 문후는 오 분만 더 이 문제와 상관하지 말자고 생각하였다. 아예 오랫동안 만나지 못했던 여인에게 전화 걸어 수작질을 하며 시간을 보내리라고 문후는 생각하였다. 그러다가 문후는 일어섰다.

감은 눈 위로 어젯밤 야경 속으로 아버지를 찾으러 떠나는 청년의 그림자가 어렴풋이 떠올랐기 때문이었다. 그의 방황을 아예 모르는 척할 수는 없다.

문후는 편집국 복도를 걸어 나오며 자신을 꾸짖었다. 해가 갈수록 자신의 각(角)이 나태로 무너지는 것을 문후는 가끔 느끼곤 했다. 피로 끝에 사다 마시는 효험 없는 드링크제와 같더라도 최소한의 자극을 잊어서는 안 돼. 이 우라질 자식아.

문후는 신문사를 나와 바로 옆 건물에 있는 방송국으로 올라가면서 자신을 꾸중하였다.

최소한 잠들지는 말아야 해. 이 망할 자식아. 비록 눈을 감고 있긴 하지만, 비록 눈을 뜨진 못한다 하더라도.

부장은 보도국 소파에 앉아 있었다.

"어서 와. 늦었어."

부장은 과장된 고함을 버럭 질렀다.

"어떻게 된 거야 어젯밤엔."

"전화가 끊겼을 뿐이죠, 뭐."

문후가 털썩 주저앉으며 핀잔조로 말을 받았다.

"거긴 왜 갔어. D호텔엔."

"찾아왔습디다."

"아니 누가. 그 여자가."

"누구든지요."

"내 그럴 줄 알았어. 그럴 줄 알았다니까. 아무래도 불안해서 견딜 수 있어야지."

손매듭을 꺾으면서 부장은 유쾌하게 웃었다.

"이 형이 그런 일을 능히 해치울 거라는 건 눈감아도 훤히 알 수 있지."

"그 여인이 아닙니다."

"아니 그럼. 누구와 갔는데."

"아들입니다. 황철진의 아들."

"아들."

부장은 장난스레 혀를 빼물었다.

"호. 그래서?"

"나도 모릅니다. 찾으러 떠났으니까. 자기 아버질 찾으러 떠났으니까요."

"어딜 이 서울을. 이 우라지게 넓은 서울의 수천 개 호텔을. 엄마 찾아 삼만 리로군."

"그래 어디다 숨겼습니까?"

"비밀."

부장은 손가락을 퉁겼다. 그러자 마주치는 소리가 났다.

"그건 비밀이야."

"이제 와서 가르쳐주지 않을 이유가 없지 않습니까."

문후는 시계를 보았다.

"다섯 시 반. 겨우 한 시간 반밖에 남지 않았는데."

"이 방송국 안에 있어."

"이 안에요?"

"물론. 오늘 네 시에 모처에서 모시고 왔지."

"눈에 안대를 하고 말입니까. 첩보 영화배우 같습니다."

문후가 빈정거렸다.

"방송국 어딥니까?"

"그건 비밀."

부장은 사이다를 병째 들이켰다.

"닉슨도 텔레비전 나갈 때 화장했는데 이왕 나가려면 분단장 해야잖아."

"그럼 녹화연습을 하고 있단 말입니까. 텔레비전 드라마 배우처럼."

"비꼬지 말어."

부장은 계속 유쾌했다.

"파자마 입고 거리에 나서면 미친놈이라고 그래. 화면에 나갈 땐 면도쯤 해야잖아. 더구나 머리는 좀 긴 편이고."

"그래서 구내 이발소에 있단 말인가요?"

"이러지 말어. 잠자코 있으면 돼. 이 친구들 여섯 시까지 온다고 했는데."

"누구 말입니까?"

"사진기자들 좀 오라구 했어. 아직 시간이 좀 남았으니까 시간 되면 오겠지. 밥 먹었어요?"

"먹었습니다."

부장은 흘깃 시계를 보았다. 시간은 여섯 시 십오 분 전을 가리키고 있었다.

"젠장 시간 더럽게 안 가는군."

"왜요?"

문후는 부장을 쳐다보았다.

"초조하십니까?"

"천만에."

부장은 자신만만하게 어깨를 으쓱거렸다.

"온다. 틀림없이 오게 돼 있어."

"자신하십니까?"

"맹세해두 좋다. 사변 전에 창경원 철책 곰 우리 안으로 어린애가 들어갔던 적이 있어. 그때 구경하던 어머니가 놀라서 곰 우리 철창을 두 손으로 펴서 늘려 들어가 어린애를 구출했다는 이야기가 있어. 두고 보라구. 철창 따위도 구부리는 게 피야. 나는 이긴다구."

"인질범이로군요."

문후는 웃지 않고 부장을 쳐다보았다.

"부장은 인질범이에요."

그래. 그는 넓은 의미로 인질범인지도 모른다. 원래 인질범죄는 동양의 범죄가 아니다. 그것은 서양의 범죄였다. 문명으로 치닫고 있어서 동양과 서양의 개념이 뒤죽박죽된 도시의 거리에서 자주 일어나고 있는 인질극은 문명화의 필연적인 부작용이다. 부장은 그를 인질로 잡고 있는 것이다. 총 대신 교묘한 계산과 치밀한 두뇌로. 인질이 단순히 자기를 드러내 보이려는 노출증적인 변태행위라면 부장은 그 목적을 어디에 두고 있는 것일까.

문후는 부장을 쳐다보았다.

그렇다, 그가 노리고 있는 것은 분명하다. 황철진의 얼굴에서 흘러내리는 눈물 한 방울. 구십구 퍼센트의 수분과 단 일 퍼센트의 염분으로 구성된 눈물 한 방울. 그 여인과 아들의 눈에서 흘러내리는 눈물 한 방울. 그것을 잡기 위한 텔레비전 카메라. 바로 그것인 것이다.

"만약에 말입니다."

문후가 부장을 쳐다보면서 말을 이었다.

"만약에 부장은 절대 그렇지 않으리라 생각하시겠지만 만약 그 가족들이 나타나지 않는다면 어떻게 하시겠습니까?"

부장은 손매듭을 꺾었다.

"절대 그럴 리는 없어. 난 그런 쪽으로는 아예 생각해 보지 않았어. 이 친구들 도대체 어떻게 된 거야. 미쳤나. 이 형 전화 좀 걸어요. 사진부에서 두 사람 오라구 해줘요."

문후는 일어서서 전화를 걸었다. 방금 떠났다는 전갈이 있었다. 전화를 끝내고 마악 돌아서려니까 카메라를 든 기자들이 보도국 안으로 들어서고 있었다. 동시에 방송국 직원으로 보이는 사람이 와이셔츠 바람으로 들어와 소파에 앉아 있는 부장 곁으로 다가갔다.

"한 시간 전입니다. 도대체 어떻게 된 겁니까?"

"어떻게 되다니요?"

"오는 건가요?"

"온다니까."

"아직 연락조차 없지 않습니까."

방송 프로듀서로 보이는 사내는 포켓에서 수건을 꺼내 이마의 땀을 닦았다.

"올 스탠바이(모든 준비완료)입니다."

"이제 겨우 여섯 시요. 한 시간 충분히 남았어요."

"물론."

프로듀서는 웃었다.

"어련하겠습니까만."

"수위실에서 돌려보내지만 않으면 됩니다."

"얘긴 수십 번 해놨으니까 곧 연락이 올 겝니다."

프로듀서는 일어섰다. 마악 복도로 뛰어나가는 뒤를 문후는 따랐다.

"어딜 가요?"

부장이 문후를 불러 세웠다.

"피디 따라가야 소용없어요."

"화장실입니다."

문후가 장난조로 웃어 보였다.

복도에서 문후는 마악 코너로 사라지려는 프로듀서의 뒤를 따라갔다. 방송국 안은 마치 병원 같았다. 방송국과 병원에선 이상하게 건조한 깡통 쇠녹 냄새가 난다.

병원엔 환자가 있으며 신음소리가 있다. 뢴트겐이 있으며 문명의 기계가 있다. 수술이 있으며 피가 있고 죽음이 있는 반면에 방송국엔 마이크가 있으며 기계가 있다. 끊임없이 최면을 거는 부드러운 목소리가 있으며 음악이 있다.

분명 구석을 돌아 사라진 프로듀서의 뒤를 따라 문후는 바쁘게 가보았지만 막상 코너를 도니 거짓말처럼 그 사람은 없었다. 문후는 미로에 빠져서 '조용히. 녹음 중'이라는 팻말들을 쳐다보았다. 모든 닫힌 방문에는 붉은 글씨로 팻말들이 붙어 있었다. '조용히. 녹음 중' '조용히. 녹음 중' '조용히. 연습 중' '조용히. 연습 중'

'만지지 마시오' '들어오지 마시오'…….
 그것은 마치 병원에 붙은 팻말과 같아 보였다.
 '조용히. 수술 중' '조용히. 수술 중' '조용히. 입원 중' '면회사절. 입원 중' '들어오지 마시오' '들어오지 마시오'
 문후는 창문 안을 들여다보았다. 두껍게 차단된 방음벽 너머로 많은 사람들이 어항 속의 민물고기처럼 부유하고 있었다.
 문후는 몇 개의 방문을 열어보았다. 아무도 그에게 주의하는 사람은 없었고 맹목적으로 찾으려던 좀 전의 프로듀서는 없었다.
 문후는 복도 끝까지의 완강하게 닫힌 문을 차례차례 열어보리라 생각하였다. 그러나 이내 그 생각을 포기하였다.
 문후는 천천히 몸을 돌려 보도국으로 되돌아왔다.
 보도국 안은 잔뜩 볼륨을 높인 라디오 소리로 터질 듯한 소음에 빠져 있었다. 시계는 여섯 시 십오 분을 가리키고 있었다.
 아, 아, 아, 부장은 기지개를 켰다.
 그때였다. 따르르거리는 전화벨 소리가 났다. 보도국 사람이 전화를 받더니 부장을 돌아보았다.
 "전홥니다."
 "어딘데요."
 "정문입니다. 수위실인데요."
 부장은 민첩하게 전화를 바꿔 받았다.
 "왔어."
 다짜고짜 부장은 소리를 높였다.
 "방금 왔어요. 두 사람이라구. 들여보내시오. 보도국으로 잠깐."
 부장은 멈칫거렸다.
 "아, 들여보내지 말아요. 내가 나가지. 잠깐 기다리라고 해. 금방, 금방 나가겠어."

부장은 전화를 끊었다.
"왔어."
부장은 문후를 쳐다보았다.
"왔다구. 드디어 왔다구."
부장의 얼굴에 엄청난 기쁨이 넘쳐흐르기 시작하였다. 자신이 짜놓은 각본대로 모든 것이 맞아떨어지는 것을 확인했을 때의 만족한 기쁨이 얼굴에 충만하고 있었다.
"자, 나가지."
부장은 일어서며 문후의 어깨를 쳤다.
"싫습니다."
문후는 대답했다.
"전 여기 있겠습니다."
"이거 왜 이래."
부장은 문후의 팔꿈치에 손을 집어넣고 끌어당겼다.
"따라와. 도와줘야 할 게 아냐."
"난."
문후는 웃지 않고 부장을 보았다.
"도와드릴 게 없습니다."
"치사하게 이러지 마."
부장은 문후를 잡아끌었다. 문후는 질질 끌리다시피 복도로 나왔다.
둘은 엘리베이터를 타고 맨 아래층으로 내려왔다.
수위실 앞 대기실에서 두 사람이 기다리고 있었다. 여전히 한복을 받쳐 입은 여인과 그 옆에는 의외로 청년이 책가방을 들고 서 있었다.
부장과 문후가 다가가자 앉아 있던 여인이 몸을 일으켰다. 그리

더운 날씨가 아닌데도 이마에 흐르는 땀을 빛깔 좋은 손수건으로 닦아 내리고 있는 것으로 보아 어딘지 여인은 불안한 기색이었다.

"안녕하세요."

부장이 아주 상냥하게 인사를 했다.

"안녕하세요."

여인이 고개 숙여 인사를 받았다.

"제 아들입니다. 인사드려라."

여인은 옆에 책가방을 들고 서 있는 청년을 가리켰다. 청년은 고개를 숙였다.

부장은 당황해서 손을 내밀었다.

"어제 제 아들 녀석을 만나셨다죠?"

여인이 뒤쪽의 문후를 올려다보았다.

문후는 대답 대신 청년을 보았다. 청년은 어머니한테 모든 것을 다 이야기했으니 염려 말라는 듯 눈을 끔쩍끔쩍해 보였다.

"예."

문후가 대답했다.

"여기서 이러지 마시고 올라가십시다."

부장이 부드럽게 말을 꺼냈다.

"참 어려운 걸음 하셨습니다. 고맙습니다. 어려운 결심 하셨습니다. 자, 올라가십시다."

부장은 청년의 어깨를 감싸 들었다.

"아주 잘생긴 청년입니다. 놀랍게도 황철진 씨를 닮았습니다. 영락없이 닮았는데요."

엘리베이터 속에서 네 사람은 아무런 말을 하지 않았다. 다들 무표정히 고개를 우러러 층계를 오를 때마다 반짝반짝 점화되는 번호판을 우두커니 올려다보고 있었다. 그러나 침묵 속에 교차되는 네

가면무도회 395

사람의 상념은 각기 다른 방향을 가리키고 있었다.

엘리베이터를 내려 부장은 앞장서서 두 사람을 대기실로 안내하였다.

"이제 조금만 기다리시면 됩니다."

부장이 웃었다.

"지금이 일곱 시 이십 분 전이니까요. 그동안 마음을 가라앉히시면 됩니다."

"어디 계시죠?"

여인이 연신 콧등에 맺힌 땀을 찍어 내리고 있었다.

"그인 어디 계신가요?"

"조금 있으시면 만나게 되십니다."

부장이 애매하게 말을 흐렸다.

"방송국엔 오셨나요?"

청년이 문후를 쳐다보았다.

"금방 도착한다고 연락이 왔습니다."

부장이 문후가 대답할 여유를 가로채서 말을 받았다.

여인은 눈을 감았다. 참으로 어려운 결심을 한 것이다. 그 여인으로선. 좀 후에 그녀가 만나는 사람은 이미 죽었으리라고 믿었던 사람인 것이다. 아무도 그녀의 마음을 짐작조차 할 수는 없다.

"잠깐만 앉아 계십시오."

부장이 몸을 일으켰다.

"오셨나 안 오셨나 확인해 보고 오겠습니다."

부장은 문후에게 눈짓을 했다. 문후는 부장을 따라나섰다.

"어떻게 하실 겁니까?"

"다 된 거야. 이젠 문제없어."

부장은 손매듭을 꺾었다.

"자, 이젠 좀 바빠졌어. 자, 달려가세. 황철진 씨를 만나러 가야지. 이 형두 오랜만에 만나지 않는가."

부장은 뛰다시피 걸으면서 문후를 돌아보았다.

"우린 이거 뭐지. 방자인가 통신원인가?"

"사기꾼입니다."

문후가 대답했다.

그들은 층계를 올라갔다.

황철진 씨는 한 층 더 높은 방송국의 대기실에 사람들에 둘러싸여 앉아 있었다. 불과 한 층의 차이로 그들은 서로 떨어져 있는 것이었다. 위에 있는 같은 방. 밑층에서 보면 머리 위에, 위층에서 본다면 발아래 그들은 서로 격리되어 있는 것이었다.

그러나 그 한 층의 거리는 시간과 공간을 넘어선 무한대의 간격이었다. 부장과 문후가 방문을 열고 들어가자 황철진 씨는 소파에 앉아서 커피를 마시고 있었다.

그는 말끔하게 머리 빗고 단정하게 넥타이를 매고 있었다. 그는 문후를 발견하자 앉혔던 몸을 일으켜 악수를 청했다. 수많은 사람들이 그를 둘러싸고 앉아 질문을 던지고 이야기를 나누고 있었지만 그것이 그에겐 본능적인 공포를 일으키고 있었는지 낯익은 문후를 발견하자 그는 사람들을 헤치고 얼굴에 따스한 미소를 띠어 올리며 손을 내밀었다. 그는 자기 주위에서 따뜻하게 말을 걸고 있는 사람들이 어떤 계산을 하고 있는가를 까마득히 모르고 있는 것이다.

부장은 프로듀서를 구석으로 몰고 가서 무언가를 얘기했다. 아마도 그가 찾는 여인이 도착하였다는 것을 얘기하는 눈치였고, 사내는 웃으면서 고개를 끄덕끄덕거렸다.

부장이 말한 이야기는 귀에서 귀로 전달되었다. 그들은 모두 고개를 끄덕이며 그리고 웃었다. 사회를 맡은 얼굴이 매우 낯익은 아아나운서는 마치 음모를 꾸미듯 고개를 끄덕이며 크게 웃었다.
　삽시간에 방 안 분위기는 광기와 열기로 충만되기 시작하였다. 조그마한 눈짓이나 손짓에도 그들은 서로 다 알고 있다는 눈빛으로 웃고 그리고 엉뚱하게 무표정을 가장하고 있었다.
　"자, 가실까요."
　손에 메모지를 든 프로듀서가 방 안에 앉아 있는 사람들을 향해 소리쳤다.
　"오 분 전입니다."
　"가시죠."
　아나운서가 앉아 있는 황철진 씨에게 말을 건네었다. 황철진 씨는 몸을 일으켰다.
　일동은 방을 나와 모든 준비가 완료되어 있는 공개홀로 걸어가기 시작하였다. 계단식으로 되어 있는 공개홀 안엔 많은 사람들이 앉아 있었다. 그들은 대부분 할 일 없어 몇 시간이고 앉아 기다리기로 작정한 노인들이었으며 간혹 가수나 배우들의 모습을 보기 위해서 남산을 배회하다 시간을 메우기 위해 찾아온 젊은이들이 끼여 있었다. 그들은 자신들의 위치를 충분히 잘 알고 있었다.
　프로듀서가 박수를 치라고 허공에 응원단장처럼 손을 올려 흔들면 그들은 박수를 쳐야 한다는 것을, 가수가 나와서 노래를 부르면 최소한 그냥 구경하는 것이 아니라 박자에 맞추어서 박수쯤은 쳐야 한다는 사실을 잘 알고 있었다. 코미디언이 웃기려 들면 그들은 가차 없이 웃어야 한다는 사실을 잘 알고 있었다.
　그러나 그들이 맥없이 웃는 웃음소리와 그들이 치는 박수소리는 일단 방영되는 순간에 보는 사람들로 하여금 현장감을 준다는 사실을 방송국측은 충분히 알고 있었다.
　말하자면 보이지 않는 관객이 치는 박수소리와 보이지 않는 관객이 웃는 웃음소리는 텔레비전 수상기 앞에 넋 잃고 앉아 있는 시청자에게 구경만 해서는 안 되고 같이 박수를 치고 웃으며 맹목적인 환상의 세계, 집단 최면의 세계로 들어가야 한다는 것을 강요하고 있는 음향효과였던 것이다.

문후는 공개홀 방청객들 틈에 끼여 앉았다.

무대는 강한 조명으로 마치 수술대처럼 밝아 있었고 그 빛은 마치 어떤 그림자라 할지라도 백지화시키겠다는 강력한 의지를 담고 있었다.

관객들은 모두 무대를 지켜보고 있었다. 그들을 만족시켜 주는 인물과 사건이 나와주기를. 그들의 기대는 단지 객석에 앉아 있는 방청객들의 기대로 국한되지는 않았다. 텔레비전 수상기 앞에 앉아 채널을 돌리는 시청자의 마음에도 역시 같은 기대감이 충만하고 있었다.

그들의 마음속에는 홈런이 터지기를, KO되기를, 벌거벗기를, 얻어맞기를, 물바가지를 뒤집어쓰기를 바라는 집단화된 못된 사디즘이 충만하고 있었다. 관객이 바라는 대상 인물은 그들 위에 군림하는 우상과 영웅이 아니라 그들이 때려 부수고 까뭉개기에 알맞은 살아 있는 장난감을 요구하고 있었다. 그러나 그들 대상이 절대 만만해서는 안 되었다.

그 대상은 극적인 사건과 별스런 내용을 담고 있지 않으면 안 되었다. 그들이 때려 부수고 싶은 것은 불을 향해 날아드는 부나비 같은 하찮은 벌레가 아니라 살아 움직이는 인간이었던 것이다. 살아 움직이는 인간을 향해 퍼부어지는 증오는 그들이 살아 있음을 확인시켜 주며 동물적인 쾌감을 불러일으키는 것이었다.

그들 앞에 춤추는 가수의 몸은 즐거운 쾌감과 또 한편의 혐오감을 불러일으키고 있었다. 가수들 뒤에서 발을 들어올리는 무용수의 율동은 쾌감과 또 한편의 증오감을 불러일으키고 있었다. 단순히 사람들은 그들의 춤과 노래에 박수 치는 것만이 아니라 그들이 퇴폐적이며 마땅히 얻기에 아주 적당한 대상 인물임을 절대 잊어버리려 하지 않았다. 때로는 그들 앞에 춤추는 가수들의 노래는 위대해 보였지만 때로는 못되먹은 비난의 대상이 되기도 했다.

그들은 매일매일 변덕 심한 여인이 옷을 갈아입듯이 새로운 인물을 향해 박수를 치며 실상은 그들을 향해 집단적인 살인행위를 하려 들었다. 그들은 그들 앞에 선 가수와 배우들이 단지 재롱을 피우기 위해 '반짝반짝 작은 별'을 춤추어대는 유치원 생도일 때는 만족하였지만 그들이 자신들보다 우월하다고 착각이 들 때는 그들을 향해 침을 뱉어대었다.

문후는 객석에 앉아 뜨거운 침을 삼키며 무대를 쳐다보았다.

정각 일곱 시가 되자 무대 위에 사람들이 하나씩 둘씩 나오기 시작하였다. 악단과 밴드 소리가 울려 퍼지면서 앉아 있던 사람들은 잘 훈련된 동물처럼 느닷없이 박수를 치기 시작했다.

"안녕하십니까. 전국에 계신 시청자 여러분."

낯익은 아나운서가 마이크를 앞에 하고 프로그램의 서두를 열었다. 그러자 앉아 있던 관객들이 또다시 박수를 쳤다. 문후 역시 그들의 박수에 맞추어 손바닥을 마주쳐 가기 시작했다. 즐거운 축제 같은 분위기가 홀 안을 가득 메우고 있었다.

박수가 멎기를 기다려 아나운서가 입을 열었다.

"전국에 계신 시청자 여러분, 그리고 이 자리에 나와 주신 방청객 여러분 안녕하십니까. 오늘은 우리나라의 즐거운 명절 추석입니다."

이틀 뒤로 다가온 추석날에 맞춰 미리 녹화하는 것인지 아나운서는 오늘은 추석이라고 소개하였다.

"해마다 맞는 가을이요, 해마다 맞는 추석이지만 올 추석은 유난히 다른 해보다 감회가 깊은 것은 올해가 해방 삼십 년을 맞이하게 되는 때인 것 같습니다. 돌이켜보면 민족이 갈라진 지 어언 삼십 년……."

문후는 텔레비전 카메라가 여러 각도에서 붉은 불을 번득이며 대상을 잡는 것을 멍하니 쳐다보았다. 기술상의 문제가 있었는지 바로 그즈음에서 아나운서의 발언은 그쳤고 프로그램은 처음부터 다시 시작되었다. 또다시 똑같은 음악을 밴드는 연주하였고 관객들은 맥없이 박수를 쳤다. 아나운서는 아까 했던 말을 또 한 번 같은 억양으로 반복하였다.

"전국에 계신 시청자 여러분, 그리고 이 자리에 나와 주신 방청객 여러분 안녕하십니까……."

마치 운동경기 시합 때 결정적인 순간을 또 한 번 느리게 되풀이해 보여주듯이 좀 전의 상황이 아주 똑같이 재현되고 있었다. 그들은 몇 번이고 되풀이할 것이다. 이틀 뒤의 추석이 이 장소에서는 오늘에 존재하듯이 그들은 만족할 때까지 몇 번이고 필름을 거꾸로 감고 새로 시작할 것이다.

"오늘은 아주 귀한 손님을 모시겠습니다. 이십오 년 동안 조국에서 멀리 떨어져 딴 나라에서 고생과 슬픔을 디디고 일어나 이곳을 찾아와주신 손님인 것입니다."

필요 이상으로 해방된 조국의 번영이 강조되고 있었다.

"그럼 신문지상에서 널리 보도되었던 대로 지금 브라질에 살고 있는 해외동포 황철진 씨를 모시겠습니다. 여러분, 다들 박수를 보내주시기 바랍니다."

다들 박수를 쳐대기 시작하였다. 문후는 황철진 씨가 마치 어두운 곳에서 갑자기 빛 밝은 곳으로 이끌려 나왔을 때 어릿어릿한 모습으로 걸어 나와 의자에 앉는 것을 보았다.
 문후는 천장에 내걸린 텔레비전 수상기에 황철진 씨의 얼굴이 가득하게 클로즈업된 것을 쳐다보았다.
 "고맙습니다, 이렇게 나와 주셔서 진심으로 환영합니다."
 문후는 계속 그 수상기를 올려다보았다. 수상기에 투영된 황철진 씨의 얼굴은 이미 신문사로 찾아와 어눌한 모습으로 자기의 옛 애인을 찾아주기를 요구하던 사내가 아니었다. 그는 이미 개인으로서는 용서받지 못하는 공공연한 화제의 주인공이 되어 있었다. 때 묻지 않은 새로운 눈요깃감으로서 그는 표적의 대상이 되고 있었다.
 "다시 합시다."
 관객 앞에 앉아 있던 프로듀서가 소리 질렀다. 프로그램은 얼마만큼 뒷걸음질쳐서 다시 한번 반복되었다.
 "여러분, 다들 박수를 보내주시기 바랍니다."
 관객들은 또다시 박수를 쳤다. 일단 다시 커튼 밖으로 들어갔던 황철진 씨는 또다시 무대로 나왔다. 마치 앙코르 받는 가수처럼.
 그렇다. 그들은 그를 만족할 때까지 앙코르할 것이다. 앙코르, 앙코르.
 문후는 박수를 치면서 쉴 새 없이 속으로 부르짖었다.
 프로그램은 빈틈없이 빠르게 진행되었다. 아나운서는 집요하게 황철진 씨가 본 서울의 거리가 얼마나 달라졌는가를 되풀이해서 물어보고 있었다.
 "변함없는 것은······."
 황철진 씨는 서울의 달라진 모습을 천천히 얘기하였고 마지막에 한마디 말을 덧붙였다.
 "남대문뿐이었습니다."
 그러자 관객들이 약간 웃었다. 남대문이라는 아주 흔하고 그러나 엉뚱한 대답이 마치 외국사람에게서 서투른 한국말을 들었을 때와 같은 낯간지런 느낌으로 나왔을 때 관객들이 그가 제법이라는 듯이 웃었다. 마치 남대문을 알고 있다는 것이 귀여운 듯이. 대견하기나 한 듯이.

그러자 문후의 눈 위로 남대문을 내려다보던 사내의 그림자가 천천히 떠올랐다. 내부에 등불을 밝히고 수많은 헤드라이트 불빛 속에 거대한 화석처럼 누운 남대문을 바라보던 사내의 어두운 모습이 천천히 떠오르고 있었다. 아나운서는 참을 만큼 참고 있었다. 이제 이 사내가 목메어 기다리던 여인의 존재를 어느 때 보여주어야 할 것인가를 계산하고 있는 눈치였다.

바로 이 무렵 여인과 그의 아들은 이 근처에서 땀을 흘리고 대기하고 있을 것이다. 그들이 망설이던 오랜 결심 끝에 만나는 장소가 칸막이가 쳐진 밀실이 아니라 아주 넓은 장소, 수많은 사람들이 박수를 치고 있고 그보다도 그들을 샅샅이 촬영하여 수천만의 사람들에게 보여준다는 사실을 안다면 어떤 태도를 보일 것인가. 그 많은 사람들의 단순하고 맹목적인 호기심을 만족시켜 주기 위해 귀중한 개인생활을 포기해야 한다는 명제 앞에서도 여인은 여전히 콧등에 맺힌 땀방울을 손수건으로 찍어내고만 있을 것인가. 아니 그 여인보다 이 남자는 어떤 반응을 보일 것인가. 불과 몇분 후에 자기 앞에 벌어질 일이 어떤 것인지도 모르는 이 사내가 막상 이십 년 동안 그리워하던 상대편과 마주쳤을 때 어떤 모습을 보일 것인가.

그때였다.

드디어 참았던 아나운서가 시간이 되었다는 듯 입을 열었다.

"이제 황 선생님 앞에 변하지 않은 것이 남대문뿐이 아니라는 사실을 보여줄 시간이 된 것 같습니다. 그것이 무엇이겠습니까?"

아나운서가 황철진 씨를 향해 웃었다.

"글쎄요."

황철진 씨가 웃으면서 대답했다.

"상상조차 못 하시겠습니까?"

"못 하겠습니다."

"놀라지 마십시오, 황 선생님. 이제 저는 황 선생님 앞에 이십오 년 전의 과거를 재현해 보여드리겠습니다."

닫힌 커튼이 열렸다. 황철진 씨는 망연히 그 커튼을 쳐다보았다. 아주 서서히 두 사람이 커튼 사이에서 나타났다. 그리고 멈칫거렸다. 톱밥보다 무거운 침묵이 짧은 순간을 지배하였다. 서서히 황철진 씨는 앉혔던 몸을 일으켰다. 여인 역시 눈부신 듯 잠시 비틀거렸다. 그러나 이내 몸을 바로하고 두어 발짝 떼놓았다. 어디선가 사진기의 플래시가 터졌다.

문후는 천장에 걸린 텔레비전 수상기를 보았다. 빠르게 카메라는 황철진 씨와 여인의 얼굴을 비교해 보여주고 있었다.

관객은 박수조차 치지 못하였다. 흔한 무책임한 박수로써 그들의 침묵을 깨뜨릴 수 없는 그런 중압감이 분위기를 사로잡고 있었다. 천천히 움직이던 두 사람은 어느 순간 아주 빠르게 서로를 향해 달려가기 시작했다. 두 사람은 포옹하였다. 눈물이 그들의 얼굴에서 마구 흘러내렸다. 플래시가 여기저기서 터졌다. 그의 아들은 한 옆에서 주먹으로 눈물을 닦고 있었다.

박수를 쳐야 한다는 암시가 있었는지 하나씩 둘씩 박수를 치기 시작했다. 그러나 그 박수소리조차 포옹한 그들의 의식을 깨워줄 수는 없었다.

카메라는 그들의 눈물을 집요하게 잡고 있었다. 안약을 넣지 않는 눈물이 그들의 얼굴을 뒤덮고 있었다. 그것은 감동을 주기 시작하였다. 영화관에 가서도 눈물을 흘려야만 만족해하는 객석의 군중들은 여기저기서 이유도 모르는 눈물을 흘리기 시작하였다. 무대 위의 그들이 단지 울므로 그들도 여기저기서 따라 울기 시작하였다. 카메라는 객석의 눈물을 여기저기 따라잡고 있었다. 분위기는 삽시간에 눈물바다가 되었다.

아나운서는 그들이 실컷 울게 내버려두려는 심산인 것 같았다. 만약 우는 시간이 지루하다면 후에 적당히 편집할 수 있을 테니까.

갑자기 밴드소리가 터지더니 똑같은 웃음과 똑같은 의복을 입고 있는 합창단원들이 하나씩 둘씩 나와 나란히 섰다. 그들은 노래 부르기 시작했다.

　　엄마야 누나야 강변 살자.
　　뜰에는 반짝이는 금모랫빛,
　　뒷문 밖에는 갈잎의 노래,
　　엄마야 누나야 강변 살자.

그 노래조차 그들의 포옹을 풀지는 못하였다. 한쪽에 서서 눈물을 주먹으로 씻고 있던 아들도 아버지 곁에 서서 울고 있었다.

합창단원이 웃지 않고 부르는 노랫소리는 아주 기묘한 분위기를 형성하고 있었다. 그들은 계속 노래를 부르기 시작하였다.

　　기러기 울어예는 하늘 구만리,
　　바람이 싸늘 불어 가을은 깊었네.
　　아아, 아아, 너도 가고 또 나도 가야지.

문후는 서둘러 일어섰다.

마치 영화 끝 무렵에 흐르는 눈물을 어찌할 수 없어 엔드마크가 나오기 전에 서둘러 몸을 일으키는 사람처럼.

문후는 일어서서 눈가의 눈물을 닦았다. 그러나 그는 자기의 눈가에 맺힌 눈물에 분노를 느꼈다.

이 미친 녀석아. 너 역시 눈물을 흘리고 있다. 무엇이 네 곁에 일어나고 있는가를 알면서 찔찔 눈물만 흘리고 있다. 이 바보 같은 녀석아.

문후는 공개홀을 나왔다. 그의 등 뒤에서 요란한 박수소리가 터져 나오기 시작하였다. 문후는 애써 눈가의 눈물을 지워버렸다.

문후는 매끄러워 반질거리는 복도를 걸었다. 어디선가 지나치려는데 문후를 불러 세우는 소리가 들렸다. 문후가 돌아보니 열린 문 저편에서 부장이 문후를 손짓하여 부르고 있었다. 그곳은 무대 위를 통제하는 조정실이었다. 문후는 그 안으로 들어섰다.

수십 대의 카메라가 무대 위를 각기 평면도에서 입면도로, 입면도에서 측면도로 각도를 달리하여 비춰대고 있었다.

"성공이야."

부장이 손가락을 동그랗게 말아들면서 크게 웃었다.

"만사 오케이야."

부장은 콜라를 들이마시고 있었다.

두꺼운 방음유리 저편으로 무대가 훤히 내려다보였다. 창 하나 사이로 그들의 모습은 그들이 조종하는 인형에 불과하여 보였다. 죽은 인형의 팔을 들어올리기 위해 보이지 않는 끈을 조종하는 것 같은 뻔뻔스런 무관함이 그 조정실 안에 있었다.

"어디 있었어요?"

"화장실에 있었습니다."

문후는 대답했다.

아까부터 괴롭히는 위의 고통으로 문후는 서둘러서 무엇이든 먹어두지 않으면 안 될 것 같은 느낌을 받았다.
"농담하지 말아요."
부장이 콜라병을 내밀면서 문후를 쳐다보았다.
"객석에 앉아 있는 것을 봤어. 시치미 떼지 말라구."
부장은 손매듭을 꺾었다.
"만년필 하나 타면 이 형 줄게."
"집의 애나 주시죠. 좋아할 겁니다."
문후는 일어섰다. 그리고 떠나기 전에 다시 한번 두꺼운 방음유리 저편을 내려다보았다. 좀 전의 격한 분위기는 가라앉아 있었고 모두 앉아서 숨 가쁜 호흡으로 이야기를 나누고 있었다.
"어디 가?"
"회사로 가겠습니다."
"오늘 저녁에 한잔 어때?"
"사양하겠습니다."
문후는 유리창 밖의 사람들에게서 빠져나왔다. 그는 긴 복도를 걸었다.
그가 지날 때마다 방문에 붙은 팻말들이 눈을 때렸다.
'조용히. 녹음 중' '조용히. 녹음 중' '조용히. 방송 중' '조용히. 방송 중' '조용히. 연습 중' '들어오지 마시오' '손대지 마시오' …….
문후는 몇 개의 계단을 내려서 방송국을 나왔다.
신문사로 들어가려다가 그는 가까운 음식점에 들어가 밥을 시켰다. 무엇이든 먹어둬야 한다고 문후는 생각하였다. 이 공복의 지독한 위통을 달래기 위해서는 닥치는 대로 무엇이든 입에 퍼부어 넣어둬야만 한다고 생각했다.
지금 이 순간 그것만이 내겐 가장 소중한 일이라고 문후는 자신을 타일렀다.

사건은 이미 끝났다. 하루 지난 신문이 휴지가 되거나 사과봉지로 전락하듯 이제 이 사건은 일단락된 것이라고 문후는 자신을 위로하였다.

작품 해설

도피와 긍정

이동하

　지금 활약 중인 현역 작가들 가운데서 최인호는 가장 많은 풍문을 몰고 다니는 인물로 꼽힐 수 있다. 1972년부터 그 이듬해에 걸쳐 《조선일보》에 연재된 장편 『별들의 고향』에 의하여 화려한 인기의 초점으로 부상한 이래 그의 주위에는 언제나 시끄러운 풍문이 꼬리를 물고 따라다녔다. 한편에는 그를 맹목적으로 우상시하는 독자 대중들의 열광, 또 한편에는 그를 타락한 상업주의의 권화로 규정하는 도덕주의자들의 비난——이처럼 극단적으로 대립하는 두 가지 평가가 엇갈리며 일으키는 회오리바람 속에서 최인호의 문학은 부피를 더하고 무게를 늘려온 것이다.
　최인호를 둘러싼 풍문의 볼륨이 크게 요란했던 것과 나란히, 그의 문학에 대한 비평적 접근도 심심찮게 행해져 왔다. 그 대부분은 최인호의 문학 전반이 지닌 특징을 현대 사회의 소외 현상에 대한 비판으로 파악하면서 다분히 긍정적인 결론을 이끌어내되 부분적으로 결함을 지적하는 경향을 띠었는데, 지금에 와서 냉정하게 검

토해 보면, 이들 평문 자체가 약간의 문제점을 안고 있는 것 같다. 최인호를 옹호한 평론가들이 그의 문학이 지닌 가치를 소외 문제와 결부시켜 파악한 것 자체는 탁월한 관찰이며 후인들에게 많은 깨우침을 준 셈이지만 동시에 그들 중 대부분은 최인호에 대한 부정적인 풍문——그를 '더러운' 상업주의의 화신으로 낙인찍어 규탄하는 태도——과의 대결을 지나치게 의식한 나머지, 객관적으로 타당성을 인정받을 수 있는 정도를 넘어서 무리한 입론으로까지 비약해 가는 경우가 많았던 것이다. 예를 들면 『별들의 고향』을 남성 위주의 사회 체제에 대한 정당한 비판의 소산으로 이해한다든가 '이 세계가 타락한 상업주의의 구조라면 그의 문학 또한 운명적으로 그렇게 되지 않을 수 없다.' 라는 주장을 내세우는 따위가 그런 것인데, 이러한 논리는 그다지 설득력을 갖는 것이 아니다.

최인호의 문학이 가진 긍정적인 측면을 강조하고 거기에 애정을 표시하는 것은 얼마든지 바람직하고 또 필요한 일이지만 『별들의 고향』과 같은 작품까지 체제 비판적인 정신의 소산으로 보아서 옹호하려고 드는 것은 지나친 논리의 비약이며 또 작가에 대한 애정의 정당한 발로라고 판단하기도 어렵다. 오히려 이런 작품에 대해서는 가차 없는 비판을 가하고 그것이 지닌 부정적 성격을 적발하는 태도가 필요하며 작가에 대한 애정도 그런 경우에 차라리 더 진실하게 살아날 것이다. 또한 이 작가의 문학이 부분적으로 내보이고 있는 '타락한 상업주의' 의 흔적을 '이 세계의 타락' 탓으로 돌리는 논리는 최인호와 동일한 세계에 살면서도 타락한 상업주의로부터 자유로운 작가가 단 한 사람이라도 존재하고 있는 한 성립의 근거 자체를 상실한다고 말하지 않을 수 없다.

이처럼 작가를 부정적인 풍문으로부터 지켜주려는 노력이 지나쳐서 설득력의 감손이라는 결과를 낳고 만 글들과 달리 최인호의 문학세계를 냉철하고 정확하게 분석한 평론으로서는 김현의 업적이 특히 두드러진다. 최인호의 작품을 다룬 그의 글로서 필자가 지금껏 읽을 수 있었던 것은 모두 세 편(「초월과 고문」, 「재능과 성실성」, 「보기 흉한 제스처」)인데, 대부분 공감이 가는 내용이었다. 그러나 그의 글은 1977년에 씌어진 것이 마지막이므로, 상당한 분량의 보충적 논의가 불가피하다. 1977년 이후에도 최인호는 지칠 줄 모르는 정력을 가지고 작품활동을 계속해 왔으며 그 가운데는 적지 않은 문제작들이 포함되어 있기 때문이다.

최인호의 문학은, 한마디로 말해서, 매력적이다. 그의 모든 작품들은 냉정한 분석을 방해하고 독자들의 감수성에 맹렬한 기세로 달려드는 현란한 원색의 매력으로 충만해 있다. 그는 현대 도시인의 의식 속에 숨겨져 있는 성감대를 찾아내고 그것을 교묘하게 자극하는 데 실로 비상한 재주를 가지고 있다. 과장된 수사, 팽팽한 속도감, 관능적인 분위기, 생동하는 문체, 흥미 만점의 구성, 우상 파괴적인 제스처——어느 하나도 오늘날의 대중에게 어필하지 않는 것이 없다. 그의 문학이 다수의 일반 독자에게 박수갈채를 받으며 가장 애호 받는 인기 품목으로 수용될 수 있었던 것은 누가 보아도 당연한 일이다.

그러면 최인호의 문학이 지닌 매력의 밑바닥에 숨겨져 있는, 좀더 깊은 본질은 무엇일까? 이러한 물음을 앞에 대했을 때 우리가 첫번째로 눈길을 돌려야 하는 작품은 뭐니뭐니해도「무서운 복수(複數)」일 것이다. 최인호의 초기작 가운데서 대표적인 위치를 차지하고 있는 이 중편은 학생 데모라는 매우 흥미로운 소재를 성공적으로 다루고 있다.

최준호라는 이름——이것은 작가 자신의 별칭임이 명백하다——을 가진 이 작품의 주인공은 군에서 제대한 후 복학하여 소설을 쓰고 있는 인물로서 대학에 입학한 지 구 년이나 되었는데도 졸업을 못 했다는 사실 때문에 깊은 콤플렉스를 느끼고 있다. 그는 교련 반대 시위로 대학가가 온통 들끓는 가운데서 지도급 학생의 한 사람인 오만준과 색다른 우정을 키우지만 스스로 데모에 참가하지는 않는다. 대신에 그가 매달리고 있는 것은 「황진이」라는 소설을 쓰는 작업이다. 그러나 그 소설은 끝내 완성되지 못한다.

대충 이러한 줄거리를 갖고 있는 작품 「무서운 복수」에서 일차적으로 우리의 관심을 끄는 것은 주인공 최준호의 태도이다. 그는 "나는 무슨 일이든 할 때마다 최악의 경우만을 상정하고 그리고 그런 경우에만 자신을 맡겨버리는 버릇이 들어 있었던 것이다."라는 고백에서 단적으로 드러나듯이 고통을 강요하는 사회의 온갖 모순과 혼돈 앞에서 가능한 한 직접적인 대결의 자세를 취하지 않고 도피하려는 태도를 보인다. 그러한 자신의 태도를 그는 자기 세대 전체의 공통된 문제점으로 파악하여 "우리 세대는 사실 그 한창 자라나야 할 나이에 눈칫밥을 얻어먹어야 했으므로", "무슨 일에든 깜짝깜짝 놀라고, 소심하고, 자로 재고 무게를 달고 틀림이 없어도 일단 다시 한번 최악의 경우를 생각해 본"다고 얘기하고 있지만 이것은 말할 나위도 없이 엄정한 자기비판으로 성립되지 못한다. 그 세대에 속하는 사람이면서 소심하지 않고 "최악의 경우를 생각해" 보지 않는 자도 얼마든지 있다는 것이 우리의 실감이기 때문이다. 그러나 이같은 논리상의 허점에도 불구하고 최준호의 자기 분석은 독자들에게 어떤 감동을 주는데 그것은 적어도 그가 자신의 연약한 모습을 거짓으로 분식(粉飾)하고 있지는 않다는 사실에 기인한다. 자기반성과 정직성의 미덕을 결여한 영웅주의가 난무하는 세상에서 이처럼 솔직한 고백을 들을 수 있다는 것이 확실히 인상적인 경험이다.

그러면 「무서운 복수」가 최인호 문학의 성격에 대한 해명을 위해 더없이 유리한 출발점을 제공해 준다고 말할 수 있는 이유는 어디에 있는가? 그것은 최준호가 고백하고 있는 소심증과 도피욕구가 최인호의 초기 소설에 나타난 몇 가지 특징들을 해명하는 데 매우 유효한 단서가 되어준다는 사실에 근거한다. 참고로 필자 자신이 근 십 년 전에 쓴 「사회의식과 문학정신」이라는 글 가운데 일부를 그대로 인용해 보기로 한다.

최준호는 사회구조의 모순과 비리를 예민하게 통찰하고 있으며 삶의 근원적인 고통에 대해서도 진지한 성찰을 가할 줄 아는 의식인이다. 그는 학생들의 데모가 짓눌린 아픔과 소외의식의 발현임을 잘 알고 진정한 용기에 대하여 괴로운 모색을 거듭하지만 데모에 참가하지는 않는다. 한편 그는 자기 보호본능에 투철하고 "교묘한 화술로 문제의 핵심을 회피"해 버리는 데 익숙한 소시민이며 「황진이」라는 소설에 달라붙음으로써 자기와 세계 사이의 상극을 해소시켜 보려 한다.

최준호에 대한 이상의 설명은 작가 최인호를 이해하는 데 있어 매우 유익한 길잡이가 되어주는 것 같다. 작가 최인호는 명민한 의식인이다. 그는 산업화되어 가는 오늘의 세계가 인간을 자기 스스로에게서 소외시키고(「타인의 방」), 일상성의 권태 속에서 질식하게 만들며(「식인종」), 윤리적 규준은 말할 수 없이 흐트러져 있고(「침묵의 소리」), 편견과 무지의 보편화로 비인간적인 폭력이 권리를 주장하는가 하면(「미개인」), 진실에 기초한 개인의 항변은 한없이 무력하다(「조서」)는 것을 알고 있다. 그러나 그는 거기에 정면으로 대결하는 대신 "교묘한 화술"을 구사하여 도피처를 찾으려고만 한다. 「무서운 복수」의 한 구절을 빌린다면 "따스한, 그러나 머나먼 곳, 기억이 캄캄한 곳"에 대한 동경이 그를 붙잡고 놓지 않는 것이다. "기억이 캄캄한 곳"으로 향한 그의 욕구를 구체화하는 방법은 잘 알려진 대로 관능과 파행(破行)이다.

　　그때 나는 누군가 어두운 그림자가 내 몸을 어루만지고 바지 단추를 끄르는 것을 보았다. 그것은 매우 조심스러운 움직임이었다. 무거운 눈을 뜨고 바라보니 그는 바로 이문수였다. 눈이 마주치자 소년은 입으로 손을 갖다대며 조용히 하라고 무어라고 변명하지 않아도 내다 알고 있다는 듯 눈을 꿈쩍거리더니 마땅한 장소를 골라 기쁜 것처럼 조그맣게 신음소리를 발했다.

　　남색을 묘사하고 있는 이 문장은 「예행연습」의 결미를 이루는 대목으로서 최인호적 관능의 본질을 보여주는 전형적 장면이다. 이틀에 걸친 괴상한 예행연습이 헛수고로 돌아갔을 때 세계의 기묘한 허식은 가장 추악하고 저열한 모습으로 정체를 드러낸다. 예리한 의식이 날카롭게 눈을 치떠야 할 순간이다. 바로 이런 순간에 난데없는 관능이 개입하여 세계의 부조리를 슬쩍 무마해 버리고 관심의 방향을 딴 데로 돌려버리는 것이다……

　　이러한 이야기는 어쩌면 지나치게 가혹한, 평정을 잃은 비판일지도 모른다. 하지만 예를 들어 실재하지도 않는 아버지를 찾아다니며 어른 뺨치게 술을 마셔대는 이상한 고아를 이야기한 「술꾼」이나 학교 앞의 야바위꾼을 골탕 먹인 끝에 죽게 만드는 아이의 이야기인 「모범동화」, 술집에서 만난 처녀를 유인하여 몸을 빼앗고 돈까지 훔쳐 달아나는 젊은 형제를 그린 「침묵의 소리」 등에서 노골적으로 나타나는 파괴적 행위라든가 「예행연습」에 표출된 비틀린 관능, 「황진이」 연작을 지배하고 있는 과장된 색정 따위를 볼 때 이것은 세계를 항시 어렵게, 소심하게 대하면서 최악의 경우만을 상정해 온 정신이 그처럼 나약한 자기 자신에 대한 반발로 일부러 취한 비정상적인, 그러나 여전히 현실의 핵심으로부터는 명백하게 도피적인 반응이 아닐까라는 느낌이 짙게 전달되어 오는 것만은 분명한 사실이다. 말하자면 얼른 보기엔 최준호의 소심한 도피 성향과 「침묵의 소리」의 파괴적 행위가 정반대의 자리에 서는 것처럼 여겨지기 쉽지만 실제로는 동전의 양면처럼 불가분의 관계로 결부되어 있다는 얘기이다. 이들 양자는 김현이 적절히 지적한 바와 같이 "이상적 세계관이나 구속 없는 삶에 대한 환상을 잃어버린 자의 허무한 생존방식"이라는 공통점을 나눠 갖고 있는 것이다. 최인호의 첫 번째 단편집인 『타인의 방』은 바로 이러한 허무의 감각에 의하여 강렬하게 지배당하고 있는 셈인데, 그것은 지극히 병적인 성격을 지닌 것임에 틀림없다. 신흥 개발단지 주민들의 집단적인 광기에 정면으로 맞서는 상이군인 출신의 국민학교 교사를 등장시켜 양심과 평등의 문제를 이야기한 작품 「미개인」과 같은 몇몇 희유한 예외를 제하면 최인호의 초기작들은 하나같이 병적인 도피의 인상을 던진다는 점에서 공통되고 있다.

  여기서 최인호를 일약 대중의 스타로 밀어올린 작품 『별들의 고향』에 대하여 간단히 언급해 두는 것이 좋을 듯하다. 이 글의 서두에서 잠깐 이야기한 것처럼 『별들의 고향』을 남성 중심으로 되어 있는 체제 속에서의 여성의 지위라는 문제와 결부시켜 일종의 사회 비판적인 작품으로 해독하고자 한 노력이 없지 않았거니와, 그러한 견해에 대하여 필자는 상당한 회의를 가지고 있다. 이 작품 전체를 시종일관 둘러싸고 있는 달콤하면서도 감상적인 분위기, 성적 방종을 추구하는 세태에 민감하게 영합하면서 '성처녀'니 뭐니 하는 말로써 그것을 미화시키는 태도, 철저히 수동적인 자세로 운명에 패배해 가는 주인공 오경아의 나약한 성격, 화자인 김문오의 니힐리스틱한 인간상 따위를 볼 때 필자로서는 차라리 이 작품이 종래의 신파극에 새로 산뜻한 페인트칠을 해 입힌 것에 불과하지 않느냐고 반문하고 싶을 지경이다. 왜 작가는 그간 열성적으로 가꾸어오던 저 밀도 있는 중·단편의 세계에서 불쑥 이런 곳으로 뛰어나왔을까? 이것은 일견 어려운 물음 같지만, 그의 중·단편의 세계가 "이상적 세계관이나 구속 없는 삶에 대한 환상을 잃어버린 자의 허무한 생존방식"을 기조음으로 삼고 있었다는 사실을 이해하고 나면, 뜻밖에도 의문은 쉽게 풀린다. 이 작품 역시 넓게 보면 최인호의 초기 중·단편들을 지배하고 있던 병적인 도피의 세계, 과장된 관능의 세계를 그대로 연장시킨 자리에 서 있는 것이다.

말할 나위도 없는 일이지만, 대개의 인간은, 언제까지나 병적인 세계에 갇혀서만은 살지 못한다. 최인호 역시 언제까지나 그늘진 관능과 파행의 세계에 머무를 수 있는 타입은 아니었다. 그는 「술꾼」이나 「모범동화」, 「처세술 개론」 같은 "괴상한 아이들 이야기"로 세상을 깜짝 놀라게 하면서도 가슴속 한구석에서는 은연중 건강한 세계에의 꿈을 키우고 있었음에 틀림없다. 그 꿈을 현실화시켜 햇빛 아래 드러내본 최초의 작품이 장편 『내 마음의 풍차』이다. 그것은 「술꾼」, 「모범동화」, 「처세술 개론」의 괴상한 아이들이 그 괴상함의 탈을 벗고 건강한 영혼의 소유자로 변신해 가는 과정을 적은 이야기이다.

위에서 필자는 최인호의 문학이 지닌 강렬한 매력에 대하여 잠깐 언급한 바가 있지만, 그러한 매력을 최고도로 살린 작품 가운데 하나가 이 『내 마음의 풍차』일 것이다. 예문관에서 나온 단행본

『내 마음의 풍차』에 해설을 쓴 김병익은 이 작품을 처음 통독했을 때 느낀 해일과도 같은 감격을 고백함으로써 그의 글을 시작하고 있거니와 필자 역시 이 소설을 단숨에 읽고 나서 온몸이 빨려드는 듯한 흥분으로 잠을 이루지 못한 기억이 지금껏 생생하다. 천하의 개망나니 악동인 영후와 그의 배다른 동생이며 치매에 가까운 아이인 영민이 서로 갈등하는 가운데서 차츰 변증법적인 지양의 과정을 밟고 드디어는 두 사람 모두 건강한 인간으로 새롭게 탄생한다는 내용을 담은 이 작품은 그냥 소설로 끝나는 것이 아니었다. 최인호는 이 작품에다 그가 지닌 역량의 전부를 투입하여 한 편의 찬란한 서정시를 창조하였던 것이다. 가령 다음과 같은 몇 줄의 언어가 얼마나 화려한 광채를 담고 빛나는가를 보라.

내가 부는 젊은 날의 한 가닥 휘파람소리가 허공을 날아가 흩어져 그러다가는 또다시 내 가슴속에 날아와 틀어박혀서 보석처럼 반짝이듯이 그 새들은, 동생이 부순 도시들은 내 가슴속에 살아 움직이고 있을지 모른다.
불어가는 바람이 내 가슴속으로 들어와 내 마음속의 조그마한 풍차를 세차게 움직일 거야. 그리하여 풍요한 곡식을 찧고 있겠지.
내가 만드는 허위, 거짓말, 뻔뻔스러움 모두를 풍차 속에 집어넣어 보석처럼 찬연한 곡식을 만들어내고 있을 거야. 그것이 있는 한 나는 외롭지 않다.

그러나 최초의 감격과 흥분이 진정되고 난 다음, 독자들은 마음속에서 차츰차츰 자라는 한 가지 중요한 질문을 의식하지 않을 수가 없다. 영후 형제가 새로운 인간으로 태어났다는 것은 확실하다. 하지만 그 '새로운 인간'의 정체가 문제다. 그것은 정말로 우리가 동경하여 마땅한, 순결한 생명을 넘치게 담고 있는 '참인간'인가? 아니면 그냥 기성 질서가 요구하는 바에 맞춘 이른바 '정상적 인간'의 표준형에 불과한 것인가?

일찍이 소설가 박태순(朴泰洵)은 제임스 딘이 주연했던 영화「이유 없는 반항」에 대한 감상문을 쓰면서 이 작품의 결말이 기성 질서와의 안이한 화해로 끝나고 있다는 사실을 날카롭게 지적한 바 있었다. 최인호의 주인공들이 도달한 경지라는 것도 결국은「이유 없는 반항」의 결론과 대차 없는 것이 아닌가라는 의문이 우리에게는 남는 것이다.

이런 의문에 대하여 우리 나름의 해답을 찾는 작업은 나중에 가서 시도하기로 하자. 여기서는 우선 다른 사실을 한 가지 언급해야 하겠다. 『내 마음의 풍차』가 처음 발표되었을 때, 그때까지 최인호가 전개해 온 문학세계를 잘 알고 있었던 독자들은, 대부분 그 작품을 하나의 일시적인 해프닝으로 여겼다는 사실이 바로 그것이다. 하긴 그럴 수밖에 없었던 것이, 『내 마음의 풍차』이전의 작품들은 하나같이 회색 일변도의 칙칙한 빛깔로 칠해져 있었던 판에, 이런 엉뚱한 소설이 난데없이 툭 튀어 나왔으니, 그것이 어떤 지속성을 가지리라고는 도저히 생각할 수가 없었던 것이다.

그러나 최인호는 이러한 일반의 생각을 간단히 뒤집어엎었다. 그 이후 최인호는, 비록 『내 마음의 풍차』에서처럼 순수하고 강렬한, 흡사 여름 아침 녘 팔방으로 뻗어가는 햇살과도 같은 건강성을 다시 과시하지는 못하였지만, 그래도 꾸준하게 화해의 언어, 극복의 언어, 긍정의 언어를 말하고자 노력해 온 것이다. 『내 마음의 풍차』를 기점으로 해서 그는 뒤틀린 관능과 파괴적 충동의 세계를 벗어나는 데 성공한다. 그러고는 어쨌든 간에 세상에는 살 만한 가치가 있다는 것을, 거기엔 고통도 많고 눈물 흘려야 할 일도 숱하지만 그래도 우리는 사랑과 각성에 의하여 화해의 경지에 접근할 수 있다는 것을 가라앉은 목소리로 이야기하기 시작한다. 이것은 그 가치 여하는 둘째로 치더라도 하여간에 두 눈을 크게 뜨고 바라보아야 할 중대한 변화임엔 틀림없다.

　어머니는 맑은 미소를 띤 얼굴로 나를 쳐다보았다. 그 얼굴은 아름다웠다.
　어머니는 그 누구의 부축을 받지 않고 천천히 발을 떼어놓았다. 아니다. 그건 내 착각에 지나지 않는다. 어머니는 보다 큰 손, 보다 위대한 힘에 의해 떠받들리고 부축을 받고 있다. (중략)
　그러나 어머니는 세 발짝도 걸음을 떼놓지 못하셨다. 풀썩 하고 자리에서 쓰러지셨다. 그러나 나는 어머니 곁으로 다가설 수 없었다. 북받쳐 오르는 슬픔이 눈물이 되어 내 얼굴에 흘러내리고 내 가슴은 형언할 수 없는 비애로 찢어지고 있었다. 나는 흐느껴 울면서 소리 질렀다.
　"어머니 일어서세요. 그리고 제 곁으로 오세요. 썩어져 죽을, 저 산까지 걸어가세요. 일어서세요. 어머니는 할 수 있어요."
　　　　　　　　　　　　　　　　　　　——「방생」에서

　문득 떠나기 전 S연맹 구내 교회에서 마지막 예배드릴 때 부르던 찬송가의 구절이 거짓말처럼 분명하게 기억되었다. 나는 중얼거려 보았다.
　"우리 다시 만날 때까지 하나님이 함께 계셔 주의 크신 사랑 안에 지켜주시기를 바라네. 다시 만날 때까지. 우리 서로 만날 때 다시 만날 그때까지 주님 함께 계심 바라네."
　아멘.

밑도 끝도 없는 단어 하나를 나는 웅얼거렸다.
  ──「다시 만날 때까지」에서

 이러한 결말로 끝나는 소설이 우울한 절망, 추악한 파괴 욕구, 비틀린 관능으로 채워져 있을 수는 없다. 거기에는 비록 『내 마음의 풍차』처럼 화려한 불꽃으로 빛나는 것은 아닐지라도 분명히 뿌리칠 수 없는 인간에의 신뢰, 사랑에의 신뢰, 화해에의 신뢰가 잔잔한 음악처럼 흐르고 있다.
 이러한 긍정적 비전은 「방생」이나 「다시 만날 때까지」를 제외한 다른 많은 작품들에서도 마찬가지로 나타난다. '탕아 돌아오다'의 주제를 우화적인 수법으로 활용하여 독특한 매력을 빚어내고 있는 「두레박을 올려라」나 「최초의 인간」이 탄생하기까지의 전사(前史)를 펼쳐 보인 「진혼곡(鎭魂曲)」, 노인들 사이의 훈훈한 사랑을 정감 있게 그려낸 「천상(天上)의 계곡」, 가난하고 거친 밑바닥 가정에서 일어난 부자 간의 아름다운 사건을 이야기한 「위대한 유산」 등의 작품에서도 희망의 빛은 마르지 않는 샘물처럼 흘러나온다. 심지어는 보다 심각하고 어두운 테마를 담은 것으로 보이는 「돌의 초상」이나 「깊고 푸른 밤」에서도 우리가 궁극적으로 읽게 되는 것은 소박한 화해와 긍정의 언어이다.

 그제서야 헤어질 무렵 내게 손을 내밀던 노인의 그 천진스런 웃음의 의미를 어렴풋이 알 것 같은 느낌이 들었다.
 그것은 용서의 의미가 아니었을까. 모든 것을 받아들이는 돌의 침묵으로 내밀던 노인의 딱딱하게 굳은 그 손은 이미 우리의 모든 것을 용서해 주겠노라는 의미의 손짓이 아니었을까.
  ──「돌의 초상」에서

이제는 원한도, 증오도, 적의도, 미움도, 아무것도 가질 이유가 없었다. 그는 딱딱한 바위의 표면 위에 입을 맞추며 그를 굴복시킨 모든 승리자들에게 용서를 빌었다. 그리고 이젠 정말 돌아가야 한다고 다짐했다.

―「깊고 푸른 밤」에서

「돌의 초상」은 버려진 노인의 이야기를 통해 냉혹한 사회의 비리를 고발하고자 한 것이고, 「깊고 푸른 밤」은 "터질 듯한 분노 이상의 아무런 감정도 존재하지 않"는 가슴을 가진 두 젊은이―가수인 준호와 소설가인 "그"―가 미국 땅에서 방황하는 이야기를 담은 것이다. 최인호 이외의 다른 작가가 이런 소재를 가지고 작품을 썼더라면 거기에는 자아와 세계 사이의 영원히 화해될 수 없는 투쟁이 살벌한 언어로 펼쳐지게 되었을지도 모른다. 그러나 최인호는 결코 그러한 방향으로 나아가지 않는다. 아무리 참담한 분위기 가운데서 이야기를 시작하더라도 그는 꼭 거기서 소박한 긍정과 수락의 언어를 끌어내고 만다. 그렇기 때문에 여기에는 최인호의 초기 세계를 특징지었던 저 "섬뜩함"이 완전히 사라지고 없다.

최인호의 초기 문학이 갖고 있었던 병적인 특징을 장편의 세계에서 확대 재생산해 놓은 것이 『별들의 고향』이었다면, 『내 마음의 풍차』 이후 그의 문학이 새로이 획득하게 된 화해와 희망의 비전을 장편으로 환치시킴으로써 얻게 된 대표적 결실은 「도시의 사냥꾼」이라고 말할 수 있을 것이다. 이 작품을 지배하고 있는 것은 사랑의 힘과 가치에 대한 절대적인 믿음이며 그 결말은 『별들의 고향』과는 정반대로 행복한 승리에 의하여 마무리되고 있다. 오생근(吳生根)이 지적한 대로 「도시의 사냥꾼」은 후반부에 이르러 상투성을 벗어나지 못한 점을 비롯하여 여러 가지 결함을 갖고 있지만 어쨌든 이 작품은 『별들의 고향』과 날카로운 대조를 이룬다는 사실 한 가지만으로도 넉넉히 읽힐 만한 가치를 지니고 있다.

지금까지 이야기한 것처럼 「내 마음의 풍차」를 발표한 이래로 최인호가 줄기차게 그려온 것이 소박한 화해와 긍정의 세계라고 본다면, 우리는 이것을 어떻게 이해하고 평가해야 할 것인가라는 문제가 필연적으로 제기된다. 말할 나위도 없이 이 문제는 우리가 앞에서 던져놓기만 하고 해답을 미루어 두었던 질문——『내 마음의 풍차』에서 이야기된 두 젊은이의 '거듭남'이라는 결말을 어떻게 파악할 것이냐라는 질문의 연장선 위에 곧바로 놓이는 것이다.

이 같은 문제의 연속성을 의식하면서 일단 『내 마음의 풍차』로 돌아가 그 소설의 결말 부분을 정독해 볼 때 우리는 그것이 끝까지 애매한 상태로 남겨져 있음을 발견하게 된다. 영후 형제가 건강을 회복하였다는 것은 확실하지만, 그 건강이 참생명의 획득인가 아니면 범속성에로의 복귀인가라는 문제는 끝내 완전히 밝혀지지 않은 채로 소설은 막을 내리는 것이다. 이러한 애매성이 잔존함에도 불구하고 『내 마음의 풍차』가 던져주는 감동의 힘이 훼손되지 않는 것은 그 작품이 팽팽한 '출발의 긴장'을 가득 담고 있다는 사실에서 연유한다. 출발의 지점에서 모든 것이 다 말해질 수는 없다——라는 것을 모든 독자들은 암묵리에 승인하고 있으며 따라서 작가가 남겨놓은 애매성의 공간을 전혀 부자연스럽게 느끼지 않는다.

그런데 최인호의 문학에서 특별히 흥미로운 사실은 『내 마음의 풍차』 이후의 다른 작품들에서도 계속 그러한 애매성이 견지되고 있다는 점이다. 작가는 그의 카드를 아직도 숨겨쥔 채로 있는 것이다. 『다시 만날 때까지』의 마지막에 기록된 기도의 말이 과연 어떤 차원에 놓이는 것인지, 「방생」에 나오는 어머니의 일어섬이 과연 얼마만한 높이를 가지는 것인지, 「진혼곡」에서 말하는 '최초의 인간'이라는 것은 어떻게 해석되어야 할 것인지, 「깊고 푸른 밤」에서 조국으로 돌아가겠다고 외치는 준호의 절규가 얼마만한 고뇌와 깊이를 감춘 것인지…… 작가는 아무것도 말해 주지 않는다. 접힌 손바닥 안에 비장의 카드를 은닉한 채로 그는 다만 미소를 짓고 있을 뿐이다.

최인호의 후기 작품이 간직하고 있는 이러한 애매성 가운데에는 확실히 어떤 아름다움이 있고, 또 사랑할 만한 점이 있다. 그것은 독자의 상상력을 움직여 작품 내의 공간에 참여케 하고, 때로 삶이란 이렇게 찬란할 수가 있구나라는 감동에 젖도록 만들기도 한다.

그러나 우리는 최인호 문학의 이 같은 아름다움이 사회의 현실에 대한 총체적 관찰의 배제 내지 경시라는 대가를 지불하고서 비로소 얻은 것임을 간과하지 못한다. 「진혼곡」이나 「두레박을 올려라」처럼 아예 환상적인 우화의 성격을 진하게 띤 작품이나 「방생」, 「천상의 계곡」 따위처럼 안정된 소시민의 가정이라는 좁은 울타리 내에 스스로를 가두고 있는 작품의 경우는 더 말할 나위도 없거니와 직접 사회의 현실에서 제재를 구해 온 작품조차도 자세히 보면 진한 주관성의 개입에 의하여 색칠되어 버림으로써 현실 자체에 대한 심층적 탐구라는 과제에서 이탈하여 시적 상태로 접근하고 있음이 밝혀지는 것이다. 매스컴에 의한 무형적인 폭력의 행사라는 문제를 다룬 「가면무도회」를 비롯하여 「돌의 초상」, 「다시 만날 때까지」 등 어떤 작품을 보아도 이러한 원칙에서 벗어난 예는 발견되지 않는다. 소설의 본령을 현실에 대한 깊이 있는 성찰과 비판에서 찾고자 하는 많은 평자들이 최인호의 작품에 대하여 여전히 냉담한 반응을 보이는 까닭은 주로 이런 데서 연유한다고 하겠는데, 필자 자신도 이 점에서는 최인호의 문학에 대하여 한 가닥 아쉬움을 품고 있다는 사실을 고백하지 않을 수 없다. 오생근이 「도시의 사냥꾼」을 논하는 자리에서 적어둔 다음과 같은 비판의 말은 이러한 점과 관련하여 생각할 때 다시 한번 음미될 가치가 있다.

　이 소설의 작중 인물들은 대부분의 일상인들이 겪고 있는 구체적인 삶의 고민으로부터 벗어나 있고, 오직 사랑의 문제에만 사로잡혀 있어, 환상적인 사랑을 구가하는 것처럼, 그리고 사랑이 삶의 목적인 것처럼 그려져 있는데, 사실상 사랑의 가치는 삶의 어려운 문제와 부딪쳐가는 과정 속에 있는 것이 아닐까?

　이러한 이야기는 비단 「도시의 사냥꾼」이 지닌 특징에 대한 지적으로만 끝나는 것이 아니다. 거기에는 『내 마음의 풍차』 이후에 나온 최인호의 작품 전반에 대한 비판으로도 적용될 만한 요소가 없지 않은 것이다.

　최인호는 1984년이면 우리 나이로 사십 세가 된다. 이십 대의 젊은 시절에 청년문화의 깃대잡이로 떠올랐고 삼십 대에 이르러서도 지칠 줄 모르는 정력을 가지고 다수의 가작을 써 던졌던 이 동안(童顏)의 작가가 드디어 불혹의 고비를 눈앞에 맞게 된 것이다. 다 큰 아이들을 거느린 사십 대의 중년신사로서 그는 과연 어떠한 작품세계를 펼쳐 보일 것인가? 많은 독자들은 넘치는 호기심과 적지 않은 기대, 참다운 애정으로 눈망울을 빛내면서 이 '작가 스타'의 내일을 주시하고 있다.

(서울시립대 교수 · 국문학)

＊이 해설은 1판 출간 당시인 1983년도에 쓰여진 것이다.

작가 연보

1945년   서울에서 출생.
1961년   서울고등학교 입학.
1963년   단편 「벽구멍으로」가 《한국일보》 신춘문예에 입선.
1967년   단편 「견습환자」가 《조선일보》 신춘문예에 당선. 단편 「2와 1/2」로 《사상계》 신인문학상 수상.
1972년   「타인의 방」, 「처세술 개론」으로 현대문학상 신인상 수상. 『별들의 고향』, 『타인의 방』 출간. 연세대 영문과 졸업.
1974년   『바보들의 행진』, 『맨발의 세계일주』, 『영가』 출간.
1975년   『구르는 돌』, 『우리들의 시대』(전2권), 『내 마음의 풍차』 출간. 영화 「걷지 말고 뛰어라」 감독.
1977년   작품집 『도시의 사냥꾼』(전2권), 『개미의 탑』 출간.
1978년   『작은 사랑의 이야기』, 작품집 『돌의 초상』, 산문집 『누가 천재를 죽였나』 출간.
1979년   『사랑의 조건』, 『천국의 계단』(전2권) 출간.
1980년   『지구인』(전2권), 『불새』 출간.
1981년   작품집 『안녕하세요 하나님』 출간.
1982년   「깊고 푸른 밤」으로 제6회 이상문학상 수상. 작품집 『적도의 꽃』, 『위대한 유산』 출간.
1983년   작품집 『물위의 사막』, 『가면무도회』 출간.
1987년   작품집 『저 혼자 깊어 가는 강』 출간.

1988년 『잃어버린 왕국』(전5권) 출간.
1992년 『가족』(전4권), 동화집 『발명왕 도단이』 출간.
1993년 『길 없는 길』(전3권) 출간.
1995년 『왕도(王道)의 비밀』(전3권) 출간.
1997년 『사랑의 기쁨』(전2권) 출간.
1999년 산문집 『나는 아직도 스님이고 싶다』 출간.
2000년 『상도』(전2권), 『영혼의 새벽』(전2권) 출간.
2001년 작품집 『달콤한 인생』 출간.
2002년 『몽유도원도』 출간.
2004년 『해신』, 『제왕의 문』(전2권), 『어머니는 죽지 않는다』 출간.
2005년 『유림』(전3권) 출간.

오늘의 작가총서 9

타인의 방

1판 1쇄 펴냄 1983년 6월 1일
1판 6쇄 펴냄 1993년 12월 15일
2판 1쇄 펴냄 1996년 5월 30일
2판 7쇄 펴냄 2004년 10월 10일
3판 1쇄 펴냄 2005년 10월 1일
3판 7쇄 펴냄 2023년 8월 9일

지은이 · 최인호
발행인 · 박근섭, 박상준
펴낸곳 · (주)민음사

출판등록 1966. 5. 19. 제16-490호
서울특별시 강남구 도산대로1길 62(신사동)
강남출판문화센터 5층(우편번호 06027)
대표전화 02-515-2000 팩시밀리 02-515-2007
www.minumsa.com

ⓒ 최인호, 1983, 1996, 2005. Printed in Seoul, Korea

ISBN 978-89-374-2009-2 04810
ISBN 978-89-374-2000-9 (세트)

* 잘못 만들어진 책은 구입처에서 교환해 드립니다.